A Collection of
the 3rd
Lenghu Award
Winning Stories

冷湖Ⅲ

当星河如故

第三届冷湖科幻文学奖获奖作品集

八光分文化 编

四川科学技术出版社

图书在版编目（CIP）数据

冷湖. Ⅲ, 当星河如故：第三届冷湖科幻文学奖获奖作品集 / 八光分文化编. — 成都：四川科学技术出版社, 2020.10（2022.2重印）

ISBN 978-7-5364-9958-4

Ⅰ. ①冷… Ⅱ. ①八… Ⅲ. ①幻想小说—小说集—中国—当代 Ⅳ. ①I247.7

中国版本图书馆CIP数据核字（2020）第202401号

LENGHU Ⅲ　DANG XINGHE RUGU

冷湖Ⅲ　当星河如故

——第三届冷湖科幻文学奖获奖作品集

八光分文化 编

出 品 人　程佳月
责任编辑　宋　齐
特约编辑　兰　银　李晨旭　田兴海　大　步
封面设计　付　莉　张广学
内文设计　付　莉
责任出版　欧晓春
出版发行　四川科学技术出版社
（四川省成都市槐树街2号　邮政编码：610031）
成品尺寸　155mm×235mm
印　　张　24.5　　字数 320千
印　　刷　四川省南方印务有限公司
版　　次　2020年10月第1版
印　　次　2022年2月第2次印刷
书　　号　ISBN 978-7-5364-9958-4
定　　价　52.00元

第三届冷湖奖获奖作品集
《冷湖Ⅲ 当星河如故》序

姚海军

由冷湖火星小镇、北京行知探索与成都八光分文化公司联合主办的冷湖科幻文学奖刚刚揭晓了第三届征文的获奖名单。获奖作品由四川科学技术出版社结集出版，9 月 21 日，冷湖的田书记、负责火星小镇运营的袁总来蓉，科技社钱社长组织小聚畅谈科幻，责任编辑宋齐当场嘱我作序。我与宋兄在科幻图书方面合作多年，当然不能推脱，便在佳作之前啰嗦几句。

因为担任评委的关系，三年前冷湖奖启动时，我便到过那块"寒凉"之地。当我置身于鬼斧神工的雅丹之间，漫步于上世纪石油工人遗留下来的集镇废墟，一种恍惚感弥漫周身。过去、现在与未来交错融合，再难以区隔，那是看诺兰的科幻电影也未曾有过的体验。与之相伴的另一个强烈感受是辽远与荒凉。那块土地近乎生命禁区，堪称地球上的火星，当地居民的生活物资几乎全靠外部供应。当然，他们也有自己的无土蔬菜大棚，很像电影《火星救援》中种土豆的那种。现在的冷湖早已不复当年的油田盛景，常住居民已不足千人，但是，正是这种境遇下的冷湖人，却极具想象力与创造力地将这块土地与具有显著都市文学特征的科幻文学联系在了一起。在我看来，这样的创举比冷湖独特的自然环境更为科幻，更为绚丽，更激动人心。

三年的时间可以见证很多事，对于冷湖与科幻尤是如此。三年前，冷湖还不为人知，而今，冷湖已经建起了火星营地，成为体验大漠风情、品味“火星”美景、挑战生存极限的理想之地；三年前，冷湖还只有冷湖，而今，那里已经成为天文台站建设的热土，不远的将来，北半球巡天能力最强的光学望远镜、多应用巡天望远镜阵列等大型项目将进一步拉近冷湖与天空的距离；三年前，冷湖科幻文学奖还仅仅是几个开拓者心中的梦想，而今，冷湖科幻文学奖已经成为国内最具吸引力的科幻奖项之一——不但有王晋康、刘慈欣、韩松、何夕等著名科幻作家出任评委，而且参评作品数量每年都在稳定增加，仅第三届征文，收到的科幻小说就多达 628 篇。

冷湖奖的评选采用的是盲评方式，以便最大限度排除非作品因素的影响。在成都八光分文化编辑团队推选出的 18 篇入围作品基础上，由知名科幻作家、编辑和影视界资深专家组成的终评委员会经过认真比较、反复评析与讨论，综合科幻创意、故事性和文学性三个要素，决选出 9 篇获奖作品。

阅读冷湖奖获奖作品，有两个突出感受：

其一是日渐细化与深入的主题发掘与表达。最典型的作品当属短篇一等奖作品《火星建筑师》。作者夏笳多年前就已经获得过中国科幻银河奖，作为中国科幻新生力量的代表，已有多篇小说被译介到国外；与此同时，她还在从事科幻理论研究工作。她的这篇新作至少探讨了三组关系：人的成长与艺术、人的完善与技术进步、个人价值与集体。同时它还传达出一种科幻情怀，以及对生命之间沟通的渴望。可以说，《火星建筑师》细腻地复合了多个重要的直向人心的科幻主题，展现出中国科幻与世界科幻潮流日渐融合的一种趋势。在黎木的一等奖作品《当星河如故》中我们也可以感受到这种趋势：在经典硬科幻的外壳下，表达的却是人与宿命的对抗、人对生命和宇宙意义的觅寻。著名科幻作家刘慈欣有一种观点，认为科幻的核心不是人，而是奇观。从这两篇获奖作品中我们看到，人却正在成为科幻小说的核心。这是科幻文学正在发生的重要变化。

其二是在新一代作家当中，传统科幻得到发扬。中篇二等奖作品《虹雨》以及短篇二等奖作品《多加零》都其中的典型。谭钢的《虹雨》所描述的随陨星而来的奇特外星生命的疯狂演化，给予读者一种只有科幻小说才能提供的狂想体验。小说所展现出的奇境与奇观，正是传统科幻最为核心的魅力要素之一。同时，这篇小说中生命感悟与文明命运的相互纠缠也给人留下深刻印象。作品对人物塑造的兼顾，更让冷湖从此有了属于自己的未来英雄。新作者邓枫涛的《多加零》也是一篇“奇观”小说，它推演出极端低温技术所带来的改变。“多加零”的方法，似乎喻示了现代科技发展的内卷化，但正如克莱因瓶启发我们的，内、外并非绝对，内的极端往往就是外。这是此类作品所能带来的脑洞与思考乐趣。

除此之外，罗亦丹的《信》、付强的《闭环》，以及凌晨的《巡风人》、星垂的《孤帆远影》、伽辽的《地心手术》等获奖作品也都从不同侧面展现出了科幻小说最新的发展与丰富性，留待读者朋友们慢慢品味。

衷心祝贺本次冷湖奖的获奖者，祝读者朋友们阅读愉快。也希望有一天，我们冷湖见。

目录
Contents

01

火星建筑师

夏笳

/ 作者简介 /

夏笳，本名王瑶，北京大学中文系博士，西安交通大学人文社会科学学院副教授，加州大学河滨分校访问学者(2019.5—2020.5)，从事当代中国科幻研究，著有《未来的坐标：全球化时代的中国科幻论集》(2019)。从2004年开始以笔名“夏笳”发表科幻与奇幻小说，作品七次获“科幻世界银河奖”，四次入围“全球华语科幻星云奖”。已出版长篇奇幻小说《九州·逆旅》(2010)、科幻作品集《关妖精的瓶子》(2012)、《你无法抵达的时间》(2017)、《倾城一笑》(2018)。目前正在从事系列科幻短篇《中国百科全书》的创作。其作品被翻译为英、日、韩、法、俄、德、波兰、意大利语等多种语言。用英文创作的超短篇小说 *Let's Have a Talk* 发表于英国《自然》杂志科幻短篇专栏；英文短篇作品集 *A Summer Beyond Your Reach: Stories* 于2020年出版。除学术研究和文学创作外，夏茄亦致力于科幻小说翻译、影视剧策划和科幻写作教学。

/ 颁 奖 词 /

绵密精巧的细节，温暖流淌的情绪，一幅火星生活的画卷渐次展开。作者用浸满忧愁的文字和散文化的叙事，把我们引向那个永恒经典的追问：人心是否是一座孤岛？火星建筑师要创造的绝不只是未来火星生活的想象，而是打破人类心灵壁垒的信念。

一

尊敬的王教授：

首届“火星之夏”艺术节将于今年8月5日—8月15日，于中国青海的冷湖火星小镇举办。鉴于您在人工智能语言学方面的杰出成就，我们诚邀您与来自全世界各地的学者、艺术家及行动者一起，共赴此盛会，并参与闭幕戏剧《火星孩子》的创作和演出。

我们将承担您的交通费用和艺术节期间的食宿费用。

衷心期待您的光临！

顺颂

夏祺

邀请人：火星建筑师

因为这封邀请函，我于骄阳似火的八月初抵达敦煌市，准备从这里出发前往二百多公里之外的冷湖。

午后阳光强烈，晒得一切都明晃晃地刺眼。我按照对方提供的信息来到城东北郊的交通中心，坐在开足冷气的大厅里等待前来接我的联络人出现。敦煌是历史文化名城，也是古代丝绸之路上的重镇，因此遍布全球的LINGcart网络也在这里设了节点，但从这里出发去往周边小城镇，依然要靠传统的公路交通。

交通中心由废弃的旧机场改建而成。透过大厅玻璃门，可以看到水泥广场上零星停有几架飞机和大小车辆，更远处则是连绵不断的戈壁群山。这幅画面对我来说，有种不真实的老电影般的怀旧感。

玻璃门仿佛一道屏障，一边是恒温25℃的现代文明世界，另一边则犹如世界尽头之外的未知蛮荒之地。

劝君更尽一杯酒，西出阳关无故人。

依稀记得，阳关遗址距离敦煌市不远，去往冷湖的路上，不知道是否会经过。

冷湖这个地方，我是第一次听说。随邀请函一起发来的宣传资料里有简要介绍，路上匆匆扫了两眼。此地位于中国青海省北部，与新疆维吾尔自治区、甘肃省交界，因境内有呼通诺尔湖（维吾尔语，意为“异常冰冷的湖泊”）而得名。从地理上看，冷湖位于柴达木盆地西北缘、阿尔金山南麓的戈壁荒漠。这里气候恶劣，干旱少雨，自古就是无人区。20世纪50年代，因为开采石油而在此建设石油基地与城镇，鼎盛时人口曾达到十几万。新世纪之后，冷湖随着石油资源枯竭而逐渐荒废。自20年代开始，经重新规划，又在这里建起一座集科技、教育与艺术为一体的新型生态城市，也即是现在的“冷湖火星小镇”。

之所以这样命名，是因为此地人迹罕至，又有大量风蚀作用造就的雅丹地貌，苍凉奇崛，酷似火星表面，再加上近几十年来，好些国家都在全力推进火星探测计划。尽管迄今为止，载人登陆火星还未能实现，但大众对于火星的热情却一直有增无减。在戈壁中打造一座“火星小镇”，自然是个颇有吸引力的概念。

左腕上的LINGwatch发出震颤，提示我联络人已经到了。我抬头张望，看见一个戴墨镜的男人推门进来。这人皮肤黧黑，头发剪得很短，身材高大，步伐矫健，穿着军绿色速干裤和浅灰短袖衫，像是常年在户外奔走。

“嗨，好久不见！”他热情地挥手打招呼。

好久不见？

那人走到我面前摘下墨镜，露出轮廓分明、深邃的漆黑眉眼。我仔细地打量这张脸：一口整齐的白牙，因为肤色反衬更显得醒目，笑起来嘴角歪向一侧，挤出小小的梨涡……

“杨烨?!”

“你好吗? 别来无恙?”

杨烨高中时与我同校，毕业之后就再没联系过。掐指一算，竟有快二十年没见了。

“你怎么会在这里?”

“我来接你呀。”

“你……在这里工作?”

“对啊。”

“这么巧?”

杨烨笑得像个孩子，伸手接过我手中的旅行包，说：“走吧，上车。路上慢慢聊。”

我跟随他来到停车场，钻进一辆浅绿色的太阳能电动车。杨烨将自己的 LINGwatch 与车载系统联通，设置好目的地。车子悄无声息地启动，驶向苍茫的戈壁荒滩。

天空蓝得发黑，没有一丝云。一条笔直的公路将大地一分为二，路面上热气蒸腾，折射出水波般的幻象。前前后后看不到第二辆车，更看不到半点人迹。

“麻烦你特地跑一趟。”我说。

“跟我不必这么客气。”他笑道。

“去冷湖没有公共交通吗?”

“目前没有。计划建一条轻轨，还在商议中。”

“哦。”

“我记得你是反对机动车的，对吧? 当年打辩论辩过这一题。”

“你还记得?”

“当然。那一场我们打输了，你哭得很厉害，所以印象深刻。”

“是吗……”

“你忘了?”

“其实……我哭不是因为输了比赛。”

“哦?”

“是因为对方结辩的时候说，Motor vehicle is the worst plan，except for all the others. 机动车是最坏的方案，也是唯一的方案，所以别无选择。”

杨烨笑了笑，“不过那时候谁能想到 LINGcart 会这么成功呢？现实永远超越想象。”

我望向窗外。风穿过戈壁滩，卷起金黄色烟尘。这风或许千万年来从未停歇过。杨烨打开车载音响，优美的古琴曲点点滴滴，淅淅沥沥，像微雨浸湿空气。

“这是……”

“《阳关三叠》。好听吗?”

我愣了愣，笑道：“我们这算是‘西出阳关遇故人’吧。”

“可不是嘛。”杨烨也笑了。

“所以你到底为什么会在这里?”

“高中毕业后我去了英国读建筑，后来一直在做生态建筑，十几年前就开始参与冷湖火星小镇项目。这次艺术节，我是策划人之一。”

“你?”我吃了一惊，“难道你就是……火星建筑师?”

杨烨忍不住笑了好一阵，才说：“发给你的艺术节宣传资料里有我的个人简介，还以为你已经看过了。”

难怪自打我们碰面以来，他脸上始终有种似笑非笑的表情。

“为什么请我来?”

“你不是一直想去火星吗?”

“这你也记得?”

“当然，你成天念叨。”

“那时候幻想，或许自己三十岁之前就有机会登上火星。现在看来，也许还要再等三十年。”

“那会不会有点太晚了。”

“也许吧。不过就算等到六七十岁，甚至八十岁、九十岁，如果那时候我依旧身体健康，头脑清楚，依旧充满好奇心和想象力，如果那时候突然有人问我，现在有一个机会去火星，你去不去，我会毫不犹豫地回答：去。我会把一切身外之物都留在地球上，去火星学习新的知识，探索新的世界，开始新的人生。”

“那还回得来吗？”

“也许回不来了。如果能死在火星上，也算死而无憾了。”

“如果这辈子都去不了呢？”

“如果能以一种随时准备好去火星的状态过完一生，最后就算死在地球上，不是也很好吗？”

杨烨笑着摇摇头，说：“你可真是一点没变。”

“你呢？为什么来这里？”我问。

“因为你啊。”

“我？”

“还记得《战神的后裔》吗？”

“你是说……那本书？”

“对，你捐给学校图书馆的那本书。20 世纪 80 年代，一位中国作家写的科幻小说，讲未来人类如何建设火星的故事。”

“你读过？”

“那本书对我影响很深。我还记得，书中设想的火星建设计划是 2078 年开始的，对不对？我那时候还想过，2078 年，我应该多大年纪，在干什么，是不是有可能成为一名火星建设者。”

“所以你也想去火星？”

“就像你说的，也许有生之年都去不了。但重要的是火星始终在那里，作为一种视野，一种愿景，甚至是一种问题。”

“问题？”

"未来人类应该如何在火星上生活？一定与我们今天的地球生活方式完全不同。我们应该如何去想象这些不同，它们又能为我们危机重重的地球生活方式带来哪些启示？类似这样的问题一直深深地吸引着我。科幻小说和电影用各种方式去探索和展现这些想象，与此同时，也需要有人去把它们实践出来。这就是'火星小镇'的意义：实践一种新的火星生活方式。"

新的……火星生活方式？

我再次望向窗外。烈日依旧斜挂在天边。远方地平线上隐约浮现出一大片风力发电机的影子，细长叶片在金色烟尘中缓缓旋转，恍若梦境。

"怎么样，是不是有点期待？"

"越来越期待。说实话，原本我以为'火星小镇'不过是个招揽游客的噱头，搞一些奇奇怪怪的房子、飞船、外星人雕像什么的。"

杨烨大笑道："放心，不至于让你失望。"

"所以这次艺术节，就是请我们来体验火星生活方式？"

"体验、参与、实践、探索，创造新的艺术，新的理解和感知世界的方式。"

"火星艺术？"

"你记得不记得，《战神的后裔》中，有位科学家的妻子是研究《红楼梦》的。他希望妻子也能来火星，却有人提出质疑，认为火星上不需要红学家。"

"好像是有这么一段。"

"火星上需不需要红学家，或者说，火星上的红学可能会是什么样的，这些都是值得探讨的问题。未来火星上的文学、艺术与文化，一定也与地球上的不同。我们希望类似这样的问题能带给大家启发。"

"邀请函中说，要请我参与闭幕戏剧的创作和演出？"

“对啊，这是艺术节的重头戏。”

“可是我从来没接触过戏剧啊，更没演过戏。”

杨烨侧过头看我一眼，笑道：“你连火星都敢去，却不敢上台演戏？”

我竟一时语塞。

“别担心。今晚我们会和导演碰面，讨论具体细节，到时候你再打退堂鼓也来得及。”杨烨看一眼时间，“对了，晚上想吃什么？”

“有什么特别推荐吗？”

“嗯……要不要尝尝火星特色牛肉拉面？很受欢迎。”

“真的吗？有什么特色？”

“尝了就知道。”

这么一说，我还真有些饿了。

车开了快三个小时，终于接近目的地。

这里地处中国西部，天黑得要格外晚些。傍晚七点，太阳依旧斜挂在天边，金色辉光笼罩四野，为一座座风蚀造就的嶙峋山岩勾勒出轮廓。远远地，从右前方地平线上浮现出一线绿色，仿佛戈壁中突然升起一片苍翠群山，绵延起伏足有好几公里。距离再近一些，便能看到掩映在绿色中的建筑结构。由水泥、钢铁与玻璃构成的无数拱形穹顶和窗户，像层层叠叠的海浪，又像大大小小的贝壳和羽毛，将太阳反光分割为各种曼妙的几何形状。

不知为什么，我突然想起《海的女儿》开头，关于海王宫殿的描写：珊瑚的墙，琥珀的尖顶高窗，屋顶上铺着黑色蚌壳，随着水流自动开合，每一只蚌壳里都含有一颗亮晶晶的珍珠……

杨烨将车停稳，跳下车，又急匆匆地跑过来为我拉开车门。阳光照着他黧黑的脸，脸上绽放出孩子般有点骄傲、又有点羞涩的笑容。

“欢迎来到火星。”

二

抵达小镇后，杨烨带我去吃晚饭。

小镇共有七座公共食堂，提供来自全世界各地的上千种美食。我们去往其中最大的一座。这座食堂位于南峰西段顶楼，是一座圆拱状建筑，周边是用餐区和露台，中央则是一排排半开放式厨房。食堂里人群熙熙攘攘，仿佛热闹的大型集市。杨烨在 LINGwatch 上打开食堂分布地图，按照推荐路线带领我穿行其间。两边煎炸烹炒的香气此起彼伏，挥之不尽。

我们来到一处出餐口，透过玻璃橱窗，可以看到和面、切菜、炒菜的机器有条不紊地工作着，还有一位身穿白衣的厨师正在案板前拉面，戴着口罩帽子，看不清面孔。印象中拉面是一件极费体力的工作，然而这位厨师虽然身材瘦小，动作却如同舞蹈般优美而有力。面团在他手中上下翻飞，化为缕缕银丝，翩若惊鸿，婉若蛟龙。我不禁看得入了迷。

细长的拉面下锅煮熟后捞出，舀入琥珀色牛肉清汤，玉色萝卜片，碧绿葱花，艳红油泼辣子。智能送餐车往来穿梭，将一碗又一碗热气腾腾的牛肉拉面送往各处。

杨烨看了一眼 LINGwatch，说："还得再等一会儿。我们先找地方坐吧。"

我跟随他来到南侧露台，找了张桌子坐下。此时日暮西沉，风中开始有凉意。远方地平线上聚了几抹金红云霞，仿佛凤凰尾羽。东边天空中，已升起一轮新月和几颗繁星。

杨烨去自助饮料区端来两杯冰镇杏皮水。这是西北的特色饮料，用杏干熬制，喝起来酸甜中带一丝微苦，沁凉爽口，令人暑意全消。

"累吗？"杨烨问我，"是不是很久没这么坐车了？"

"还好。上个月刚去云南一座山村小学考察一个项目，从大理出发要坐一天的车，都是盘山路，最后还得徒步翻过一座山头才能到。”

“是吗，倒是小看你了。”

“你呢？经常这么四处跑吧。”

“工作需要，习惯了。”

“我最近时常会想，所谓‘世界是平的’，不过是一种假象。在看似平坦的表面下，其实藏着许多裂隙与沟壑，只是不容易被看见。”

杨烨若有所思地点头。送餐车恰在此时将两碗热气腾腾的牛肉拉面送到桌边。

“俗话说，‘上马饺子下马面’。客人远道而来，得先吃碗面接风洗尘。”杨烨笑道，“来吧，尝尝。”

牛肉汤和辣椒油的喷香气味绕着鼻尖打转，勾得人垂涎三尺。我夹起一筷子细韧绵软的面条吸入口中，芝麻与葱花颗粒在牙间爆裂，各种香气交织为一柄利刃直冲脑门，从胃到眉心都热辣辣地暖和起来。

两碗面很快见了底，连汤都没剩下一口。

杨烨看着我心满意足地放下空碗，笑道：“你现在已经很有火星人的样子了。”

“什么意思?”

“在火星小镇，没有人会浪费一口食物。”

“我从来都不浪费，更何况是这么好吃的面。”

“拉面师傅听到你这么说，一定很高兴。”

“可这就是地道的兰州牛肉拉面啊，哪里有火星特色?”

“没吃出有什么不同吗?”

“没有啊。”我仔细回想，“你逗我的吧?”

说话间，一位身穿黑衣，满头银发的女性来到我们桌边。

“抱歉，久等了。”她立定鞠躬，用日语说道。LINGwatch 捕捉到对方的语言，自动将中文翻译传送到耳机中。

“樱井夏子女士，艺术节闭幕戏剧的导演。”杨烨起身为我们介绍，“这位是王一童教授，人工智能语言学专家，也是艺术节嘉宾。”

“您好，初次见面。”樱井道，“您是今天刚到吧？旅途辛苦了。”

“您好。”我连忙起身与她握手。她的手纤细却有力，关节上覆盖着厚茧，像是经常干体力活，指缝里还沾有没冲干净的面粉。

“您这是……”

“真不好意思，我今晚恰好在食堂轮值，刚刚干完活，只能匆匆忙忙赶过来。”

我吃惊地上下打量她。

“刚才的牛肉面……是您亲手做的吗？真了不起！”

“哪里。”她有些不好意思地搓搓手。

“您拉面的架势很厉害啊，是在哪里学的呢？”

樱井笑道：“我多年前来中国，第一次吃牛肉拉面就爱上了，一直念念不忘。后来专门去兰州找了一位拉面师傅，跟着学了一个多月，刚刚入门而已。你要是有兴趣，我也可以教你。”

“可是杨烨跟我说这是火星特色牛肉拉面，到底特别在哪里呢？”

樱井瞥了杨烨一眼，掩着嘴笑出了声。她看面相大约五六十岁，却有一双少女般温柔而灵动的眼睛，笑起来的样子格外明媚。

“其实没什么特别，只是炖汤用的牛肉，用的是 Cultured meat。”

“你是说……用动物细胞培养出来的……人造肉？”

“对。”杨烨插话道，“因为大规模养殖会给生态造成负担，还有传染病和滥用抗生素的隐患，所以在火星小镇，我们吃的肉大部分来自于人造肉，还有一小部分来自有机农业系统中培养的鱼虾等水产。如果未来人类真的要在火星上自给自足，这大概会是最有希望的方案。”

樱井补充道：“人造牛肉的质地和口感，毕竟和原生牛肉不太一样，做不了牛排，但是炖汤做牛肉面，味道还是很不错的。”

“这么说，小镇上吃的食物都是自己生产的?”

“尽力而为吧。”杨烨道，“所以这里的厨房同时也是实验室，每个人都可以随时加入，在小镇的食品生产方案基础上，尝试创造各种菜谱。这次艺术节期间会有烹饪工作坊，还有厨艺比赛。有兴趣吗?”

“太有意思了。”我笑道，“可以试试看。”

天边余晖已彻底散去，靛蓝色夜空中群星闪耀。我这才发现整个露台一直在逆时针缓缓旋转。由于远离城市光污染，且空气能见度高，这里的星空格外繁密，令人心生敬畏。我打开 LINGwatch 上的观星助手，轻易便在东南方向找到橙红色的火星。

“好美啊!”我不禁赞叹。

杨烨道：“今年是十五年一遇的火星大冲，所以看得特别清楚。”

樱井补充道：“8 月 14 日，也就是艺术节最后一晚，正是火星距离地球最近、最明亮的时候。我们的闭幕戏剧将在火星光芒照耀下上演。”

“是什么样的戏呢?”

“听说过‘帐篷戏剧’吗?”

“没有……”我有点不安，“抱歉，我以前从来没接触过戏剧，是完全的外行。”

“简单来说，就是大家一起搭帐篷，一起在里面演戏。”樱井笑道，“在这个过程中，尝试重新探索、发现、体验、再造不一样的剧场空间，不一样的表演的和观看的身体，不一样的集体性。”

“搭帐篷？在这里?”

“对，这次需要一个能容纳五千名观众的大帐篷。”樱井边说边张开手比划，“杨烨会帮忙设计帐篷，我们已经合作很多年了。”

我看一眼杨烨，他故作无奈地叹口气。

“参与者大多不是专业演员，所以没有经验也不必担心。”樱井又说，“这次艺术节期间，我们安排了系列工作坊，包括帐篷搭建、舞台设计、朗读会、剧本讨论、自主排练，等等，可以根据自己的兴趣和能力来参加。”

“那么，具体演什么内容呢？”

“剧本目前还没有完成，只有一个故事雏形，需要大家共同参与来完善。”

“哦？”

“故事大概是这样的：未来某个时候，一群人类在火星上建造了一座小镇。某一天，一艘人类移民飞船来到小镇上空。飞船上的人因为感染了未知太空病毒都已死去，唯一的幸存者是一个孩子。在此之前，这艘飞船已经被地球拒绝入境，只能前往火星求助。因此，火星小镇的居民们必须共同讨论做出决定：是拒绝飞船降落，任由那个孩子死去，还是以全体居民的健康与生命为赌注，接收飞船，救助那个孩子。”

夜晚的风愈发冷了。不知不觉，露台已转到另一侧，正面向华灯初上的城市内景：对面的北峰晶莹剔透，像光流织成的一幅长卷；两峰之间，一道道天桥如同金色蛛丝，衬着靛蓝夜空一起倒映在运河中；河畔灯火点点，人影憧憧，河中有小船往来，搅碎粼粼的水波。此情此景，竟一时令人忘记是在戈壁荒滩中。

“您怎么想？”樱井问。

“我？”

“如果是您会怎么选？”

我望向杨烨。他抬起眼来跟我对视，黧黑的脸上看不出表情。

“一个人还是许多人，少数还是多数，这其实就像‘电车悖论’① 一样，是‘没有选择的选择’，the only game in town，对吗？”

---

① 电车悖论：是伦理学领域知名的思想实验，由牛津大学教授菲利帕·福特首先提出。它设置了这样一个场景：电车司机只能沿着轨道行驶电车，轨道的一端有五个人在工作，另一端有一个人，无论电车开向哪一端都会撞死相应的人。

我说，“无论是谁，无论多么同情那个孩子，都不可能冒这样大的风险选择救助，对吗?”

“好像的确如此。”樱井回答，“所以我们才想通过戏剧去探索，去打开其他可能性。”

“其他可能性?”

“我希望通过剧本讨论环节，聆听所有参与者的想法，或许有可能设计出好几种不同的结局。”

“正式演出时，会从中挑选出一个?”我问。

“也可能把它们都演出来，最后请观众投票决定。”

“你呢?”我看着杨烨，“你怎么想?”

杨烨挑了挑眉，笑道：“我现在只想着怎么搭帐篷。”

“你也要参加剧本讨论和演出的，不能置身事外哦。”樱井说，“在火星小镇，永远不可以说：‘It’s none of my business’。”

杨烨笑而不语。

“怎么样，有兴趣参加吗?”樱井问我。

“当然。”我握紧双拳，掌心里渗出热汗，“我参加。”

三

“‘巴别综合征’，Babel Syndrome，是由一种名为 LDR 的病毒所引起的传染病。这种病毒会感染人类大脑中的语言功能区，令患者产生语言障碍。患者会无法正常阅读和书写，会听不懂自己原先所熟悉的语言，同时自己的口语发音也会逐渐变异。最终，每一位患者的语言，都会变成某种只有自己才能理解的‘方言’，从而失去与他人交流的能力。”

讲台上的强光，令我看不清台下听众的脸，只能依稀听到黑暗中传来的议论与叹息声。我挥了挥手，背后 LINGwall 上浮现出视频。

“视频中的两个女孩，是我和我最好的朋友小蛮。左边是我们四岁的时候，右边是三十岁的时候。她小时候有些口吃，在人前很内向。但只要我们两个凑在一起，就总有说不完的话。两年前的冬天，她被确诊罹患巴别综合征，住进专门的治疗中心。从那天开始，我们就被隔绝在不同的世界里。”

一段视频：我与小蛮通过 LINGwall 交流。她指着一张画有简笔画的卡片，说出一个词，我将她的发音录下来，输入语音分析软件中。如此反复。

“我尝试学习她的语言，尝试理解她。我害怕她像许多巴别病患者一样，陷入孤独、绝望、抑郁，甚至疯狂。我希望在这个世界上，至少有一个人能够听懂她，陪伴她。”

视频中的我关掉 LINGwall，独自坐在黑漆漆的房间里，一遍又一遍地播放录音，一遍又一遍笨拙地模仿着，眼泪不断从脸上掉下来，直到泣不成声。

黑暗中的观众席异常安静。

“半年前的一个深夜，我被叫去参加一个会议。在会议上我得知一件奇怪的事：一家 AI 实验室设计了一种名叫 LINGseal 的智能玩具，可以像刚出生的婴儿一样，从零基础开始学人说话，通过与用户建立深度交互，成为用户专属的智能语音助手。这一产品的最大优势在于，可以学会各种冷僻的方言和小语种，实现最大程度的个性化。”

一段视频：一只毛茸茸的白色小海豹，用玻璃珠般的大眼睛望着镜头。画外一个女声用上海话说：“侬好。”小海豹歪着头，奶声奶气地模仿道：“侬——好——”

观众席中发出阵阵笑声和惊叹声。面对这样的萌物，没有人能不为所动。

“出人意料的是，在产品测试阶段，有一个货箱被弄丢了，直到三个月后才终于找到。当人们打开货箱时，却发现里面的一百个样品，竟然持续不断地发出奇怪的声音，仿佛在用一种不属于人类的语言交谈。”

另一段视频：黑暗的货箱里，一团团白色挤挤挨挨，发出嘈嘈切切难以名状的声响，有些诡异，有些恐怖。这次观众们没有笑。

“一个合理的猜想是，这些 LINGseal 自己创造出一种新的语言。这对人类来说意味着什么？会对我们造成威胁吗？我们应该怎么办？销毁它们？在它们将这种语言教给其他人工智能产品之前？”

我停顿了几秒，等待观众席中的议论声平息。

“我的意见是：我们需要派出代表，去跟它们交流，学习它们的语言，理解它们在说什么。敌意不能消灭恐惧，唯有理解可以。幸运的是，这个意见被采纳了。于是我成为第一个去跟这些 LINGseal 说话的人类。”

一段视频：我抱着一只小海豹，用汉语问它：“‘你好’怎么说？”小海豹张开嘴，发出像是小孩子打哈欠的声音。

“它是我进入货箱之后，第一只跟我打招呼的小海豹。我给它起名为‘冬冬’，并教会它说汉语。在研究过程中我发现，这些 LINGseal 所说的，并不是一种固定的语言系统，而更像一种灵活多变的语言游戏。也即是说，它们会在交流中不断创造新的词汇和语法。一个最接近的比方，大概有点像日新月异的网络用语，只是变化速度更快，规则更复杂。有趣的是，当我开始教冬冬汉语之后，LINGseal 群体的语言迅速受汉语影响而产生变异。如果还是用网络用语做比方的话，大概像是使用汉语的网络用户，利用英文外来词创造出新的表达方式。在这个意义上，LINGseal 语言是一种独一无二的超级元语言，对于我们研究一切人类语言，甚至未来破译外星语言，都具有无可限量的价值。”

我又停顿了几秒，让观众接受、消化这些信息。

“与此同时，我还产生了另一个想法，就是训练 LINGseal 学习巴别综合征患者的语言，帮助他们重建社会交流。这个项目从今年四月开始实施，已取得超出预期的进展。”

一段视频：我最好的朋友小蛮，身穿白纱，与新郎并肩立在证婚人面前。证婚人怀抱一只毛茸茸的 LINGseal，一句一句念出结婚誓词，新郎新娘一句一句跟随重复。尽管三个人的语言截然不同，但在场所有观众都能同时从耳机中听到自己所熟悉的语言。

无论生病或是健康，富有或是贫穷。

你往那里去，我也往那里去。你在那里住宿，我也在那里住宿。你的国就是我的国，你的神就是我的神。

你的语言，就是我的语言。

“今年六月，小蛮在巴别综合征治疗中心举办了婚礼。她与新郎、证婚人，以及在场所有宾客，都是巴别综合征患者。我也通过 LINGbot 远程参加了婚礼，兑现我们小时候的承诺，成为她的伴娘。现在她过得很幸福，也已经重新开始工作。她还想生一个孩子，一个健康的孩子。我希望她的愿望能够实现，希望人类终有一日能够攻克这种疾病，希望这世界上的每一个人，即便说着不同的语言，也能够听懂彼此，理解彼此，拥抱彼此。我就说到这里。谢谢!”

台下响起热烈而持久的掌声。我鞠躬致谢。

分享会结束后，观众陆续离场。我正急匆匆收拾东西，耳机里突然传来清脆的敲门声。

咚，咚，咚。

我抬起头，看见被光照亮的讲台边缘，趴着一只白色小海豹，正歪着头看我。

“你好——”它奶声奶气地打招呼。

我愣了愣，走过去蹲下。小海豹伸出一只短短的前爪，嘴角上扬，像一个好奇而友善的笑容。我伸手握住它的爪子。

“你是……冬冬?”

尽管 LINGseal 外形都一样，但我却可以从神态动作上认出它。

“我的朋友想跟你说说话。”冬冬眨了眨水汪汪的眼睛，“可以吗？”

“朋友？”

“他就在台下。”

我向前探身，隐约看到讲台下的黑暗中，有一辆带轮子的小车，比普通的婴儿车大一些，车两侧伸出两只乳白色的机械手臂。冬冬蹦下讲台，被那双手臂温柔地接住。我走下台阶，走到近处。眼睛适应黑暗后，我终于开始看清楚坐在车里的人。

他……有一副仿佛来自科幻恐怖片的奇怪外形：大得出奇的头颅，比例失调的五官，坑坑洼洼的皮肤，身体像一条鱼，几乎没有四肢，只有残留在肩与髋关节上几个长短不一的趾状残肢，像节肢动物般不停扭动。

一只白色机械臂伸向我，做出握手的姿势。与此同时，车里的人张开小小的嘴，发出一连串哦哦啊啊、意义不明的声音。

耳机里传来中文翻译：

“王老师，很高兴见到您。我是阿追。”

我惊诧片刻，终于回过神来，伸出手握了握那只机械手。

“你……你好。”

“吓到您了吧？”

“不好意思……我……”

“没关系，大家第一次见我都是这样的。”

他说出这句话时，脸上却带着笑，好像真的全然不在意。

“我刚才听了您的分享，特别有意思。”阿追又说。

“啊，谢谢。”

“结束后好多人排队找您问问题，我好不容易等到他们都走了，才过来找您。”

“你有……什么问题吗？”

“就想见见您。您这会儿忙吗？”

“啊……”我看一眼时间，“三点钟我要参加一个戏剧工作坊，马上就要开始了。”

“是樱井导演的工作坊吗?”

“是的。”

“真的吗?太好啦，正好我也要去。您知道怎么走吗?我带您去吧。”

“哦……多谢。”

小车驶向报告厅门外，我连忙跟上。

这里是小镇上最大的图书馆，融合了阅读、学习、工作、会议、影院、剧院、音乐厅、画廊、展览、游戏、运动、餐饮、花园等多种功能为一体。图书馆的结构设计灵感来自海螺，螺旋状通道与楼梯彼此缠绕，如果没有 LINGwatch 导航很容易迷路。

午后阳光明媚，有风从廊柱间穿过，送来阵阵花草芬芳。

“听说您昨晚刚到?”阿追问。

“是啊。”

“喜欢这里吗?”

“喜欢。这里……让我学到很多东西。”

“是吗?太好啦!”

“你是什么时候来的?”

“我在这里快三年了。”

“你今年……多大了?”

“八岁。”

“你喜欢这里吗?”

“当然喜欢。在这里我可以像其他孩子一样，学习，生活，玩儿，交朋友。”

“都学些什么?”

“什么都学：认字、读书、画画、弹琴、做模型、种菜、下围棋、打乒乓球……”

“乒乓球？”

“我已经学了两年，现在打得还不错呢。”

“这么多事情，你忙得过来吗？”

“是有点忙，可我什么都想试一试。很多事情看上去很难，试一试就会发现，其实是有可能做到的。如果我做到了，其他像我一样身体不方便的孩子就也有可能做到。”

“是吗……真好。”

阿追停下小车，转向我。他错位的五官都在笑容中舒展开，有一种奇异的感染力。冬冬安静地依偎在他身旁，大眼睛忽闪忽闪。

“王老师，我要谢谢您。”

“谢我？”

“现在有了冬冬，我可以像这样直接跟大家说话了。”

“我……”我一时不知道该如何回答，嗓子有点哽住。

“您帮助了很多人，也帮助了我。”

“我其实……并没有做什么。你应该感谢设计 LINGseal 的人。”

“你们都很了不起。”阿追说，“希望将来我也能像你们一样，帮助更多的人。”

我深深吸一口气，胸口各种情绪翻涌，五味杂陈。

“嗯，加油。”

背后传来急促的脚步声。我回头，看见樱井正一路小跑赶来。依旧是一身黑衣，挎着一个与她体型极不相称的大包。

“啊呀，真不好意思，差点迟到。”她气喘吁吁地笑道，“走到路上才想起忘了东西。”

阿追也笑道：“您别跑了，来得及。”

我们一起来到工作坊所在的活动厅，里面已经坐了二三十个人，正三三两两聊着天。阿追先进了屋，樱井立在门口，一边脱外套一边说：“看样子你们已经认识了？”

“他刚才去听了我的分享会，结束后带我一起过来的。”

“让人印象深刻的孩子吧？”

“是啊。”

“他听说您要来参加艺术节，特别高兴。昨晚我本来想带他来见您，可是他要上课。”

“所以他也会参与演出吗？”

“当然，他的角色是第一个定下来的。”

“什么角色？”

“他没告诉你吗？”

“没有。”

樱井用那双明亮的眼睛望向阿追。

“他演飞船上那个孩子。”

四

我从噩梦中醒来。

一个黑暗的、漫长的、令人窒息的梦。

浑身冷汗，身体像陷入流沙般动弹不得，只有心脏一下一下跳得厉害。

闹钟嘀嘀作响，房间里光线逐渐变亮。陌生的房间，陌生的墙壁，陌生的天花板。

我从床上爬起来，刷牙，洗脸，烧一壶热水泡茶。温暖的香茶让身体暖和起来，也驱散了嘴里的苦涩味。

凌晨五点钟，外面天还黑着。我在保温杯里灌满热茶，穿上保暖的衣服，戴上帽子、手套，去附近食堂喝了杯咖啡，吃了块鸡蛋三明治，然后乘电梯下楼，搭乘轻轨抵达小镇东头。

大运河在这里汇成一个小小的人工湖泊，湖心有小岛，水中有鱼虾和水鸟，岸边有芦苇与荷花，更远处便是戈壁中绵延起伏的山岩。日出之前凉风刺骨，水波哗哗地拍向岸边，偶尔不知从哪里传来一两声鸟叫。

杨烨穿着帽衫、长裤与防水靴，坐在湖边一块石头上，今早他会在这里组织一场岩石平衡艺术工作坊。湖边已经聚集了不少人，我看到樱井与阿追也在其中。

工作坊开始后，杨烨先带领大家进行五分钟的冥想练习，然后便开始现场演示。他选了水边一块表面平坦的大石头，又挑了十几块形状大小不一的石块，将它们一块又一块堆叠起来。每放下一块石头之前，他都会反复尝试，寻找平衡点，以某种看似绝无可能的角度将它立在其他石头上。最后一块石头又大又重，形状极不规则。杨烨将它竖立起来，最尖利的一角朝下，仿佛金鸡独立的杂技演员。安放这块石头花了很长时间，当他最终松开手的一瞬间，所有人都屏住了呼吸。

石块立住不动，像是脱离了地心引力，又像是时间暂停。

大家忍不住轻声惊叹。杨烨用手舀起一捧湖水泼在石堆上。最终完成的作品像一架摇摇欲坠的天平，天平两端的石头体积相差十几倍，彼此对峙，相互制衡，形成一个充满超现实色彩的整体。

“所谓‘岩石平衡艺术’，其实就是垒石头。”杨烨看着我们笑道，“从物理角度来说，每块石头上都有微小的缺口，只要从这些缺口中找到三个支点，它们就能够像三脚架一样，让石头站立起来维持平衡。这需要你的手去触摸，去感知，去发现，去控制。与此同时，还有一个最基本的非物理要素，就是克服那些不断冒出来的杂念和质疑，身心合一，通过意念去把握那种微妙的平衡。这两点都很难用语言解释，所以我不会告诉你们该怎么做。接下来三十分钟，请大家自己上手练习，在实践中探索平衡的秘密。练习过程中请不要交谈，最后我们会留一点时间讨论总结。”

大家在湖岸边四散开来，寻找合适的练习场所。太阳还未升起，但天色已慢慢亮起来，水面上映出云的影子。

我的注意力忍不住被阿追吸引。他的小车在碎石滩上不方便移动，杨烨就帮他挑了一些石块，在一片平坦的岸边湿地上练习。阿追控制机械手，认真地摆弄石块。冬冬安静地待在小车里，脑袋转来转去，好奇地打量他的动作。石头一次又一次倒下来，冬冬一次又一次发出遗憾的叹息。阿追脸上却看不出什么表情，只是一次又一次继续尝试。

杨烨远远地看我一眼，我连忙低下头开始练习。

脚下正好有一块大小适中的长圆形石头。我把它立起来，双手扶住，慢慢感受。正如杨烨所说，看似圆滑的表面，其实坑坑洼洼凸凹不平，每一处微小的凸起都有可能与其他凸起一起构成支点，改变石块的重心。我摸索着，调整着，却始终找不到一个可能达成平衡的位置。

也许并不是每一块石头都可以立起来，也许一开始就挑错了，注定徒劳无功。我放下手中的石头，打算换一块试试。一只手从背后伸过来按住我的手。是杨烨。他捡起那块石头，观察着，摩挲着，最终找到一个位置立起来，引导我用双手扶住。隔着薄薄的手套，我感觉到他指尖的力量透过我的手传递给石头，又继而传递给两块石头之间的接触点。我尝试放慢呼吸，将全部注意力都集中在那些点上，仿佛它们已与我连为一体，是我身体和意念的延伸。

某一瞬间，我似乎真的感觉到那三个稳定的支点。尽管这一瞬间转瞬即逝，但它千真万确存在。

杨烨松开双手。他已经做了他能做的事，让我从怀疑到相信，从不可能中把握到可能性。

练习时间结束时，太阳正跃出地平线，金色光芒遍洒天地之间，热烈而绚烂。每一朵云，每一座山岩，每一道水波，每一秆苇草，连同我们面前的石堆和身后的整座小镇，都仿佛被这光芒注入了生命。

杨烨从他完成的作品上，轻轻地取走最小的一颗石子。石堆失去平衡轰然倒塌。

大家不禁发出吃惊和惋惜的轻呼。

我突然间鼻腔酸涩，眼泪盈眶。

练习结束后进入交流环节。大家在岸边围坐，分享各自带来的热饮和点心。保温杯里散发出的热气迎着晨光缭绕。

有人问杨烨："你是怎么开始从事岩石平衡艺术的?"

"最初是在网上看到一些视频和照片。因为我经常在野外工作，为了打发时间，就动手试试看，没想到居然坚持下来了。"杨烨笑道，"其实岩石平衡艺术并不是什么新东西。我从小在贵州山区里长大，我们那里盖房子都是就地取材，从河滩里捡来的形状大小不一的石块堆砌成墙，不用任何黏合剂，只靠石块之间的几个支点彼此施力保持稳定。这种墙需要经验和技巧才能垒得齐，垒得稳。我父亲就是村里砌墙的行家，别人家盖房子经常请他帮忙，有时候也叫我去打下手。后来读书的时候，我了解到全世界各地，从古到今，不同工艺和材质的石砌建筑。那些屹立千百年不倒的石墙，都是由像我父亲这样无名无姓的普通人一块一块垒成的。他们是 artisan，也是 artist，是工匠，也是艺术家。"

樱井点头道："日语中有一个词，'職人'（しょくにん），勉强翻译的话就是工匠，craftsman。我想其中难以直接翻译的那层微妙的意思，正是日常手工劳作中所蕴含的艺术性，也就是你所说的'工匠/艺术家'吧。"

一个年轻女孩说："我在练习时会想到，当我们逐渐习惯与各种触屏和数码界面打交道的时候，类似岩石平衡艺术这样的实践，会引导我们的双手重新建立起与物理世界之间的联系。这或许是连 VR 体感技术都无法完全取代的一种联系。"

又有人说："我感觉到某种类似于'禅意'的东西。摒除杂念，在不稳定中寻找平衡，就像是一个开悟的过程。的确只可意会不可言传。”

“你怎么想？”杨烨看向我。

我迟疑片刻，说：“在我看来，这像是人类文明的隐喻，是一个与无序、熵增①，与无所不在的重力对抗的过程。令人惊叹，同时也充满偶然性与脆弱性。”

“所以，你是因为它注定转瞬即逝而落泪吗？”杨烨笑道，“还是因为同情人类徒劳无益的努力？”

我深深吸一口气，望向波光粼粼的湖面。

“今天早上，我做了一个梦。”我低声地说，“梦见自己像是被关在一个很小的黑屋子里，小到几乎无法挪动身体。屋里潮湿，阴冷，恶臭。墙上有一道狭窄的缝，隐约透进来一点光。我把一只眼睛凑到缝上往外看，却什么都看不清。”

胸口有点憋闷，心脏怦怦地跳得厉害。

“我努力回想，自己是谁，这是哪里，我为什么会在这里。于是我隐约想起一些什么，阳光下的奔跑，雨水淋湿的头发，人群熙攘的街道，熟悉与陌生的语言……我想起自己作为王一童度过的人生，家人、朋友、爱人、笑容、拥抱、亲吻……然后我想起来，那一切只是梦。这么多年我一直被关在这间黑屋子里，从未离开。为了暂时忘记黑屋中的一切，我做了一个很长很长的梦……”

风吹着芦苇丛沙沙作响。金色晨曦中，一切都美得不太真实。

“刚才石堆倒塌的一瞬间，我突然想到梦中的情境。我们以为自己所拥有和创造的一切，有可能只是噩梦中的一场美梦。”

杨烨摩挲着手中那颗石子，久久不说话。

工作坊结束后，大家各自搭乘轻轨返回。我独自沿着运河花园

---

① 熵增：熵增过程是一个自发的由有序向无序发展的过程。

漫步，樱井从后面赶上来，与我并肩而行。

我问她："您接下来要去哪里？"

"散散步，呼吸清早的新鲜空气，然后回去补觉。"她笑道，"实不相瞒，我是习惯熬夜的人，很多年没有这么早起床了。"

"我也是。"

"夜里没睡好吧？我那里有安神助睡眠的花草茶，可以试试看。"

"啊，我还好，多谢。"

"其实，我在创作戏剧的时候，也经常会做奇怪的梦。"

"是吗？"

"有一种说法，说戏剧舞台是'幽灵'的世界。被现实秩序所排斥和压抑的一切，都可以在剧场空间中显形，诉说它们未曾说出的话。哈姆雷特父亲的亡灵，绍兴地方戏中的'女吊'①和'无常'②，斯特林堡的《鬼魂奏鸣曲》，都是如此。尤其帐篷戏，是在现实空间中，临时搭建出一个令常识和规则都暂且悬置的'飞地'，就像祭台一样，把游魂野鬼都召唤来。创作者们就像巫师，感知那些幽灵，赋予它们形体，代替它们发声。"

"代替……幽灵发声？"

"对我来说，与幽灵打交道往往是痛苦的，但却没有办法不这么做。一旦看到、感知到幽灵的存在，就无法再假装视而不见。或许这就是我创作帐篷戏的原因吧。"

她望向远方。朝阳为她的满头银发镀上一层金色，像一顶闪闪发光的皇冠。

"其实……我一直想问您……"我低声道。

"嗯？"

---

① 女吊：女性吊死鬼。鲁迅称其为"在戏剧上创造了一个带复仇性的，比别的鬼魂更美、更强的鬼魂"。

② 无常：鬼名。鲁迅著有《无常》一文，介绍了绍兴地方戏中的无常，其在故乡时候，"常常这样高兴地正视过这鬼而人，理而情，可怖而可爱的无常"。

"为什么会想到要创作《火星孩子》这部戏呢?"

"这个啊……"樱井眯起眼睛,"应该是很多年前的一个夜晚,跟一群朋友在一起聊天喝酒。那是在我的老家冲绳,一座美丽的小岛上。当时杨烨也在,他问我们,假如现在有这样一艘染病的船,载着一个快要死去的孩子,来到这座岛附近,我们作为岛上的居民,会如何选择。那晚大家喝了很多酒,争论得不可开交。当时我就想到,如果把这一幕放在戏剧舞台上表现,应该会很有意思。只可惜这个想法一直没能实现。"

"原来如此……"

"这次来到火星小镇,特别是第一次见到阿追的时候,立刻就想起这个放了好多年的想法。为了呼应这次艺术节主题,故事背景改成了飞船和火星小镇。"

"那么,杨烨是什么态度呢?"

"他当然是支持的。"

"我的意思是,他对这个话题本身是什么态度呢?"

"这倒记不清了。不过他当年说过一句话,我一直记得:'光说没用,得看行动'。"

"这还真像他说出来的话。"

"是吗?"

我停下脚步。水上游过几只鸭子,搅碎满池霞光。两个早起晨跑的人从我们身边经过。路边有一棵沙果树,红彤彤的果实挂满枝头垂下来,清香扑鼻。

"杨烨应该跟您说过,我们是高中同学吧?"

"对。"

"当年我们都是学校辩论队的成员。那个船上孩子的故事,来自于我们最后一场毕业表演赛的辩题。"

"啊……"

"我们读同一年级,不同班级,是在辩论队里认识的。杨烨是苗族人，汉语不是他的母语，但他当年在辩论场上几乎没有对手。其实在那之前我从来没接触过辩论，应该就是因为看了他们一场比赛，头脑一热就跑去报了名。”

我笑一笑，从树上摘下一颗沙果，握在手心里轻轻擦拭。

“三年时间里，我从他那里学到很多东西。他对我来说，是榜样，是教练，是战友，也是领跑者，等待我去追赶，去挑战，去超越，虽然我从没有信心能在辩论场上打败他。”

“毕业表演赛，是我们高中三年最后一场比赛，所有人都全力以赴准备。我和杨烨持正方，要救那个孩子。我是三辩，他是四辩。我们查阅了各种资料，整理出正反方可能给出的观点，反复练习。我以为那会是一场完美的谢幕演出。”

“没想到比赛当天，反方四辩因病弃赛。杨烨作为队长，临时调整了排阵，让正方替补队员打三辩，我打四辩，他自己顶替反方四辩。当然，这对他来说不在话下，也只有他能做到。但对我来说，战友突然变成对手，直接正面对决，还要在他之前发言。”我自嘲地笑了笑，“压力太大了。”

“结果……”

“结果我发挥失常，表现一塌糊涂。”

樱井将一只手轻轻地放在我手臂上。

“现在想起来，还是觉得挺丢脸的。”我又笑了笑，“那之后我就再没打过辩论。”

“你应该难受了很久吧？”

“是啊。一开始怨他，后来怨我自己。现在想来，我一直不是一个合格的辩手。我太情绪化，没办法抽离自己，理性地分析问题。其实辩论中从来只有输赢，没有对错，但我却总想站在自己认为对的一方。所以那个时候，我会以为我和杨烨应该为了正义并肩作战，会因为他临阵倒戈而愤怒，会因为害怕孤军奋战而慌乱。我是被自己那些情绪给打败了。”

“其实，情绪化未必是坏事。”樱井柔声地说，“我也是过了这么多年才逐渐明白，那些曾经以为是致命弱点的地方，也有可能会令自己强大。”

“你说的对。所以后来我开始懂得，那只是成长路上的一个契机，让我看到更多，学到更多。我看到自己的脆弱，学会接受它，与它共存。我不再怨杨烨，也原谅了自己。我想我毕竟是成年人了，应该拿得起放得下，不会再纠结，不会再闹小孩子脾气。”

我将手心里握了很久的沙果放进嘴里，用力咬了一口。香气四溢的汁水沿着舌尖流淌，酸甜中隐约有一丝涩味。

“但是来到这里之后我才明白，其实自己心里有一块地方从未放下过。不是因为那场比赛的输赢，而是因为那个孩子。是的，那个孩子就是你所说的‘幽灵’。这么多年里，他一直还在那条黑漆漆的船上，在人们看不到也听不到的地方，绝望，哭泣，等待。我可以看到、听到、梦到他，是他在纠缠我，召唤我，让我来到这里，让我无法心安理得地做着美梦。”

风吹来，树影婆娑。我和樱井的头发都在风里飘扬起来。

“所以这一次，我不会再输。”我一字一句地说，“我要为他而战，我要赢，我要打开那扇门，救他出来。”

五

正午阳光穿过彩色玻璃窗。阿追坐在窗边的七彩光斑中，一双机械手半握成拳，在面前两排木槌上轻柔地敲击。木槌通过一连串绳索、曲柄与滚轴，牵动头顶上方的铃锤敲打铜铃，发出曼妙的声响。

这座钟琴位于北峰的钟塔顶楼，由四十八只大小不一的铜铃组成，演奏时声音可以传遍整座小镇。每周一和周四中午，阿追会在这里演奏钟琴。

一曲结束，我用力鼓掌。阿追兴奋而羞涩地望着我笑。

“你练习多久了?”我问。

“一年多。有一位音乐老师教我。最近他不在镇上，我就代替他弹奏。”

“这是我第一次看钟琴现场演奏。音色真美!”

“我在网上有一个账号，上传了很多我演奏钟琴的视频。”

“是吗?”

“嗯，账号名字叫‘火星上的卡西莫多’。”

“卡西莫多？这是你自己起的名字吗?”

“是啊。”

“你读过《巴黎圣母院》?”

“看过动画片和电影。等我再多认一些字就可以读书了。”

“你……喜欢卡西莫多?”

“喜欢，他很勇敢。”

“勇敢?”

“别人不敢做的事情他敢做。”

“哦……有道理。”

阿追歪着头看我，好像在有意无意地模仿冬冬。

“听樱井导演说，您在写《火星孩子》的剧本?”

“算是……一个提案吧，写好之后交给大家讨论。”

“您会给自己写个角色吗?”

“有的，是个语言学家。”

“那樱井导演呢?”

“她演镇长应该正合适。”

“太好啦。”阿追脸上绽开笑容，“好期待跟大家一起演戏啊。”

“我也是。”

“可以问您个问题吗?”

“嗯?”

“为什么给它起名叫冬冬。”

我低下头看着冬冬那双大眼睛，眼睛里依稀映出我自己的影子。

“大概因为……”我用指关节在墙上敲了三下，“像咚咚的敲门声吧。”

“敲门声？”

阿追学我的样子，用他的“手”敲了三下。

“那……您能把冬冬也写进剧本里吗？”

“嗯？”

“我也想跟它一起演戏。”

“嗯……好啊。”

“一言为定？”

阿追边说边伸出“手”，竖起一根小拇指。

我愣了愣，伸手与他拉钩盖章。

“一言为定。”

七彩光斑映在地上墙上，映在每一寸空气里，如梦似幻。

LINGwatch 突然剧烈震颤，发出尖利的警报声。与此同时耳机里传来语音信息：

> 小镇上发现 LDR 病毒疑似携带者。请收到信息后立刻返回房间进行隔离检疫。

我回到房间，房门随即强制关闭。LINGwall 上弹出来自小镇医疗中心的信息：

> 一名巴别综合征患者今日刚被确诊，其近期接触史中包括一名来冷湖火星小镇参加艺术节的嘉宾。未来四十八小时内，请全体居民严格按照医疗中心指令行动。
>
> 隔离期间，医疗中心将首先针对疑似携带者和与其接触程度最高的人群进行检测，逐个排查。为了制定效率最高的精准检测方案，医疗中心需要采集每个人的 LINGwatch

信息，了解全体居民的行动路线、活动范围和接触史。您的个人敏感信息不会被泄露或挪作他用。

请您选择是否接受。

我选择了接受采集信息协议，然后开始按照指示对房间和个人物品进行消毒。LINGwall 上不断弹出各种信息：关于 LRD 致病与传染机制的介绍，来自朋友的问候，防疫期间的餐饮供给方案，艺术节活动调整的通知，检测试剂盒生产进度，一切公共活动暂停，公共区域关闭，工作人员操作 LINGbot 对公共区域进行消毒……

咚咚咚。

是杨烨发来的通话请求。

我接受请求，LINGwall 上出现杨烨的影像。他穿着短袖长裤，光脚坐在地上。房间里乱糟糟的，光线有些昏暗。

“嘿，你还好吗?”他声音有点沙哑。

“还好。刚才有医用 LINGbot 过来，做了检测采样，还给送了饭。你怎么样?”

“一直在线上开会，刚抽出时间吃点东西。”

“你做了检测吗?”

“刚做完。”

“我们是第一批接受检测的吧?”

“是啊。”

“希望大家都没事。”

“希望如此。”

“我刚才……尝试联系樱井，联系不到她。”

“她……”

“其实你知道疑似携带者是谁吧。”

杨烨点了点头。

我叹一口气，说：“别担心，只是疑似。就算她被感染，LDR 潜伏期间传染性也不强。如果我们这些密切接触者都没事，那么其他居民基本可以排除感染风险。而且确诊后越早开始治疗，越能有效抑制病毒在体内扩散。”

“你这么冷静啊？”

“几年前我的朋友被确诊时，我也经历过隔离检测。”我说，“医疗中心发布的信息和指令都很清楚，只要知道该怎么做，就不必恐慌。”

“小镇有完备的医疗防疫系统。在筹划艺术节过程中，也准备了应对各种突发情况的处理方案。”杨烨苦笑，“未来人类登陆火星，可能会面对各种未知病毒。就当这是一场演习吧。”

“幸好这一次是我们已经了解的病毒。”我也苦笑。

“你这会儿在干什么？”

“正打算继续写《火星孩子》的剧本提案，虽然不知道还能不能按计划上演。”

“不好说。就算樱井和剧团成员都没被感染，舞台和帐篷的搭建工作肯定也会拖后。”

“还是先写吧，也没别的事情干。”

“进展如何？”

“还是没想好怎么结尾。这会儿脑子更乱了。”

“要不咱们说说话？现在不说，搞不好以后再没机会说了。”

他嘴角带笑，深邃的眉眼中却有一丝沉郁。我想笑他杞人忧天，话到嘴边又咽了回去。

“今天阿追邀请我去钟楼上看他演奏钟琴。”我说。

“是吗？现场听效果特别好吧？”

“是啊。他还说他在网上有个发布演奏视频的账号，叫“火星上的卡西莫多”。我就想起来这里的路上，我们聊到‘火星上的红学家’。”

“呵，你还记得。”

“我这几天总是想起《战神的后裔》，好多以为自己忘记的情节和人物又都想起来了。如果没有那本书，或许我们两个都不会在这里。”

杨烨侧脸望向窗外，沉默片刻后轻声地说：

“我还记得，那本书是1984年版的，保护得很好，扉页上还有作者签名。”

“那是我父亲的书。他看我喜欢，就送给我了。”

“那么珍贵的书，你却舍得捐。我当时就想，这个捐书的人真是奇怪。”

“奇怪吗？”

“说好听点是天真，说难听点是傻吧。”杨烨似笑非笑。

“原来我在你心里是这样的。”

“还记得那道关于机动车的辩题吗？你说我们需要推行替代性的交通方案，但在我老家的贵州山区，能坐上车已经是奢望了。修了那么多年路，才让每个村都通上公路，让孩子们不用走一两个小时山路去上学。你说过，‘世界是不平的’。是的，我很清楚平坦表面下的沟壑是什么样子。那些听上去无比美好的未来交通方案，只能飘在天上，在那些平坦的地方实现，落不到这些沟壑里面来。”

“是的。可是……”

“我父亲开了十几年长途货车，跑一趟十天半个月，每天连续开十六七个小时，为了省钱，一个人开全程，又累又不安全。遇到偷油偷货的盗匪，可能挣的还没有亏的多。但又能怎么办呢？没有别的办法。全中国几千万货车司机，如果不开车，家里人吃什么，喝什么？拿什么给孩子交学费？”

“所以你觉得我傻？”

“毕竟，我们看到的世界太不一样了。在你的世界里，很多事情都要容易得多。”杨烨叹一口气，“十岁那年，母亲带我和弟弟妹妹离开老家去深圳打工。我们在一所给打工者子女办的学校里读书，老师凑合教，学生也凑合学。大多数学生读不了几年书，就跟父母一样出去工作，或者回老家。很少有人想过自己将来想干什么。那时候有一个公益组织的老师，经常去我们那里，带大家一起学习，一起玩。是他鼓励我申请灵云学院的奖学金。我知道那是很有名的学校，录取率很低，可还是想试一试。第一年只申请到半奖，我放弃了，因为付不起剩下一半学费。幸运的是，第二年居然申请到了全奖。如果不是因为这份幸运，我不可能有机会跟你们坐在一起读书，不可能走到今天。”

我良久无语。

“还记得，我们毕业前最后一场比赛吗？”杨烨声调和缓了一些。

“当然记得。”

“你一定输得很不甘心吧？”

“是又怎样。”

“其实……内心深处，我是希望你赢的。”

“嗯？”

“希望你为船上那个孩子，挑战这个世界，挑战所有人心中的恐惧与成见，赢得比赛，赢得哪怕是一点点希望。但与此同时，心里又总是有个魔鬼般的声音在说，你不可能赢，没有人会站在你那边，最终我们都会在冷酷的现实面前认输。”

“为什么？！”

“那一年超级流感大暴发时，有太多活生生、血淋淋的例子。我母亲那时候在一家医院做护工，因为疑似感染病毒，雇主更换护工，医院不能待了，家政中心不管，社区隔离点也排不到床位。我们那时候住的地方只有巴掌大，母亲怕传染给我们几个孩子，不敢回来，只能在外栖身。我一个人在家照顾弟弟妹妹，想去给母亲送点吃的穿的，却不敢出门——不是怕感染，是怕出去之后邻居不让我回来……”

杨烨垂下头，双眼完全藏在阴影中。

“你母亲她……”

“后来确诊了，进了医院，治好了。她跟我一样，是幸运的。”杨烨面色沉郁，“但是那些经历让我知道，无论说得多么好听，在现实情境中，根本就没有第二种选择。坐在安全的地方，我们可以大谈人性、公正、平等、保护弱小，但当威胁真正到来时，每个人首先想到的是害怕，是自保，是离危险越远越好。”

“你说的没错。可是，如果说那场超级流感真的教会我们什么，不正是这件事吗？大到一个国家，小到一个社区，当人们开始封闭边界，将外来者一律视作威胁，避之不及，甚至歧视攻击、幸灾乐祸的时候，得不到救助的人会在街头游荡，生活在疫区的人会陷入恐慌大量出逃，已经确诊的患者为了能去安全的地方，甚至会刻意隐瞒病情……于是病毒被散播得更快更远，连那些最初以为绝对安全的地方也未能幸免。”我用力喘一口气，感觉自己脸颊发烫，好像有热血从胸口涌到额头，“将患病的孩子拒之门外自生自灭，牺牲少数人保全大多数人，这是冷酷的现实吗？不，这恰恰是一种天真的幻想！真正冷酷的现实就是，我们每个人其实都在呼吸他人的呼吸，影响他人的命运。我们依靠他人而活，也必须为他人负责，没有人能独善其身。所以我们必须反省，必须改变！”

杨烨沉默良久，嘴角突然泛起一丝笑意。

“如果当年辩论场上你这么讲了，说不定能赢。”

“输了就是输了，没有那么多如果。”

“你不怨我吗？”

“我是输给自己，不是输给你。”我摇摇头，“如果当时心态好一点，稳定发挥，或许至少能打个平手。”

“但我一直欠你一个道歉。”

“为什么？”

“宣布调整排阵的时候，你正好不在。我故意等到临上场前才告诉你，知道你肯定会慌。也不知道当时怎么想的，大概是心里那个魔鬼作祟，一心想让你输吧。”他缓缓地吐出一口气，“终于说出来了。”

我透过屏幕与他对视。

好像有一颗石子掉落井口，落入极深远的地方，激起一片回响。

LINGwall 上突然弹出两条新消息。

一条来自医疗中心。

您的 LDR 病毒检测结果为阴性。根据防疫方案，我们要求您继续留在房间中隔离，12 小时后进行复检。感谢您的理解与配合！

另一条信息来自樱井。

各位：

刚刚得到通知，我被检测出感染了 LDR。值得庆幸的是，目前为止，我所接触过的人群中并没有检测出第二例感染者。

得知自己疑似携带病毒的那一刻，我深感震惊和愧疚，拿到检测结果之后，则变成无所适从。感染 LDR 不仅意味着未来某一天，我可能会丧失用语言交流的能力，也意味着从现在开始，我必须时刻小心与他人保持距离，这对于一个热爱戏剧的人来说是极为残酷的。在亲手搭建的帐篷中，与演员们一起演出，与观众面对面交谈，与所有人共同呼吸，共同欢笑流泪，这样的时刻将永远离我而去。

但我依然希望，能够和你们一起完成《火星孩子》这出剧。医疗中心支持我的想法，并且会提供指导方案和技术支持。稍后我们会共同商讨具体细节。原定于今晚七点开始的戏剧工作坊，将改为线上形式进行。希望到时候能再次与你们相见。

这是一个艰难的时刻。让我们一起加油！

樱井夏子

LINGwall 上弹出来自杨烨的文字信息，我与他交流起来。

我没事。你呢？

我也没事。

马上要开会讨论下一步工作安排。晚点再聊。

嗯，我要继续写剧本了。

有想法了？

是的。

加油。

一起加油。

我关掉 LINGwall，在桌前坐下，闭上眼睛深呼吸。人物、场景与对白像泉水般涌入脑海。我想到樱井所说的那些幽灵，它们来了，要借我的身体说话。我睁开眼开始打字。嗒嗒的键盘声在房间里回荡，如同幽灵的脚步。

六

帐篷搭在湖上，笼罩整个湖面。观众在湖边看台上围坐，湖心岛上是舞台。

血与火一般的红色光芒照亮小岛，照出高高低低的石堆，照出石堆间忙碌的人影。人们运来石块，一块又一块小心翼翼地垒起来，形成违反重力的奇特结构。

石堆前有一道石拱门，拱门上有光映出的“火星小镇”几个字。

红光亮了又暗了，有如日夜更替。

警报声突然响起，人们停止工作。

这是一则来自地球的信息：

　　一艘感染未知太空病毒的人类移民飞船正在接近火星。

平静的小镇陷入混乱。

一道冷清的蓝光落在湖面上，光圈中有一艘乌篷小船。粼粼的蓝光在船尾波纹中起伏。

小镇镇长，一台白色 LINGbot 登上一座石头垒成的高台，召集镇上居民开会。

语言学家提议接受飞船。建筑师带头反对。二人唇枪舌剑，针锋相对。

最终建筑师赢得辩论，居民们被说服，投票决定拒绝飞船登陆。

镇长向飞船发送广播，要求飞船不得靠近。

飞船发出一段没有人能听懂的奇怪音频。

语言学家录下音频，尝试破译。

飞船在蓝色光芒里沉浮，漾起一圈又一圈涟漪。细碎的水声拍打湖岸。

血红光芒围绕小镇旋转，一圈又一圈。飞船影子掠过小镇拱门，一遍又一遍。

破译工作毫无进展。

语言学家抱着冬冬，独自走出拱门，来到岸边。她将冬冬放入一艘小船中，开启动力，目送小船远去。

红色光芒暗下去，只隐约映出几道影子。

小船缓缓穿过黑暗的湖面，来到飞船边。冬冬一蹦一蹦跳上船，用它小小的前爪敲打船舱。

　　咚咚咚。

船舱打开，蓝色光芒照亮船里的人。

一个孩子。

大得出奇的头颅，比例失调的五官，坑坑洼洼的皮肤，身体像一条鱼，几乎没有四肢，只有残留在肩与髋关节上几个长短不一的趾状残肢，像节肢动物般不停的扭动。

他趴在地上，左右摇摆身体，慢慢地爬向冬冬。

冬冬歪着脑袋，伸出前爪，发出打哈欠的声音。

那是它说“你好”的方式。

孩子扭转身体，让自己的“手”碰触冬冬的前爪，发出另一种声音。

蓝光暗下去。

红光亮起。

语言学家向镇长和全体居民汇报她的发现：

由于外星病毒感染，飞船上的乘客们身体与大脑发生变异，开始自相残杀。为了消灭病毒，船长施放毒气杀死了所有人，只有一个躲在密封舱里的孩子幸存。

人们看到那个孩子的影像时不禁发出惊呼，他的外形和语言都已变得完全不像人类。

大家商议、争吵、辩论，最终一致表决，为了小镇居民的安全，必须让飞船尽快离开。

镇长向飞船发布最后通牒：十二小时之内离开火星。

人们叹息着，议论着，逐渐散去。

红光越来越暗。水声沉闷，有如叹息。

一个朦胧的人影登上高台，是语言学家。

她告诉所有人，她将离开小镇，登上飞船。

她将与那个孩子一起成为新的物种。

她两手空空，走出石拱门，最后回头望一眼“火星小镇”四个字。

她向湖中走去。

水波逐渐淹没她的身体，最后只剩半张脸露出水面，脸上有红蓝两色的光芒闪烁。

一层浪涌来，那张脸摇晃一下，没入水中，不见了。

水面上的涟漪逐渐平静。

观众们屏住呼吸。

沉寂。

水声四溅，飞船边出现一个人影。

她用尽最后一丝力气爬上船。

她抬手敲门。

咚咚咚。

咚咚咚。

咚咚咚。

声音像微弱的火花，一闪而逝。

没有回应。

语言学家独坐船头，从怀中掏出一只黑色的埙，放在嘴边吹奏。

曲子名为《山鬼》，取屈原《九歌·山鬼》中的意境，这首诗原是巫师祭祀山间鬼神精怪的颂歌。

埙声沉郁哀婉，如泣如诉，在黑沉沉的湖面上缭绕。

水中又现出一个人影。是建筑师。

他爬上船，来到语言学家身边。

他抬手敲门。

咚咚咚。

咚咚咚。

咚咚咚。

一道蓝光落下，落在小岛上，照亮 LINGbot 白色的身影。镇长来到拱门外，随着敲门的节奏拍打双手。

一道又一道蓝光落下，小镇居民们拍着手，一个又一个走出来，走入水中，走向飞船。

声音越来越清晰，越来越响亮。

砰砰砰。

砰砰砰。

砰砰砰。

突然间，从观众席里也传来拍手声。

一道蓝光落入观众席，照亮一个身影。

一道又一道光柱落下。两个，三个，五个……

越来越多声音汇聚在一起。

观众们一边拍手，一边离开座位，向水中走去。

满池蓝光被搅碎，如鬼火蔓延。

帐篷穹顶内投影出一个又一个闪亮的方格。那是在线观看的观众们，用整齐的拍手声加入到敲门的队伍中。

无数方格亮起，逐渐布满整个帐篷穹顶，如同万千繁星，可与日月争辉。

砰砰砰！

砰砰砰！

砰砰砰！

门开了。

那一瞬间，石块垒成的拱门，以及拱门后的石堆，都在一声巨响中分崩离析，散落满地。

火星小镇不复存在。

那一瞬间，整个帐篷穹顶悄无声息地向四面八方散开，落下，如一朵莲花绽放。

头顶上方，是一望无际的靛蓝夜空与璀璨群星。

那么细碎，又那么宏大。

那么遥远，又那么切近。

那么寂静，又那么热闹。

那么梦幻，又那么真实。

砰——

一支小小的火箭从飞船中升起，带着一道金色光芒，向着代表希望的红色火星，向着无穷无尽的夜空中，上升，上升，上升，仿佛没有一个尽头。

所有人抬头仰望，用目光追随那道划破苍穹的光芒，去往无限远处。

七

和面，醒面，揉面，切剂子，擀皮。

绞肉，剁菜，剥虾，和馅，调味。

一张皮上一坨馅，将皮对折，捏出褶皱，压紧。

大家捏出来的饺子奇形怪状，大小不一，七零八落摆了一桌子。满屋子欢声笑语，不同语言交织在一起。

我看见杨烨站在厨房玻璃窗外向我挥手，便洗了手换了衣服出去。

“又不过年，怎么想起来包饺子？”他眯着眼睛笑。

“是你说的，上马饺子下马面。临走之前，大家一起吃顿饺子饯行。”

“什么时候出发？”

“吃完饭就走。有车送我们一起去敦煌。”

“抱歉，不能送你了。还有好多活儿要干。”

“干吗这么客气。”

“东西都收拾好了?”

“早收拾好了。没带多少东西。”

杨烨将手中一个纸袋递给我。

“这是?”

“给你的礼物。”

我从纸袋里摸出一个小盒子，打开，里面是一颗形状不规则的黑色石头。石头上面刻有几个小字:

火星建设者　王一童

“这字……是你刻的?”

“哪有那闲工夫。是机器刻的，每位参加艺术节的嘉宾都有。”杨烨笑道，“不过这些石头都是我亲自从戈壁滩里捡来的，每一块都不一样。”

我笑着摇摇头，收起盒子放入袋中。

“谢谢。将来如果能去火星，我一定带着它一起去。”

“还有一件礼物。”

“是这个吗?”

我从袋子里拿出一个纸包，拆开，里面是一本浅蓝色封皮的书。

“这是?!”

我不敢相信自己的眼睛。

“还认得吗?”

我翻开皱巴巴的封皮，里面的纸页已经泛黄发脆，却依旧完好无损。

扉页空白处有几个歪歪扭扭的钢笔字:

郑晓([illegible])

左下角是一行端端正正、略显稚嫩的小字:

王一童　藏书

旁边还有一个红色印章：

灵云学院图书馆

“这本书……怎么会在你这里?”

“这可不是偷的啊。”杨烨笑道，“去年我为学校设计新图书馆，馆长特别恩准我挑一本书带走。”

翻过扉页，背面还有两行粗犷的大字：

珍重。火星见！

火星建筑师 杨烨

我将书小心地合起，包好，放进纸袋里。

远远地有人冲我们喊：“饺子出锅了!”

“一起吃饺子吧?”我问。

杨烨嘴角歪向一侧，挤出小小的梨涡。

我们一起向热气腾腾的餐桌走去。

后 记

感谢冷湖火星小镇和冷湖奖征文，给予我灵感、动力和压力完成这个故事。来自八光分文化的杨枫老师多次鼓励我，李晨旭为我提供了关于火星小镇的相关资料。

《火星建筑师》同时也是我正在创作的《中国百科全书》系列中的一篇。这些故事共同探讨了未来中国，人们的生活如何因科技而改变。故事中出现的一些情节、人物和科技产品，来自同一系列的其他故事。

文中的许多观点与资料，包括乌托邦、集体性、帐篷剧、幽灵、身体、食品伦理、他择性、海螺、全球瘟疫、末日生存、赤裸生命等，均来自我的博士导师戴锦华教授和她学生、朋友们的论文、会议发言及工作坊讨论。这里限于篇幅，无法将他们的姓名全部列出。

小镇中的钟楼与钟琴（Carillon），灵感来自于加州大学河滨分校的钟楼，以及我与钟琴演奏者 David Christensen 的交谈。

关于岩石平衡艺术，参考了岩石平衡艺术家 Mike Grab 的创作视频和访谈。

樱井夏子的形象，灵感来自帐篷剧导演樱井大造，以及我所敬佩的多位杰出女性们。

阿追的形象，是参考了关于橙剂受害者的新闻报道，以及菲利普·迪克的小说《血钱博士》中的海豹儿霍皮。

杨烨进入灵云学院的经历，参考了系列纪录片《高考》第三集《久牵的孩子们》中林兰兰的事迹。

LDR 病毒的致病机理，参考了艾滋病、狂犬病、新冠病毒的相关资料。我的母亲莫晓燕女士和王立铭教授在这方面向我提供了宝贵意见。

小说结尾处郑文光的签名，来自科幻同人刊《星云》（1995 年第 3 期，总 15 期）刊首，郑文光为《星云》所写的题词。

对于以上所有资料来源，以及曾帮助我完成这篇小说的人，我在此诚挚表示感谢。文中如有任何事实或观点上的错误，其责任都在于我个人。

最后，谨以此文献给郑文光，以及过去和未来所有的火星建设者们。

02

多 加 零

邓枫涛

/ 作者简介 /

邓枫涛，编剧、自由撰稿人，作品以科幻小说、悬疑小说为主。代表作有《溯流者》《未来神探之天堂缉凶》《时空迷途》《楚秦》等。

/ 颁 奖 词 /

《多加零》是一篇典型的传统技术类科幻，科幻构思有理有据，想象逼真，叙事紧紧围绕科幻构思展开，全然没有日常化情节与科幻构思明显割裂的嫁接之感。叙事平实从容，情节流畅，布局合理。在传统技术类科幻愈发少见的当下，作者用这篇作品证明："前卫、新潮"并不是科幻发展的唯一道路，优秀的传统作品依然是科幻文艺的坚固基石。

一、大漠冰川

在干燥的荒漠中，在烈日的暴晒下，要完全融化一座冰山需要多久？

一周？一个月？或者是一年？

然而，杜嘉陵却整整等待了七年之久！在此之前，他还以为自己永远也等不到这一天了。

自从前天傍晚接到刘主任的电话后，杜嘉陵就一直神思恍惚，仿佛是在梦游一般。直到越野车开到了冰川区的边缘地带，一股霸道的寒流迎面袭来，直接穿透了车窗，扑打在众人的脸上，杜嘉陵浑身一激灵，才瞬间清醒了过来。

坐在前排的刘主任打开了车载空调，从座位底下取出了一套提前准备好的羽绒服，递给了杜嘉陵。

“杜老先生，前面就到冰川区了，实验室附近的温度比这里还要低近 20℃，您赶紧把衣服换上吧。”

杜嘉陵默默地换上了羽绒服。

透过车窗，可以看到道路的两旁还有许多尚未消融的大冰块，大团大团地堆积在一望无垠的戈壁滩上。越野车仿佛刚刚穿过了一扇无形的时空之门，瞬间从大西北的戈壁开进了北极的皑皑冰原。

银灰色的公路好似一根纤细的钢针，直直地刺进了冰山里。在前天的电话里，刘主任说的是“冰川已经消融了”，但是从眼前的情形来看，冰川还并没有真正融化，研究人员是从剩下的冰山里生生地凿出了一条通往实验室的道路。

越野车开进了冰川区，周围的空间立刻变得逼仄了许多，车辆仿佛是在一个漫长曲折的山洞中穿行，只是周围的山体全都如同水晶一般晶莹剔透，场景颇为壮美和梦幻。

越野车行驶了半个小时，周围的空间陡然变得宽敞了许多——冰山内部被挖空了一大块，放眼望去，眼前仿佛是一座冰雪砌成的大礼堂。

杜嘉陵估算了一下行程，估摸着他们应该已经到达了实验室的所在地，可是视线所及，依然只能看到透明的山体，看不到任何的人工建筑。杜嘉陵不解地问："刘主任，我们距离实验室大概还有多远?"

"我们刚刚穿过了大门，这里就是实验室了。根据我们的工作人员推算，当初事故发生时，实验室核心区域的温度至少低于零下220℃，几乎没有什么物体能够承受这样极致的低温，一旦冰块融化或是被凿开，这个区域内的物体基本上都会化为粉末。"

杜嘉陵心头不禁一阵颤抖，"那凌博士他……"

"放心吧老先生，我们的团队已经将整座中央观测室完整地保留了下来，这也是我们此行的目的，不是吗？所以，凌博士还'好好'地在观测室里，等待着我们的拜访呢。"

说话间，越野车已经到达了目的地。在绕过了一根粗壮的冰柱后，一个六米多高的方形冰块出现在了众人的面前。透过透明的冰层，可以看到被冻结在冰块里的中央观测室。观测室的正前方是一块透明的玻璃幕墙，通过它可以大致地看到观测室内部的构造，甚至隐约可以看到一个瘦弱的人影站在幕墙的后面，好似一幅抽象派的画作。

在场所有人的双眼都瞬间被泪水打湿。

刘主任努力平复了一下情绪，解释道："为了避免破坏凌博士留下的信息，我们完整保留了整座中央观测室，并动用最先进的光学仪器和图像处理技术，尽全力还原观测室内部的场景。"

伴随着刘主任的讲解，杜嘉陵才发现在冰块的上、前、左、右四个方向，分别安置着几个微型摄像头，它们如同十几只好奇的眼睛，正在从不同的方向窥探观测室内部的情形。

在被冰封的观测室右侧，有一面大约三米高、五米宽的大屏幕，被嵌在冰墙里。刘主任从口袋里掏出了一个遥控器，按下了两个按键，大屏幕上随即亮起了一片淡淡的蓝光，然后缓缓地显示出了中央观测室内部的场景。

经过了特殊的技术处理后，屏幕上的画面清晰得令人难以置信，厚厚的冰层所造成的影响几乎完全被剔除掉了。

众人仿佛受到了某种神圣的召唤，都缓缓走到大屏幕前，不约而同地仰起头，神情肃穆地注视着屏幕里的画面。

画面在缓慢地转动，细致入微地展示着观测室内部每个角落的情况。屏幕里的每一帧画面，都已经被纹丝不动地封冻了七年。杜嘉陵此刻所看到的一切，和他当年逃离观测室时看到的没有太大的差别。唯一的变化就是原本被搁置在角落里的两面小黑板，已经被拉到了观测室正中间的位置，并排挨在一起，上面写满了潦草而又复杂的字符。

凌博士站在小黑板的前方，手里拿着一支记号笔，还保持着奋笔疾书的姿势，脸上带着一丝兴奋而又纯真的笑容。

凌博士天生有一张看不出年龄的娃娃脸，在成名之初就被人起了一个“冻龄学神”的外号。如今，他身上的岁月当真被永远冻结了。

杜嘉陵看到他的模样，与二十二年前他们第一次见面时相比，基本上没有变化，也永远不会再有任何变化了。

“多加一个零，怎么会没有意义呢……”临分别时的话语，开始在杜嘉陵的脑海中反复回响，他的思绪瞬间被拉回到了七年前，那个让他永生难忘的秋天。

二、狂热游戏

最初认识的时候，凌博士还不是博士，只是一个精力旺盛的天才少年，那时他的名字还是叫凌峰。后来，在与老对头的论战中，杜嘉陵才意外得知，他曾经的头号明星粉丝凌峰给自己改了一个颇具武侠风的名字，叫作“凌绝顶”。

一个多么自大而又中二的名字！

改名这件事情，完全可以成为一个梗，好好加以利用。

可是应该怎么样利用呢？

从东南老家到大西北的冷湖镇，行程需要花费将近二十个小时。这一路上杜嘉陵几乎一分钟都没有休息过，他的大脑一直处在高度活跃的状态。他思考着在见面之后，要怎样以奇妙、优雅、不动声色的方式将凌绝顶羞辱一番，好一雪前耻。

光是见面时可能出现的状况，以及相应的应对策略，杜嘉陵就设计了七种方案。

终于，汽车到达了目的地，可是却没有看到凌绝顶的身影，在实验室门口迎接他的是两个陌生的年轻人。

杜嘉陵心头的怒火“噌噌”地直往上蹿。当初，要不是凌绝顶寄来的那封邀请函态度谦卑，言辞恳切，他不可能跨越万里来到这个荒凉的地方。

可是现在，他感觉自己再次受到了戏耍和轻慢。

“凌峰呢，那个小子怎么没来？”杜嘉陵从车上下来，面色不善地质问道。

两个年轻人显然没有料到杜嘉陵的态度会这么的不友好，十分惊讶地对视了一眼。其中一个瘦高个子的年轻人很快赔着笑脸迎了上来，“凌博士在安排新的合成实验，最近忙得几乎连睡觉的时间都没有了。我是凌博士的助理刘继，这位是我的同事高灿，今天由我们俩陪您先参观一下我们的实验室，希望杜先生不要介意。”

杜嘉陵不置可否地冷哼了一声。两个年轻人赶忙推开大门，恭恭敬敬地将杜嘉陵迎进了实验室里。

绝顶实验室占地面积并不算很大，但是里面所使用的设备和材料都是最高规格的。地板、墙壁、天花板……处处都一尘不染，干净得不像是在尘世。

两个年轻人很热情地领着杜嘉陵参观了实验室的各个区域，但是杜嘉陵却始终显得心不在焉，毕竟兴奋的情绪退去后，疲惫便如浪潮一般汹涌袭来，将他层层包裹。

杜嘉陵此行最大的目的就是雪耻，但是那个给他带来莫大耻辱的人，他连面都没有见到，怎能不让人感到意兴索然？

“喂，凌峰他到底在什么地方？他大老远把我叫到这里来，自己却连面都不露一下，这样不太好吧？”从下午三点熬到了傍晚，从实验室的大厅参观到了后厨，杜嘉陵原本就不多的一点耐心终于被耗尽了。

一路都在热情讲解的刘继和高灿，终于闭上了嘴巴，两人神色古怪地对视了一眼，似乎是有什么秘密在隐瞒着他。

“怎么了？有什么问题吗？”

刘继迟疑了好一会儿，“实话跟您说了吧，这次邀请您过来，其实不是凌博士的意思，而是我们两个的意思，凌博士他并不知情。”

“什么！”杜嘉陵双眉一竖，一下就跳了起来。

“您别生气，您千万别生气！我们这次请杜先生过来，其实是有很重要的事情想要请您帮忙。”

“是啊是啊。”高灿在一旁连连点头，附和道，“不夸张地说，这件事情对凌博士很重要，对我们很重要，对全人类都很重要！”

“哦？”杜嘉陵微微皱起了眉头。相比起愤怒，他倒是被激起了更多的好奇：这些人，能有什么需要他帮助的呢？

虽然杜嘉陵向来自视甚高，但是在内心深处他还是很清醒的，自己只不过是一个只有高中学历，而且早已经过气很多年的科幻作家。而对方是什么人？在新材料领域，绝顶实验室在全世界范围内都已经是独孤求败一般的存在。这两个年轻人既然能当上凌绝顶的助理，想必也是行业内的翘楚。

“杜先生对我们的研究了解多少?”刘继见杜嘉陵没有发火，很明显地舒了一口气。

杜嘉陵的文化程度不高，而且很介意别人提到这一点。他顿时被刘继这句话戳到了痛处，老脸微微一红，可是因为肤色太过黝黑，倒是很难看出来。

“那么，杜先生听说过足球烯吗?”刘继又问。

“足球烯是一种很有意思的化学物质。”高灿见杜嘉陵没有说话，自顾自开始解释，“它是一种非金属单质，一个分子由六十个碳原子组成，因为结构形似足球而得名……”

“我知道什么是足球烯!”这下杜嘉陵彻底被激怒了。在中学的化学课本里，就有介绍足球烯的内容，他好歹也是一个成名的科幻作家，这两个家伙到底是以为他有多无知!

高灿尴尬地搓了搓手，说：“那杜先生一定也听说过海胆烯吧?”

杜嘉陵没好气地哼了一声：“嗯。”

海胆烯是一类人工合成物质的统称，它的分子是以足球烯的分子为框架，每一个碳原子向外连接一个新的原子，就好像是一个足球上长出了六十根尖刺。因分子结构酷似海胆，海胆烯参照“足球烯”的起名原则而得名。

最初合成的海胆烯分子，人们认为它的六十根“尖刺”全部都是碳原子，但是后来的研究发现，海胆烯的“尖刺”里有时也会出现少量的氢原子和氧原子。

十多年前，年仅二十岁的凌绝顶就是凭借对海胆烯的研究而一举成名，取得了举世瞩目的成就。他发现在特定条件下，两个海胆烯分子之间会出现五对相互连接的“尖刺”，合成一个杠铃形状的分子，他称之为“双体海胆烯”。

在之后的许多年里，凌绝顶和其他的一些科学家又陆续合成了三体、四体、五体等一系列统称为“多体海胆烯”的化合物。

海胆烯最显著的一个特征，就是比热容很大。此前，已知比热容最大的物质是氢气，它在常温常压下的数值是 14 300J/(kg・K)，而海胆烯在常温常压下的比热容达到了 17 200J/(kg・K)。而双体海胆烯的比热容，更是达到了单体海胆烯的 3 倍多！

不久，凌绝顶发现多体海胆烯的分子中每添加一个“海胆”，它的比热容就会成倍数增加！这个发现再次引起了轰动，多体海胆烯系列物质也从此多了一个名号——“超级热容体”。

“杜先生，你知道目前为止，我们合成的最大的多体海胆烯是什么吗?”刘继说话的语气和神态，没有丝毫骄傲或是炫耀的意思，反而满满的都是无奈和忧虑，仿佛他们正在谈论的是一个让人无比苦恼的话题。

杜嘉陵满不在乎地耸了耸肩，“我已经很久没有关注这方面的新闻了。如果我没有记错的话，早在五年前，你们就已经成功地合成了二十二体海胆烯。”

“是啊，五年前，凌博士成功合成了二十二体海胆烯，当时我才刚刚进入绝顶实验室不到一个月。”刘继的脸上露出了一丝苦笑，“而两个月前，我们已经成功地合成了三十三体海胆烯。”

“三十三体海胆烯？这也太快了吧！”杜嘉陵着实吃了一惊。出于职业的需要，在很长的一段时间里，他每天都会阅读一些科技新闻，并习惯性地记下其中一些简单的知识点。他记得很清楚，多体海胆烯的分子中每添加一个“海胆”，其合成难度就会成倍数增加，这才几年的工夫啊，连三十三体海胆烯都已经出现了吗?

刘继说：“杜先生也觉得太快了是吗？我们也都是这么觉得。”

“怎么，快难道不是一件好事吗?”

“可是没有必要啊，实在是没有这个必要。”高灿在一旁解释道，

“事实上，实验室里的很多同事都觉得，凌博士似乎陷入到了一种狂热的情绪当中。我们不知道他到底是在执着地追寻某种真相，还是把对多体海胆烯的研究当成了一种游戏，一心只想要刷新自己的纪录。总之他现在一路狂飙，已经停不下来了。凌博士不断地合成更多分子质量更大的多体海胆烯，似乎只想要一口气冲到这条路的尽头，看一看在世界上能够存在的最大的多体海胆烯分子到底能有多大。”

杜嘉陵越听越糊涂了，“这难道有什么不妥吗？”

“不妥，当然不妥呀。”刘继微微叹了一口气，脸上的笑容显得更加无奈了。

三、空调石

到目前为止，科学家们合成的多体海胆烯系列物质，包括各种异构体和衍生物质，种类已经多达上千种，每一种都有它的特性，应用前景巨大。

材料学本身属于实用科学，早在绝顶实验室成立之初，早期的成员们就已经详细地讨论过多体海胆烯系列物质的商用问题。他们提出了很多方案，其中最广受期待的一种构想是寻找一种合适的多体海胆烯，来研制新一代的蓄电池，但是后来的研究发现这一类型的物质普遍导电性能不佳，这一方案就被排除了。

最后，还是凌博士和刘继一起提出了一个“空调石”的概念。

所谓空调石，是一种构想中的无需消耗电能，就可以自动调节室内温度的物质。

海胆烯系列物质最显著的一个特征就是比热容很大，在正常环境下温度变化缓慢，能够储存巨大的能量；而另一个特征则是种类繁多，可供选择的余地很大。试想如果我们能够找到一种合适的多体海胆烯，给它一个恰当的初始温度，将其放置在室内，在整个酷暑时节，它会源源不断地从空气中吸收热量，让自身温度缓慢上升，室内温度下降。秋冬季节，气温大幅度下降之后，它会转而开始释放热量，让自身温度缓慢降低，室内温度上升，直至寒冬结束，暖春来临。如此，周而复始，年复一年，就好像一台自动运行的空调。

“这个想法倒是有点意思。你们找到合适的海胆烯了吗？”杜嘉陵问。

“找到了，两年前就已经找到了。是十六体海胆烯的一种衍生物质，它的化学性质很稳定，可以用作建筑材料，最重要的是它的比热容数值非常理想。”

“不过，这里似乎还存在一些问题：按照你们的说法，空调石对室内温度的调节应该是自发且不受控制的。况且，如果空调石在整个酷暑季节都在吸收热量，不也说明它自始至终都无法将温度调节到一个理想的状态吗？”

“杜先生的思维非常敏捷。”刘继笑着说，“没错，空调石无法取代空调，只能起到一个辅助的作用。但是即便如此，它的商业价值也是非常惊人的。以武汉这座城市为例，根据我们的测算，如果在一间十平方米的房间里，安装上用空调石制成的天花板，每年可以让空调的能耗下降30%左右。”

“能有这么多？”杜嘉陵在心里默默估算了一下，刘继提到的这种空调石如果能够实现量产，并推广到全国，甚至是全世界，所产生的经济效益将会十分惊人。

“这么说来，我还真是失敬了，恐怕要不了几年，你们都要成为亿万富翁了吧？”

“真要是这样可就好了。”刘继的脸上又露出了熟悉的苦笑，“我们原来的打算，是利用这一笔可观的收益，继续研究开发其他种类多体海胆烯的实用价值。可惜啊可惜，凌博士一早就把这项专利给卖出去了。”

“这就给卖出去了？看来，你们凌博士是真的没什么商业头脑啊。”杜嘉陵丝毫没有掩饰他语气里的幸灾乐祸。

“凌博士他不是没有商业头脑，而是根本就不在乎，他那是……狂热！”高灿的态度似乎有些矛盾，看得出来，他对凌绝顶既满怀崇拜，却又心存不满。

在刘继和高灿眼里，凌绝顶早已经沉迷于他的破纪录“游戏”，完全丧失了理智。这样的行为，不仅从经济的角度来讲很不合理，而且还存在巨大的风险。

多体海胆烯只能在高压低温的环境中合成，需要消耗巨大的能量，同时对电力供应的稳定性有非常高的要求。因此合成工作越往后难度越大，相应的成本也就越高。此外，除了极少数的特殊情况，多体海胆烯分子中的“海胆”数量越多，化学性质通常就越不稳定，储存难度也就越大，加之它们的分子中往往储藏有巨大的能量，一旦发生分解或是其他的反应，常常会产生可怕的后果。

自绝顶实验室成立以来，已经发生了三次爆炸事故，每一次都会释放出巨大的辐射能量。最近的一次还引起了许多天文学家的注意，造成了不小的轰动。而直至今日，那场爆炸发生的原因依然是一个未解之谜。

凌绝顶之所以不远千里将实验室搬到冷湖镇，其中一个重要的原因就是因为这里地广人稀，符合安全要求。

当然，这其中还有一个更重要的原因——因为著名的龙门发电站，就在冷湖镇。十六年前，身家数百亿的富二代释晓明，为了研发所谓的“时空摄像机”，斥巨资在冷湖镇修建了一座当时最顶尖的发电站，命名为龙门发电站。后来研究项目不了了之，这座规模庞大、技术先进的发电站就被遗弃在茫茫的沙漠中，任由风沙侵蚀，逐渐破败凋敝，仿佛变成了一座被岁月掩埋的史前文明遗址。

这件事情，也成了当年轰动一时的笑谈。

然而冥冥之中仿佛自有天意，这座“身世”颇为搞笑的发电站，却正好能够满足绝顶实验室对电力供应的苛刻要求。所以凌绝顶才会一意孤行地卖掉了空调石的专利，然后花光了几乎所有的钱买下了龙门发电站，只为给新的合成实验解决电力供应的难题。

两个月前，他们成功地合成了三十三体海胆烯，之后凌博士一刻也没有耽搁，立刻就开始筹备新的合成实验。他这般狂热的态度，让所有的同事都感到十分担忧。绝顶实验室里的科研人员，每一个都是行业里的顶尖人才，他们是出于对凌博士的尊敬和崇拜才加入了这个团队，然而他们为此已经付出了太多。他们放弃了唾手可得的名与利，放弃了最初造福社会的理想，置身于危险之中，却不明白这一切都是为了什么？

他们看不到前路通往何处，看不到这没完没了的合成实验究竟有什么意义。

听完了刘继和高灿二人的讲述，杜嘉陵沉默了半晌，心中对凌绝顶的怨恨稍稍减轻了些许。听上去，那个当年意气风发的天才少年，是真的有些癫狂入魔了。

只不过——

“你们为什么要把这些事情告诉我呢？你们说的这些事，和我有什么关系吗？”

刘继略微有些尴尬地笑了笑，“我们知道这些事情和杜先生无关。但是，我们希望杜先生能够帮我们劝劝凌博士。博士他很固执，我想，可能也只有您的话，他还能听得进去。”

“两位可别开玩笑了！我杜嘉陵算是哪个镇、哪个村、哪片地里的哪棵葱？他一个举世闻名的大科学家，能听我在这儿瞎咧咧？”

“会听的，会听的，毕竟您是他的偶像嘛！”高灿激动地嚷嚷了起来，“博士几乎每一次开总结会的时候都会提到您的名字，还总说是您的故事激励他走上了今天的道路。您的话，他怎么会不听呢？”

“什么，你说……他提到过我的名字？”杜嘉陵惊讶地张大了嘴，好半天都说不出一句话来。

四、多加零

凌绝顶的确曾经说过他是杜嘉陵的书迷，就在他们第一次见面的时候。

那是许多年前的一次科幻大会上，两人作为嘉宾受邀出席大会。当时的凌博士还不是博士，名字还叫凌峰，未满21岁，刚刚因为成功合成了双体海胆烯而声名鹊起。在上台发言的时候，他随口提了一句，说自己是杜嘉陵的书迷，杜嘉陵的科幻小说对他的影响很大。这一句话让杜嘉陵受宠若惊，洋洋自得了好几天，夜里睡觉都能笑醒。

然而也是在这一次大会上，杜嘉陵和另一位作家发生了争执，争执的原因他已经记不清了，只记得这件事情引发了一场持续了一个半月的网络论战。由于杜嘉陵向来行事乖张，性格孤僻暴躁，平时得罪了不少人，所以在论战中遭到了好几个作家的围攻，处境十分狼狈。可是他不肯认输，依然以一敌多，顽强应战。

直到有一天，他的对手在文章里提到了一件小事，让杜嘉陵的自尊心遭受了重创：凌峰在科幻大会后台活动的时候，曾经依照名字的谐音，给杜嘉陵起过一个绰号，叫作“多加零”。意思是说杜所有重要的小说，基本上使用的都是同一个套路，即选定现实世界中某种物质的某一种属性，将其增大几个数量级，在数值的后面添加几个零，然后推演可能产生的连锁反应，以及对人类社会造成的影响。

例如：目前地球上已知密度最大的元素是金属锇，其密度为22.6g/cm^3，如果世界上出现了大量密度为$22.6\times10^4\text{g/cm}^3$的物质，那么将会对人类社会产生怎样的影响？目前人类制造出的最快的飞行器，在地球上的最快速度能达到将近*Ma*9，而如果有一天人们的日常交通工具速度都可以达到*Ma*90，那么我们的世界会变成怎样？

目前已知体积最大的细菌，直径为0.75 mm，如果各类细菌的体积增大了千倍万倍，又会是怎样的一副光景？

诸如此类，不一而足。

凌峰起的这个绰号既贴切又风趣，很快就流传开来，杜嘉陵的对手们更是借此对他进行大肆地攻击，嘲笑他文化水平低，因为缺少知识储备，缺乏创意，才会反复使用相同的套路骗取名利。

杜嘉陵可以承受来自敌人的攻击，可是凌峰背地里的调侃却让他倍受打击，自此一蹶不振，再没有动笔写过一个字了。从那以后，凌峰凌博士也就成了他心中最怨恨的人。

然而此时此刻，相隔了十几年，两人再度见面，凌博士所表现出的欣喜和热情，怎么看都不像是假装的。

杜嘉陵好像梦游似的跟在凌绝顶的身后，走进了实验室的核心区域，对方全程都在兴奋且自豪地介绍着实验室里的各种仪器设备，就好像一个小孩在炫耀自己最心爱的玩具。可杜嘉陵却始终心不在焉，一个字也听不进去。

他的脑子有些糊涂了，难道凌绝顶并没有在背地里嘲讽他，“多加零”这个绰号，只是那几个与他论战的家伙编造出来的吗？

可是不对呀，这件事情可是好几个人都提到过，并且言之凿凿。而凌绝顶自始至终都没有站出来澄清。

“杜老您看这里——这是我们的中央观测室，是我现在最常待的地方，我把我的办公室都搬到了这里。”凌绝顶神秘兮兮地拉开了墙壁上一扇并不起眼的小门，走进了门后的一个小房间。这个房间和它的入口一样的不起眼，面积大概是二十平方米左右，正对大门方向的一面墙壁是全透明的，这让整个房间看起来有点像警局里的审讯室。透明墙下有一张办公桌，除了桌子右侧有一块方形的控制面板，桌上没有任何特别的地方。在办公桌左边的角落里，摆放着两块折叠式的小黑板，还有其他一些乱七八糟的杂物。

“您看这外面，这是‘冰河三号’冷压罐。从‘冰河一号’到‘冰河三号’，都是完全由我们团队自主设计的，用来制造合成多体海胆烯所需要的超高压和超低温环境。目前在全世界范围内，只有我们实验室有这个能力。”凌绝顶抬起手指了指透明墙的另一边，满满的自豪溢于言表。

杜嘉陵顺着他手指的方向望去，看到在中央观测室的外面，有一根像大烟囱似的银色金属柱状体，直径大约五米左右，向上看不到顶，中间每隔三米就有一个椭圆形的玻璃窗。

杜嘉陵很配合地微微点头，但是却看不出什么门道来，不禁感到意兴索然。

“对了，凌博士，我听人说，你们这个合成多体海胆烯的实验，越到后面风险就越高，不知道是真是假?”杜嘉陵犹豫了半晌，终于还是下定了决心，既然都已经来到了这里，就干脆把心中所有的疑惑和心结全都解开吧。

“是我们实验室里的工作人员跟你说的吧?”凌绝顶微微皱了皱眉，脸上的表情变得微妙而复杂，“是啊，每一次新的合成实验，难度和风险几乎是呈几何倍数在增长。多体海胆烯系列物质最显著的特征就是比热容大得惊人，是天然的热能储藏器，所以它的每一个分子都是一个小型的炸药库。而除了少数的几个特例，这一系列物质的分子越大，化学性质往往就越不稳定，一旦在合成过程中出现意外，发生了什么剧烈的反应，后果很难想象。”

“既然这样，你为什么还要这么执着，非要在这一条道上走到黑不可呢?”原本，杜嘉陵只是受人之托，很不情愿地前来劝说凌绝顶，但是一番简单的接触过后，他心底的一点好奇却愈发浓重了：他曾经为凌绝顶的一句恭维而欣喜若狂，又因为他背地里的一句调侃而精神崩溃，但对方究竟是一个什么样的人，他何曾有过任何的了解?

凌绝顶微微地仰起头，无限感慨地望着面前的“冰河三号”冷压罐，梦呓一般地呢喃着："为什么呢……或许，这就是我的使命吧，我就是为了完成这件事情才来到这个世界上，不沿着这条道路走到终点，我还能做什么呢？"

"怎么会没有事情可做呢？我可是听说，你们已经合成了上千种海胆烯类型的物质，这就是一座取之不竭的宝藏啊。"

凌绝顶不置可否地淡淡一笑，从桌上拿起了一个笔记本，递给了杜嘉陵。

"杜老，您先看看这个吧。"

杜嘉陵接过了笔记本，翻开一看，里面是凌绝顶的手写笔记，每页都有一个编号，简单记载了一种多体海胆烯的特性及潜在用途。

第一页写的是：

1. 物质名：四体海胆烯

特性：

化学性质极为稳定；

硬度高，韧度较低，质地硬而脆；

遇 1 000℃ 以上高温会升华为气体，并吸收大量的热量；

遇 1 500℃ 以上高温会发生分解，同样会吸收大量的热量。

潜在用途：

可用作防火材料以及灭火剂，可取代干冰灭火剂，效果和安全性都远胜于干冰。

后面每一页都是类似的内容，一共写了 105 页。

"这个是……"

"这是多体海胆烯系列物质潜在的应用价值。我闲暇的时候也会思考这个问题，并把想法记录下来。但这并不是我们需要努力的方向。”

“为什么？”

凌绝顶有些惊讶地望了杜嘉陵一眼，似乎很奇怪他居然会问出这样的问题。“因为这件事情全世界有很多人都能做，这只是在前人的成就上做一点加法而已。而合成新的多体海胆烯，如果我们不去做，在可预见的未来很长一段时间里，都没有人有这个机会去做。这才是我们要完成的事情——去做乘法，在前人的成就上多加上几个零。”

“多加几个零”，这几个敏感的字眼立刻戳中了杜嘉陵心口的痛处，他脸上的肌肉都忍不住抽搐了几下。

“多加几个零？”

“是啊，这还是您教给我的道理。”凌绝顶真诚地望着杜嘉陵，眼睛里闪动着激动的光芒，“早在中学时代，我读了您的小说，让我明白了一个道理：我们现在所做的工作，在本质上和几千年前的古人是没有什么差别的。古人驯化马匹、发明独轮车来提高出行和运输的效率，而我们发明汽车、飞机也是在做同样的事情；古人磨制石刀、石斧来提升战斗力，我们研究导弹、战舰也是在做同样的事情；古人以烧煤、烧木头的方式利用能源，我们今天开发核能、太阳能也是在做同样的事情……我们不过是将古人的成就推向了极限，在数值上多加了几个零而已。

“作为一名科研工作者，生活在科学昌明的年代里，既是一种幸运也是一种不幸。我们不能像那些生活在变革年代里的前辈们那样，大举开拓荒地，高歌猛进，在前人的成就上肆意使用乘法。我们更像是背着一块巨石在向珠峰之巅艰难攀爬，耗尽毕生心血，往往也只能向上挪动一小步，只能让前人的成就，在小数点后面略微地上浮一两点。

“而我凌某人何其有幸，抓住了‘比热容’这个自 1760 年诞生后就没怎么发生过变化的数值，并将它的极限扩大了千倍万倍。我难道不应该珍惜这份幸运，难道不应该用尽我毕生的时间和精力，也要在这个数值上再添加一个零？”

凌绝顶这一番激情澎湃的演说，彻底震撼了杜嘉陵。他终于明白了，“多加零”这个名字的确是出自凌绝顶之口，但这三个字绝不是什么调侃和嘲讽，而是一种总结和颂扬。

杜嘉陵文化水平不高，却以极大的热情创作了几十部科幻小说，冥冥之中仿佛有一股神秘的力量在召唤着他，但他不知道那是什么；无数读者曾经被他的小说所感动，但是他们不知道自己在为什么而感动。

只是凌绝顶看穿了其中的缘由，无非是“多加零”这三个字。

“杜老您看那里，您看到冷压罐上面的三个圆环，还有圆环上面的那些圆孔了吗？”凌绝顶又抬起手指了指外面的冷压罐。杜嘉陵顺着他手指的方向望去，果然看到冷压罐上有三个金属圆箍，每一个圆箍上都有一排密集的黑点。

“这些圆孔都是摄像头，背后连接的是一台 D23 综合质谱仪。D23 综合质谱仪运用的是全球最先进的技术，可以快速辨识化合物的分子结构，有时甚至能够清晰地记录下化学反应的过程。目前全世界只有两台，国内只有一台，一般的机构想要租用几天都很困难，而中科院的前辈们足足给了我五年的使用权限！然而现在也只剩下一年多就到期了。

“此外，麻烦的还有发电站，我们对电力供应的要求非常之高，全国能满足我们要求的供电站原本就不多，而且它们基本上都有其他的供电任务，能够完全为我们供电的就只有龙门发电站了。然而龙门发电站年久失修，我也不知道它还能支撑多久。

“当然，最最重要的还是我们这个梦幻团队，这个全球顶级的配置。可是，这个优秀的团队还能维持多久呢？像刘继和高灿这样才华横溢又野心勃勃的年轻人，怎么可能甘心一直为我工作呢？我们的成就越大，团队就离解体越近，这一点我心里是很清楚的。

“合成新的多体海胆烯，需要天时、地利、人和，缺一不可。所以，时间已经不多了，您说我怎么能不着急呢？”

说完，凌绝顶已经是愁眉紧锁，忍不住长长地叹了一口气。

杜嘉陵心中感慨万端，默默点头。他已经完全理解了凌绝顶的心思。他想要安慰一下这个年轻的知己，但是却不知该说点什么好，便只是轻轻地拍了拍对方的肩膀。

两人并肩而立，良久不语。直到一个研究员推门而入，打破了这凝重的沉默。

“博士，材料已经准备完毕，可以开始新的实验了。”

五、绝对冷湖

杜嘉陵和凌绝顶并肩坐在中央观测室里，仿佛回到了十多年的科幻大会现场。

凌绝顶邀请他在这里观看三十四体海胆烯的合成实验，让他倍感荣幸，就好像是当年凌绝顶在台上说自己是他的书迷时一般。

但是凌绝顶却显得有些愧疚，“不好意思，杜老，有可能我们还是什么都看不到。这个合成实验我们已经尝试过七八次了，全部都失败了，每一次都会出现一些很奇怪的现象。”

“哦？是什么奇怪的现象？”

“好几次实验结束的时候，D23 综合质谱仪都显示三十四体海胆烯已经合成成功，可是每一次还没来得及辨识它的分子结构，目标物质就不见了。而且不仅仅是目标物质消失了，就连参与合成反应的材料都消失了，反应前后的物质质量根本对不上，我们到现在也不知道那些物质都去哪儿了。”

“还有这样的事？”杜嘉陵被惊得瞠目结舌。质量守恒是最基本的物理规则，而冷压罐需要制造超高压环境，所以是绝对密封的，那么这些物质能去哪儿呢？难不成合成实验在冷压罐内部制造出了小型的黑洞吗?

说话间，实验前期准备工作已经完成，合成材料被徐徐注入冷压罐内部。凌绝顶面色凝重，在控制面板上按下了开启按钮。冷压罐开始嗡嗡作响，声音越来越响，震得人两耳微微发麻，罐身也开始振动了起来。

“凌博士，这里安全吗?我们会不会靠得太近了些?”杜嘉陵被吓得脸色有些发白。

凌绝顶笑着说：“杜老放心吧，我们现在看到的画面，是电脑实时传送到显示屏上的，冷压罐的实际位置，离我们差不多有 500 米呢。”

“原来是这样。”

没想到这面透明墙，原来是一块大屏幕。

合成反应只持续了短短的几分钟，大屏幕上亮起了一片淡淡的白色荧光，然后出现了一个绿色的光点，在屏幕上快速地游走，似乎是在勾勒什么图案。

“开始了！千万不要消失，千万不要消失……”刘继在一旁紧张地念叨着，周围所有人都情不自禁地握紧了双拳。

可是绿点只维持了不到三秒钟，便消失不见了，白色荧光也随之变成了红光。

观测室内部的气氛为之一凝，仿佛被冻结了一般。现场所有人仿佛都变成了石雕，谁也没有说话。

“刘继，你去切断冷压罐的电源，开始释压和升温，准备派人进冷压罐检查。”最终，还是凌绝顶开口打破了沉默。

“好。”

凌绝顶像一个迟暮的老人，迟缓地转过身来，对杜嘉陵说：“真是不好意思，杜老……”

“可别这么说，对我这么一个糟老头儿来说，已经算是很长见识了。”

“高灿，你先把杜老送回去休息吧，我想在这里再待一会儿。”

杜嘉陵连连摆手，“凌博士要是不介意的话，就让我留在这里陪你说说话吧。这都十几年了，我们见一面也不容易。”

凌绝顶不再坚持，只是轻轻地点点头。

冷压罐释压和升温的过程十分缓慢，大家的情绪都很低落，有一搭没一搭地说着话，很快便倦意涌来，都靠在椅子上打起了瞌睡。

不知道睡了多久，一声轰然巨响将杜嘉陵从睡梦中惊醒，他被吓得猛地跳了起来。

“怎么了？什么声音？”

“好像是冷压罐发生了爆炸！”没有睡熟的高灿最先反应了过来。

“爆炸？反应材料不是都消失了吗，怎么会发生爆炸？”凌绝顶困惑地皱起了眉头。

“博士你快看，冷压罐好像开裂了！”

众人齐齐将目光投向了大屏幕，却看到了极其诡异的一幕：在冷压罐的罐身上，疑似裂缝的位置，出现了一条白线，白线以惊人的速度沿着罐身向周围扩散，很快便将整个冷压罐完全包裹起来，然后开始向更广阔的地方蔓延。

“发……发生了什么事？”杜嘉陵被吓得声音都有些发抖了。

凌绝顶快速地看了一眼大屏幕的右下角，面色凝重地说：“好像是合成区的温度……在急速下降！”

“温度……在下降？”杜嘉陵被惊得呆住了。难道说，那些在快速扩散的白色物体，都是冰吗？这温度得低到什么程度呀！

这样的画面，他可只在好莱坞的灾难大片里看到过！

“这里不安全，我们马上离开这里！”凌绝顶一把抓住了杜嘉陵的手臂，转身大步朝门外走去。

可是刚刚走到观测室的门口，凌绝顶似乎感应到了点什么，猛地停下了脚步，利落地转过身去。

只见大屏幕上，亮起了一片淡淡的白色荧光，一个显眼的绿色光点正在纯白的背景中游走。

一秒、两秒、三秒……光点始终没有消失。

“是三十四体海胆烯！我们成功了！”凌绝顶激动地望着大屏幕，两只眼睛闪闪发光，抓着杜嘉陵手臂的五指也情不自禁地猛然握紧。

高灿略微迟疑了几秒钟，上前抓住了凌绝顶的手臂，拉着他就往门外走，“博士，我们必须要离开这里了！”

“不能走！”凌绝顶激动地一把推开了高灿，“这是我们所有人十几年的心血，好不容易走到了这一步，我必须把它记录下来！”

“可是博士，我们没有时间了呀！”

“不会的，不会的，冷压罐离这里有500米呢，不一定能影响到这里……高灿，你马上带杜老离开这里，如果有时间的话，把发电站的所有电力接入观测室的空调系统，为这里供暖……”

“博士，你就听我的，赶紧离开这里吧！”高灿急得直跺脚。

“是啊，来日方长啊。”杜嘉陵也在一旁劝说道，“只是一次实验而已，犯不着拿命来赌啊，有什么意义呢？”

凌绝顶望着杜嘉陵的双眼，淡淡地一笑，神色决绝地缓缓摇头。

“不，多加一个零，怎么会没有意义呢？”

凌绝顶最终选择了留下，没有人可以说服他。

低温区域还在快速蔓延，实验室里乱成了一团，众人都在惊慌地向外奔逃。杜嘉陵和几名科研人员乘上了一辆越野车，以最快的速度向远处飞驰。

逃出了很远一段距离后，杜嘉陵回头远望，整座绝顶实验室已经完全被冰雪覆盖，那恐怖的白色还在戈壁滩上向四周扩散，仿佛是一大群白色的军团蚁。可怕的低温制造出了一个巨大的气旋，在实验室上空高速旋转，就连天空中的云朵都受到了影响，在向这片区域聚集。

如此魔幻的画面，仿佛是神话传说里的龙王，正在绝顶实验室里施展法术。

冷湖，冷湖，这个原本有些名不副实的地方，现在正变得地如其名。

从此以后，这里将会变成地球上最为寒冷的绝对冷湖。

六、临界点

从回忆中回到现实，杜嘉陵早已忍不住老泪纵横。

刘主任上前轻轻拍拍他的肩膀，小声地安慰了几句。

“刘主任，当年冷压罐发生爆炸的原因，现在查明了吗？还有这大片的冰雪，到底是怎么回事呀？”

刘主任点头道：“多亏了凌博士留下来的笔记，事故原因已经查明了。”

说着，刘主任按动了几下遥控器，屏幕里的画面定格在了第一面小黑板上，清楚地显现出了上面的字迹，能够明显看到其中的“超密态”三个字。

“其实，凌博士当年的合成实验，从一开始就成功了，只是我们不知道，三十四体海胆烯除了常规的固态、气态这两种形态以外，还存在一种特殊的超密态。超密态的三十四体海胆烯密度是固体状态的上千倍，每次实验合成的三十四体海胆烯都变成了薄薄的一层超密态物质，附着在冷压罐的底部，并不断累积，可我们始终都没有发现。冷压罐在释压和升温后，超密态的三十四体海胆烯先是膨化为了固态，然后又快速升华为气态，并吸收了大量的热量。在这个过程中制造出了极限的低温、高压状态，冷压罐无法承受，就裂开了。剩下的超密态三十四体海胆烯继续吸热、膨化、升华，并且制造出了一个低温气旋，把储存在附近的其他多体海胆烯材料都卷了进来，进而引发了一系列的链式反应，制造出了一个巨大的低温区域，生生在荒漠戈壁中创造了一个大冰川。”

“前不久，我们成功地从融化的冰层里分离出了气态的三十四体海胆烯，证实了凌博士留下的笔记。”

原来如此。

这样的情况，谁又能预料到呢？

凌博士，他终于还是成功了。他记录下了三十四体海胆烯的合成过程，在比热容的极限数值后面，又添加上了一个零。

可是，谁又能断定，如果没有凌博士留下来的这些笔记，科学家们就一定不能从冰层里找到气态的三十四体海胆烯呢？

一想到这里，杜嘉陵的心里又不禁有些酸酸的，不是个滋味。

“刘主任，你说，凌博士的牺牲，值得吗？”

“从全人类的角度来讲，当然值得。”刘主任无比坚定地重重地点了点头，“凌博士留下来的笔记，虽然只有寥寥百余字，可是却会在未来很长的一段时间里，指引着我们的方向。”

说完，刘主任又按动了几下遥控器，屏幕上的画面转到了第二块小黑板上。第二块小黑板上的笔记内容少得多，只有一个看起来很复杂的化学分子结构图，下面留有一句没有写完的话：“三十六体海胆烯，化学性能极其稳定，预测可用于……”

刘主任解释说：“我们猜测这个分子结构图，是凌博士在最后的时间里，根据三十四体海胆烯的分子结构推测出来的。多体海胆烯系列物质里，有几个特殊的成员，分别是四体、十二体、十六体、二十四体的海胆烯。与其他的同类型物质相反，这几种物质里的‘海胆’越多，化学性质越稳定，因此应用范围最为广泛。而如果凌博士的推测没有错，三十六体海胆烯也拥有相同的属性，那么它的应用价值将远远超过其他几种物质，因为它的比热容数值将突破一个临界点，为人类带来一个全新的能源时代。”

“全新的能源时代？”

“不错，一个全新的核聚变能源时代。如果人类可以大量合成三十六体海胆烯，我们将不再需要托卡马克装置，我们可以用三十六体海胆烯制造一层层的防护罩，在它们的内部直接引爆一枚小型氢弹。只要最外面的一层防护罩能够维持完整，就能将核爆散发出的热量吸收，并将热量源源不断地缓慢释放，以此来实现核聚变能量的和平利用。在不久的将来，全世界的科学家都将会为实现人工合成三十六体海胆烯而疯狂。”

居然是这样！

恐怕谁也不会想到，困扰了人类近百年的和平利用核聚变能源的难题，将会以这样的方式得到解决。

世事难预料。但是或许凌博士早已经料到，起码他一开始就知道，他的付出和牺牲不是没有意义的。

杜嘉陵心中感慨万千，他慢慢转过身来，望着在冰层中微笑的凌绝顶，脸上缓缓地露出了一丝会意的笑容。

多加一个零，足以开启一个全新的时代。

多加一个零，怎么会没有意义呢？

03

信

罗亦丹

/ 作者简介 /

罗亦丹，调查记者，曾获北京新闻奖和腾讯新闻致敬深度科技好报道奖。

作者自初中起喜欢科幻小说，是《科幻世界》忠实读者。受刘慈欣《地火》影响开始喜欢硬科幻，致力于写出能带给读者真实感的科幻小说。学生时代，他因兴趣使然写过不少科幻短篇，但此次获冷湖奖是他第一次投稿，属于老科幻粉丝，新科幻作家。

/ 颁 奖 词 /

中国历史上，从来不缺有关大瘟疫的记载，而《信》这篇小说则把目光聚焦于 1911 年的东北鼠疫。在不同时空下，中国人与疫情抗争的不屈精神绵延回响，这也让在疫情里痛失亲人的主人公解开心结。历史洪流不会因个体而有所改变，但个体泛起的涟漪却也清晰可见。跨越百年时光，主人公收到的信，与他的成长和见证，掩藏在历史的浪花中，反射出熠熠光亮。

瘟疫之城

厚重的广宁门是在夜晚被攻破的。

城门外爆发出一阵欢呼，多年攻城略地，闯王大军终于攻占了京师。但与城外欢呼不相符合的是，城内一片不自然的死寂。当大军踏入城门准备肃清残敌时，赫然发现高耸的城墙与箭楼之上只有一些惊慌失措、看上去明显不像士兵的人。

“是太监，堂堂大明已无一兵一卒，只能让太监来守城门了！”有人呼喊道。

从围城到城破，仅用了一天半的时间。即便守军只剩一万人，也没想到会有如此迅速的溃败。

“这时的北京城，说是一座鬼城也不为过。”距离城门几百米的地方，刘本初趴在地上，对同样趴在旁边的陆星河说，“大疫从崇祯六年（1633）开始，一直蔓延到崇祯十七年（1644），死者枕藉，十室九空，户丁尽绝，无人收敛。”

“这就是明朝最后的景象啊！”陆星河眼睛盯着逐渐涌进城门里的一支支火把，喃喃自语，“很令人震撼，但刘教授，时间快不够了，我们必须抓紧。”

刘本初看向几百米外的城门，当火把们逐渐涌入城内时，他示意陆星河跟着他，“我们走吧，去离城门近一点的地方，那里有你要的样本。”

月色下，二人悄悄向城门靠去，在一片横七竖八的棺材边停下。攻城时，这些棺材被拉来用作抵挡弓箭的防御工事，现在城已破，这些棺材自然也无用了。陆星河一个个寻找，终于发现了合适的

“样本”—— 一个身着粗布衣服，脖颈处有不自然肿大的中年男子的尸首。

陆星河戴上口罩，熟练地从行囊里取出针管，“静脉血采取五毫升，肿大淋巴结抽出液两毫升。刘教授，可能有感染，你离远些?”

刘本初点点头，“我来把风，你快一点，工作完成后我们立刻回去。”

不过多时，城内突然传来一阵刺耳的钟声，二人不由得一怔。

刘本初侧耳细听了许久，“这是城里的居民在敲锣驱鬼。”

“他们不怕兵丁吗?”陆星河一边熟练地进行取样，一边隔着口罩问。

“对于这些已经活不下去的百姓来说，兵乱不一定比苛捐杂税、疫病天灾更可怕。”

陆星河点了点头，“还有 30 秒，好在我已经完成了，正在复原现场，我们赶上了。”

片刻之后，一名在城墙上执行清理城防工作的士兵发现，距离城门不远的地方似乎有道白光一闪而过，随之映出的，还有两个奇怪的身影。

谨慎的士兵取出火箭向白光处射出，只听“砰”的一声，燃烧着的箭头钉在了棺材板上，火花四溅，旁边却空无一人。

士兵摇了摇头，继续在城墙上进行清理工作。城门内，一束束火把逐渐包围了一座座宅邸，哭喊声伴随着“咚咚”的敲击声传出，仿佛在为大明王朝敲响最后的丧钟。

虫　洞

白光闪过，刘本初和陆星河走出了房间，一阵机器女声响起：“跃迁结束，时长 79 小时 54 分钟 6 秒，成功返程两人”。

陆星河把样本交给另一位身着全套防护装备的工作人员后，走进淋浴间。他闭上眼睛感受着热水流淌在身上的舒适感，他的思绪一下子飘回到过去。

五年前，青海省冷湖附近的无人区出现了异常光波辐射。起初，这只引来了部分天文学家的兴趣，但随着对异常光波辐射现象的不断溯源，人们找到了辐射出现的原因——这是一个时而开启、时而关闭的虫洞。

这个虫洞本身与天空融为一体，极难被肉眼发现，但偶尔散发出的辐射还是将它的存在暴露了出来。确认虫洞存在后，与之相关的研究随之开始。很快，研究有了突破：虫洞的另一头通向地球表面的不同时空点，并且根据虫洞本身的潮汐规律，人类可以在特定时间通过虫洞前往这些时空点。

政府随之启动了名为“冷湖计划”的时空跃迁实验，随着实验的进行，研究人员发现，虫洞的另一边并未稳定地通向某些时空点，而是像一艘漂浮在浩瀚历史大海中的航船。退潮时它会随机停泊在某一处时间海岛，涨潮时船又起航。研究人员逐渐掌握了虫洞另一头的移动规律，这就让进入虫洞的人得到了能够及时返回的机会……

“铃铃铃!!!”手机铃声将陆星河的思绪打断，他伸出一只手在毛巾上简单地擦拭了一下，侧身拿起手机。

“陆博士，你带回来样本的基因测序结果出来了，有一个奇怪的发现。”实验室同事的声音传了过来。

“好，我现在过去。”

五分钟后，陆星河来到了检测样本的生物实验室。

“这是针对你带回来的鼠疫杆菌样本的基因测序结果。”同事递来一张检测报告，陆星河眉毛一挑，明白了电话里说的“奇怪”指的是什么。

细菌等微生物的DNA简洁高效，大部分基因序列都有明确功能，无效的非编码区往往只占整个基因组序列的10%～20%，但在这株鼠疫杆菌的 DNA 序列中，非编码区域超过了一半，形成了“多余基因”，这很不常见。

“对于这个奇怪的发现，我已经把报告发上去了，上面希望你可以研究一下。哦，对了，虫洞下次停靠的时空点已经出来了，一个月后它会移动到 1911 年 1 月 15 日的哈尔滨郊外，持续七百多个小时，说来也巧，这个时点的东北也暴发了鼠疫。领导让我转告你，在家好好休整一下，一个月后还派你去。”

陆星河点了点头，出门时，他正好碰到刘本初。

“刘教授，我收到消息，虫洞下个月会移动到哈尔滨，我被安排出发做研究，您有任务吗？”

刘本初笑了笑，说：“小陆啊，1911 年已经进入二十世纪了，属于近代，很多史料甚至图像资料都有所保留，历史部门能不能争取到名额得看安排了。不过我听说是一个月以后的事，这一个月里，你要不要回武汉老家看看。”

陆星河这才想起，自己来到冷湖已经三年多。回到过去这一技术为不少学科实现突破提供了可能。陆星河的主要研究方向是微生物进化机制，而采集过去时间点微生物的基因样本，可以直接为传染病病原体的传播和进化机制提供参考。因此他被“冷湖计划”选中，成为生物方面的研究员，主要工作是采集虫洞停靠点的微生物样本。

来到冷湖三年从未回家，除了本身繁重的工作外，陆星河还有一重原因：父母的去世以及妹妹的冷淡。

陆星河 2019 年以生物学博士的身份毕业于武汉大学，2020 年由于参加一个国际交流的艾滋病病毒溯源追踪项目，他前往非洲，幸运地躲过了当时暴发的肺炎疫情，但他的父母就没有这么幸运了……

后面的回忆，陆星河不敢想下去，他只记得电话里妹妹撕心裂肺的哭声、父亲强撑的镇定，以及母亲微弱的声音。当疫情控制住的时候，他的父母已经去世，这给当时还在上高中的妹妹造成了很大的打击，她不能原谅哥哥不在场。

想到这里，陆星河苦笑了一下，他把手机打开，在通讯录里找到了妹妹陆星云的名字，手指按在拨号键上，却迟迟没有按下去。

陆星河关了手机，闭上眼，他终究不能原谅自己。

出　发

一个月后，陆星河在跃迁准备室见到了刘本初。

“最终历史部还是争取到了名额，组里对清末时期民众的生活方式感兴趣，另外，黑龙江那边想要哈尔滨俄租界的实景照片和地图。”刘本初抱着一个大大的箱子，和陆星河打招呼，“对了，我听说你没有回家，整天窝在实验室，研究出什么来没有。”

“上次咱们带回来的细菌样本在基因序列上有一个很奇怪的发现，我这一个月在研究它的基因组结构，除了发现这些基因组高度适配基因编辑技术，比较容易进行‘剪裁’以外，没有其他成果。”陆星河说，“您拿的箱子里是什么？”

“1911 年的哈尔滨暴发了鼠疫，历史部仿照清末老百姓服装的样式给咱们配备了冬装和口罩。这次虫洞会在 1911 年维持近一个月，衣服看着古旧，但可是实打实的棉袄，御寒没问题。其他东西是为了伪装，一旦被发现，我们就说自己是云游郎中。”

与追踪生物进化的陆星河不一样，刘本初所在的历史部在“冷湖计划”中的任务主要为验证历史存在。每当虫洞转移到缺乏史料验证的地方时，都需要精通古人说话方式，适应性极佳的历史部专家出马，刘本初是个中翘楚。

听了刘本初的话，陆星河不禁莞尔，“刘教授，抗生素出现后鼠疫就已经不是不治之症了，而且上次出发时我们注射过疫苗。”

“三十分钟后虫洞开启，刘教授、陆博士，你们可以准备了。”

工作人员递给刘本初和陆星河两只显示倒计时的手表，“跟往常一样，我们会在倒计时结束时借助虫洞发生转移时的潮汐力拉你们回来，回来前十秒你们周围会产生异光辐射，虫洞显形后，立刻返回，否则就只能永远留在过去了。还有，本着对历史负责的态度，不要做出可能改变历史进程的行为。”

刘本初注意到，陆星河在二人穿戴整齐后，还往背包里额外塞了一件此前未见过的仪器。他不禁问道：“这是什么？”

“最新版本的便携式 DNA 测序仪，具备基因编辑功能。”陆星河回答，“上次出任务采集的样本很奇怪，这次要在哈尔滨呆这么多天，如果提前完成了任务，我可不想坐着干等。”

“倒计时十秒”跃迁等待室里，机器女声骤然响起，陆星河和刘本初立刻严肃了起来。

此时，一阵耀眼的异光开始在跃迁准备室中间闪耀，异光过后，一处空间出现了诡异的形变，虫洞开启了。

陆星河和刘本初踏入了虫洞。

初　遇

踏出脚步的瞬间，陆星河脑海中涌现出了许多幻象，他似乎看到了已经故去的父母在向他招手。令人眼花缭乱的光波围绕着他，让他分不清楚方向，也无法感知时间。直到他感觉自己似乎踏上了地面，感觉呼啸的寒风灌进自己的耳朵。等到能看清景象的时候，他发觉自己已经站在了一百多年前松嫩平原的土地上，目光所及到处都是皑皑白雪。

按照资料，从他们传送而至的地点出发，要向南五公里左右才有民居。但陆星河发现不远处就有一栋低矮的木屋，厚实的白雪覆盖在木屋的房顶上，像要把房子压塌一般。

“刘教授，我们不应该在哈尔滨的郊外么？为什么这里有栋房子？”

“在现代，这里距离哈尔滨道外区不远，1911 年这里确实是郊外，离一个叫作傅家甸的聚居地不远。我推测盖这个房子的是当时开荒的农民，后来的岁月中这里荒废了，所以没有记载。”刘本初回答。

此时，房内突然传出一阵东西摔碎的声音，随后陷入了长久的寂静。

陆星河悄悄走到窗前，向内张望，发现屋内布置十分简陋，地面上了躺倒了一个穿着厚实棉袄的人，看打扮是个农夫。陆星河走进屋内，发现农夫已经没有了呼吸。

“这个人已经死了。”他看了看农夫紫黑的面庞，“死因是感染了鼠疫，我可以直接在这里采集鼠疫杆菌样本。”

陆星河和刘本初戴上口罩，将农夫的身躯抬到床上。但此时此刻，房屋外突然出现了马车的声音，随之而来的还有零星的脚步声。

二人对视了一下，刘本初用眼神示意陆星河不要轻举妄动，陆星河立刻收起了注射器。

大门从外面被打开，只见一队身着白色防护服的人马出现在二人面前。看到陆星河和刘本初，对方也是一惊。陆星河注意到，每个人左臂都别着黄色证章，臃肿的防护服让人看不出男女，领头人戴着口罩，能看到一双杏眼和长长的睫毛，看样子应该是一位女医生。

“你们是？”女医生走进门看着二人。陆星河发现她的睫毛很长，上面挂着霜雪，眨了几下眼后，霜雪融化了。女医生随后看到了床上的农夫，“李老伯！”

“李老伯已经去世了。”陆星河随机应变地说道，“就在刚刚。”

听到陆星河的话，女医生眉头微蹙，她随后走到农夫身前，看了一会儿，露出哀伤的神色，“您说的对，看来是您陪李老伯度过了最后的时光，不知二位尊姓大名？”

刘本初踏前一步，冲对方作了一个揖道：“在下云游郎中刘本初，这位是我的徒弟陆星河。我们从满洲里来，前往奉天，路过此地，发现这位老伯热毒成瘀，虽使尽浑身解数，仍未能解救。”

听完刘本初的话，女医生还了一个揖礼，“天津医学堂学生秦好谢过刘大夫、陆大夫。刘大夫从满洲里来，想必知道瘟疫的事，李老伯患的并非热毒，而是鼠疫之症。为防疫情，奉天、山海关等地刚刚设了卡，病患以及接触病患的人士均需进行隔离。其中傅家甸疫情最为严重，我们这次来是为了排查傅家甸周围传染源的，李老伯住得远，我们来迟了些。”

秦好的声音轻而柔软，刘本初和陆星河微笑地听着她娓娓道来，颇为耐心。

紧接着，秦好又看了看刘本初和陆星河，客气地说：“刘大夫、陆大夫虽然你们也是医者，但这次鼠疫之症不同以往，你们接触了病患就必须随我去傅家甸隔离。现在奉天已经设卡禁止人员出入，二位大夫只能屈尊在隔离区待些时日了。好在二位精通医理，提前戴了口罩，否则我就只能把二位送到疑似病院了。”

刘本初和陆星河脸上的笑容瞬间凝滞，此时他们才发现，秦好的声音虽轻，却带着一股不容置疑的力量。二人面面相觑，点了点头。

隔　离

刘本初和陆星河并未进入傅家甸中心区域，秦好吩咐士兵将马车停到了一处铁路线旁。铁路上停有数十节车厢，车厢里铺满被褥，下面垫着干草，车厢中间有一个取暖用的火炉，简陋的地方却住满了人。陆星河意识到，这里就是隔离区。

“二位在这节车厢里隔离一周，之后即可自由活动。期间饭食由朝廷提供，不必担心。”秦好客气地对刘本初和陆星河说，然后她转过头对一位穿白色防疫服的人说，“连大哥，这两位是从满洲里来的，在这里隔离一周，劳烦你了。”

陆星河注意到，每节车厢都有一位“白色防护服”，他们应该充当的是防疫员的角色。

连大哥安排刘本初在车厢里一个靠着火炉的位置坐下，刘本初招呼陆星河坐在自己周围，说道：“小陆，既来之则安之，历史部要我验证清末历史，既然我们要待一个月，就干脆来一个深入体验，在这里等上一礼拜也不急。”

陆星河却若有所思，他明白既来之则安之的道理，但在刘本初招呼他之前，他已经在车厢外转了一圈。他发现，虽然基本上隔离区的人都生龙活虎，但车厢里环境杂乱，而且挤满了人，这些人中只要有一个感染，就很容易连累其他人。

几天的隔离，刘本初和陆星河完全熟悉了清末的语境，他们发觉很多普通民众对这类隔离措施并不领情，依旧我行我素。

“把人隔离在这，不跟关在猪圈里一样了嘛，听说这几天傅家甸每天都死好几十口子人，也不见有啥子效果。”

“是啊！听说施大人和锡督各自派来了救兵，本来以为能有什么奇效，结果就大大熏硫黄。你闻闻镇子里这个味，比烂酸菜还难闻，怕是病没死，人先熏死了。”

“听六婶说她见过一次朝廷派来治疫的伍医官，他连官话①都说不利索，一张嘴是洋文。你说洋鬼子有几个好人呢？听说洋人开的医院专门用一种东西吸你的精气，跟洋人沾边准没好事！”

每每听到这，陆星河总是和刘本初一笑置之。车厢内虽然拥挤，但氛围轻松，直到刘本初和陆星河只剩一天即可解除隔离时，隔壁车厢出了事。

一位年轻人拖着身体走出车厢，扶着厢门正要和防疫员说话时，

① 官话：明清时期官僚通用语，因在官场通用而得名。

一口气没上来，倒地不起了。陆星河远远地看见，年轻人脸庞紫黑，他暗叫了一声不好。

年轻人被拉走后，防疫员将隔壁车厢里的其他人都转移到了疑似病院，陆星河注意到秦好也在防疫员的队伍中。但在转移人员时，有人开始咯血，陆星河心里清楚，隔壁一车厢的人完了。

一天后，陆星河与刘本初解除了隔离，他又见到了秦好，秦好递给他们两个黄色证章。“刘大夫、陆大夫，现在傅家甸分为红、黄、蓝、白四区，四区互相隔离，只能在区内活动。”她指了指自己的黄色证章，“二位与我一样处在黄区，有事可随时找我。”说这些话的时候，秦好的声音依然轻柔，但陆星河觉得她的声音有一丝不正常。

“秦医生。”陆星河沉吟道，“昨天拉到疑似病院的人，现在怎么样了？”

“有人路上就不行了，我们直接改道拉到了传染病院，结果还是死了七个人。这是伍大人设立隔离区以来，隔离车厢里死亡最多的一次。”秦好低声道。

陆星河从秦好的眼神中看到了哀伤与焦虑，但听完秦好的话，他终于知道为什么觉得她的声音不对劲了。

她的声音并不是轻柔，而是有气无力。陆星河觉得这个感觉十分熟悉，他摇了摇头，想努力甩掉这种回忆，但不知为何，他突然开口说出了一番话。

“秦医生，我和刘大夫也是医生，从满洲里来，我们一路上见到的病人很多，我想，值此特别时期，我们也可以为朝廷出一份力。”

秦好笑了笑，陆星河觉得她的眼神里有了神采。

“谢谢陆大夫为国出力之心，现在确实很缺人手，您本身是中医，可以由我们医学堂的姚老师培训一下，直接上岗防疫医生一职，一会儿您可以跟着我们的马车走。”言毕，秦好冲陆星河行了一个揖礼。

陆星河抱拳回礼，然后回到了车厢，他把黄色证章交给刘本初，告诉他隔离已经结束，然后问道："刘教授，你在历史部里出任务最多，和古人沟通最重要的是什么？"

"不能暴露身份，不能改变历史。"

"历史上这个时期发生了什么事？"

"东北暴发鼠疫，后人称为'国士无双'的防疫总医官伍连德在四个月内就将疫情控制住了……等等小陆，你想做什么？"

"刘教授，我们必须在这里待一个月，这段时间里，我想帮助他们控制疫情。能接触病人的话，我也有机会采集样本，一举两得，这不算改变历史吧？"

刘本初若有所思地想了一会儿，点了点头。

上　岗

秦好、陆星河、刘本初一行人从隔离区出来，向傅家甸中心区域走去。此时，陆星河才得以真正看到傅家甸的全貌：四处盖满了矮小破烂的房屋，显得杂乱无章，地上还有被冻住的污水。陆星河感觉这有点像他看过的贫民窟。路人留着长长的辫子，看着穿着白大褂的他们避之不及，路边偶有巡警在收拾尸体，镇子里异常寂静，唯有房屋上升起的炊烟增添了一丝烟火气。

秦好在一所有商会标识的屋子前停下，进入屋内同一名医生打了招呼，"姚医生，这是刘大夫与陆大夫，他们是云游郎中，志愿报名参与防疫。"

姚医生点了点头，与刘本初攀谈了起来。过了一会儿，刘本初对陆星河表示，姚医生问了他几个问题，他对答如流，姚医生认为他俩只要简单培训一下就能以防疫员身份上岗了，现在传染病院最缺懂得医理的人，他希望二人可以直接以医生身份去照顾病患。

说完刘本初悄悄对陆星河说："小陆，医学方面你比我懂，咱们俩实际上体内已经有了抗体了，对吧？鼠疫对我们来说确定是没有危险的吧？”

陆星河对他点了点头，说：“刘教授放心，我们俩其实连口罩都不用戴。”

刘本初如释重负地点了点头，他回头继续同姚医生交谈了起来。

半天后，刘本初与陆星河完成了培训，领取了两套白色防护服和厚厚的口罩，他们的工作是在传染病院照顾病患。陆星河注意到，此时的培训内容，与他在大学时学过的现代医疗防护知识很相似。培训教材来自天津医学堂，这个学堂用英语授课，采取法国式教学，重观察而轻因果。姚医生是天津医学堂前几届的毕业生，他早在伍连德到来前就通过观察发现了瘟疫可以通过空气传播，但他对微生物一窍不通，并不清楚病原体是什么。所以直到后来伍连德来到这里才确定这个传染病为鼠疫。

姚医生告诉刘本初，两个月前他与另一位孙医生奉东三省总督锡良命令来到傅家甸治理疫情，秦好则是天津医学堂的在读生，还未毕业，但她对防疫事业一腔热血，不知怎么也得到了学堂的批准，随着他俩一起来到了东北。

疫情暴发后，他们虽然提出了隔离、消毒等措施，但傅家甸的民众并不是很配合，直到一个月前，防疫总医官伍连德到来后，形势才有所改观。

伍连德到来后不久，就通过调查得出了结论，他说这场瘟疫是罕见的、可以通过人与人之间的呼吸飞沫传播的鼠疫，并建立了科学化的疫情防控体系。对此陆星河非常赞赏，以现代的眼光来看，伍连德采取的隔离措施非常科学到位。

但仍然令人不安的是，疫情状况并未因此得到缓解。从陆星河进入隔离车厢的 1 月 15 日到解除隔离的 1 月 21 日，因疫情而死的人数从每天死亡四十人到六十人，升高至每天死亡近百人，这让伍连德压力很大。

据陆星河所知，目前全傅家甸真正的西医除总医官伍连德外，只有姚医生和另一位孙医生。秦好是医学生，剩下的均是傅家甸本地接受培训后上岗的中医，陆星河与刘本初就被编入了最后这一类。

传染病院位于白区，来到传染病院的当天，陆星河就志愿加入了重症病房，并以极大的热情护理着病人。刘本初诧异地问道："你怎么也对体验历史这么感兴趣了?"陆星河只是笑笑，他告诉刘本初，重症病房里好提取样本。

陆星河心里想的是，在自己缺席的2019年的那个冬天，父母和妹妹也经历了这样的生死，他一定要体验防控疫情的感觉，他觉得，等自己回到现代，一定要和妹妹好好聊聊。

发　现

来到传染病院工作的当晚，陆星河就看到了一位戴金丝边眼镜，穿呢子制服，气质儒雅的年轻男子，预感告诉他，这就是传说中的伍连德。

伍连德只是照例来视察传染病院，他看到陆星河后微微笑了下，而看到刘本初后，他却停了下来，眉头微皱。

陆星河回头看看刘本初，发现他没有戴口罩，心中一沉。刘本初却直接用广东话同伍连德交谈了起来，还指了指陆星河，陆星河赶紧把头低了下去。

伍连德走后，陆星河问刚才他说了什么，刘本初笑了笑，"我刚才跟他说，我们是志愿加入防疫队伍的中医，你是我的助手。他很受感动，叫我们一定注意戴好口罩。"

日子过去了五天，刘本初和陆星河已经完全熟悉了这里的生活方式，但疫情的状况不减反增，传染病院的患者死亡率很高。陆星河的一位徐姓中医同事是一个不折不扣的工作狂，他接受西医理论，救治病人非常积极，但却在几天前不幸被感染了。伍连德特意来看他，亲自施救，但最终徐中医还是走了，伍连德在他的病床前流泪不止。这让陆星河觉得更难过了，他很想走上前去拍拍伍连德的肩膀，告诉他坚持住，这场瘟疫注定会被你控制住的，但他不能说。

时间长了，连见惯历史、总是云淡风轻的刘本初都有些被打动了。他最常照顾的病人叫喜年，是个刚刚十四岁的孩子，症状并不重，喜年的父亲是医院里帮忙抬尸体的杂役。喜年总是缠着刘本初讲历史故事，还说病好后要在重症病院帮忙。但有一天喜年的病症突然加重，很快就去世了，喜年爹在运送喜年尸体去坟场的时候也倒在了那里，父子双双去了。

虽然这里每天都有人死亡，但依然有不少人志愿报名参加卫生队。这种抗争精神让陆星河感动，他觉得几百年来中国从来不缺仁人志士。喜年父子走的时候，陆星河看到刘本初在哽咽，说回去一定要写一本书纪念这些人。

在传染病院工作期间，二人也没有落下本职工作。在同病患的交谈中，刘本初了解到许多清末一手史料；陆星河则已经趁着在传染病院工作的便利提取到了鼠疫杆菌样本。让陆星河惊喜的是，随着他们与伍连德等医生逐渐熟悉，他得到了伍连德实验室的使用权。这个实验室由一位日本医生设立，后归伍连德使用，里面的实验器材一应俱全。照顾完病患后的夜班时间，陆星河经常去这座实验室做自己的研究。

陆星河发现，清末鼠疫杆菌与现代鼠疫杆菌相比，在基因型上已经趋同，他只得把明末提取到的鼠疫杆菌再一次放在显微镜下观察。他发现，清末鼠疫杆菌的致病基因与明末的鼠疫杆菌相比，稍有不同。在做一次研究时，陆星河不小心把两种鼠疫杆菌放在了同一个培养皿里。第二天起来时，他惊奇地发现，明末的鼠疫杆菌把清末的鼠疫杆菌完全同化掉了，所有的鼠疫杆菌都带上了那一段奇怪的多余基因片段。

秦　好

父母死于新冠病毒后，对父母的愧疚成了陆星河的心结，但在傅家甸体验历史的时候，这个心结逐渐打开了。陆星河觉得，虽然处于不同的时空，但他对每一个患者的救助都是在赎罪，这让他的内心获得了安宁。

但在秦好入院后，这股安宁被打破了。

早在看到隔离车厢死人的那天，陆星河就预感到秦好有可能受到感染，他看到护工们将秦好扶到病床上，她身着雪青色小袄，双眼紧闭，脸色苍白。

这是陆星河第一次见到秦好穿便装的样子。他还记得初见秦好时，她那挂着霜雪的长睫毛以及轻柔但带有力量的声音。他走到秦好病床前说道："秦医生好好休息，这边有我和刘大夫照顾，你一定会好起来的。"

秦好睁开双眼，看到是陆星河，她笑了笑，然后深深地吸了一口气，好像只有这样才能够获取足够的力气来说话一样，"陆大夫，别来无恙，你志愿加入防疫队，真好。"

秦好一开口，就宛如一记撞钟撞在了陆星河的心头，他终于知道为什么之前觉得秦好的说话方式熟悉了。

这种方式和2020年母亲在电话里叫陆星河不要回武汉时一模一样，这是肺部受感染的征兆。当初母亲说这句话时，肺部已经有了阴影，所以她说话给人有气无力的感觉。同理，这说明鼠疫杆菌已经开始感染秦好的肺部。想到这，陆星河眼中噙满了泪花，"秦医生，五天前我就感觉你的身体有些不对劲，你是怎么挺过来的……"

秦好看着陆星河笑了笑，"可能是我命好吧，能多工作几天已经很好了。庆幸的是我一直戴着口罩，没有传染给别人。"

秦好入院后第二天晚上，陆星河特意值了夜班，他想多看看秦好。

秦好闭着眼睛，苍白的脸上浮现出了一点汗珠，呼吸依然显得很衰弱。陆星河静静地站在秦好旁边看了好一会儿，感觉她睡着了，才扭头准备离开。

这时，秦好突然开口："陆大夫，能不能告诉我今天傅家甸的死亡人数是多少，有没有下降？"

陆星河转过头，温柔地看着秦好道："你现在不是医生了，秦姑娘，不要说话，安心静养，身体会好起来的。"

秦好挤出一丝笑容，"我虽然没毕业，但学了几年医，以我对自己身体的了解，怕是时日无多了。"

她顿了顿，像是下了什么决心，然后坐起身来，平静地看着陆星河说："陆大哥，我死后，希望你可以替我传一句话。"

陆星河的眼眶湿润了，他坐在秦好身边，"慢慢说，我听着。"

"等疫情过去了，如果陆大哥有幸能拜见锡良总督，请替我转告他，秦好谢谢他的救命之恩和再造之德。"

陆星河愣了一下，在傅家甸待了十多天，他对这里的时事政治已经很是了解，锡良是时任东三省总督，统管东三省。

"培训时，姚医生提起过医学堂批准了你以学生身份来到这里，原来你是锡督的人。"

秦好笑了笑，"不算是，但锡良大人确实对我有恩。"她将目光转移向病床上方，仿佛那空无一物的地方有她的回忆，"如果没有锡良大人，我现在要不就在狱里，要不就已经死了。"

她用羸弱的声音静静地讲述着自己的过去，"我出生于天津船家，和爹、姐姐住在一起。光绪二十五年，爹因为参加义和团被洋人逮捕，死在了狱里。姐姐恨死了洋人，入了红灯照①，她怕我受

---

① 红灯照：亦称"红灯罩"。清末义和团运动组织，参加者以青年妇女为主。当时，类似的组织还有以一般妇女为主的"蓝灯照"、老年妇女为主的"黑灯照"和寡妇为主的"青灯照"。

牵连，让我去四川投奔舅舅家。到了四川我才知道，舅舅已经死了，舅妈待我没什么好脸色，我只能寄人篱下。”

“没过多久，洋人入了北京城，姐姐是红灯照的头目，成了被缉拿的犯人，下落不明。舅妈怕受牵连，想把我卖到青楼，我逃走了，于是她把我的身份信息卖给了朝廷。我整日东躲西藏，最后教会的福利所收留了我，我在福利所度过了一段平静的时光，还在那里学了简单的医术。”

说到这里，秦好的情绪激动了起来，“但是，没有不透风的墙，我的身份还是被人知道了。被捕后，我恨我自己没用，也恨我自己糊涂了。我一心求死，想早点去见爹和姐姐，但我的卷宗被锡良大人看到了，当时我不知道他是谁，只听牢头说有一位大人想见我。”

陆星河不知道秦好有这样的过去，他怜惜地看着秦好，递过去一碗汤药，示意她慢慢说，秦好轻抿了一口，放下碗来，显得平静了许多。

“我永远记得那一天，大人对我说，他了解我的情况，也知道我的想法。他告诉我，不管是中国人、洋人，还是满人、汉人，都没有绝对的善恶之分，人不能活在过去，你不是为了仇人活着，而是为待你好的人活着。说着他亲自解开了绑缚我的绳索，对我说：‘既然你一心求死，那么犯人林宝儿就当作死了吧。教会正在筹办医院救治病人，你懂医术，现在又正是用人之际，你可以换一个身份，去教会医院工作，开启一段崭新的人生，你想不想？’”

说到这里，秦好的眼睛充满了神采，“我从来没有想过还有这种可能，我请求大人给我一个名字。大人说，他希望满人、汉人、洋人能和平共处，永结秦晋之好，以后我就叫秦好。”

后来，秦好果如锡良所言，进入了教会医院。再后来，她因为天资聪颖，又是天津人氏，被锡良推荐进入天津医学堂学习。东北暴发瘟疫后，秦好主动请缨随姚医生奔赴前线抗疫，直到现在。

改　命

秦好说完了这些话，似乎抽空了她体内仅剩的体力，最终沉沉睡去。

陆星河看着秦好睡去后，脑海中思绪万千。在传染病院工作以来，他见惯了生死，也明白不能改变历史的道理，但此时此刻，他不想看着秦好死去。这种感觉越来越强烈，想着想着，陆星河不自觉打起了瞌睡。梦中，秦好的声音、母亲的声音、甚至妹妹的声音在他脑海中交替出现，最后化为了一个个音节符号，又化作了鼠疫杆菌基因型的样子：螺旋状的 DNA 基因互相缠绕，但在基因的最后留下了一段多余的空白，仿佛书信留出的签名处……

陆星河猛然惊醒，他的脑海中涌现出了一个大胆的想法。此时此刻，天已经在不知不觉间亮了起来，而秦好的呼吸显得更衰弱了。他知道要做什么了，他要抓紧这剩余的时间。

陆星河从病院匆匆离开，拿出了从现代带来的便携式 DNA 测序仪，一头扎进了伍连德的实验室。

刘本初很奇怪陆星河为什么突然要上夜班，更不明白他上完夜班之后为什么人不见了，直到天色复黑，他才发现陆星河已在实验室睡着了。刘本初叫醒陆星河，叮嘱道："小陆，你的样本采集已经完成了，不用太拼命于工作，咱们回去现代实验室再工作也来得及。"

陆星河睁开熬得通红的眼睛后，告诉刘本初，他有了一个重大的发现，这个发现具有时效性，必须今天之内搞定。

直到又过完一个通宵，陆星河才终于完成了他的构想。他将成果—— 一支注射针剂小心包裹起来，携带在身边。赶往病院的路上，他发现，此时天色蒙蒙亮，清晨马上就要来临。

病院里，大部分病患还在睡觉。陆星河一边祈祷一边径直走到了秦好的病床前，直到看到了她低垂的长长睫毛还在抖动，尚有呼吸，悬着的心才放下。

秦好似是预感到了什么，睁开了眼，看到是陆星河后，她用极小的声音说：“陆大哥，你怎么又来了。”

陆星河在秦好身旁坐下，用温柔的声音说：“不用说话，这样太累了，我陪你坐一会儿。”

秦好的眼睛起了雾，她的嘴角微微上扬，“谢谢你，陆大哥”。

这是陆星河第一次看到秦好笑，他觉得秦好的笑容像是漆黑夜里幽静温婉的萤火，很美但稍纵即逝。陆星河没有说话，只是陪秦好静静坐着。

犹豫了一会儿，陆星河鼓起勇气对秦好说：“秦姑娘，这是伍大人新研制的西医药方，新出来的方子，还没有人试过，让别人来不太合适，你能不能试一下。”说着，他抽出来一支注射针筒。

秦好惊讶地看着陆星河，“陆大哥，你不是中医吗?”

陆星河感觉秦好的声音又虚弱了几分，不由得心急了，说道：“伍大人和姚医生对我都有培训，我已经学会了西医的法子，还想请秦姑娘试一试。”

秦好又一次笑了，“秦好不知道陆大哥在做什么，不过，秦好愿意。”

此时，清晨的第一缕阳光照进了病房，陆星河看着笑意吟吟的秦好，不由得痴了。他小心翼翼地褪下秦好的袖子，阳光洒在她苍白的胳膊上，让她的皮肤发出了淡淡的金色光芒。陆星河小心地将针管扎进了秦好薄薄的血管中，把他的研究成果推入了秦好的血液里。

爆　竹

日子一天天过去，陆星河和刘本初在病院的辛苦工作引来了同事们的敬佩，连伍连德都赞扬他们有救死扶伤的敬业精神。只是有一件事伍连德感到很奇怪，为什么这个刘姓中医和他的助手总不戴口罩，却从来不会受到传染呢？对此刘本初总是用广东话和伍连德打哈哈，说他一身的中药味，百毒不侵。

饶是防疫人员拼命工作，因感染鼠疫死亡的人数仍然不断上升，傅家甸甚至达到了每天死亡一百多人的程度。传染病院的患者拉来又拉走，把尸体运去坟场的杂役人手都不够了。走在路上，陆星河觉得，在人们看他们的眼神中，不信任的感觉越来越强。整个小镇都笼罩在一股看不见的压抑氛围中。

对陆星河而言，唯一的好消息是秦好的情况有所好转，她的呼吸虽然急促，但脸上却有光泽了，说话的底气也足了很多。伍连德对秦好转好很惊喜，还特意提取了秦好的血清，但最终没有研究出什么东西来。这在陆星河的意料之中，毕竟这个时代虽然有显微镜，但电子显微镜和 DNA 双螺旋结构还未被发现，但他佩服伍连德的敏锐。

“要不要来见证历史？”几天后，刘本初找到了陆星河，“根据历史记载，伍连德会在 1911 年 1 月 28 日发现这场瘟疫仅剩的传播源，断绝源头之后，疫情的形势就会得到缓解。”

陆星河点了点头，为恪守历史进程，他和刘本初没有干涉伍连德的任何行动，但每天见到如此多的死亡，即便知道抗疫最终注定胜利，他们也希望这一天来得快一点。

“你马上就会看到中国五千年历史上的第一次公开火化了。”刘本初告诉陆星河，“以我们现代的眼光看这可能不算什么，但你问问周围的人，看他们怎么说，你就知道伍连德有多大的魄力了。”

陆星河深知火化在此时社会背景下的意义，他在照顾几名病患时曾提起以火化的方式处理尸体，听闻这个字眼的人都觉得这是大逆不道的行为，“入土为安，给人烧了，还怎么升天啊？”

1 月 28 日，刘本初和陆星河看到了传令的士兵。哈尔滨的官员、全城士绅以及商会首脑在坟场外集合议事。刘本初和陆星河将手头的工作交给了护工，叫了一辆马车也跟着过去了。

当二人赶到时，坟场周围已经聚集了一群人，陆星河发现现场既有官员也有士绅。透过人群，他看到坟场里停了数不清的棺材，这些棺材绝大多数是露天摆放的，甚至有的棺材是敞开的，可以看到里面露出了死人的肢体。陆星河感到很震惊：这简直是天然的鼠疫传染源，难怪伍连德要烧掉它。

陆星河分开人群，听到伍连德正在用并不熟练的官话说道："全面隔离到了紧要关头，不能有任何漏洞，我知道什么叫入土为安，但目前只能出焚尸这一下策，各位谁有更好的建议，我愿意洗耳恭听。"

官员士绅们交头接耳，议论纷纷，最终一位身着道台官服的官员站出来说道："诸位，伍大人所言极是，如今顾得上活人就顾不上死人，如果不尽快处理尸体，瘟疫就还会继续。为了三省千万人的性命和大清亿万黎民百姓，除此之外别无他法了。"

"这就是于泗兴，历史上他因为防疫不力遭到革职，但现在看来，他为防疫还是出了很多力的。"刘本初悄悄给陆星河讲解道。

陆星河发现，伍连德手里拿着一份已拟好的焚尸请求电报，士绅们正在传阅观看副本。看完电报之后，所有人都默不作声，对死者尸体进行焚毁这个大胆的想法冲击着他们的传统观念。

时间一分一秒地过去，伍连德一顿足，"时间紧迫，大家没有意见我就发电报了，后果由我一人承担！"随后他在电文上签了自己的名字，递给随从，"马上发出。"

陆星河和刘本初屏息看着这历史性的一幕。

"等一等。"于泗兴走了过来，也签上了自己的名字，"我同意伍连德大人的意见，朝廷追究下来，我和伍大人一起担责。"

接着，一位士绅也站出来说："列位大人，国难当头，焚尸虽有违人伦，但为天下苍生，老朽愿一起承担责任。"

接着，陆星河看到在场的所有官员士绅都签下了自己的名字。

伍连德的眼中噙满泪光，他大手一挥，“发电报！”刘本初和陆星河也很激动，他们见证了历史。

两天后，秦好在喝汤药时，听到了窗外噼里啪啦的爆竹声。

“这是什么声音？人们在放炮庆祝什么？”秦好问道，她的神色恢复了不少，已经能够直起身子喝药了。

“朝廷颁下圣旨，要焚烧坟场的尸体。伍大人差人买了鞭炮，挨家挨户发放，说赶上新年，顺便冲冲晦气。”一旁的护工回答，“哎，棺材都烧了，还怎么入祖坟啊。咱可不敢被传染上，不让他们烧。不过傅家甸好久没放鞭炮了，你听多喜庆。”

“我听说是因为坟场的尸体埋不进冻土里，得等开春土化了才能埋。等到那时怕是咱们都会被传染上，伍大人也是为我们好。”秦好侧耳听着窗外的爆竹声，一丝笑意涌上眉梢。

告　别

焚尸后第二天，陆星河照例来到病院工作，他走到秦好身边，递给她一份电文，“来，读读”。

秦好拿过电文看了看，脸上闪过一丝喜色，“昨天的死亡人数比前一天少了十五人？”

陆星河笑了笑，对秦好说：“伍医官昨天把主要传染源烧掉了，以后人数会越来越少的，你也已经好起来了，想和锡良大人说的话，就自己去说吧。放心，那天晚上和我说的话，我不会告诉其他人。”

秦好脸上的笑容更盛了，她把头偏了偏，用一个俏皮的神情问道：“伍大人可没有研发出什么疫苗来，老实说，你那天给我打了什么灵丹妙药？如果这么有用，为什么不推广给其他人？”

陆星河尴尬地笑笑，刘本初“不能干涉历史”的话围绕在耳边，他一时冲动做出了这个决定，虽然救下了秦好，却也犯了大忌。

秦好看陆星河不说话，问道：“陆大哥，你究竟是何方神圣？”

陆星河抬头看着秦好，秦好神情温柔，握住了陆星河的手说：“陆大哥，那晚我虽然虚弱，却仍然注意到了你给我打针使用的针筒，它的材质我根本没见过；而且你打针的手法非常熟练，比医学堂的老师还好。不过，不管你有什么秘密，我都会为你保密，因为你也为我保密了，而且，你对我也有救命之恩。”说罢，她的脸突然红了一下，然后羞涩地闭上了双眼。

陆星河看着秦好，他没有想到自己的尝试居然成功了，若在以往，他会想自己能在微生物进化和基因工程方向上写出几篇论文，能不能在生物学界扬名立万。但此时此刻，他的心中一片惆怅，他知道，虫洞会在几天后开启，他必须回到现代，而秦好则会留在这里。1912 年清王朝覆灭，她能够亲口和东三省总督锡良说那些话的时间，只剩一年了。

“秦好”。陆星河突然开口了。

“嗯？”秦好期待地看着陆星河。

“等疫情结束，你准备去哪里？”

“回天津医学堂完成学业，然后成为一名真正的医生，去需要我的地方救死扶伤。”

“能答应我一件事吗？”陆星河说。

“你说吧，陆大哥，什么事都行。”

“疫情会在三月结束，结束后，你去追随伍医官，最好能离开大清，去国外生活。”

“为什么你这么确定疫情会在三月结束？”秦好迷茫地看着陆星河，“还有，陆大哥，你会去哪里？”

陆星河笑了笑，“我会在伍医官的实验室留下一件东西，里面有我的信，等你出院，看了就知道了。”

告别秦好，在回去的路上，陆星河在心中自问：“真的，不能改变历史吗？”

时间过得很快，陆星河与刘本初倒计时手表上的数字已经显示不到二十四小时了。好在此时疫情已经得到了控制，防疫人员的人手也不需要太多了，刘本初与陆星河便向伍连德和姚医生辞行。收拾行装走的时候，刘本初注意到，陆星河来时拿的 DNA 测序仪不见了。

“哦，测序仪啊，那个东西我不小心给摔坏了，因为太笨重我干脆给它烧了，回去报销时帮我作证啊。”

刘本初将信将疑，“这当然可以，但是小陆，你究竟是怎么治好那个女医生的？你虽然没告诉我，但别以为我没看出来你在人家身上动了念头。这可会犯大忌啊，我也就是对你睁一只眼闭一只眼罢了。”

“你问这个啊，刘教授，我发现上次在明末采集的鼠疫杆菌毒性比这次清末的鼠疫杆菌毒性更大，同时它又可以同化这次清末的鼠疫杆菌，而我带的测序仪正好有修改基因片段的功能。于是我花了一天时间修改了明末鼠疫杆菌的基因，去掉了它的毒性，留下了它的同化性，合成出了一支‘明末去毒版鼠疫疫苗’，让它去同化病人体内的有毒鼠疫杆菌，这样就可以通过消除鼠疫杆菌毒性，达到救治病人的目的了。”陆星河云淡风轻地回答道。

刘本初瞪大了眼睛，“这是你做到的？秦好就是这么好的？”

陆星河淡淡地笑了笑，“老实说我心里也没底，但是当时那个条件，只能死马当活马医了，谁能想到居然成功了。”

归　乡

随着手表上的倒计时逐渐转向零，刘本初和陆星河悄悄地离开了 1911 年的傅家甸，回到了现代的冷湖。回到冷湖实验室后，陆星河立刻发布了此次对鼠疫杆菌基因型的修改研究成果。虽然在进化层面上并没有新的斩获，但在基因工程层面，他的工作意义重大，陆星河因此特别获批了一个月假期。

陆星河选择回到武汉的家，当他拖着行李出现在数年没回的家里时，妹妹陆星云待在原地愣了许久，然后一下子哭了出来。

“你还有脸回来，我不会原谅你的，当年你为什么……”陆星云还没说完，陆星河就抱住了她。

“对不起，星云，哥哥当年没能保护好爸爸妈妈，哥哥知道你经历过怎样的一段岁月了，哥哥明白了很多事，以后不会再让任何人伤害你了，原谅哥哥，好吗?”陆星河语气坚定，温柔地说。

陆星云愣了一下，流着泪紧紧地抱住了陆星河，“对不起，哥哥，我知道那时武汉封城了，你回不来，爸妈也不让你回来，但我就是受不了没有他们的日子，你不要走了，好吗?”

在家里的日子很悠闲，陆星河与妹妹和解了，他感谢虫洞把自己送到了 1911 年，让他得以参与那一场抗击疫情的斗争。虽然现实生活中仍然什么都没有改变，但有了在傅家甸与瘟疫斗争的经历后，他愧疚的内心得到了舒缓。他知道，不管在什么时间、什么地点，不管是过去还是现在，都不缺少为抗击疫情舍生忘死的勇士。他缺席了 2020 年，但没有缺席 1911 年，同样，在他缺席的时候，肯定也会有人一样挺身而出。

唯一让陆星河在意的是，虫洞对历史的影响始终未能得到全面验证。他查遍了史料，当看到伍连德记载的防疫队伍死亡率数据时，陆星河的心沉下来了，医学生二十九名，殉职一名；中医九名，殉职四名；二百零六名卫生队队员殉职十一人。这些人中，有很多是陆星河的同事、战友，他无法自控地把冰冷的数字同记忆中鲜活的面孔联系了起来，即便时间已经过了一百二十年。

当然，最难以忘怀的还是那个睫毛落满霜雪，有着轻柔声音的姑娘，她后来怎么样了？但陆星河完全找不到关于秦好的记载。

信

“陆大哥，我们每天都要用电报向朝廷发文，朝廷立刻就能知道这里疫情的控制情况，你知道发电报用的是什么原理吗？”

“摩斯电码，发电报时是‘点线点点’这样，再根据密码本上的解密方法进行翻译。”

“等我病好了，我想学习怎么发电报，向锡良大人发一封电报，他一定很高兴。”

“好啊。”

“真的，不能改变历史吗？”

在离开傅家甸，从虫洞返回的前一天，陆星河做出了一个惊人的决定：既然他无法告诉秦好自己的心意，既然他无论如何都会离开，他想要在不改变历史的情况下让秦好和傅家甸的人民永远不再受鼠疫的影响。

他留下了一封信，信里告诉了秦好基因测序仪的使用方法，还留下了新的明末去毒版鼠疫杆菌疫苗。她可以选择在疫情结束后把这份疫苗发给傅家甸的民众，保证他们不再受鼠疫的影响，甚至可以直接散播在东北鼠疫的疫源地——松嫩平原的旱獭族群里。疫苗的同化能力可以确保鼠疫不再在这片土地上肆虐。

他不能告诉秦好自己的心意，不过，他使用测序仪又一次删改了疫苗的基因，把这份心意悄悄藏在了疫苗之中，这里有他想说的话。当然，秦好应该不会知道了，这对她来说也好。毕竟，和一个不同时空的人，是没有未来的。

当陆星河再一次踏上傅家甸的土地时，已经是五十年后了。

凭着在微生物进化和基因重组方面取得的成就，陆星河在学术界取得了很高的声望。身为博导的他，五十年后在一次机缘巧合下，带着学生再一次前往松嫩平原，采集那里的微生物样本。

望着曾经奋斗过的土地，陆星河感慨万千。哈尔滨道外区楼宇林立，景象繁华，他已经不记得哪里是传染病院，哪里是伍连德的实验室了。

“陆老师，我们采集样本的基因测序结果出来了，其中有一个奇怪的发现。”考察的第三天，一名学生在观察提取到的鼠疫杆菌基因型样本时向陆星河汇报，“这些鼠疫杆菌似乎带有一段多余的基因片段，我不知道这些基因是做什么的，他们似乎有着某种规律，很不寻常。”

陆星河心头巨震，难道当年的去毒版疫苗真的被秦好散播到了疫源地吗？他颤颤巍巍地看着学生交给他的基因检测报告。

检测报告中，鼠疫杆菌的基因序列是那么的熟悉。这就是当年他使用测序仪一段一段修改的“明末去毒版鼠疫疫苗”的基因，甚至在那段多余的空白里，他临走前留下的信息也依然存在。

如果把这个基因多余片段里的某个特殊碱基对当作莫斯电码的“点”，另一个碱基对当做“线”，陆星河留下的信息是“我爱你，秦好”。

突然，陆星河发现，代表这段信息的基因序列后面，似乎多了一段新的基因序列。

“点、线、点点、线”。

当把这段信息翻译为汉语时，他的泪水止不住地流了下来。

“我也爱你，陆星河”。

04

闭　环

付　强

/ 作者简介 /

付强，北京作家协会、中国作家协会成员，北京大学物理系博士，从事科研工作多年，现专职从事党建工作。是一位科幻迷、推理迷、动漫迷；自称死逻辑派、死理性派，却能被一首歌、一段剧情感动得稀里哗啦。已出版科幻小说《时间深渊》《摘星》《孤独者游戏》。

/ 颁 奖 词 /

别具一格的科幻文本！《闭环》的设定不仅新颖精妙，而且复杂深沉，通过多重轮回展现了群像式的人物命运。作者将推理和科幻巧妙结合，通过漫长而繁复的时间线，吹响了一曲时空挽歌。

1

隆隆的引擎声将许宁拉回现实，她合上书本向外看去，高原正午的阳光晃得双眼一阵刺痛。透过燥热的季风，她瞥见一辆军绿色的越野车停在了基地广场的水泥地上，黏住轮毂的云母颗粒反射出银光。

基地大厅的自动门开启，一只白色的拉杆箱扭动着万向轮一摇一摆地走了进来，顶着黑色帆布包的样子好似一只胖胖的企鹅。不消片刻，一名穿着灰色夹克的中年男子探入身子，他凌乱的长发绑在脑后，夹带着一股尘土的气息。许宁直直身子，尽力回忆着志愿者培训时学到的接待礼仪。

“我们需要三间空房，还足够吗？”男子递上身份ID，姓名栏上写着“朱宏”。

“空房多的是，不如说，您是目前唯一的客人。”许宁说完，才发现自己多嘴了。她连忙遮掩地补充道：“朱先生，我们这里的标准间和普通的宾馆是不同的，房间内只有床和书桌，卫浴全部在公用区域。没问题吧？”

朱宏半笑道：“当然。‘火星基地’嘛，怎么可能使用地球标准。”

三十年前，当地政府在这片广袤而荒凉的丹霞地貌上兴建了“火星小镇”旅行项目，吸引来为数众多的科学、科幻爱好者与观光客。时至今日，基地的数目扩展到17个，各种自动化设备的引入也令基地的住宿条件相较往日有了大幅提高。许宁所在的17号基地由三十年前的“0号”基地改建而成，具有特别的纪念意义；只可惜

10 月份是观光的淡季，因此这里只留了许宁一位学生志愿者看守。

许宁按下键盘，将房间排布的全息图投影在朱宏面前，随后说道："右手边是男士区域，请您选择房间号，或者由系统帮您随机分分派。"

朱宏没有挑选房间，他看看吧台上摆放的科幻小说，又看看许宁，微笑道："'宁夏'……没错吧?"

许宁先是一愣，继而一下子来了精神，她盯着朱宏的脸，上下端详："难道您是……'黎曼的猪'?"

"答对了!"朱宏点点头，"没想到吧? 我们 8 号就到了，提前了两天。"

许宁和朱宏是在网上结识的，他们共同隶属于一个由专业编辑组织的四人科幻写作小组，共同创作，共用笔名。这是一种目前比较流行的创作方式，小组成员得以在各自擅长的领域充分发挥，共同经营好科幻写作这个困难的"交叉学科"。出于保密考虑，在有作品能够发表之前，小组成员只能在编辑允许的范围内交流，甚至连彼此的真实姓名都不知晓。

这次线下聚会，意味着四人即将迎来第一部正式发表的作品。编辑提出聚会想法时，许宁第一时间建议将地点选择在冷湖，因为这里有着与火星地貌十分接近的丹霞地貌，夜晚还能欣赏到最为纯净的星空。

"这里就是'火星基地'吗? 果真名不虚传啊!"一位看上去已年过半百的男性跟在朱宏的身后走进基地。他的头发已白了半数，尽管从高原一路走来，但他的身上竟只穿了一件条纹衬衫，衬衫有些随意地扎在休闲西裤里。走在最后的是一位年轻的女性，她的一头过肩的卷发披散在米色的风衣上，暗红色的帆布鞋上沾着灰尘。看到许宁，女性开心地双手一拍，"'宁夏'! 哈哈，刚在车上我打赌你绑了马尾，被我猜中了吧!"

许宁按捺不住心中的兴奋之情，她握住女性的手，"您就是'赛博歌姬’吧，文字如此成熟洗练，没想到本人这么年轻!”她又凑到老男人面前：“您一定是‘冯悠子’编辑了，我的每一篇文字您都会细心地修改，早就想对您道谢了!”

女性抿着嘴唇，默默递上自己的身份 ID。许宁接过的一瞬间，险些惊掉了下巴——姓名栏上赫然印着“冯悠子”三个大字。

“我在网络上用的本名，这位吴 Sir 才是‘赛博歌姬’。”冯悠子介绍道。被称为“吴 Sir”的男人豪爽地干笑两声道：“我年轻的时候，刚刚开始流行虚拟歌手，起这么个名字也是为了再年轻一把啊!”

在之后的自我介绍中，许宁得知“吴 Sir”的全名叫作吴季桐，和她居住在同一座城市，现担任市公安局局长。尽管工作很忙，吴警官还是坚持用自己的职业经历创作小说，在警察系统里小有名气；冯悠子欣赏他的笔力，又因为自己酷爱香港警匪片，便以“吴 Sir”相称。吴警官之所以加入冯悠子的写作小组，是由于他计划创作一部科幻版的警察故事，想要和年轻人学习一下。朱宏海外留学归来后继续从事科研事业，现在科学院物理所担任副研究员；他在小组中负责帮助大家完善科幻设定，甚至打出了“专业承接太空船设计”的招牌。许宁年纪最轻，在团队中负责角色设计，因为她最能把握年轻人的喜好。

三人按照编辑冯悠子的要求，以“橙色阳光”为笔名共同创作作品。这是一名并不存在的作者，设定上是一位年过半百的女性，以文笔细腻和涉猎广泛见长。

“大家主笔的这部《天堂分裂》，是‘橙色阳光’的第六十九部作品，也是她的作品中具有特殊意义的一部。”自我介绍完毕后，冯悠子对大家说，“主编已经提出了终审意见，大家要利用好这几天的时间，争取尽快完稿出版。”

寒暄过后，许宁引导三人选择了房间。为洗漱方便，基地的男女居住区域是分开设置的。许宁的员工房间为女士区域 1 号，为方便聊天，冯悠子选择了近邻的 2 号房间，两位男士则选择了随机分配。

即便在 2050 年的今天，从最近的高速路开车前来火星小镇，也需要经历近一小时的颠簸。项目在规划时刻意保留了这一点，就是为了让基地尽可能与现代文明隔离，营造出最接近火星的体验。冯悠子有些晕车，长途驾驶的朱宏也有些累了，两人拿到房卡便早早回房休息了。只有吴警官一副精力充沛的样子，仿佛在做现场调查般，细细地打量着基地的每一处细节。

“这是什么？”吴警官瞥见了电子相框中循环播放的照片，形形色色的男女围坐在一起，手指比划出《星际迷航》中瓦肯人的“火神答复敬礼”。

“这些照片都是 2020 年前后的老资料了，那时经常会有科幻作家过来采风，还有一些科幻类征文将颁奖典礼选在这里。”许宁解释道，她指了指一张户外的照片，“这张是当年科幻作家徒步旅行的照片，这次如果时间充裕，我也会组织一次定向越野，靠地图和金属探测器寻宝会十分有趣。”

吴警官站在占据了整整一面墙的落地窗前，眺望着不见边际的丹霞高原，似是在怀念一位老朋友。许宁望着他沧桑的侧影，突然间，吴警官也转过头来看看她，问道：“小许，你有没有在写自己的作品？”

许宁被问得措手不及，实际上，除了参与“橙色阳光”的作品外，她确实在写一部长篇科幻。许宁原本就对自己缺少信心，每次看到“赛博歌姬”的文字后，更是会陷入无底的自我否定。于是她决定，在作品完成前，不会拿给任何人看。她有些局促地答道：“我的水平还差得远呢，还是先和大家学习一下吧！”

吴警官点点头，没有说什么。他从自动售货机中取出一罐咖啡，拍拍行李箱，迈开步子向房间走去。

“这里的设定描写太啰嗦了，给我压缩到两百字以内！”冯悠子将小说的内容投影在空气中，并怒气冲冲地圈出了长长的一段文字，这些文字描述拗口，甚至夹杂着一道偏微分方程。

“想解释清楚用于研究量子多体问题的格林函数，这个说明不可能继续简化了！”朱宏激动地反驳着，双手不停地上下摆动，“这本就是很难理解的内容，怎么可能在两百字内说清楚呢？”

“这就是你的工作，大科学家。”冯悠子凑到朱宏脸前，瞪大眼睛反驳道，“记住，‘橙色阳光’学的专业是管理，不是物理！与故事无关的知识，如果说不清楚，那就不要说！”

一番激烈地争论后，朱宏还是打开笔记本电脑，乖乖地开始修改。许宁苦笑着看看不停挠头地朱宏，将装过晚饭的盘子收到清洁机器人装满了洗洁精的大肚子里。为了给大家接风，机器厨师悉心准备了烤肉，然而聚在一起的四人，关注的焦点显然不在美食上。

“吴 Sir，这个女性角色描写有些过于男性化，‘橙色阳光’是女性作家，可以处理得稍微柔弱一些吗？”自从见面后，冯悠子便一直用“吴 Sir”这个称呼。吴警官皱着眉头，“不好办啊……我太熟悉现实中的女警官了，她们在办案现场绝对不会输给男人啊！”

冯悠子叹口气，“确实，类型文学最需要的并不是‘真实’，而是符合读者预期的‘真实感’。这样吧，让小许帮你，看看小女生眼中的女警官应该是什么样子。”

就这样，所有人都被冯编辑分配了任务，她本人却将双腿跷在桌上，打开全息投影屏，一面喝啤酒一面刷一部近百年前的文艺片，直到朱宏大声抗议才臭着脸改为显示器播放。不知不觉间，时间已近午夜，修改任务也临近尾声。

“既然到了冷湖，自然少不了观星。”许宁站起身来，扭扭肩颈，“今天天气很好，不知大家有没有兴趣？”

冯悠子问道：“这么晚了，不方便把设备搬到野外去吧？”

“这里的星空不需要借助任何设备观赏，只要有手电和激光笔即可。”许宁笑笑，“夜晚的高原有些冷，各位还是回去加些衣物吧！”

几分钟后，更换了装备的三人跟着许宁来到户外。许宁带着队伍走下了基地所在的高地，人工照明隐去了踪影，高原呈现出最原始的黑暗。

“就在这里，请抬头看。”

大家随着许宁的声音抬头望去，灿烂的星空如同画卷一般在穹顶铺开，冷湖的夜空成了最为宽广的球幕。冯悠子开心地发出一声尖叫，朱宏虽然经常和广义相对论打交道，这会儿却想暂时忘记爱因斯坦，去和认为天圆地方的古人握握手。吴警官默默地拿出相机，认真调节起参数来。

“躺下来看吧，视野更好。”

许宁一边说着，一边熟练地铺开两张帆布。待大家躺下后，她取出一只激光笔，绿色的光束在洁净的空气中变为一支无穷长的教鞭，指向星空中的一点。许宁很容易找到了北极星的位置，微笑道：“培训时学到了一些星空的知识，不介意的话，我就献丑一下喽？”

三人虽然都是各自领域的专家，但是对于星座的划分却是外行，对解说正是求之不得。许宁顺着北极星找到了北斗七星，又指出了星空中几个主要的星座。她解释说十月最著名的天象是“金火相映”，但要等到凌晨才能看到。就在这时，几颗流星划过头顶，留下一道道闪亮的光迹。

“流星消失前许愿三次，真的有人能说完吗？”冯悠子感慨着，又打开了一罐啤酒。

朱宏解释道：“流星出现在视野中的时间通常为零点几秒到几秒，想要完整说出三遍，愿望必须足够短……”他话音未落，又是一颗流星划过，朱宏憋足力气大喊：“论文！论文！论文！”

冯悠子捂住肚子大笑起来，就连吴警官也笑出了声。许宁问道：“朱老师，能讲讲您研究的物理前沿吗？”

朱宏望着星空，说道：“我从事的研究，是一个叫作‘多维拓扑量子引力’的方向。这个方向是国人在二十年前开创的，通过引入高维时空的拓扑——你们简单理解为不同的形状好了——推动了一度停滞的量子引力研究。”

“太厉害了，这就是研究宇宙本质的理论吧?”许宁两眼放着光。

朱宏苦笑道：“听上去很高深，但这个领域很难发表文章。所以每年评奖时，都没有我的份。如果可以重来，我真恨不得换个研究方向。”

许宁看看一旁笑到流泪的冯悠子，“冯姐呢？有什么烦心事吗?”

“烦心事？就是科幻啊!”说到这个话题，冯悠子立即像换了个人似的，撒酒疯般地拍着地面。“审稿、退稿、改稿、催稿，哪个环节我能省心啊！就算过了主编那一关，知道前面还有多长的路要走吗？纸张版、全息版、AR 版，每一版都要有不同的设计，这才算做出一本书来。但这样仍旧远远不够，我必须绞尽脑汁宣传，最终才能把书送到读者手里……如果能重来，我绝对不再干编辑这一行了!”说着说着，她突然搂住了吴警官的肩，“吴 Sir，到了您这境界，应该全都看开了吧!”

吴警官面带微笑，轻描淡写地说道：“曾经有一个女孩，她是我的恩人。后来她遇到了危险，我却没能帮到她。我最大的愿望，就是能对她说一声谢谢。”

“这样啊……喝酒吧!”冯悠子将又一罐啤酒递到吴警官手里，并帮对方打开。吴警官静静地接了过去，抿上一口。

许宁仰视着星空，没有作声。她曾暗恋一位学长，还追随他成为火星基地的志愿者；可这位学长不久前找到了女朋友，辞去了志愿者的工作，许宁却坚持了下来。许宁本想和大家一起吐槽情感问题，但听了成年人的世界后，只得自嘲般地摇摇头。

半小时后，大家都感觉有些冷了，冯悠子带来的啤酒也见了底。四人收起帆布，意犹未尽地向基地走去。迈开脚步前，许宁再次望向了星空，她在双鱼座的深处瞥见一颗微弱的蓝绿色光点。那是天王星，它正位于冲日点附近，理论上整夜都能看到，但要用肉眼找到它却十分困难。许宁对着天空温柔地笑笑，伸出了手掌。就在那一刹那——

天王星的左侧闪烁出一颗明亮的赤红色星体，它在几秒钟内相继变成黄色、蓝色，又变成了紫色，继而消失在星空中。在星体消失的一瞬间，许宁的眼前仿佛罩上了一层极光般的幔帐，又在眨眼间回归黑暗。

2

闹钟响起时，许宁只睡了不到五小时。昨晚观星归来后已是深夜，她少见地失眠了，于是干脆刷起了数十年前一部被称为里程碑的国产科幻片。昨晚看到异常光波辐射后，她特意向朱宏请教了一番，但似乎其他人都没有注意到那奇怪的现象，朱宏说出的理论解释更是再次打击了她学习物理的信心。许宁本也不是喜欢深究的性格，也许是哪国发射的什么先进探测器，准备进行深空探索吧。

走出房间，2 号房的房门还关着，冯悠子昨晚至少喝掉了六罐啤酒，估计还要睡上好久。许宁披上工作服，给操作间的厨师机器人下达了准备早餐的指令，又来到前台，打开电脑准备进行每天早上例行的工作汇报。这套流程许宁已轻车熟路，她进入系统、登录员工 ID，客户端却一直连不上服务器。许宁并不擅长摆弄电脑，她花了几分钟才打开了系统的网络连接设置，红色的字体显示“网络断开”。她皱皱眉头，俯下身子拔出网线，又插了回去，之后重启了系统……可无论怎么折腾，计算机就是顽固地无法连接网络。

“啊——10 月 9 日考勤空缺，又要被批评了。”许宁无奈地挠挠头，她取出手机，看见屏幕左上角的网络连接也是一个大大的叉。三十年前火星小镇项目兴建之初，网络连接确实时断时续，可随着国家基建地不断完善，即便是人迹罕至的冷湖地区也早已实现了光纤和无线网的全覆盖，今天这种情况实属罕见。

如同救星一般，朱宏出现在了走廊的另一端，挂着厚厚的眼袋。许宁连忙招呼对方过来帮忙，朱宏先是检查了硬件连接，继而调出对话框，用许宁完全看不懂的命令调试着。不一会儿，朱宏也举手投降了，“不行啊，完全连不上网络。其实我的手机从今早开始也没了信号，你的怎样？”

许宁摇摇头。这时，吴警官和冯悠子也来到了大厅，尽管冯悠子一副宿醉未消的样子，但她还是一丝不苟地画好了淡妆。朱宏询问手机的情况，二人拨浪鼓似的摇摇头，吴警官甚至表示昨晚起夜时手机就连不上网了。

“这下麻烦了。”朱宏将双臂挽在胸前，问许宁，“基地还有其他联系外界的方法吗？”

许宁拿起前台的座机，这台电话与计算机共用光纤网络，理所当然地无法拨通；她又取出基地间相互联系的步话机，可惯用的频道上只有“沙沙”的白噪声。

“如果不想等基地总部的定期补给，就只有由我开车出去求援了。”朱宏将双臂挽在胸前，自言自语着。就在这时，正在为步话机搜索频道的许宁做出“嘘”的手势，一个人声在背景噪声中渐渐清晰起来：

“喂，喂，那边能听到吗？”

“能听到，请问您是哪里？”许宁匆忙回应。

“我这边是火星小镇基地。”

冯悠子拍拍许宁的后背，将手机屏幕送到她的面前，上面写着：不清楚对方身份，不要说出太多我们的信息，慢慢套对方的话。许宁点点头，紧握着步话机，“请问您是几号基地？”

“什么几号？”对方的声音显得有些焦躁，“我们这边的网全断掉了，你是哪里？”

许宁不疾不徐地回应：“如果您那边真的是火星基地，就一定可以告诉我编号。这不是基地间惯用的通信频道，您需要证明自己的身份。”

“喂，小姐，玩笑开大了吧！”对方来了火气，“火星小镇基地只有一座，哪儿来的几号？还是说你愿意花钱再建上两座？”

“可是……”

“喂！”正当许宁犹豫如何同对方扯皮的时候，吴警官打断了她。他指着落地窗的外面，“别套词了，这个人说的是真的。”

众人顺着吴警官手指的方向看去，在原本空空如也的高原上，凭空出现了另一座火星小镇基地。一名身材微胖的光头男子站在室外，对着步话机大喊着。

五分钟后。

如果从半空俯瞰，广袤的丹霞高原上矗立了两座形状方正的基地，相距不过百米；在基地之间的广场上，八个黑点一般的人聚在一起，四人一组，相峙而立。尽管心中还绷着弦，此情此景却令许宁忍俊不禁——那架势就好似两群约架的混混。

对面同样是四人，三男一女。队伍中最显眼的是一名身材瘦削的女孩，她披着一件看上去大了两号的 T 恤，过肩的长发有些随意地绑成低位马尾。一位年轻的平头男性站在她身旁，身上是陌生的制服，左侧的臂章上却印着许宁熟悉的冷湖基地标志。站在队伍最前方的是方才讲话的胖子，穿了一件灰色的马甲，头皮刮得锃亮。一位矮个子中年男子躲在队伍后方，衣着如同本人一般缺少存在感。

许宁想要上前打招呼，却被冯悠子一把拦在身后。冯悠子迈开步子走到光头面前不足一米的距离站定，直视着对方的瞳孔：

“我们这边是 17 号火星小镇基地，请问你们什么来历？为什么会突然出现在这里？”

原以为光头会发火，没承想对方却挠挠头皮，露出为难的神色。他看看冯悠子，又回头看看同伴，“我说……这不会是基地安排什么整蛊节目吧？突然又冒出来一座基地，这可真够科幻啊！”

光头身后的平头青年回应道："梁导，火星小镇 2017 年才立项，这才三年，怎么可能又建出一座基地啊！"

冯悠子捕捉到了对方话语中的关键信息，她皱皱眉，"哈？玩笑开大了吧！你的意思是现在是 2020 年？即便想配合你演戏，我都觉得尴尬啊！"

被称为"梁导"的光头上下打量着冯悠子，好像在思考什么。少顷，他回应道："那你说，现在是哪年？"

冯悠子叹口气，打开手机上的日历，并把它全息投影在对面四人前方。可她还没来得及说明，对面竟来一阵阵惊呼，梁导的双眼放着光，问道："喂，咱先不提别的，这手机哪儿买的？现在已经有这种技术了吗？"

冯悠子被搞得一头雾水，对方的反应不似在演戏，但又太过夸张了。她无奈地展示出手机，"很普通的牌子啊，我想还是先说明一下……"

下一刻发生的事情，彻底颠覆了冯悠子的认知。她看到梁导激动地伸出右手，想要拿过手机细看，然而对方的手掌却径直穿过了手机，完全无法把手机握在手中。梁导也慌了神，他再次做出抓取的动作，可这一次甚至他的手臂都旁若无物地穿过了冯悠子的身体。

就好像虚幻的海市蜃楼一般。

十分钟后，八人齐聚在 17 号基地的大厅里。令人惊讶的是，对面基地的四人不但无法触碰这面的成员，连同基地本身对他们而言都是幻影一般的存在。梁导试着将手伸进墙壁，发现没有阻碍后干脆穿墙走了进来。

"嘿！崂山道士看到非气死不可。"梁导打趣道。

"你们在基地里有室内的感觉吗？"朱宏问道。

梁导闭上眼睛深吸两口气，望望天花板，答道："空气的味道和室外没两样，甚至有风吹在身上的感觉。但视觉却告诉我在室内，老实说，这种感觉很别扭。”

同样穿墙而入的平头青年叹口气，“这样不行啊，咱们还是回基地搬些桌椅过来吧！”

“我来帮忙吧，正好我也想过去看看。”朱宏看看许宁，“基地里的搬运机器人能借用一下吗？”

就这样，朱宏领着两台形状酷似大型垃圾桶的机器人，跟随对面的三位男性向另一座基地走去。许宁想要找留下的女孩搭话，却发现对方盯着墙上的全息相框出了神。

“没想到，你们居然有这张合影啊！”见许宁走来，女孩指着一张照片感慨道。画面上几位青年男女站在基地前方，头顶上大大的红色条幅上写着“第三届冷湖文学奖颁奖典礼”。女孩点了点其中的一位，“看，这就是我。为了旅行方便只带了一件运动服，下次一定要好好考虑拍照的问题。”

许宁仔细看看，照片中的女孩子被一群人挤在中间，露出腼腆的笑容。

“冷湖文学奖是冷湖项目繁荣的起点，所以这些照片会循环播放。”许宁解释道，“我叫许宁，是这个基地的管理员。请问您怎么称呼？”

女孩笑笑，“我叫程露露，是一名最近刚刚出道的科幻作者——不过对你们而言，应该是很久之前的事情了吧。”

在之后的聊天中许宁了解到，他们此行来到冷湖，是为了洽谈一个影视化项目。梁丰导演是项目的牵头人，他在北京经营着一家文化类的创业公司。他在大型视频网站的招标中，靠着独特的想法拿下了这个项目。矮个子男性叫作彭冉，是梁导从高校请来的理工科顾问。因为程露露是文史类专业出身，她的作品中经常出现一些天马行空但缺乏科学基础的设定，在影视化之前，必须完善这些设定。

“那位管理员叫白鹏对吧。你们那边还没有什么自动化机械，为什么基地只留了一位管理员?”一番对话后，许宁已经基本接受了对方来自三十年前的事实，或者说，不得不接受。

程露露解释道:“基地原本有三到四名工作人员吧，其余几位今早都进城去拉补给物资了，只留了小白一人。”

就在这时，梁导拖着两把椅子，穿过墙壁走了进来，彭冉和白鹏紧随其后。冯悠子看到这种场面，臭着脸吐槽道:“崂山道士们，可别这样潜入女士的房间啊!”

“彼此彼此吧!”梁导嗤笑道，“你想闯入我们的房间也是轻而易举。”

冯悠子刚想要发火，却看到朱宏带着搬运机器人两手空空地回来了。朱宏摇摇头，“不行啊，我完全碰不到那边的任何东西，同样也可以穿墙。”

“这可真是奇怪啊。”一直默不作声的吴警官说道，“看得见，听得到，却无法触碰。按照民间的说法，这不就是见了鬼吗?”

梁导嗤笑道:“你们是鬼吗? 要不要给我们的彭教授研究一下?”

“哈哈，一听就是发好文章的 idea。”彭冉被逗乐了，他若有所思地补充道:“也许应当这样解释吧，我们彼此的世界在时间和空间的坐标上是重合的，所以我们能经历共同的时间，感受彼此的空间。然而，两个世界在高维时空中的坐标却是不同的，所以出现了这种现象。”他看看朱宏，“您也是做科研的吧，有什么看法吗?”

“我就是搞这个方向的。在‘高维拓扑量子引力’的理论框架中，有一条基本假设，即在四维时空坐标相同的前提下，光速可以跨越高维时空的坐标传播。”朱宏答道，“这项理论的结果完全符合广义相对论和量子力学的基本原理，提出时引起了不小的轰动。只可惜实验成本太高，推进起来很困难。”

“那声音怎么解释?”彭冉追问。

“一种通过时空度规微小变换传递信息的方法，我们真正听到的不是声音，而是时空传输信息带给我们的错觉。证据就是，这边的建筑物完全无法反射或者衍射你们的声波。”

彭冉立即用低沉的声音吼了两声，却听不见回音，不由得叹气道：“要不是遇到了这种状况，真想好好做几个实验啊！”

很快的，两人进入了学术讨论的状态。许宁本想跟着学习一下，但听到的第一句话中只有“的”和“吗”两个汉字，便放弃了。这时，白鹏从走廊的另一侧走了过来，不停地张望着四周的摆设。

“真没想到，火星小镇有朝一日能建成这个样子啊！”白鹏感慨道，看到许宁，他难为情地挠挠头，“抱歉擅自逛了一圈，放心吧，我没有进入任何私人区域。”

“大概二十六七年前，基地的建设就定在这个标准了，后期主要是各类自动化设备的引入。”许宁解释道，“居住条件太好了，反而会失去‘火星基地’的感觉。过不了多久，你们那边的条件也会好起来的。”

“无所谓了。”白鹏将双臂枕在脑后，“我不会在这个地方久待。我正在准备公务员考试，希望今年能进入体制内。”

“我听长辈们说过，当年的公务员考试竞争非常惨烈。选择这条路，也需要相当的决心吧！”许宁应承着。

白鹏哼了一声，“哪有什么决心不决心的。毕业两年了还不知道自己想干什么，既然大家都说公务员稳定，我就考一个吧。”

“要不要尝试一下写小说?”许宁脱口而出，又立刻后悔起来。明明自己的未来还没有规划清楚，怎么好意思给别人提意见呢？白鹏愣了片刻，答道：“从没想过。不过我可以了解一下。”

对话期间，一旁传来了冯悠子的惊呼声。两人转头看去，程露露正用手机展示着自己的小说。冯悠子一面看，一面赞不绝口道：“太棒了！设定新颖，叙事流畅，人物立体，我真想把你签下来啊！我有一位十分尊敬的作者，就是他的作品带我走上了科幻的路，您的水平完全可以和他平起平坐！”

站在旁边的梁导大笑着拍拍程露露的肩膀，“哈哈哈，露露确实有这个水平！”

程露露腼腆地笑笑，“我的书？三十年后早就找不到了吧……”

“放心，即便动用所有的资源，我也会帮助你再版！”冯悠子情绪激动地说道。

梁导掏出名片，对冯悠子说：“用手机拍下我的联系方式吧，回去以后，你可以去找三十年后的我合作。只要我还干这一行，一定会签你们的书！”

冯悠子嘴角露出苦笑，可她还是礼貌性地拿出手机，准备记录下梁导的信息。在看到名片内容的瞬间，她的表情呆住了。

“啊……忘了说，梁丰是我的艺名，名片上这个是本名。”梁丰笑笑，“谐音‘凉风’，清凉的风，比我那个真名好听多了。”

“谢谢。”冯悠子收起手机，许宁注意到她放在兜中的手握紧了拳头。就在这时，程露露双手轻轻一拍，微笑道：

“冯编辑，如果真有心去找我的作品，搜索‘程露露’是找不到的，我的笔名叫作‘橙色阳光’。”

目送来自2020年的客人走远，许宁关好基地的大门，又仔细查看了外围监控——这样做不过是自欺欺人罢了，但不检查一番还是无法安心。

四人聚在大厅里，平日里最活跃的冯悠子一副消沉的样子。吴警官接了一杯热咖啡，在圆桌旁坐定，问道：“朱教授，你有什么看法？”

朱宏望着不远处的另一座基地，答道：“理论上，他们无法证明自己来自三十年前。如果基地连同那四位，都产生于某种增强现实技术，这在技术上并非无法实现，也完全能够解释我们看到的现象，只是我完全想不到这样做的意义。”

“我宁愿他们是全息影像。”吴警官苦笑着抿了口热咖啡，“不能想个法子求证一下吗？”

"办法倒不是没有，只不过我十分不建议尝试。"

吴警官闭上眼睛沉思片刻，答道："你想说改变历史吗？"

朱宏点点头。一直旁听的许宁按捺不住好奇心，问道："历史被改变了，我们会怎样呢？"

朱宏答道："没有科学理论可以解释，毋宁说，科幻小说对这个问题的讨论比之科学理论更加丰富。从逻辑上讲，无外乎两种情况，我习惯称之为'开环'和'闭环'。所谓'开环'，是指历史可以改变，历史改变后的未来成了平行时空；相应的，'闭环'的历史无法改变，无论人的主观意志如何，也无法触动既定事实。"

许宁的脑中闪过很多科幻作品的名字，朱宏继续说道："如果是'闭环'倒还好，我们无论做什么都不会影响历史；但如果是'开环'，一旦触动了历史，天知道会对此时此地的我们产生何种影响。"

吴警官挽着手臂，沉思道："如果历史改变——例如，我当年并没有选择做警察，那我此刻的记忆也会随之改变吧？这样一来，我就不会加入写作小组，你们也不会认识我。"

朱宏摊手道："我们此刻与历史发生了直接接触，处于因果的悖论点。既然接触已无法避免，那就尽量不要引发逻辑悖论吧。"

吴警官叹口气，放弃了深究。他看看一直默不作声的冯悠子，问道："小冯，你还是应该说明一下，刚才那位'橙色阳光'姑娘，到底是怎么一回事？"他顿了顿，补充道，"如果说是巧合，未免让人难以接受。"

冯悠子半低着头，右手握着咖啡杯不停转动着。少顷，她低声说道："说实话，我也吃了一惊。'橙色阳光'的真实身份在公司里是机密，之前没有告诉大家，还请理解一下。"

"现在是特殊情况了吧！"朱宏靠在冰凉的落地窗上，"我们被困住了，还遇到了三十年前的人。"

冯悠子点点头，"我会把知道的全部告诉大家。历史上确实有'橙色阳光'这个人，我们对外宣传的信息，也与她本人的真实信息八九不离十。她曾经发表过一些作品，在小圈子积攒了一定的人气，当然，这些都随着时间被遗忘了。我只看过她的一部作品，与程露露现在的文字风格大相径庭，所以没能一下子发现。”

看着冯悠子痛苦的神情，许宁感到一阵揪心。相信她知道程露露就是“橙色阳光”时，心中也是五味杂陈吧！

吴警官追问：“这下有趣了。用别人的笔名经营，你们真的不怕给自己找麻烦吗？还是说，已经同程露露本人达成了协议？”

“没有协议，也不会有麻烦。如果被读者发现，甚至能够当作卖点炒作。这一切公司早就计划好了。”冯悠子答道，“因为‘橙色阳光’已经死了。”

3

许宁坐在越野车的副驾上，颠簸起伏的土路搞得她胃里一阵阵酸胀。明明已往返多次，她依然无法适应冷湖的道路。

冯悠子说出程露露已死的真相后，大家没有再说什么。简单商议后，朱宏决定驾车出去求援，即便对方真的来自三十年前，也应当交由政府和专家来处理。GPS 同样没了信号，只得由熟悉冷湖地貌的许宁引路。

一小时前，大家结束讨论离开了大厅，许宁悄悄跟在冯悠子身后回了休息区。冯悠子没有进入房间，她倚靠在安全出口的门框上，点了一支烟。许宁走上前去，冯悠子扫了她一眼，掸掸烟灰，问道：“有什么事吗？”

“冯姐，你还有事没说吧。”许宁的音调不高，语气却十分坚定。

“我知道的都已经告诉了你们。”

“我不是在说程露露。”

许宁说罢，一言不发地注视着冯悠子的双眼。冯悠子的嘴角微微抖动了两下，又逃避似的看向外面，继而大笑起来。“哈哈，还真是瞒不过你啊，不愧是队伍里的人设担当。其实我……”她用力地吸了口烟，又拍拍许宁的肩膀，“多谢你啊，我已经没事了，忘了它吧！”

又一次颠簸将许宁从回忆中拉了回来，她握紧扶手，指着前面的道路说道：“前面的‘Y’字形路口向右，开下去就是高速路了。”

突然间，朱宏踩了一脚急刹车，许宁险些撞在挡风玻璃上。

“前方被什么东西挡住了。”朱宏一把扯下安全带，跳下车子。他捡起一块石子，向着车头上方空空如也的空间丢去，石子在半空中却像撞到了一堵墙一般被反弹了回来。朱宏又打开越野车的后备厢，取出一支登山杖，对着空气戳了一戳，确认没有危险后，伸出手触碰空中无形的阻碍。

许宁跟了上来，模仿朱宏的样子摸摸前方，那感觉不似在摸一堵墙壁，更像是摸某种橡胶——如果用力，能够探入少许，但很快会被巨大的反作用力推回。

“朱教授，这是什么？”

“如果能解释清楚，明年我就可以去领诺贝尔奖了！”朱宏苦笑道。他扶着“墙壁”向前走了几步，又上下确认了一下边缘，然后说：“上车吧，我们沿着这道‘墙’开一段。按照我的猜测，这道屏障应当是球壳形，半径在五千米上下。”

“从外面看，这边会是什么样子？”

“鬼知道，说不定没有任何异常，只有我们的时空被孤立了出来。”

由于偏离了大路，之后的行程更加颠簸。没一会儿，朱宏也受不住了。他停下车子，喘着粗气：“回去吧，再开下去的话，或者车子把油耗光，或者咱们把内脏全吐出来。”

“基地里有摄影用的无人机，可不可以用它探查一下高度？”许宁提议。

“民用航拍无人机飞翔的极限高度是几百米，如果球心在基地附近，那么球壳的上表面会在五千米的高空，远远超过了它的能力范围。”朱宏看着车窗外，“除非把无人机拿来这里，但我还是建议把这点油留到最后。”说罢，他挂起倒挡，用力踩下油门，越野车发出一阵低鸣，从洼地中开了出来。许宁紧紧地抓住把手，以抑制住呕吐的冲动。

车子驶上正路后，朱宏稍稍松开了紧握的方向盘，看着前方说道：“刚和那边的彭冉讨论时，我意识到一件事情，他应当就是‘多维拓扑量子引力’创始人。”

许宁吃了一惊，“您一开始没有发现吗？”

朱宏苦笑道：“是我的疏忽。‘多维拓扑量子引力’是以团队的名义发表的，回想起来，彭冉应当是那个团队的核心成员。只不过我入行的时候，他已经退休了，所以印象不深。”

许宁紧紧握住扶手，低声感慨道：“这么说来，我们已经改变历史了吧……”

“那就争取让历史‘闭环’吧！”朱宏无奈地叹气道。

回到基地时，天色已经暗了，风中夹带着冰凉。对面基地的四人也聚了过来，梁丰搬来圆桌，白鹏拉着装满了各式菜品的推车。

“你们这边的伙食太好了，仓库里居然有威士忌！”梁丰双手叉腰，叹了口气，“只可惜，我们尝不到。”

“你去仓库了？”许宁皱皱眉头。

“哈哈哈，不可抗力，不可抗力。”梁丰大笑着打了哈哈。

见朱宏回来，彭冉立即拿着几张纸凑了上去，“朱老师，您之前提到了‘多维拓扑量子引力’，我列出了几个方程，咱们讨论一下？”

朱宏愣了片刻，他扫了一眼彭冉的推导，答道：“你已经很接近真相了。我可以给你详细讲讲那个理论，但你必须答应我一个条件——十年后才可以将这个结果正式发表。”

“没问题，没问题！”彭冉伸出手去拍朱宏的后背，手臂却穿过了对方的身体。他不好意思地笑笑，“我们去别的房间讨论吧，别影响到别人。”

回到基地后，许宁便一头扎进了后厨。尽管机器人厨师是全自动化的，但如果没有人盯着，总会出一些莫名其妙的错误，例如将盐和味精搞混，或者将黄瓜切成了薄如蝉翼的小片，又或者用白醋和面。许宁反应过很多次这个问题，公司的答复却是：克服一下吧，新型机器人的价格可以建18号基地了。

走廊里传来脚步声，许宁看到一只手透过门板探了进来，对着空气做了几次抓取动作后又缩了回去。片刻后，白鹏穿墙走了进来，“抱歉啊，我既没法敲门，又没法开门。”

许宁苦笑着表示不用在意，白鹏有些难为情地说道：“啊，我是来告诉你，我回去认真思考了你的建议，还翻看了基地里保存的科幻小说。时间不够，只看了几篇。”

许宁吃了一惊，“喜欢吗？”

“我觉得这条路可以尝试，不过最初只能当成业余爱好，也不一定会写科幻。”

“嗯，加油吧。”

白鹏盯着墙壁沉默了一会儿，说道：“其实……我还有个请求。刚刚看的那些作品，对我而言太难模仿了。你有没有写过什么作品？我想参考一下。”

许宁想到了那篇还在创作中的长篇。这是一个生活在现代的少女，邂逅来自未来的少年的故事。少年所在的未来十分遥远，那时的地球已成为一片荒芜之地，所剩无几的人类在人工智能的管理下，艰苦地生存。许宁埋了一个大梗在故事结尾，不过直到现在她也没有信心能够将作品完成。

既然白鹏来自三十年前的世界，给他看看也无妨吧。于是许宁操作手机，将小说的文本投影在空气中。

“对着全息投影可以使用手势操作，就像触摸屏一样。”许宁解释道，“既然我看得到你，手机的摄像头捕捉你的动作应该也没有问题。”

白鹏试着向右方划动手臂，全息屏中的文本果然跟着翻了页。他满意地点点头，开始聚精会神地阅读。

不知过了多久，烤箱的指针已接近终点时，突然一声怒喝传来，吓得许宁一个机灵。吴警官操着厚重的嗓音呵斥道：“小子，注意你的态度！”

许宁和白鹏匆忙跑了出去，只看到一身酒气的梁丰一只手拎着空掉的啤酒瓶，怒目瞪着吴警官，气呼呼地喊道：“老头子，你以为自己年纪大了点，就能随便说话吗？”

彭冉和朱宏闻声也赶了过来，彭冉见状，无奈地叹口气，“又来了……梁导的酒品太差了，我听见吴先生不过是在程露露的小说里挑了几个毛病，他就杠上了！”看到白鹏，他指指争吵的两人，说道：“小白，你要不去拉一下？”

白鹏脸上堆着苦笑，“你也知道吧，这个时候的梁导，越刺激越来劲。”

梁丰的酒劲越来越冲，他一把揪住程露露的胳膊，将对方扯到身边，痛得程露露直皱眉头。他挥舞着酒瓶大喊道：“我告诉你们，露露是我的好妹妹，甭管是谁，想要批评她，我第一个不同意！”

吴警官默不作声，不知何时，许宁走到了梁丰面前，挑衅道：“好妹妹？我看人家叫你叔叔差不多吧！”

梁丰皱皱眉头，“你什么意思？”

“字面意思啊！”许宁的语气愈加刻薄，“你以为自己是保护公主的骑士，实际上不过是个骚扰女孩子的怪大叔罢了！”

“你他妈算老几！”

梁丰挥起酒瓶砸了过来，但这正是许宁的计划——既然对方无法伤到她，不如先把注意力引到这边来，至少可以避免醉酒的梁丰伤到程露露。可突然间，空气中回荡起一声闷响，酒瓶打在了扑过来的白鹏身上，裂成碎片。白鹏重重地摔在地上，血顺着右肩和额头淌下来。

“你……”梁丰慌了神，将碎成一半的空酒瓶挺在胸前，“你们别过来啊！”

“看这里！”突然间，冯悠子的身影进入了梁丰模糊的视线。她解开衣领的纽扣，黑色的内衣露了出来。梁丰瞪大眼睛，但他的嘴张到一半，却没能发出任何声音——

冯悠子的胸前，有一道长长的伤疤，自喉咙下方，一直延伸到左胸上。冯悠子盯着地面，似是在自言自语：“我有个混蛋老爸，两岁那年，他因为酗酒打了妈妈，还在我的胸前留下了这道伤痕。妈妈第二天就去办了离婚手续，还删掉了他所有的照片和视频。混蛋老爸从此消失了，我再没见过他，也快忘了他长什么样子。”

众人默不作声，冯悠子自嘲般地笑笑，“你们一定觉得妈妈很果断吧？可这已经是第二次了。那个人第一次酗酒，打了怀孕中的妈妈，导致了流产。那是个男孩，已经八个月了。我本应有个哥哥。”

接连受到两次刺激，梁丰的酒已经醒了大半。他丢下酒瓶，双手捂住脸。这时，倒地的白鹏淌着血站了起来，“我没关系，只伤到了外皮。基地有医药箱，麻烦搀我回去。”

彭冉匆忙跑了上来，梁丰用力地将头向墙上撞去——却发现那里只有空气，于是俯下身子，搀起白鹏另一条手臂。程露露双手抱住肩膀跟在后面，始终没有看他们一眼。

高原的夜晚很冷，视觉虽然告诉许宁她在室内，可不时吹来的夜风还是冻得她忍不住哆嗦起来。对面懂包扎的只有白鹏本人，于是许宁不得不跟着来到0号基地，指挥程露露完成应急处置。

“血迹已经擦干净了，用棉签蘸一点碘酒涂上去。”许宁裹紧外衣，“不要搞太多，伤口虽然不深，但碘酒刺激一下还是很痛。”

许宁原本想要彭冉来完成包扎，但三分钟后就放弃了。彭冉抱怨说，他是做理论物理的，实验完全是外行。酒劲没过的梁丰一回来就瘫在了大厅，发现自己手机没电后，骂骂咧咧地陷入了沉睡。无奈之下，许宁只得拜托看上去惊魂未定的程露露。没想到程露露的动作十分麻利，只是苦于条件过于简陋，咬住毛巾的白鹏还是痛得一身大汗。

“谢……谢谢你。”白鹏终于松了一口气，他眯着眼看看许宁，“多亏有你在，不然感染就麻烦了。”

“那个混蛋导演，都是他的错。”许宁小声地骂了一句，“程老师脾气也太好了，换了我，早一脚踢上去了。”

程露露没有说话，白鹏双手撑着身子站起来，仿佛想要终止这个话题一般说：“突然觉得好饿，去拿些饼干吃吧。”他摸摸口袋，“程老师，看到我的手机了吗？”

程露露答道：“彭教授捡回来了，放在前台。”

白鹏扶着墙壁慢慢向大厅走去，几步之后，身体便和疼痛感“握手言和”了。尽管无法行动自如，但是他做出简单的动作也并不费力。来到前台，手机果然摆在桌上，一道裂痕几乎贯穿了屏幕。白鹏苦笑着打开手机，通过虹膜识别进入系统，测试了一下简单的操作后感慨道：“还好只需要换外屏，要不然一个月的工资又要没了。”

“咦？这是什么？”同样在看手机的程露露发出一声惊叹。可就在这时，凄惨的叫声从远处传来，片刻后便没了动静。愣住的三人呆看着外面，白鹏惊讶道：“刚才那声音，是彭老师吗？”

“听着像，但他在哪里？”

“我应该知道……”程露露将手机屏幕举到二人面前，在连接 wifi 界面上，有一个链接的名称显示着：在观星点等你。

观星点距离基地只有几百米的距离，在没有人工照明的夜晚走过去却格外费力。许宁在前方打着强光手电，程露露搀扶着白鹏跟在后面。许宁走下高高的斜坡，晃着手电四处寻找，很快就在一块岩石的后方发现一个倒地的人影。她三步并作两步跑了过去，当眼前的画面渐渐清晰时，她不由得一个踉跄跌倒在地，手电滑落在一旁——

彭冉侧着身躺在土地上，双目圆睁，脸颊右侧有一片严重的烧伤。干燥的土地上印着一片血红，红黑色的液体在羸弱的星光下蠕动着。

程露露一个人先赶了来，她捡起手电走上前去，将手指伸到彭冉鼻子前方。

“死了。”程露露一动不动地站在尸体面前，惨白的脸色让她看起来好似一具人偶。顺着手电打在地上的光亮，许宁看见一只手机掉落在尸体左侧，下半部已烧得不成样子，塑料外壳丑陋地弯曲着。她用力咬破嘴唇，踉跄着爬了起来，三步并作两步地向坡上跑去。

“发生什么了?”受伤的白鹏无法下坡，只得焦急地等在坡上面。

“我回去叫吴警官!”许宁喊道，“你们在这儿等着，千万不要碰尸体!”

白鹏被“尸体”一词吓得不轻，但还没等他提问，许宁便已消失在视野中。

17 号基地同样位于高地，与 0 号基地、观星点差不多构成等边三角形的三个顶点。尽管视野很差，许宁还是凭着记忆很快爬上了陡坡。她喘着粗气推开基地的大门，朱宏、吴警官、冯忧子正围在大厅的圆桌前，看着各自的手机。许宁稍稍调整了呼吸，向前方迈开步子——

眼前的景象骤然间模糊起来，三人的身影仿佛蜃景一般遥不可及。下一刻，四周的墙壁扭曲起来，继而化作飞散的光粒，如同洪水一般漫了出来。许宁低下头，看到自己的双手也正如同烟雾一般消散。

印在许宁记忆中的最后一幅画面，是白鹏飞奔而来的身影，和他拼尽全力伸出的手臂。

4

听到了闹钟的声音，仿佛在深渊底部仰望阳光。

许宁猛地睁开眼睛，出现在眼前的是熟悉的休息室。工作服挂在门旁的衣架上，床头放着吃了一半的薯片。她走下床铺，冰凉的触感顺着脚掌传了上来。

破碎的酒瓶，颤抖的双肩，浓黑的血液，收缩的瞳孔。恐怖的记忆决堤般地涌了上来，许宁只觉得胃部一阵痉挛，她连忙抱住垃圾桶，难以抑制地呕吐出来。

究竟发生了什么？自己为何会躺在房间里？

终于平复下心情，许宁的脑袋里依然是一团糨糊。她穿好工作服，走出房门，轻轻敲了敲隔壁 2 号房间的房门，没有应答。她又加大力气叩了两下，冯悠子还是没有应门。不经意间，许宁瞥见房门上方的黄灯亮着，这是房间无人入住的标识，只有在前台办理了退房手续才会亮起。

冯悠子去了哪里？

带着无数个问号，许宁来到前台。大厅空荡荡的，看看挂钟，时间还不到七点。许宁走到落地窗前张望，棱角分明的 0 号基地矗立在高地的另一侧。不知怎的，许宁反而感到了一丝慰藉。

就在这时，吴警官走了过来，手指夹着烟卷向许宁摆摆，示意要去外面来上一根。许宁仿佛抓住了救星一般，匆忙问道："吴警官，昨天晚上……"

"很棒的体验，谢谢你啊！"吴警官掏出打火机，笑着走出了基地。

许宁思来想去，莫非吴警官将 0 号基地当作了这次旅行的彩蛋？她彻底搞懵了头。还是等大家聚齐，再询问一下吧！于是许宁来到大厅东侧的操作间，打开操作面板，唤醒厨师机器人准备早餐。几分钟后，她端着一桶热牛奶向大厅走去，却在走廊中远远地瞥见一个陌生的人影——

那是一名约莫三十岁的中年男子，一米八上下，五官十分精致，瘦削的脸颊上带着一种中性美。他在许宁身边经过，非常自然地点头致意，又拉过一把钢管椅在圆桌旁坐定。许宁感觉到心脏在胸腔中不安地鼓动着，她盯着陌生男子的面庞，鼓起勇气问道："对不起，请问您是……"

陌生男子看看许宁，皱起眉头，"小许，你这么怎么了？"

许宁心中积聚的压力一下子爆发了出来，她猛地将牛奶砸在桌上，大声地吼道："我不认识你！你压根儿就没来过基地吧？为什么能堂而皇之地坐在这里？为什么能装作和没事人一样？"

男子站起身来，摸摸许宁的额头，许宁吓得一哆嗦，连忙后退几步。男子神色担忧地问道："你该不是生病了吧？我是冯悠然啊！"

突然间，吴警官闯了进来，脸上挂着兴奋，"喂，小冯，看见没？外面没来由地冒出来一座基地啊！"注意到激动的许宁后，他若有所思地笑道："小许，这该不会是基地准备的彩蛋吧？我认真研究过火星小镇的历史，那座基地和三十年前建的第一座基地可是几乎一样！"

叫作冯悠然的男子一下子来了精神，他拍拍许宁的肩膀，"休息一下吧，我和吴 Sir 先出去看看！"说罢，他胡乱向嘴里塞下几块薯片，同吴警官一起跑了出去。

两人离开基地大厅后，许宁花了几分钟才冷静下来。她一屁股坐在冰凉的折椅上，开始梳理遇到的怪事：冯悠子的房间无人入住，却出现了自称冯悠然的男人，单从名字来看，此人应当与冯悠子有些渊源。对方一副和自己很熟的样子，吴警官也没对他的存在感到疑惑。如果放在平时，许宁一定会认为撞见鬼了，但在她的记忆中，自己不久前刚刚和三十年的世界有过接触。

许宁回忆起朱宏提出的"开环"和"闭环"的理论。在她所经历的历史中，彭冉健康地活到了2050年，甚至成了“多维拓扑量子引力”的奠基人；但就在昨晚，她却亲眼看见了彭冉的尸体。

历史已经改变了。

许宁赶忙掏出手机，顾不上网络连接处大大的红叉，开启了写作小组联系使用的聊天软件。简单翻阅聊天记录后，她得出了结论——冯悠然是这个小组的编辑，他们的科学顾问是一名叫作“卢清”的女士，虚拟作家也不叫作“橙色阳光”，而是使用“卫星湖”这个更加科幻一些名字。唯一没有变化的是主笔，依然是“赛博歌姬”吴警官。

“咦？他们不在吗？”

一个女声将许宁从沉思中拉了回来。她匆忙回头看去，一位短发女性正咬着巧克力棒站在走廊里，身上披着一件酷似实验服的白色上衣。女性一眼便看到了窗外的0号基地，兴奋地喊道：“哈？这就是今天的活动吗？你们做的策划太棒了！”

这位就是卢清吧，她没有选择2号房间，那里自然是空房，许宁暗想。卢清取过纸杯，接了半杯热牛奶，匆忙灌下两口，便兴冲冲地跑了出去。

看样子，“卫星湖”的几位都没有见过0号基地。想到了吴警官和冯悠然方才的表现，许宁突然有了一个设想，她匆忙翻开手机的日历，发现答案竟是如此简单——

在日期一栏，黑色的数字赫然显示着“10月9日”。

基地外面的空地上，两队人马正一筹莫展。

“说出一样你最讨厌的食物。”卢清面无表情地对梁丰提问。

“我虽然在北京长大，却始终喝不下豆汁。”梁丰皱着眉头答道，他不耐烦地点着脚，“这已经是第七个问题了吧，你到底想干什么？”

卢清挽着手臂，“嗯……你通过图灵测试了，我相信你们不是人工智能。”

程露露将手臂伸入吴警官的体内晃晃，“如果说我们中有一方是增强现实影像，到底要多强的技术才能做到如此逼真呢？”

“如果在室外，我只听说过一个中日联合实验室实现过。”卢清答道。

梁丰走到一直没有作声的冯悠然身边，上下打量着他，“小伙子，我怎么看你这么眼熟呢？”

“你认错人了。”冯悠然一脸嫌弃地扭过头去。

讨论之际，许宁走了过来，身后跟着几台身形笨拙的机器人。

“我来说明一下吧，这是我们的一个实验项目。”许宁解释道，“实际上，我们并不在这里，而在距离此处近千公里的某处，通过全息投影与你们谈话。这次实验，也是我们与冷湖项目合作的内容。”

卢清想要说些什么，却看到许宁递了个眼神，便踱着步子向一旁走去。

彭冉加入了讨论，“难以相信。你怎么证明这一点？”

许宁打开手机，在面前投影出全息屏幕。对面一阵惊呼，许宁对着空气中的全息屏操作了一番，将不久前刷过的科幻片播放了出来。她十分庆幸，自己提前缓存这部几十年前的片子。

“全息版的《流浪地球》！”梁丰激动地叫了出来，“这种东西真的做出来了？”

“太惊人了……”程露露变换着观看角度，全息投影中的行星发动机也跟着展现出了不同的面貌。

“这次实验的主要内容，就是播放《流浪地球》的全片，你们是第一批观众。不过我们还需要准备一下，请大家在基地里耐心等待，千万不要因为好奇接近我们的设施。”许宁笑笑，她并没有说出，《流浪地球》进行全息版重制将是二十年后的事情。

许宁说罢，对17号基地的三人做了个手势，带着一头雾水的大家返回了基地。

“啊……累死我了，还好他们相信了。我原本准备让机器人们表演舞蹈呢。”刚进入基地，许宁便身子一软瘫在折椅上。

“这到底是怎么回事?”卢清抢先问道，“他们为什么会对十年前的老片子这么惊讶?”

许宁耸耸肩，苦笑道：“这说来可就话长了，大家先听我讲个故事吧……”

白鹏不知从哪里找来了黑布，同梁丰一起将0号基地大厅的落地窗牢牢遮住。等不及的梁丰跑去后厨拖来两箱啤酒，打开一罐递到程露露手中。由于无法使用0号基地的家具，许宁带来了一台机器人，作为三脚架固定住手机。

全息屏中熟悉的龙标闪现出来，台下响起了掌声和口哨声。做解说的卢清拉着嗓子说道：“嗯——影片马上开始了，请大家认真欣赏。为了确保播放正常进行，尽管设备本身也是全息投影，还是请大家不要接触。有什么问题吗?”

卢清看看台下，四人的注意力早已被画面吸引，完全没了反应。站在一旁的许宁偷偷地笑了笑，卢清那没有感情的科研嗓还真适合做解说。

《流浪地球》两人早已刷过多遍，放映正常开始后，她们便悄悄地离开了0号基地。吴警官正站在不远处吸烟，冯悠然望着远处的土丘出了神。

“太谢谢大家了，居然会相信我那么不着边际的故事。”许宁双手合十，对三人鞠了一躬。

“你最不擅长设计剧情，肯定编不出这么离奇的情节。”冯悠然笑道，“如果他们来自三十年前，那很多事情都说得通了。”

“多维拓扑量子引力，这么学术的名词，你也不可能自己造出来。”卢清双手插在外衣兜里，“这可是我们课题组的研究方向，近两年刚刚兴起的。”

许宁补充道：“刚才忘了说，在昨天……我所经历过的昨天，这个理论是一名叫作朱宏的教授告诉我的。”

“朱宏？”卢清皱皱眉头。

“你认识他？”冯悠然问道。

“何止认识，他就是我们课题组的组长啊！正是因为在弦论的基础上发展出了‘多维拓扑量子引力’理论，他才在几年前作为特殊人才被引进回国。”

吴警官掐灭烟头，问卢清：“科学家，你来解答一下，小许遇到的这究竟是什么情况？”

卢清咬着嘴唇思考了片刻，答道：“解答说不上，听了小许的故事，我倒是有一个设想。在A世界——为了方便些，我先这么称呼小许经历的那个世界吧——彭冉是‘多维拓扑量子引力’的创始人，因为有他在先，朱老大自然无法成为创始人，因此回国后也只是一名默默无闻的‘青椒’①。但与未来世界发生了接触后，2020年之后的历史改变了，彭冉被杀害，‘多维拓扑量子引力’的发明推迟了近二十年，朱老大成了发明者。

“接下来说吴Sir，因为0号基地那几位与你无关，所以你的历史没有什么变化。最后是……”卢清看看默不作声的冯悠然，叹了口气，“冯编，我早就注意到了，你一直在躲着那个梁丰，他和你什么关系？”

冯悠然抬起头来，“好吧，其实也没什么好隐瞒的。梁丰不是他的本名，他叫作冯强，就是我的混蛋老爸。”众人吃了一惊，冯悠然继续说道，“他原本就是个酒鬼，但妈妈怀孕那段时间，突然戒酒了。不过好景不长，因为公司经营失败，他很快便旧病复发，妈妈实在受不了他，就带着我离了婚。”

“说得通了。因为你妹妹……我是说A世界的冯悠子，被她吼了一通，又伤到了白鹏，致使梁丰短暂地戒了酒，所以你才能出生。”

---

① 青椒：是对青年科研人员的戏称。

卢清点点头，许宁小声提醒她注意别人的心情，冯悠然却淡然地笑笑，“不要介意。不久前我去见了老爸，他早已没了当年放荡的样子，只是一名随处可见的小老头。那一刻，我原谅了他的一切。”

“总之，在我们的世界，你代替了你的妹妹。”卢清总结道，“问个问题，你知道‘橙色阳光’这位作者吗？”

冯悠然答道：“很小众的科幻作者，只发表过有限的几篇作品，要不是做这一行，很难知道她。”

“我们这个世界的程露露没有死，你们也不会盗用一位活人的笔名。所以我们的小组才叫作‘卫星湖’而不是‘橙色阳光’。”

吴警官插话道：“说来说去，A 世界和我们到底什么关系？”

“我画张图来说明①。”卢清打开手机上的画图应用，在全息屏上画出一个椭圆，又在大椭圆的上方画上一个小圆，二者之间连上实线，“这个椭圆代表 2020 年，它会演化出一种历史，即 A 世界的 2050 年。”说罢，她在小圆上连出一条虚线箭头，指向 2020 年的大椭圆。“实线代表演化的历史，虚线代表跨时空的接触。现在，A 世界的 2050 年与 2020 年发生了接触。注意，2020 年是不需要区分 ABC 的，因为在这之前的历史不会被改变。接下来……”卢清再次从大椭圆上甩出一个实线箭头，连接到另一个标注了 B 的小圆，“发生接触后，2020 年会演化出另一个 2050 年，也就是我们现在的 B 世界；同样我们与他们的接触会演化出 C 世界……依次类推。在这个过程中，只有小许是特殊的，因为她可以跨越平行宇宙保留记忆。懂了吗？”

初听上去一头雾水，但仔细想想其实并不复杂：许宁经历的昨天成为新的历史，演化出了“卫星湖”成员经历过的三十年。吴警官想了想，问道：“这样的话，与 A 世界的 2050 年接触前，2020 年有没有接触过别的未来世界？”

---

① 卢清解释时空结构的图见附录。

卢清耸耸肩，在A世界的左方画上了一个问号，“就好像我们无法观测大爆炸前的宇宙一般，既然小许没有经历，我们就对那个世界一无所知。”

许宁垂头丧气地叹息道：“为什么特殊的人会是我呢……”

“大概是由于你前一晚接触的异常光波辐射吧。”卢清猜测道，“结合你昨晚的经历，说不定消失的只有你，或者说你的意识。”

就在这时，0号基地里传来一声尖叫，打断了大家的探讨。许宁立即跑了过去，因为有些慌张，她径直穿过了墙壁。大厅里白鹏正在奋力扯掉遮住窗户的黑布，程露露坐在地上颤抖着，梁丰用力将她抱在怀里。程露露捂住耳朵尖叫着，双脚用力地蹬踹；梁丰好像安抚受伤的小动物一般，轻轻念叨着：“不要怕，没事的、没事的……”

“抱歉，可以麻烦你关掉播放吗？”彭冉走了过来，“我们碰不到设备。”

许宁匆忙收起手机，梁丰向前比划着手臂，示意电影已经停止；程露露似乎有了好转，但依旧双目圆睁，大口喘着粗气。不知过了多久，程露露终于平静了下来，梁丰让白鹏将她搀回休息区，自己一屁股坐在了地上。

“不好意思啊，让你们看到这一幕。”梁丰看着来自对面基地的客人，点了一支烟。

“那是癫痫吧？”吴警官问道。

梁丰点点头，“老毛病了，遇到比较大的精神刺激，特别是高频闪烁的强光，就很容易发作。”

昨天梁丰自称与程露露关系不一般时，许宁只是当成了酒鬼的疯言，没承想两人确实有着更深一层的关系。

“露露这一路走得不容易啊！”梁丰吐出一口烟雾，“毕业后因为有病史，被许多公司拒之门外，就算运气好找到了工作，因为受不了太大的压力，也会很快被辞退。无奈之下，她只能依靠写作谋生。但写书根本不赚钱啊，她家里情况一般，还有个不成器的哥哥，于是就只能依靠不多的稿费收入，蜗居在小城市里。我第一次看到她的作品时，简直惊为天人，当下我就决定，无论花多大成本，无论花多少年的时间，我都要将她的作品影视化，拍出像《流浪地球》一样牛的电影来……”他用力挠挠蓬乱的头发，“现在看来，路还长得很啊……”

冯悠然提问道：“《流浪地球》程老师之前应该看过吧？为什么偏偏这次发病了？”

梁丰叹气道：“我也没想到啊，你们的版本中加了新的剧情，就是将五千人冻成冰棍那一段。剧情本来就够刺激了，加上那段的闪光特效很足，露露就受不住了。”

不一会儿，白鹏回到了大厅，和大家说程露露已经睡下了，状况还不错。许宁见机使了个眼神，借口要调试设备，便带着大家离开了 0 号基地。

5

许宁做了一个过去的梦。

那时她刚入学不久，学校里的社团正在开展号称“百团大战”的抢人战役。许宁没有什么特长，除了喜欢看书外也没太多兴趣，每次不得不路过“战场”时，总要想方设法躲着铺天盖地的传单和海报。

那一天，许宁费了好多口舌才摆脱了篮球社的宣传——她根本不擅长运动，只是个子高一些罢了。正当她筋疲力尽地准备逃脱时，一名男生突然递上一张传单：

“欢迎加入话剧社”

那位男生话不多，更没有拼命向许宁灌输社团的好处。但许宁的眼睛已经离不开了——他穿着一件仿国军军服的戏服，一眼看去就像是战争年代投身军队的名门公子。

之后许宁得知，那位男生是话剧社的社长，大她一届的郝佳佳学长。不过即便入了社，许宁也没勇气去主动接触。她承接了剧本创作的工作，郝佳佳学长却为了代入角色，不停去医院、工地等各种地方观察学习。虽然近在咫尺，两人的差距却是天上地下。许宁越来越没有信心了，眼看学长就要毕业，她却还没有和对方说过几次话。

有一天的例会上，许宁正在同编剧部的几位打磨剧情，郝佳佳突然走过来，问道："许宁，你对科幻感兴趣吗？"

那段日子许宁刚刚同写作小组有了联系，开始帮助吴警官设计科幻角色，于是她点点头。郝佳佳兴奋地说道："太好了，我们一起去冷湖做志愿者吧，我计划在那里拍一部科幻短剧！"

就这样，许宁同冷湖结了缘。郝佳佳没过多久就退出了，科幻剧也无疾而终，反倒是她一直坚持了下来。

……

许宁缓缓张开眼睛，因为疲惫，居然趴在前台的桌子上睡着了。她眯着眼四下张望，却突然看到白鹏站在一旁，吓得险些叫了出来。

"抱……抱歉，看你睡熟了，就没好意思打扰。"白鹏连忙红着脸道歉。

难道刚才睡觉时，他一直在盯着看？许宁刚想要发火，却想起了不要和过去扯上太多关系，于是没好气地问道："有什么事吗？我记得嘱咐过你们不要过来。"

"不好意思。"

"他们呢？"

"梁导和彭教授各自忙碌着，程露露老师一早睡了，为了不再让她受到刺激，我还为她找到了眼罩。"白鹏挠挠头，犹豫了很久，问道："实验什么时候结束？"

许宁反应了几秒，才想起自己编的故事，连忙答道："大概午夜吧，要看后台的数据采集是否完成。"

"我们还有机会再见面吗？"

"抱歉，实验的细节可是机密，我不能说再多了。"

"这样啊。"白鹏看上去有些落寞。他看看墙上的挂钟，"在此之前，我有一个请求……能不能再让我看一部全息电影？"

十分钟后，许宁便开始后悔自己耳根太软。

不知是不是回忆起了 A 世界里替自己挡酒瓶的白鹏，鬼使神差地，许宁答应了他的请求。既然是放映电影，那自然是投影屏越大越好，并且环境光要足够的暗。想到这些，许宁突然意识到夜晚的冷湖简直是完美的露天影院，甚至不由得期待起来。

这么说来，根本就是你自己想看吧！许宁在心中骂了自己一句。

两人来到观星点，许宁铺好帆布，准备好备用电源，将手机的全息投影屏开到最大。这部手机在发售时打出了"口袋里的 IMAX 影院"的宣传语，但实际买回家才会发现，通常情况下根本不可能找到投影二十二米巨幕的空间。

"还看《流浪地球》吗？"许宁问。

"这部差不多看完了，有没有其他推荐？"

"那就看《水星播种》吧！"许宁脱口而出，但她立即后悔了：2020 年《水星播种》还没有上映，这样做岂不是又泄漏了未来的信息？于是她恶狠狠地盯着白鹏说道："记住，绝对不能把电影的内容向别人泄漏一个字！我们会追究法律责任的！"

白鹏微笑答道："放心吧，我的嘴很严。"

荧幕中的故事有条不紊地推进着，故事中途，泪点很低的许宁忍不住哭了出来。不知是不是听到了她的抽泣，一旁的白鹏说道："遇到你们后，我有了个想法。我想写科幻小说。"说完，他难为情地笑了，"一点写作基础都没有的人这么说，很可笑吧？"

许宁擦擦眼泪，"连我这种笨蛋都可以写，你有什么不可以的。"

白鹏吃了一惊，“你也在写吗？”

“你想看吗？”

就这样，许宁第二次给白鹏读起了自己的小说。也许是在 A 世界中，没有听到白鹏对小说的感想，心中留有遗憾吧！相隔了三十年的两人默默地躺在星空下，任凭时间流逝着。不知过了多久，白鹏突然将视线从小说上移开，用力地吸了两口气，“是不是有一股烧焦的味道？”

许宁撑起上半身，远处高地上闪过一丝黄色的亮光。她立即蹿了起来，三步并作两步地跑上高地，突如其来的光亮闪得她双眼一阵胀痛。透过滚滚的浓烟，许宁看到 0 号基地冒出冲天的火光，肆虐的火焰好似死神挥下的镰刀。

“天啊，大家还在基地里！”白鹏拼尽全力跑了过去，许宁紧紧跟在后面。来到附近，0 号基地的外围已经被烈火和浓烟包围，只有居住区一带暂时没有被波及。

“我可以开车冲进去，但这么大火，等到我把车开过来，里面的人怕是已经……”白鹏狠狠跺着脚。

“我先进去！”许宁立即迈开步子，她回头对白鹏说道，“在这里的我只是全息影像，火和浓烟都伤不到我！”

许宁从未想过，自己有朝一日会深入火场。

她穿过墙壁，径直闯入了 0 号基地。烟雾会遮挡视线，却完全没有呛鼻的感觉；火苗在身体掠过时尽管不会烧伤，却还是有温热的感觉。许宁回忆起“多维拓扑量子引力”的基本原理，这一定是火焰产生的红外线，跨越时间作用到了自己的皮肤上。

厨房里传来金属碰撞的钝响，许宁冲了过去，看到程露露正拿着一根铁管，发狂般地敲击着天然气管道，看来这就是起火的原因。

“程露露老师，快逃啊！”许宁奋力喊道。程露露看了她一眼，抡起铁棍打来，铁棍却只是穿过了许宁的身体，如同打中了空气一般。许宁骂了一句，匆忙转身向男士居住区跑去。无法触碰程露露的她什么都做不到，此刻唤醒梁丰和彭冉才是关键。

男士居住区的大门开着，梁丰靠着墙壁坐在地上，神志不清。没有其他手段，许宁只得在他耳边大声喊叫，不一会儿，梁丰睁开了眼睛，“小许？”

“快跑，失火了！”许宁声嘶力竭地大叫着，“程露露老师在厨房发狂，快带上她去大厅集合！”

梁丰用力拍拍额头，站了起来，“老彭在21号胶囊，先救他！”

说罢梁丰跑到21号胶囊跟前，用力拽着门，门却纹丝不动。许宁穿过墙壁进入公寓，胶囊公寓里的彭冉已失去了意识。许宁拼命地叫喊着，可彭冉还是毫无反应。浓烟遮住了视线，许宁还是无助地喊着，泪水混着汗水流了下来。

“快醒醒——”

“别叫了，我们这就把他拖出去。”

突然间，许宁听到了卢清的声音。她抬头看去，卢清的半截身子果然出现在了狭小的胶囊公寓里，还有一半身子嵌在墙壁中。许宁克制住惊讶之情，问道：“我们碰不到他，你有什么办法？”

“我早料到这种情况了。”卢清指指身旁忙碌的厨师机器人，“看，我带它过来帮忙了。”

厨师机器人扭动着胖胖的身躯，不停微调着位置。很快地，它便将胶囊公寓的门锁‘装’入了胸腔的微波炉里。

“无论是我们还是机器人，都无法触碰0号基地，但微波可以。”

卢清按下按钮，机器人的胸腔中发生一声闷响，伴随着“咔嗒”的开锁声，电磁锁失去了功用。

“快，这边！”走廊外白鹏指挥着，梁丰赶忙探入身子，将彭冉拖出来背在肩上。

“程老师呢？”许宁问。

“已经在车上了。”白鹏喘着粗气，许宁方才注意到他鬓角上带着血迹。“吴警官临时教了我两招，没想到轻易就把她放倒了。”

救援有惊无险地结束了，程露露只受了皮外伤，问起发生了什么，她只记得眼前出现了闪光，之后便失去了意识。彭冉吸入了不少烟雾，梁丰一脸嫌弃地给他做了人工呼吸，伴随着一阵猛烈的咳嗽，教授醒了过来。

“呵呵，真没想到，我们还帮上了忙。”冯悠然笑道。

“看来会点物理还是有用，我再也不吐槽自己的专业了。”卢清自嘲道。

然而许宁的心里还有一件事情悬着——昨晚十二点左右，她目睹了自己化作光粒消失。此刻已临近午夜，这次又将如何呢？

许宁想起了卢清的假设——只有自己是特殊的，可以跨越平行宇宙保留记忆。她看看时间，悄悄地离开了众人，向着远离基地的观星点走去。

还有十秒。

许宁深吸一口气，走下斜坡，上方的火光已隐去了。

还有五秒。

许宁的身体闪烁出淡蓝色光，抬头看看，斑斓的星空已扭曲成了抽象画一般的色带。

零时到来，许宁再次化作光粒，意识也随之向着深不见底的海底沉去。

6

回复意识后，许宁第一时间确认了日期。

10 月 9 日，果然，自己的意识再次回到了一天前。也许是刚刚经历了火场，精神亢奋得难以入睡吧，现在不过是凌晨一点，距离天亮还有一段时间，许宁却已经睡不着了。

许宁“大”字形瘫在床上，梳理着两次轮回的经历：如果这是一个游戏，那么通关条件是什么呢？不去改变历史吗？那么，怎样才算是“不改变历史”呢？

许宁在心中列举了一些可能性，例如不泄露未来信息，没有人死亡，等等，但很快便全部否定了。加入写作小组的这段时间，她也接受了科研思维的浸染：0 号基地穿越的瞬间，17 号基地发出的光就已经被那边的微观粒子接收到了。理论上讲，不改变历史是不可能的。如果物理规律是那个游戏背后的管理员，它才不会在乎电子跃迁和杀人的区别。

敲门声响了起来，许宁打开房门，冯悠子正站在门外，头发乱蓬蓬的，挂着厚厚的眼袋。她揉揉惺忪的睡眼，说道：“刚吐了几次，有些饿了。能不能给我找些零食？”

看到冯悠子，许宁鼻子一酸，嘴角不由自主地抽动着。冯悠子发现了她的异常，“小许，你没事吧？”

“冯姐……”许宁压抑住奔涌而来的情感，“我们的写作小组，叫什么名字？”

冯悠子皱眉道：“‘橙色阳光’啊，怎么啦？”

“我去给你拿些牛奶饼干。”许宁低着头跑开了，冯悠子一头雾水地挠挠头，回到了房间。

许宁一路小跑到仓库，取出几样零食，命令机器人给冯悠子送去。虽然还没有到准备早饭的时间，但她还是取出几颗鸡蛋，分离出蛋清，拿起打蛋机开始制作蛋糕。这些工作完全不需要人工操作，只是她一旦停下手里的工作，大脑就会被各种折磨人的想法完全占据。

这是她第三次重复经历 10 月 9 日了。许宁当然想要尽快摆脱这不知何时完结的轮回，但此时此刻，更加困惑她的却是，见到了 0 号基地的四人该怎么办？

如果提前告知彭冉“多维拓扑量子引力”的信息，他会成为该理论的奠基人，朱宏会成为该领域默默无闻的小兵。反之，朱宏会功成名就，彭冉取得荣誉的机会就被抹杀了。

如果拯救了程露露，她会避免自杀的命运，但“橙色阳光”写作小组将不再存在。

如果提醒梁丰尽快戒酒，冯悠然会顺利出生，冯悠子却永远失去了见到这个世界的机会。

诚然，如果靠理性来思考，有些选择的重量是不可同日而语的，例如应当尽全力保住程露露的性命，无论写作小组的前途如何。但令许宁痛苦的却是，她真的有资格做出这种选择吗？

“已经干性发泡了，再打下去只是浪费时间。”

突然间，许宁听到了吴警官的声音。她匆忙关上轰鸣的打蛋机，看到吴警官正站在厨房门口，手指间夹着一根熄灭的烟头。看到许宁一副吃惊的样子，吴警官叹气道：“上年纪了，晚上睡不好，就出去走走。”他用烟头指指许宁，“我还在想大晚上谁这么吵，原来是你在给自己‘裱花’。”

许宁低头一看，原来自己的上衣溅满了蛋白的泡沫，于是连忙取过纸巾擦了擦。吴警官走进厨房，从冰箱里取出一个三明治放进机器人肚子里的微波炉中，“出什么事了？介不介意和我这个老头子说说？”

当故事讲到一半时，吴警官便毫不犹豫地叫醒了朱宏和冯悠子，两人也没有什么怨言，用凉水冲了把脸便聚了过来。三十分钟后，“橙色阳光”的四人围坐在大厅里，细细品味着许宁的故事。

“所以说，这已经是你第三次经历 10 月 9 日了。在第二次时，历史发生了重大变动。”朱宏总结道。

“你认识卢清吗？”许宁问。

“我的同事，能力很强的后辈。”朱宏答道，“你说出她的名字时我吓了一跳，同时也相信了，你不是在编故事。”

“母亲曾说过，当年的哥哥如果出生，就会取名叫‘冯悠然’。”冯悠子叹气道，“我也相信你。”

“非常感谢大家!”许宁低头致谢。

吴警官跷着腿，望着黑漆漆的窗外，“小朱，怎样才能帮小许摆脱这个轮回，你有想法吗?”

朱宏答道:“小许的故事里，有一点我很在意。我之前认为，时间旅行要么‘开环’，即改变后的历史演化出平行时空；要么‘闭环’，即既定事实无法改变。但现在看来，似乎没那么简单。”

“此话怎讲?”冯悠子问道。

“小许的时空旅行，没有按照原本的时间箭头移动，而是沿着因果方向在跳跃。这让我想到了‘多维拓扑量子引力’的基本假设，为什么光速可以跨越高维的坐标传播?因为光速同样也是因果关系传递的速度极限。只是如何更进一步，我还没有想好。”

冯悠子叹了口气，“不合格，退稿。”

许宁抬头看着吴警官，问道:“吴 Sir，如果无论如何都会伤害到某一方，你会怎么做呢?”

“大概二十几年前吧，有过一次地震。”吴警官讲述道，“震级本也不高，但无奈我们那边很少地震，不少老房屋都没有抗住。当时我正在办案，去查一个 KTV，有人举报里面有那种交易。其实我们怀疑那家很久了，苦于一直没有证据，结果刚一震，那家的房子就塌了。当时我有两个选择——去 KTV 救灾，或者去它隔壁的补习班。那是一家当时很火的校外补习机构，每晚都有很多学生在那里学习，我们接到的举报正是来自一位学生家长，他认为在补习班旁边有这种场所，实在不雅。”

“如果没有证据，仅仅因为怀疑就举报，未免没有道理。”朱宏感慨道。

吴警官继续说道:“正式救援赶来还需要一段时间，我先去了哪边，哪边生还的概率就能高那么一点。是补习的孩子?还是涉嫌犯罪的 KTV?这是我当时面临的选择。不用猜了，我当时选了 KTV。”他转身凝视着许宁的眼睛，“你觉得我当时怎么想的?”

许宁思考许久，答道：“你一定觉得，救援力量会更多集中在补习班那边吧？”

“我哪有时间想那么多。”吴警官笑笑，“KTV 更近，我可以节省几分钟时间的话，说不定能多救一个。仅此而已。”

“你事后后悔过吗？”许宁问。

“那一次，我还一个都没救到，KTV 那边的天然气管道就爆炸了。我的面部严重烧伤，经历了好几次手术才恢复成现在这个样子。后悔？也许吧。我原本只想干个普普通通坐办公室的工作，阴差阳错才成了警察。我到底该后悔什么？”

众人吃了一惊，他们凑到吴警官身边仔细一看，他脸上确实有不明显的整容手术痕迹。吴警官起身拍拍许宁肩膀，“说个科幻作品喜欢用的词吧，电车悖论，我认为这是自由意志需要背负的原罪。既然如此，不妨简单点。”

清晨，许宁被大厅的吵闹声惊醒。昨晚四人最终也没探讨出个结果，便各自回房休息了。

“你们到底是什么人！为什么会出现在这里！”

许宁一下子便听出了梁丰气呼呼的声音，她匆忙跳下床铺跑了过去，吴警官正一脸冷漠地看着歇斯底里的光头导演，冯悠子在一旁若无其事地喝着咖啡。听过许宁的故事，他们一定也猜出了对方是何许来历。

“说过的吧？我们这边是 17 号火星基地。”冯悠子臭着脸回应。

“当我们傻子吗？哪儿来的 17 号？2 号都没有呢！”梁丰喊道，他冲过来想要揪住冯悠子的衣服，手掌却如同穿过空气一般，一无所获。

“你就是傻子吧！”冯悠子毫不留情地嘲讽道，“我们根本就无法接触你们，又怎么可能杀了你们的人呢？”

“杀……杀人？”许宁一吃惊叫了出来，众人才意识到她的存在。

之后许宁被告知，因为彭冉一早没有出现，白鹏就调取了监视录像，但也没有发现有人出入基地。随后，白鹏用万能钥匙打开了彭冉的房间，发现他已经没有了呼吸。

“程露露老师呢?”许宁想到昨晚程露露歇斯底里的样子，担心地问道。

梁丰皱眉道：“你认识露露?”

“我还知道你本名叫冯强，是个酒鬼。”冯悠子在一旁煽风点火。梁丰一副想要爆发的样子，但他还是忍住了，“……算了，不知道你们是何方神圣，但既然无法碰到我们，应该不是你们干的，是我太冲动了。”

“你们什么时候发现的我们?”吴警官问。

“昨天午夜我觉得头疼，出来走了一圈，隐约看到这边有建筑。我当时以为自己喝多了，没多想。”梁丰叹口气，补充道，“我不清楚你们知道了多少，露露她确实生了病，但她可坚强呢，不用我担心。”

“我们这边的吴 Sir 有刑警的经验，要不要做个尸检?”许宁提议道。

半小时后，众人集合在 0 号基地的大厅里。白鹏将几张桌子拼在一起，平放好彭冉的尸体，扒开他的上衣。梁丰不安地看着尸体，时不时移开视线，站在他身边的程露露反而神色淡然。

“尸僵开始扩散，死亡时间在四到六小时。左胸处有轻微烫伤痕迹，没有其他明显外伤。”吴警官一面指挥着白鹏翻过尸体，一面说出结论，“后背对应的位置也有伤痕，不排除受到外部打击导致心脏骤停的可能。但要进一步检验的话必须要解剖尸体，你们谁来?”

白鹏从医药箱中取出酒精，又从后厨拿来菜刀。他反复擦拭着刀身，许久才将刀刃悬浮在尸体上方。

“心脏已经停止跳动，不会有血液喷出，但还是要小心。”吴警官冷静地指挥道，但白鹏猛地将刀子一丢，跑到角落的垃圾桶呕吐起来。

吴警官叹气道：“天知道我们什么时候能脱险，不管你们怀疑我们，还是怀疑有内鬼，都是先搞清楚死因为好。”他扭头看看梁丰，“你来试试吗？”

梁丰的头摇得像拨浪鼓一般，“不不不，我谁也不怀疑了，老彭他也许有心脏病吧！”

“我来试试吧！”

突然间，一个意想不到的声音传入大家的耳朵。程露露站起身来走到尸体旁边，套上代替医用乳胶手套的一次性 PE 手套①。梁丰想要上前阻止，程露露微笑道：“我的作品里少不了会出现尸检的桥段，为了保证描写的真实性，我自学了一些知识。平时没少给你和彭教授添麻烦，这次我来帮帮大家吧！”

梁丰一时语塞，吴警官挽着手臂，低声说道：“实际操作和看书可是天差地别，你要做好准备。”

程露露笑道：“你可以在一旁示范，这样就简单多了。”

吴警官令朱宏脱掉上衣躺在地上，取出一只中性笔代替手术刀，在朱宏的胸前画出一个“Y”字。程露露咬紧嘴唇插下菜刀，沿着尸体的两肩到心窝，又从心窝到小腹切开了相同的刀痕。暗红色的血液渗了出来，很快便浸满了尸体身下的被单。

“还行吗？”吴警官问。

程露露点点头，汗水顺着额头淌了下来。

按照尸检的程序，下一步应当锯断肋骨，取出内脏；但他们的目的只是检查心脏附近的伤口，因此这步可以省略。待尸体的血液几乎流尽，在场的众人也差不多克服了恐惧。吴警官打开手机的闪光灯，照着尸体开启的胸腔：

“心脏有明显的烫伤，甚至比体外更加严重。”

---

① 一次性 PE 手套：塑料手套的一种。

“什么东西能造成这种伤呢?”程露露问道。

“通常是电击,从体外命中,造成心脏骤停。”吴警官答道,“但这样一来,电击的另一侧几乎不会留下伤痕,除非有两支电击器,前后夹击。”

梁丰质问道:“你是警察吧,没有配备这种东西吗?”

吴警官叹了口气,从衣兜里取出一支手机大小的设备,“我确实有电击器,不过,同样是无法伤到你们的。”他看看一旁的电脑显示器,对准屏幕按下开关——

屏幕安然无恙,只是因受到信号干扰闪出一些雪花。许宁回忆着高中时学过的物理知识:电击无法跨域时空传递,但放电时产生的电场是光速传播的,会产生少许影响。

“好吧,我相信你。”梁丰泄气般地垂下手臂,他看着白鹏问道,“小白,也不是想怀疑你,基地里有这种东西吗?”

“怎么可能!”白鹏耸耸肩。

之后,还是由程露露操刀,缝合了尸体的切口。白鹏取来一床新被子包起彭冉,众人对着尸体三鞠躬,随后尸体再由白鹏和梁丰一同放进了开着冷气的仓房里。

7

许宁坐在凸起的土丘上,心乱如麻。平日这里是绝佳的拍照点,如果参数选择恰当,能拍下浩瀚星河下的人影,但许宁此刻只想暂时与世界隔绝。

经历了普通人一生都难得一见的尸体解剖,许宁十分惊讶自己居然如此冷静。在她眼中,原本躺在那里的还是一个“人”,但胸腔被剖开的一刻,就变成了一块腐肉、一具标本、某种不蕴含任何情感的无机质。

看着彭冉的尸体,许宁注意到一处蹊跷:在三次轮回中,彭冉都被当作了目标。第一次他因为手机爆炸跌下高台摔死，第二次险些丧生火场，这一次又死在了莫名其妙的手段下。冥冥之中，似乎有一股不可抗力，将他引导向黄泉路。

还是说，有一位凶手藏在人群中？

“原来你在这里啊。”

熟悉的声音传来，许宁抬头看去，白鹏不知何时站在了她身后，看上去洗了头，但工作服上还沾着少许血迹。

“有什么事吗？”许宁淡淡地问道。在这次轮回中，她和白鹏还只是陌生人。

“我来是想说句抱歉。”白鹏挠着头，“这事原本就和你们没关系，却让你们看到了这一幕。”

“没什么。”

许宁本想结束对话，白鹏却不请自来地坐在了她的身边。白鹏望着远处土黄色的地平线，问道：“你们究竟是什么来历？看得到，听得到，却无法触碰，还能穿墙。”他匆忙补充道，“啊，我只是很好奇，不想回答也完全OK。”

许宁这才意识到，在前两次轮回中，白鹏也总是不请自来地找她搭话。她应和道：“我解释不清楚，或者说，讲了你也未必相信。”

白鹏捡起一块云母片，丢向远处。片刻沉默后，他冷不丁地说道：“你在写小说吗？”

许宁一惊，“你怎么知道的？”

在前两次轮回中，“写小说”一事都是许宁主动提起，这一次白鹏却提前得知了这个信息。

“刚才去你们基地，不经意瞥见了你放在桌上的笔记本。”

“你偷看了吧！”许宁伸手揪住白鹏衣领——当然抓空了。笔记本上写着十分粗糙的故事大纲，被别人看到，是很羞耻的事情。

“就是想看我也没办法翻页啊！”白鹏匆忙红着脸解释。

许宁渐渐冷静下来。这只能怪自己不小心。自顾自地别扭了一阵，她开口道："你对推理小说感兴趣吗？"

"推理？看标题，我以为你写的是科幻。"

"少啰唆，回答我。"

"啊……虽然科幻小说接触不多，推理小说和侦探小说却一直是我的消遣读物。"

"有一处剧情设计，我无论如何也想不通，你能帮我出出主意吗？"

白鹏自然是一百个愿意。许宁将前两次轮回中经历的事件，用讲故事的口吻讲述了出来，当然人物姓名全部替换成了相应姓氏的首字母。这些细节许宁对"橙色阳光"的同伴们都一笔带过了，也许是由于之前的经历吧，她觉得白鹏值得信赖。

白鹏右手扶住下颚，认真思考着。等待期间，许宁打开手机投影，空气中出现了一个金色长发的男子，在小提琴上拉奏着莫扎特的《小星星变奏曲》。许宁很喜欢这首旋律，小孩子耳熟能详的曲目，却衍生出无穷的变化，就好像基于简单的物理定律形成的绚烂星空一般。

白鹏吃了一惊，"这是什么技术？"

"全息投影，很快就会面世。"许宁应付道。

"还有别的形象吗？"

"有各种明星偶像、二次元形象，甚至换脸。"许宁一面说着，一面将投影中的长发小提琴家替换成了二次元的水手服美少女形象，"怎么样？你有什么解决方案吗？"

白鹏答道："你的故事里包含了一起凶杀案和一次纵火，我找到了一个半答案。这还多亏了你刚才的提示。"

许宁一惊，"一个半？"

"第二个案子最简单。毫无疑问，火灾是癫痫病发作后的C小姐造成的，但问题是，究竟是什么原因诱发了C小姐的癫痫。"

许宁点点头，白鹏继续讲道："按照前面的介绍，C小姐癫痫发作需要强烈的精神刺激，或者高频闪烁的光照。可入夜后，C 小姐回房间睡觉了，为了防止光刺激，还带上了眼罩。换言之，熟睡中的 C 小姐处于密室之中，并且除非唤醒她并摘掉眼罩，否则光刺激的方法无法奏效。

“故事中的人物分为两组，甲组的四人可以触碰 C 小姐，他们可以使用光照之外的手段，因此嫌疑更大。但仔细分析一下，B 先生在火灾发生时正和乙组的 X 小姐看电影，有不在场证明；P 教授在火灾发生后昏倒在房间里，L 先生昏迷在走廊里，他们犯案的可能性几乎为零——在随时可以烧死自己的火场，演戏给谁看呢？这完全不合逻辑。

“推理作品中有一条常用的理论，排除所有不可能之后，剩下的那一个就是真相，无论它看起来多么荒谬。通过排除法，犯人只可能是乙组的其余三人。对于他们而言，密室是不存在的，因为他们可以像幻影一般穿过墙壁。”

“但他们想给 C 小姐造成精神刺激也是不可能的吧！”许宁反驳道，“C 小姐戴着眼罩，无法触碰 C 小姐的他们无法摘掉眼罩，也就不能使用光刺激。难道他们一直给 C 小姐讲故事，讲到她发狂为止？”

白鹏微微一笑，“那自然是不可能的，因为清醒的状态的 C 小姐随时可以选择逃跑，犯人也就暴露了。TA 必须使用立竿见影的手段，也就是光刺激。这里涉及一个思维的盲区，我相信你是被自己误导了——对于犯人而言，TA 根本就不需要摘掉 C 小姐的眼罩。”

猛然间，许宁仿佛被一记重锤击中一般，难道说……

“犯人既然能穿过墙壁，他自然也能穿过眼罩。”白鹏继续推理，“TA 用手机播放高频闪烁的画面，然后透过眼罩和眼皮，直接将画面映在了 C 小姐的瞳孔里。这种刺激想必比隔着一段距离看来得更加强烈，所以 C 小姐发狂了。”

“那……到底是谁干的呢？”许宁一时惊讶得语不成话。

白鹏耸耸肩，“你的故事并没有给出足够的线索，如果你想要指定犯人，前面还需要添加铺垫。”

许宁方才想起，在白鹏眼中这不过是一个“故事”。又或者他已经察觉了真相，只是在温柔地帮助自己？许宁清清嗓子，问道：“好吧，我理解了。另外一半的真相呢？”

“在另一个故事里，犯人通过建立名为‘在观星点等你’的wifi，骗出了彭冉。我解开了这部分谜题，至于怎样引燃手机，暂时还没有头绪。”许宁示意继续，白鹏讲述道：“故事里写到，发现了P教授死亡后，X小姐立即赶回了基地，发现其他三人都在看手机。手机热点的有效距离只有几十米，而观星点和基地相距百米以上，这个wifi不可能是乙组的三人建立的。从另一个角度讲，乙组来自三十年后，相隔三十年的手机不可能使用相同的网络制式吧！”

许宁点点头，这确实是她的知识盲区。

“因此，‘在观星点等你’的wifi只可能是用甲组的四台手机建立的。先思考一个问题，为什么要通过wifi名称传递信息，而不直接打电话或者发信息？”

许宁思考片刻，答道：“如果打电话或者发信息，就暴露了自己的身份。”现实中还有一个更直接的原因，手机无法连接外网，电话和信息都无法传输。

“没错。如果显示出机主身份，P教授就不一定会前去。为什么？我们前面分析了，建立wifi的只可能是甲组的手机，也就是说，甲组的四人对P教授都不具有如此强的吸引力。”

“是朱……Z教授。因为Z教授带来了三十年后的知识，P教授如饥似渴地想要获得。只有让P教授误认为是来自Z教授的信息，才有可能将他单独叫出。”许宁渐渐地跟上了思路。

“明确了目的，我们来分析，是用哪一台手机完成的诡计。P教授带着手机离开了基地，C小姐在为B先生包扎，手机随身携带，L先生的手机没电了。因此犯人是用的手机，只可能是放在甲组基地前台的，受伤的B先生落下的那一部。通过刚才的分析，我们同样可以知道，甲组的四个人都不可能犯案，犯人一定来自乙组。

“接下来的问题，是如何利用B先生的手机建立wifi。可以简单分为两步：解锁手机，再开启手机热点。解锁有很多种方式，指纹、面部识别、虹膜，或者同时使用多种，例如我就选择了面部识别和虹膜识别。建立手机热点本不困难，但乙组的四人无法触碰手机，也就无法使用触摸屏，这是个需要克服的难点。但说来也简单，手机都有语音助手，使用声音同样可以完成操作，所以难点在于第一步的解锁。

“解锁手机首先需要唤醒，这点同样可以通过语音助手实现；但指纹识别需要有物理接触才能起作用，虹膜识别很难骗过，剩下的就只有面部识别了。我的推理原本卡在了这里，但看到你投影出来的虚拟角色，我找到了答案。在故事里，乙组的手机同样有全息投影功能，你在多处给了提示。”白鹏给出了最终解答，“面部识别将全息投影误认为是机主，被骗过了。”

告别白鹏回到基地，许宁心中五味杂陈。如果白鹏的推理是正确的，第一次轮回中杀害彭冉的凶手、第二次轮回中导致程露露发狂的犯人，都来自17号基地。且不论她完全不想去怀疑同伴，她也确实想不通来自2050年的三人，会出于什么动机去杀害三十年前的人呢？

“小许，你终于回来了！”刚一进门，朱宏便兴冲冲地迎了上来，“我终于想明白了，就是弹簧啊！弹簧！”

许宁被搞得一头雾水，朱宏解说道：“我之前说了，开环闭环的分类并不完善，实际上，开环闭环只是针对单一的宇宙而言，站在多元宇宙的角度，时空结构应该是弹簧状的！”

说罢，他不由分说地将许宁拉到白板前，画下了一个弹簧。看着朱宏的图，许宁猛然间想起了卢清在第二次轮回中的解说。

“你所参与的时间旅行，从单一宇宙的角度来看，是开环的；但站在多元宇宙的角度，它却是闭环的。因为前一个时空的‘果’构成了后一个时空的‘因’。”朱宏越说越激动，“想要给一切画上句号，关键就在于，让多元宇宙中的因果环封闭。在‘多维拓扑量子引力中’，电磁波本身就是一个在多维时空中封闭的因果环，所以在四维坐标相同的情况下，光速才能跨域高维坐标传播。”

朱宏从弹簧的尾端画出一条线，连接在顶端。

许宁半晌才理解了朱宏的解说，结结巴巴地问道：“那……我怎样才能让因果环封闭呢？”

朱宏飞快地写下一道公式，许宁屏息凝神地看着，但除了等号什么都不认得。

“麻烦你背下这个公式，如果在下次轮回中见到了我或者卢清，写下来告诉他们。”朱宏用恳求的语气说道，“他们一定能帮到你！”

背写下复杂的公式花费了许宁半小时的时间，回到房间时，她的大脑已经疲惫不堪。许宁躺在床上，思考着一天来的林林总总：凶手究竟是谁？让因果闭环的条件又是什么……大概是太疲惫了吧，不一会儿，许宁便昏睡了过去。当敲门声将她唤醒时，时间已临近午夜。

“小许，睡了吗？”门外传来冯悠子的声音，“我一直在思考你的故事，有了点想法。”

许宁匆忙下床打开房门，冯悠子挂着和善的笑容：“再过不久，你就要去下一个10月9日了吧，在那一天的我们眼里，你会发生什么变化呢？”

“也许那时的你们，会十分惊讶我失去了一天的记忆吧！”许宁笑道。

“不说笑了。从早上开始，我就一直在思考，想看能不能帮到你。”冯悠子渐渐加快了语速，“那些复杂的物理原理我不可能搞得懂，但从审稿的角度，我发现了一点。10月8日午夜，你遇到了异常光波辐射，这是一切的开端。但异常光波辐射究竟是什么？这个伏笔还没有回收啊！”

许宁吃了一惊，冯悠子继续解释道：“如果说它来自什么外星人，或者高维时空，我可不能接受。你究竟有什么特殊之处，为什么‘中奖’的偏偏是你呢？”

那一瞬间，卢清和朱宏说过的话浮现在许宁的记忆中。

“在这个过程中，只有小许是特殊的，因为她可以跨越平行宇宙保留记忆。”

“想要给一切画上句号，关键就在于，让多元宇宙中的因果环封闭。”

连接上了。那根时空的弹簧，在许宁的心中渐渐弯成了一个圆。她匆忙地问道：“冯姐，现在几点？”

“还有十五分钟到十二点。”

“多谢啦！”

顾不上说再多的话，许宁三步并作两步地跑到了对面的男士区域。站在紧急出口处吸烟的吴警官吃了一惊，许宁没有时间向他解释，径直来到朱宏的房间门前，用力敲着门。

“小许？有什么事吗？”朱宏一副睡眼惺忪的样子。

“朱教授，如果有了你那个方程，距离做出实验设备，还有多远？”

朱宏挠头道：“很难讲吧，这要看投入力度，如果像航天或者通信那些热门领域，大概十年就能有设备的雏形。”

“如果不是呢？”许宁抢着问道。

“从小项目开始一步步积累，顺利的话，也要二三十年吧，中间还随时有可能会坑掉。”

“十分感谢！”

丢下一头雾水的朱宏，许宁拼尽全力向0号基地跑去。为了完成她的“闭环”计划，必须积累足够多的信息。然而，现在的她只能在10月9日不停地循环，在网络无法连接外界的情况下，随着轮回次数的增加，信息的积累将举步维艰。特别是某些关键的信息，必须离开冷湖才能获得。

难道没有什么办法吗？

有的，只有一个办法，可以获得这些信息——

0号基地已近在眼前。许宁穿过墙壁径直跑了进去，她还记得白鹏房间的位置，第一次轮回的时候，她指导着程露露在那里完成了包扎。

“白鹏，拜托醒一醒！”许宁不顾形象地大喊道。白鹏翻了个身，眯着眼睛，“……许宁？”

那一刻，许宁看到自己的身体在缓慢地化作光粒。她拼命维持着意识的清醒，用最后的力气说：

“有件很麻烦的事，需要拜托你……”

8

“冯姐，冯姐！”许宁用力敲着2号房间的房门，她刚一穿越就来到前台进行了确认，这次轮回中写作小组的成员是冯悠子、卢清和一位叫作“枫树”的男性作家。枫树原本在严肃文学领域耕耘，上了年纪后却被类型文学单纯的趣味性吸引，想要进行新的尝试。由于登山扭伤了脚踝，这次冷湖之旅他只是交了稿子，所以17号基地此刻只住了三位女性。

冯悠子迷迷糊糊地拉开房门，许宁忙不迭地问道：“冯姐，外面停的那辆敞篷车，是你开来的吗？”

“是啊，怎么了？在冷湖又不会有警察拍违章。”

“不好意思，能借我开一下吗？”

十分钟后，许宁将装满了工具的背包仍在副驾驶上，为自己系上安全带。不远处，0号基地门前的灯昏暗地闪烁着。去年暑假她许宁在室友的怂恿下考了驾照，但独自上路还是第一次。

没关系的，这里是冷湖，只要不把车开到沟里，怎样都 OK，许宁在心中安慰自己。

到达目的地时，许宁已驾驶了接近一小时。驾驶在颠簸不平的路上，她不断回忆着上坡的要诀，但要么忘了放下手刹，要么油门踩得太死导致险些刹不住，好多次之后她才勉强掌握驾驶方法。如果放在城市里，我就是所谓的马路杀手吧，许宁暗想。

终于来到了预想中的区域，眼前是一片碧绿的湖泊，好似镶嵌在高原上的玉石。在这个封闭的时空中，GPS 定位同样无法使用，多亏许宁多次带领游客进行定向越野，才能记下位置。

许宁打开背包，取出定向越野时经常用的工具：手套、铁铲和金属探测器。基地建立之初，这个项目只是基于 GPS 定位的远足，后来加入了解谜、寻宝等环节，在科幻迷中大受欢迎。

拜托了，一定要在这里，许宁在心中向着不知何处的神灵祈祷着。

探寻的过程十分漫长，尽管当初指定了 GPS 坐标，但只要有少许偏差，可能就是几百米的距离。其间金属探测器响过几次，但挖到的都是旅行者丢弃的易拉罐等小物件。东方的天空已拉出一道亮线，这次金属探测器的反应前所未有的强烈，而地面已经被许宁挖下了将近两米。她咬紧牙关，再次插入铁铲——

铁铲的尖端触碰到了硬物。许宁匆忙俯下身子扒开土壤，埋在下面的是一只四方形的包裹，外层是包得严严实实的快递袋子和宽胶带。尽管经历了岁月的侵蚀，包裹却依旧完好无损。

许宁从衣兜中取出剪刀，剥去包裹外皮，一只四四方方的饼干盒露了出来。金属盒子可以更好地保护里面的物件，还能被金属探测器发现，是许宁计划中的关键一环。平日里安排寻宝游戏时，为保护自然环境，组织方会刻意避开湖泊一带，许宁也是考虑到了这一点，才将地址选在这里。

打开饼干盒盖，里面是一册褐色的硬皮笔记本，外皮已斑驳脱落，纸张在常年的氧化下泛着土黄。翻开第一页，一行漂亮的行楷映入许宁的眼帘——

给来自未来的你。

许宁将笔记本抱在胸前，双腿一软，跪在地上哭了出来。这是白鹏跨越了几十年的时间，为她传递而来的信息。帮助她脱离轮回的关键信息。

“我需要你帮我调查一些事情。”消失前，许宁对白鹏说道，白鹏聚精会神地听着，生怕落下一个字。临了，许宁补充道：“这些事情的调查可能会花上很久，十年、甚至二十年都说不定。没有关系，一旦调查完成，就将它们写在本子上，装在金属盒子里，埋到我刚才说的位置。”

如此莫名其妙、不讲理的请求，正常情况下都会当场拒绝吧，而白鹏自始至终都只是倾听，时不时地点点头。

许宁的身体已消失大半，最终，记下一切的白鹏问道：“我还能见到你吗?”

“一定。”

许宁的话语，连同她的承诺一同消失在虚无中。

2021 年 9 月 3 日

开始我是打算写日记的，已经写了满满一本，只是回头一看，尽是些无趣的闲言碎语。于是我决定只写下关键信息，你读起来也方便。

你们消失后，基地第二天就通了网络。离开冷湖后，我与梁导和程露露老师保持了联系，一起吃喝的次数多了，也了解了一些他们的故事。

梁导在艺术院校毕业后，一心奔着那些代表了电影人最高荣誉的奖项去奋斗，只是几年后，他发现事情根本不是自己想象的那个样子。

这个圈子太复杂了。当然，每个圈子都很复杂，只是在影视圈展现得更加露骨。他三年来没有拍出哪怕一分钟令自己满意的镜头，因为他的所有精力，都花在了让“拍电影”这件事成立上。制片人、投资方、演员大咖、各路牛鬼蛇神，都等着他去取悦，去满足。

梁导有一件念念不忘的事情，那是他入圈五年后的事情。有两位同校的师妹入圈，要去和圈子里某位知名的大咖喝酒。那人是众所周知的大色鬼，梁导花了很大力气帮她们推掉了酒局，告诉她们保护好自己，甚至暗中促成了她们的项目，让她们不用有求于那个人。

然而不久后他便得知，两位师妹主动联系了那位大咖。

从那次以后梁导染上了酒瘾，好在他有一位心爱的太太，为了她，梁导总能及时刹车。不过在冷湖那件事后，他的精神有些抑郁，酒瘾越来越大。上次见面，他喝多了，把滚烫的火锅炉打在了服务员的身上，事后险些被拘留。

因为冷湖那件事，程露露老师的精神状态也不是很稳定。她开始创作一部作品，我读过一些章节，这些文字好似由妄想与迷幻的碎片拼接而成。

在那件事的影响下，我也陷入了焦虑，调查你委托的事件反而是一种放松。顺便说一句，我去年的国考没有过线，目前在朋友的手游公司打工。

笔记中三次提到的“那件事”，是指彭冉被谋杀，并被尸检解剖吗？现场程露露的表现非常勇敢，事后竟会造成如此大的影响？许宁转念一想，也许是由于自己每一次轮回时所有人都会回来，所以自己才无法对彭冉的死亡拥有和他们一样的感受吧。

2022年3月31日

梁导的情况很糟。

这次见面，他说自己戒酒了。因为他上次喝多了回家发疯，打了怀孕中的妻子，造成八个月的孩子胎死腹中，那是一个男孩。

太太最终原谅了他，期间程露露老师为了修复二人的关系也帮了不少忙。梁导说自己现在别说拍出好电影了，朋友都没有几个。我建议他去看心理医生，他却说自己只要闭上眼就能看到那些，除非把自己灌醉，所以多么专业的医生都没有用。

那些画面我也无法忘却，却渐渐习惯了与它们共处。不说这些了，为了调查“多维拓扑量子引力”，我学会了使用 Web of Science①，因为实在买不起权限，又学会了使用 Sci-Hub② 和 ArXiv③。好难啊，这就是科研的世界吗？我从学习英语开始摸索，几个月后才摸到门道。过程略去不表，目前“high-demisional topological quantum gravity”的检索条目为0。

程露露老师还在创作那部作品，上次见到她时下了一跳，平日里喜欢淡妆打扮的她蓬头垢面的，就好像刚从疯人院回来一般。

---

① Web of Science：大型综合性、多学科、核心期刊引文索引数据库。

② Sci-Hub：是目前已知第一个提供大量自动且免费的付费学术论文的网站，它还能为使用者提供搜寻原先出版社网站内的文件档案服务。

③ ArXiv：是一个由康奈尔大学图书馆运营的重要开放获取系统。

第三篇记录只隔了半年。

2022年10月3日

今天是国庆长假，我却过得并不轻松。

有一条好消息和一条坏消息。好消息是梁导的太太第二次怀孕了，他兴冲冲地打电话给我，说着说着差点哭出来。这次是个女儿，十分健康。

坏消息是程露露老师已经三个月没有联络了。无奈之下，梁导联系我一起找到了她家——说起来，让我参与这种事也真是奇怪，但除了我，梁导还能找谁呢？国庆期间的车票很难买，程露露老师住在北方的一个小县城，城区基础建设不好，烟火味却很足。我从没想到她会蜗居在这样破旧的房子里，梁导踹开房门时，披着被子的她从黑暗中抬起头来，好似来自地狱的恶鬼一般。

我们两个大男人按着她洗了头，梁导买了足够的食物堆满房间，我花了五个小时才把房间打扫干净，但还能闻到腐烂食物的味道。程露露老师很激动地告诉我们，再有半年，作品就可以完结了。

第四篇记录，历史回到了许宁熟悉的轨迹。

2023年2月4日

我从没想到，这次见到程露露老师，是在葬礼上。

今天是立春，赶上早年，马上就要元宵节了。小城下了雪，道上车不多，空气里有爆竹的味道。程露露老师的父母一周前发现她在出租房里割腕自杀了，找来找去，只在她的通信录里找到了梁导。然后梁导通知了我。

葬礼上见到梁导时，他整个人憔悴了很多。

“我要离婚了。”葬礼结束后，梁导对我说。我问他是不是又撒酒疯了，他只是苦笑说，自从孩子流产后，他再也没沾过一滴酒。

“是不是嫂子误会了你和程露露老师的关系?”我问。

梁导摇摇头，“我夫人说，自从我去过冷湖，整个人就好像丢了魂一般。尽管在同一个屋檐下，她却感觉我很陌生。最初她认为我终有一天会回来，后来却发现，我陷得越来越深。”

我理解那种感受，十分理解。如果不是有你的委托做支撑，我大概也会走上梁导或者程露露老师的路吧。

之后梁导告诉我，女儿叫冯悠子，很可爱。但他能给女儿的最好的爱，就是离开。

老实说，对你的故事，我原本是半信半疑的；但从今天开始，我完全相信了。冯悠子是你拜托我调查的人，我托了在公安局工作的表哥，都没有找到这号人，原来是因为她还没有出生啊。

“程露露老师的作品完成了?”我问。

“老实讲，我不太能读懂。但我相信，这将是一部在科幻史上留下足迹的作品。”

我打听了那部作品的名字，很有趣，叫作《天堂分裂》。

中间多是白鹏的一些心情记录。他本人的事业发展很不顺遂，朋友的公司倒闭了，他连续考了三年公务员也没能入围。他表哥问他愿不愿意去考警校，他认为警校太不自由，会耽误外出调查，还是拒绝了。一来二去，白鹏在一家报社做起了临时工，工作压力不大，也可以借着采访之名继续调查。

许宁心中感慨万千。说出那个委托，对她而言只是几小时前的事情，却改变了白鹏一生的轨迹。她尽力压制住情绪读了下去，关键信息出现在第 8 条。

2030 年 9 月 4 日

卢清今年小学一年级，因为入了学籍系统，很容易便找到了。朱宏的调查一直没有进展，我猜他是在国外出生的。

“多维拓扑量子引力”的检索有了三篇文献，被引用次数却低得可怜，都不足五次——我已经差不多能看懂这个领域的文献了，也摸清了科研圈的游戏规则。有一次和同事开玩笑，我脱口而出说他“h 因子太低”，搞得人家一头雾水。

十年来，我始终没有找到“吴季桐”这个人。虽说警察系统对信息保密十分严格，但不过是打听个人而已，又不是什么涉及国家安全的重要人物，应该不至于连一点蛛丝马迹都打听不到才对。

2032 年 11 月 9 日

生日快乐。

这是你真正的“生日”，出生的那一天。欢迎来到这个世界。

2050 年的 10 月，我会去冷湖找你。

许宁逐渐加快了阅读速度。

2041 年，本科四年级的朱宏发表了他关于“多维拓扑量子引力”的第一篇论文，总结了前人的成果，同时提出“光速可以跨越高维坐标传播”的大胆假说。论文当年引用次数超过五百，在学术圈引起不小的轰动。朱宏是加拿大籍，难怪白鹏一直没有找到。同年，冯悠子进入高校新闻专业。那是一所名气不大的三本学校，冯悠子在校内很出名，因为中学时代的她就已经是在当地派出所挂了名的辣妹。

2042 年，卢清中学毕业，考入北京大学物理系就读。

2043 年，程露露离世已经十年了，世界上几乎没有人记得，曾经有过一位叫作“橙色阳光”的科幻作者。那一年，冯悠子摇身一变，从辣妹变成了文学女性。她将全部精力投入到写作中，先后在重量级的报纸和期刊上发表了作品，甚至获得了当年的省级优秀毕业生。

“我曾混入冯悠子的校园，向她的朋友们打探她转变的契机是什么。朋友们说，不久前她回了一次家，回来时带着一沓陈旧的打印稿，好像是科幻小说。看过之后，冯悠子在寝室里闷了一周，出来后便和放荡不羁的过去一刀两断。”白鹏在记录中如是写道。

2045 年，博士毕业的朱宏回国建立研究组，按照当年国家的优惠政策，他换回了中国国籍。卢清本科毕业，考入朱宏的研究组攻读直博生。

2046 年，冯悠子放弃了前途大好的写作，转行做了编辑。业内一片惋惜之声，冯悠子在一次访谈中谈道：“我之所以放弃写作，是因为发现了自己的极限。我无论怎样努力，也无法企及我所向往的那个人的境界。所以我决定改做编辑，帮助其他的作者实现梦想。”

很快地，记录来到了最后一篇。

2048 年 1 月 8 日

今年是个暖冬，一片雪花都没有看到。

你已经上大学了吧，不久前表哥接待了一位你们学校戏剧社的男生，还介绍了我们认识。我提起你的名字，你们居然是一个社团的。二十八年了，我第一次和你再次有了连接。

我联系上了朱宏，他说找到了一种方法，可以方便地验证自己的理论。我约好了去国外见他，以防万一，我会先将这本记录放在指定的地点。

对不起，也许我不能去冷湖见你了。

记录到此戛然而止。

许宁再次将笔记本翻到第一页，贪婪地阅读着，好似要把每一个字都印在视网膜上。反复看过几遍后，她取出打火机，点燃笔记，丢在挖出的土坑里。

“谢谢。”她对着空气轻声说道。

回到17号基地，冯悠子和卢清正对着0号基地的四名访客一筹莫展。

“小许，你可算回来了。这些人究竟是怎么回事?”冯悠子锤了锤对面白鹏的胸口，拳头如同打在空气上一般畅通无阻。

“我来解释一下。”许宁清清嗓子，稳定住情绪，“这是火星基地的一个实验性娱乐项目，两方的空间距离实际在一千公里以上，通过全息影像彼此连接。”

“什么项目，我们怎么不知道?”梁导显然没有买账，“前些天还在网上看到，说什么全息投影商用化全是骗人的。”

“商业秘密，自然不会提前告知。”许宁一面说着自己都不相信的谎话，一面回忆白鹏记录中的信息，“为了这次实验，我们可是做好了准备。如果你积极配合，事成之后，我们集团可以考虑给‘橙光影业’投资。”

梁丰大吃一惊，他从没对这边的任何人透露过自己公司的名字，这个小姑娘怎么可能知道?

“彭教授，这次让您加入，是因为有个重要的课题想与您探讨。”许宁向卢清招招手，“我们这边的卢教授也是量子引力领域的专家，我会写下一则方程，由二位研讨用实验验证理论的技术细节。”

许宁说罢，便拿起记号笔，在白板上飞速写下昨晚好不容易记住的公式。彭冉先是一副不信任的表情，后又渐渐认真起来，等到许宁写下最后一个符号，他惊讶地合不拢嘴：

“你这个公式，解决了相对论与量子力学融合的一大难题啊！”

卢清也跟着惊讶道：“这个公式，在我们组研究的基础上又进了一步。你从哪里知道的？”

许宁笑笑，“商业秘密。”她搬来基地的全息投影仪，对闲在一旁的梁导、白鹏和程露露说道：“你们这边，请欣赏一部我们制作的全息电影。”

这一次，许宁选了一部慢节奏的文艺片。这是一部经典影视的全息重置，许宁从小看了不知多少遍，十分确定里面没有高频闪烁的刺激性镜头。

安顿好所有人，冯悠子拍拍许宁的肩膀，将她叫到了一旁。

“小许，这究竟是怎么回事？”

“我说过了冯姐，商业秘密。”许宁感到有些对不起冯悠子，但为了确保她的计划能够实施，她必须尽可能地减少不确定因素。

“我就问你，那个梁导，到底是什么人？”

许宁思考片刻，答道：“也许，他就是你认为的那个人。”

“那我……”

许宁握住冯悠子的手，“冯姐，在这个故事里，你是作者，不是编辑。同为作者，我认为只有一类故事是无法修改的，那就是没有写出来的故事。”

冯悠子低头沉默了一会儿，深吸一口气，向着聚精会神观看全息电影的梁丰走去。

时间已近黄昏，梁导和程露露还在乐此不疲地看着全息电影。冯悠子似乎和梁丰谈了些什么，最初两人都有些激动，后来渐渐地回归平静。当许宁问冯悠子说了些什么时，她只是轻描淡写地摇摇头：

“这样就好。”

白鹏似乎对电影兴趣不大，第一部放映结束，便来到基地外点了一支烟。许宁见机走上去，问道：“感觉怎么样？”

“还不错。”白鹏吐出一口烟雾，“比起影视，我对文学兴趣更浓一些，特别是科幻小说。”

“我这里有一部，想不想看？”

白鹏笑笑，“你写的吗？”

许宁抿嘴一笑，投影出自己的小说，“手机我留在这里，全息屏可以用手势翻页。”

回到基地，卢清在白板上写下来满满的公式。为了讨论问题，他们甚至没有喝过一口水。

“成果怎样？”许宁问道。

“实验细节自然无法想象，但我们假想了设备的控制系统，对里面的一些关键参数，我们做了计算。”卢清答道。

“无论设备造成什么样子，这些参数都十分重要。”彭冉补充道，“现在只剩下一个问题，实验对象的选定。”

卢清点点头，“实验对象的高维拓扑曲线，必须与设备高度吻合，才可能完成实验。但我们并不清楚，这个对象会是基本粒子、是人、又或者是一颗星球。”

许宁以别人看不到的幅度微微点头，她走到彭冉面前，说道：

“彭教授，我有一个请求。若干年后，您如果有能力建设实验设施，请务必选择在冷湖。”她飞速地写下一组经纬度坐标，“请您记下这个位置，千万不能有偏差。”

彭冉不解道：“实验室的选址是很麻烦的事情，可不是课题主持人能说了算的。总之你们就想参与进来吧？这个倒是简单。”

许宁摇摇头，“我今天给您的公式，之所以能够获得它，和地点有着密切的关系。”她编了一个不算谎言的谎言，“详细我不能说更多，但实验成功与否，与这个选址会有密切的关系。另外，实验设备一定要在三十年内完成，一旦失败，将永远失去机会。”

彭冉盯着许宁思考了许久，正当许宁犹豫戏该如何演下去的时候，彭冉点点头，“明白了，我会尽力。”

许宁松了口气，这次，要素终于集齐了。

天色已晚，梁导和程露露受不住冷风，提前返回了 0 号基地，彭冉却仿佛被什么附体一般，缠着卢清忘我地投入讨论中。许宁走出基地，却发现白鹏正在等她。

“看完了？”许宁吃了一惊，那篇小说尽管没有完结，但她也已经写了十几万字。

“很好看。”白鹏笑道，“不过我猜测了一下后续的剧情，想不想听听？”

许宁用力地点点头，她一直不满意自己对结局的构思，能有人出主意正是求之不得。

“少女最终发现，少年的世界并不是未来，而是过去。那是一个已经毁灭的世界，是史前文明。尽管他们一起克服了重重困难，但那个世界终会迎来终结，否则，少女所在的时代就不会存在。”

许宁吃了一惊，现代人与未来人的互动，本是这个故事的核心。白鹏设计的此处反转，对前面的情节毫无影响，却将故事的世界观进行了升华。

“连接切断后，少女加入了考古队，致力于寻找少年所在的史前文明。终有一天，考古队挖掘到了当年的城市，少女在一副棺木里，看到了少年熟悉的面孔——至于要不要两人再会，就看你自己了。”

“少女一直在寻找，少年一直在等待。”许宁做了总结，“多谢你，我一定能写出一篇好故事。”

“我很期待。”

9

许宁再次睁开眼睛时，看到的不是火星基地泛着金属光泽的墙壁，而是斑驳龟裂的水泥天花板。她匆忙从枕头下摸出手机，“10月9日凌晨四点”的字样出现在锁屏画面上。她将手臂搭在额头上，身体微微颤抖着。

成功了。这里是大学寝室，许宁度过了三年时光的小房间。

“你怎么了？在哭吗？”被吵醒的上铺室友关切地问道，许宁这才发现眼泪已经浸湿了手臂。

“我没事。”许宁抹抹眼泪，“今天我要出趟门，课上老师如果点名，帮我答个到。”

许宁穿好衣服，打开电脑，匆忙将一些文档拷入移动存储中，在室友困惑的注视下跑出了寝室楼。天还没亮，她骑上单车，转过两个街角，常来的打印店已经开门，老板夫妇正在一面预热机器一面吃着早餐。经常会有学生赶早去考试或面试，到了紧急时刻，纸质资料比什么先进的科技都要好使。

等待装订期间，许宁用手机查看了今天的航班信息。时至今日，想要前往冷湖依然需要在敦煌或德令哈降落，今天最晚的航班下午一点半起飞。

希望能赶得上。

许宁的第一个目标，是去市公安局找到吴警官。有了他的帮助，才可能在一天内赶到冷湖。从高校到市公安局大约三十分钟的车程，许宁走下出租时，才发现距离上班时间还有接近两小时。她在街边摊上买了煎饼和豆浆，一面吃一面注视着来往的人群。渐渐的，路上嘈杂了起来，不时有男男女女进入公安局大楼，但许宁自始至终也没能找到吴警官的身影。

许宁心里打起了鼓。吴警官自称在这里工作，如果这是谎话呢？

早上八点半，已不见赶来上班的人影，进出的工作人员也换上了警察制服。不能再等了，许宁一咬牙，迈开步子走了进去。

“您好，请问您找谁?”前台负责接待的女警礼貌地问道。许宁说了吴警官的真名，对方问道：“请问您有预约吗?”

许宁摇摇头。

“不好意思，局长今天有安排，还请您……”

“麻烦您一件事情!”许宁没等对方说完，便从书包里取出打印的册子放在桌上，“麻烦您把这份资料交给他，只需交给他就好，什么都不用说!”

女警用疑惑的眼神看看许宁，又翻开册子看了看，确认不是什么上访材料后，站起身来说：“请您稍等。”

许宁终于松了一口气，也许吴警官是跟着公车出入的，所以才没能瞥见人影吧！这个世界的吴警官并不认识她这号人物，想要得到对方的帮助，就必须用些手段。

不一会儿，女警回来了，眼神却更加困惑。她上下打量了一番许宁，说道：“这边请，局长要见您。”

吴警官的办公室十分朴素，深褐色的柜子里摆满了思想政治类书籍，最上面一排是立功的勋章，里面夹着几座文学类奖杯。看到许宁，吴警官皱皱眉头，示意她坐下，随后取出两盒茶叶。

“我这里有普洱和茉莉花茶，喝哪个?”

许宁笑笑，“有咖啡吗?”

吴警官取出一袋挂耳咖啡，走到饮水机旁为许宁接满热水。他指指办公桌上的书册，“这篇小说你从哪里找到的?”

“我自己写的。”

“不可能。”

“您能给我多少时间?”

吴警官看看手表，“半小时吧。但如果发现你在骗我，我会立刻请你离开。”

半小时后，吴警官听完了许宁所有的故事。许宁模仿在第三次轮回中给白鹏讲故事的方式，将人名替换成了相应姓氏的首字母。讲述期间，吴警官始终注视着许宁的眼睛，没有表现出丝毫的不耐烦。

“有趣的故事。”吴警官又为自己斟上一杯茶，“可是你只揭示了X小姐经历第二次轮回时的诡计，第一和第三次轮回中，P先生是怎样被杀死的?”

“我们来总结一下故事里的设定：其一，甲组和乙组能够看到对方，听到对方的声音，却无法触碰彼此。故事里通过乙组Z教授的口说出了，声音不过是时空的某种模式，我们暂不去理会这里面的科学原理，总之，现实中能够通过声音杀人的手段，这里统统不适用。总结起来，只有光速才能跨越时空，同时作用于甲组和乙组。其二，X小姐在每一次轮回时面对的2050年的情况，会受到上一次轮回中2020年的影响。故事里有一处明显的误导，因为乙组和甲组无法触碰彼此，很容易认为凶手来自甲组。但如果将犯人锁定在乙组，答案反而呼之欲出。关键就在于，光速。”

吴警官皱皱眉，“光速?”

“两组人想要彼此杀戮，并非没有手段，只是必须使用能达到光速的凶器。先来分析一下第三次轮回中P先生的死因吧，胸口和后背处有烧伤的痕迹，解剖后却发现心脏的烧伤更加严重。通常这种伤害是电击器造成的，但唯一一支电击器在乙组的W警官手里，电流的速度远低于光速，无法跨越时空杀人。但如果这样想，思维就被限制住了，凶器真的只有电击器吗?”

“就我从事刑警的知识而言，确实是这样。”吴警官答道。

许宁解释道：“那是因为，通常凶手只能够从体外发动攻击。但对于乙组的凶手而言，TA可以穿过体表，直接攻击体内的器官。心脏才是直接的攻击对象，体外的烧伤只是附带的结果而已。”

“至少在你的讲述中，乙组的基地里并不存在这样的工具。”

“有的。这样工具在故事中出现过多次，甚至发挥了重要的作用。”

吴警官思考片刻，问道：“什么工具？”

“微波炉。”

吴警官吃了一惊，许宁继续解释道：“微波是电磁波，光速传播，可以跨越时空起作用，在第二次轮回中还被用来打开了电磁锁。微波炉烤心脏这种事情在现实中完全是天方夜谭，但故事中却可以实现。当时P先生正在睡觉，凶手带着微波炉潜入甲组基地，穿过身体将心脏套在微波炉内，再开启微波加热烧死P先生。”

吴警官立即反驳道：“不对。微波炉需要连接电源才能工作，乙组的设备无法连接甲组的电源，这个诡计是不成立的。”

“然而乙组的微波炉是装在厨师机器人肚子上，自由移动的。这点在第二次轮回中已有交代。”

吴警官哼了一声，“好吧，你赢了，异想天开的科幻诡计。那么在第一次轮回中，P先生是如何被杀死的？”

“这个诡计的核心，是引爆手机电池，在黑暗中导致P先生从高处跌落。摔死也许需要点运气，但在冷湖漆黑的夜里，这个概率并不低。

“难点在于，这一次P先生是移动的，想要将手机装进厨师机器人的肚子里，恐怕不太现实，所以必须使用更加便捷的手段。P先生来自2020年，那时的手机还在使用锂离子电池。如果作为工作介质的锂离子被加热，那么电池便有很大概率会爆炸。隔着外壳加热介质原本十分困难，但对于幻影一般的乙组而言，同样不是难事。”

“这次凶手用了什么异想天开的道具？”

“激光笔。故事中，X小姐在观星时使用过。激光笔很容易携带和隐藏，只需插入手机和电池的外壳，用激光加热电池的工作介质，就能引起电池爆燃。以下就是我的猜测了，为了增大P先生摔死的概率，凶手很可能用激光烧坏了他的双眼。手机爆炸加上突然失明，惊慌失措下P先生很可能会从高地落下摔死。”

“好吧，我提不出什么意见。”吴警官笑道，“但案件的侦破还没有结束，凶手究竟是谁？为什么要执着地杀死P先生？”

“故事里有一重伪解答。”许宁提示道，“伪解答认为，B先生的手机将三维投影误认为机主，才完成了解锁。但即便我这种物理很差的学生也知道，面部识别靠的是脸的反光，三维全息投影并不能反光，所以无法完成识别。”

“你的解释是矛盾的。”吴警官清清嗓子，“乙组解锁手机只能通过面部识别，如果无法完成解锁，凶手就无法使用手机约P先生去观星点。”

“解锁的方式有三种：指纹、面部识别和虹膜。”许宁不疾不徐地推理着，“首先指纹是完全不可能的，因为来自乙组的凶手无法完成‘按压’的动作；现在面部识别也被否定了，那么唯一的可能性，就是虹膜识别。”

“更不可能了，既然无法模拟机主的面部，模拟虹膜更是无稽之谈。”

“不需要模拟。”许宁掷地有声地说道，“因为凶手就是机主本人。手机通过语音助手唤醒，也必须通过声纹识别，这一点同样只有机主本人才能做到。”

“你想说，乙组的凶手，是甲组手机的主人？”吴警官反问道。

“甲组和乙组并非完全隔绝的，他们之间，有着三十年的时间差。换言之，如果甲组的人三十年后再次来到冷湖，就能够跨越这段时间差。答案很明显了吧，三十年前，乙组的其他人都还没有出生，能够做到这点的，只有一个人。”

许宁注视着面不改色的吴警官。

“凶手就是你，白鹏局长。”

“寻找吴警官就是白鹏的证据，费了我一些时间。”许宁干脆换回了真名，“但只要想清楚，第一次轮回的白鹏和第二次轮回的吴警官是同一人，第二次轮回的白鹏和第三次轮回的吴警官是同一人，二者关系就很明显了。”

白鹏默默地听着，许宁继续讲述道：

“第一次轮回中，白鹏注意到想要依靠运气杀死彭冉不够可靠，在第二次轮回中便使用了刺激程露露放火的方法；第二次轮回的白鹏目睹了卢清用微波炉开锁的过程，于是在第三次轮回中使用了类似的方法；最明显的证据还是第三次轮回，我交给白鹏的委托导致他没有做警察，于是第四次轮回中没有了‘吴警官’这个人。”

“即便隔了三十年，如果是同一个人的话，你为什么认不出呢？”

“因为你整过容。在那次救灾中你烧伤了面部，因此容貌发生了变化。”

白鹏半躺在皮椅上，双手搓搓脸，“你真的是三十年前给我读小说的那个女孩？”

“三十年，我不敢保证当年的白鹏还记得我的样子。”许宁讲述道，“即便记得，一个还没有大学毕业的黄毛丫头站在已近不惑之年的你面前，你也未必相信。三十年前我主动给你看小说，就是为了今天的再会。”

白鹏拿起办公桌上的书册，快速翻了几页，继而仰躺在椅背上，大笑了几声。他揉着眉心，问道：“你想让我干什么？”

“一起去冷湖。”

10

刚刚走出敦煌的机场，许宁便看到两辆警车停在了最近处。一名男性警察看到白鹏，远远地迎了过来：

“白局长，车备好了，需要同行吗？”

“不必，这次任务人多了不方便。”白鹏拍拍男警察的肩膀，

“辛苦你了，小牛。”

小牛将车钥匙递到白鹏手里，又看看许宁，“白局长，这位是……”

“这次任务的关键人物。”白鹏说罢拉开车门，让许宁坐了进去。

从敦煌市区到冷湖县，再到火星基地，通常需要六小时以上的时间。但有了警车这道令箭，过关检查方便了很多，翻过海拔接近四千米的高山到达冷湖县时，时间不过下午四点。白鹏径直将车开进了县警察局，刚一进警察局的院子，许宁便看到了不得了的东西。

“这是武装直升机?”

“从这里去实验基地，这样最快捷。”白鹏笑笑，“你恐高吗?”

直升机在隆隆的噪声中起飞了，许宁凑到驾驶员跟前，问道：“能把路线图给我看看吗?”

驾驶员按下两个按钮，全息地图投影在许宁面前，蓝色的虚线代表着飞行路线。许宁一面识别着地形，一面用手指比划出一个圆形：“飞行到这一带时要小心，空气中也许有看不见的障壁，以三十年前的火星小镇基地为球心，半径五公里。”许宁回想着过去的经历，“我不清楚该怎样描述它，也许是时空不连续的界面吧。”

白鹏仔细地看着地图，“实验基地恰好避开了这一带。”

“在选址时是有考虑的。”许宁答道，“三十年前，我给了彭教授一个建设基地的坐标，恰好避开了这一带。”

白鹏皱皱眉，“为什么不建在我们更容易到达的地方?”

“只有将实验基地建在这附近，火星小镇项目才会终止，我才不会在10月9日驻守基地。”许宁解释道。

半小时后，直升机掠过了许宁画出的地带，视野中是空空如也的高原，看不到一丝异样。白鹏拉开直升机舱门，强劲的气流吹得许宁打了一个冷战。白鹏抄起手边的安全帽，丢了出去；安全帽在空中划出一道弧线，突然间，几道淡紫色的电火花闪过，旋即在视野中失去了踪影。

“乖乖，这到底是什么?”前排的驾驶员一声惊呼。

“多亏附近是禁飞区，这要是撞上去，烧成灰的就是我们了。”白鹏关上舱门，“立即通知本部，禁止任何行人或车辆靠近此区域!”

实验基地建设为椭球形，从半空俯瞰酷似巨大的鸟蛋。直升机降落时，已有几位实验人员等在了广场上，许宁一眼便认出了站在人群中的彭冉。他的头发已白了大半，身形有些佝偻，两眼却放射着光芒。

“小白，很高兴见到你。”彭冉迎了上来，看来这三十年间，两人一直保持着联系。彭冉和白鹏握握手，“来我们这荒郊野外，有何贵干?”

“我为你请来的专家。”白鹏指指许宁，“你不是说遇到了瓶颈吗，她能帮你解决。”

彭冉皱眉道：“她是谁?”

“彭教授，你们的实验，成功过吗?”许宁突然插进来，问道。

“设备早就建好了，但找不到合适的实验对象。”彭冉答道。他上下端详着许宁，似乎并没有认出她。

“那个对象，就是我。”许宁穿过人群，径直向基地内走去。

设备控制室内响起一阵欢呼，完美的闭合曲线投影在半空中。彭冉惊讶地合不拢嘴，他紧紧握住许宁的手，“我们从基本粒子开始尝试，然后是单晶、大分子，最后测试了生物和志愿者，没有一个对象的高维拓扑曲线能够如此吻合。你愿意帮助我们完成实验吗?”

“我就是为此来的。”许宁轻描淡写地答道。室外温度很低，冷冷的风沙打在脸上，许宁却感觉心情放松了少许。不一会儿，白鹏走了过来，警服外衣披在身上。

“我一直在找你。”白鹏点燃一支烟，注视着地平线上不再刺眼的夕阳，“其实从见面的第一眼起，我就认出了你。”

“那你为什么还要听我去讲那些?”许宁问道。

“我想听听，你带来了怎样的故事。”白鹏用力地吸了一口烟，

“在你的故事里，我可是个杀人犯。”

“平行时空的你。”许宁纠正道，“但我一直没有想通，三十年后的你，为何要执着地杀死彭冉呢?”

白鹏沉默片刻，问道：“消失的时候，你自己是什么感觉?”

“身体化作了光粒，然后意识就消失了。”

“在我们看来，完全是另一副光景!”白鹏叹气道，“空间发生了漩涡一般的扭曲，你们的基地被拉伸成了面条一般。那场面，无论怎么想，你也不可能活下来。你是我的恩人，我想要拯救你。”

“所以你认为，杀死彭冉，阻止未来可能的实验，就能救到我吗?”许宁问道。

“我毕竟是个警察，没看到实验成功的可能性就杀死自己这边的老彭，或者毁掉他的事业，我也做不到。但万万没想到的是，一次偶然的机会我回到冷湖，却见到了一直在找寻的你，甚至遇见了三十年前的彭冉——我想，那些下了杀手的我，一定都不想错过这次机会吧。”

许宁默不作声。从道德上评判白鹏的做法，已经超出了她的能力范围。但她心中有一个信念——

让时空闭环，结束这一切。

深夜，许宁令实验人员等在控制室，和白鹏两人进入了设备的核心区。巨蛋型建筑内是环形加速器，也是设备的核心；实验的关键在于获得特殊能量的粒子，并将它作用在传输舱内的物体上，实现跨时空的连接。

首尾相连的曲线跃动着，好似一副不安分的精灵。渐渐地，曲线稳定了下来，设备仪表上代表相对不确定度的数值稳定在了0.01以下。

这一刻终于到来了。

传输仓仿佛一副厚重的金属棺材，许宁转动阀门，密封气阀发出沉重的放气声。许宁轻抚着光洁的内壁，手掌上传来凉凉的触感。可是突然间，在金属内部的反光中，许宁看到一个人影悄悄站在了她的身后——下一刻，她后颈一阵刺痛，脚下一个踉跄摔倒在地，眼前的景物渐渐模糊起来。

“你的推理几乎是完美的，但错过了一个细节。”白鹏似是在对着许宁讲述，又似是自言自语，“你们消失时的时空扭曲，我们都看到了。那似乎是一种来自高维时空的信息流，人类的大脑难以承受。正是在如此强烈的刺激下，梁导才和夫人离婚，程露露才能够写出那篇《天堂分裂》。但在你的过去，也就是你认为是起点的那个世界，冯悠子出生了，程露露在写出作品后自杀了。如果2020年的他们没有遇到跨时空的连接，你所在的世界又是怎样诞生的呢？既然每一个时空都只能连接到‘下一次’，到底要重复多少次才能连接到‘第一次’呢？其实答案很简单，无穷次，一直重复下去就好。”

白鹏试着躺进传输仓，发现太过拥挤后，干脆脱掉了实验服扔在地上。

“在上一次轮回中，我找到了朱宏，并自告奋勇成了他实验的志愿者。他的设备比起这里简陋太多了，结果呢，我也完成了穿越，只不过，我的意识来到了三十年前的身体中。所以我才对那部看了不知多少遍的全息电影不感兴趣，也早为你的小说写好了结局。不过啊，按照朱宏的说法，他的实验只能获得一次穿越的机会，我没办法像你一样，一次次完成轮回。”

意识模糊的许宁想要阻止，可麻痹的身体甚至不能发出一丝声响。

“我自己偷着测试了一下，也许是因为朱宏的实验吧，我也能勉强吻合那个什么曲线。所以我来完成那个闭环吧，比起让你无止境地重复一天，我重复三十年要来得更有趣些。”

许宁拼命挣扎着，在失去意识前的一秒，她听到了白鹏留下的最后的话语：

"我会无数次的，在冷湖等你。"

END

白鹏周身被奇妙的光芒包围着，他感觉自己仿佛飞翔在冷湖的夜空中，俯看着大地。群星仿佛就在他的身边，他很快辨认出了黄道，此时，他的意识正漂浮在双鱼座的附近，身旁的天王星闪烁着黯淡的光芒。

地面上有四个人影，白鹏一眼便认出了许宁的身影。他温柔地注视着她，就在这时——

许宁也抬起头来，带着温柔的笑容，向着他伸出手掌。

附　录

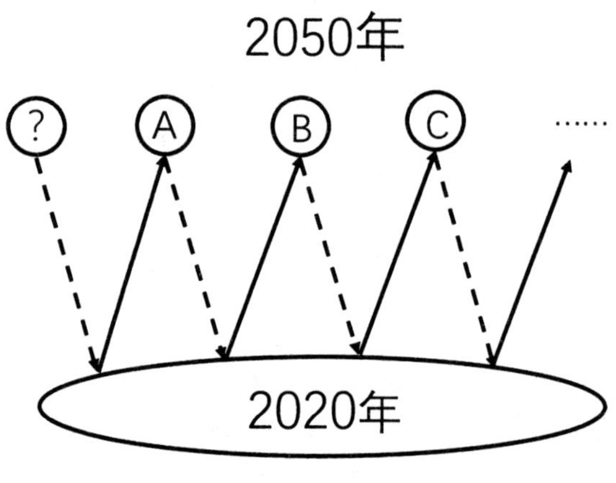

卢清解释时空结构的图

05

孤帆远影

星　垂

/ 作者简介 /

星垂，飞行学员，Troublemaker，科幻爱好者。没见过战舰在猎户座边缘起火燃烧，也没见过C射线在星门之外的黑暗中闪耀，但是梦见过。作品曾获首届星火杯科幻征文优秀奖，曾入围第七届“未来科幻大师奖”十五强。

/ 颁 奖 词 /

从地球到火星，再从火星踏上更遥远的征程，只有一艘船扬帆驶向未知。千年时光，人类不变的，是从远古时代就敢于乘着独木舟横跨海洋的勇气。不论结局如何，人类不曾丢失这份骄傲，毕竟探索未知是人类的天性，而浩瀚星海就在那里。“孤帆远影碧空尽，唯见长江天际流”。

夜幕降临，繁星闪烁。

不远处，冷湖天文台的射电望远镜矗立在斑斓星辉中，探听着宇宙诞生之时的啼鸣。近旁，天文社的同学们三五成群地聚集在各自的望远镜或照相机前，似乎都在等待着什么。林深像往常一样选了一个边缘的机位，支起三脚架，独自守在单反相机旁边。

在相机长时间曝光的间隙，林深在三脚架旁席地而坐，拿出口琴。断断续续的琴音化为零散的音符，飘散在凛冽的寒风中。

这时，一道清丽的女声从身后传来，应和着他的琴音歌唱，林深不由得愣了一下，接连吹错了好几个音。一个纤细的身影出现在他身边，坐了下来，仿佛星海深处飘落的一片秋叶。

“Fly me to the moon
Let me play among those stars
Let me see what spring is like
On Jupiter and Mars...”

一曲终了，一阵掌声，接着一切又重归平静，唯有风声呼啸。

“学姐。”林深收起口琴，礼貌地点点头，打了个招呼，之后他们又简单聊了几句相机型号、拍摄技巧之类的。沈秋是前任天文社社长，刚刚研究生毕业就进入了航天局工作，白天的参观活动也是她帮忙安排的。

这时，没有任何征兆，猎户座的腰带上缓缓亮起一团橙色的柔光，仿佛一只晶莹的眼睛，深情地凝视着天穹之下的万物众生，也点亮了沈秋的双眸。这就是他们此行的目标，同学们的“长枪短炮”早已对准了那团光出现的方向，快门声响成一片。

“光帆。”沈秋说，“那是国家航天局最新的实验项目，如果成功可以将地球与火星之间的航程缩短至三十天。”

十分钟之后，光晕逐渐变暗消失，之后沈秋也被她的同事叫走了，再之后林深也记不清了，那毕竟是很久之前的事了，但沈秋眼中的期许和渴望却扎扎实实地烙在了林深心底。

很多年之后，病入膏肓的沈秋与林深一起整理电脑里的照片时，她才回忆起与林深的初见；但于林深而言，那次简短的邂逅改变了他的一生。

人世间的有些相遇就是如此残酷。

* * *

秋，海王星并不如我所想，似大海那般清澈湛蓝。肉眼看上去，它呈现出一种诡异的墨蓝色，显得压抑、肮脏，就像有人打翻了蓝黑色的钢笔墨水。

又一个浪漫的幻想破灭了，关于远方，关于宇宙，关于未来。当然，相比过去幻灭的一切，这微不足道，甚至算不上什么遗憾。在暗蓝如墨的天幕之下，我已经踏入了前人未曾探索的星际，举目四望，皆是莽荒。而前方则是三十二光年的漫漫长途。

我不知道我是否真的有勇气独自面对远方的未知，面对千年的孤独。

我真希望你在我身边。

* * *

沈秋记忆中的初遇发生在五年后，冷湖火星环境训练中心。

越野车翻过一个平缓的斜坡，几个大小不一的白色穹顶突兀地出现，就像生长在戈壁上的巨型蘑菇。

沈秋将车停在山坡顶端，摘下墨镜，转过头，饶有兴趣地看着旁边那个刚来训练中心报到，还略显紧张和拘谨的菜鸟。

“这就是冷湖火星环境训练中心，建筑面积大概有十公顷，结构和布局与规划中的火星基地完全相同。还不错吧。”

“嗯。”林深点了点头，尽管他已经在资料和新闻中看过中心的照片，但亲眼看到还是让他倍感兴奋。

“你为什么想去火星？”沈秋突然问。

“嗯，我想为国家航天事业做出自己的贡献，扩展人类的地平线，为了……”

“讲实话，少扯淡。”沈秋白了林深一眼，语气全然没有“月海天使”的礼貌和优雅。

“我不太擅长和人打交道，想去一个人少的地方。”

“嗯……这还算是个令人信服的理由。”沈秋挑了挑眉毛。

“那你又为什么想去火星，沈主任？”

沉吟许久，沈秋狡黠一笑，“因为在火星上，我每天能多睡四十分钟。”

她推开车门，林深也跟着下了车。午后的阳光白灼刺目，热浪扑面而来。

“林深，生活并不会总是尽如人意的，那句话怎么说来着，‘个人的抉择和奋斗固然重要，但也要考虑历史的进程’。火星我们恐怕是去不成了。”沈秋重新戴上墨镜，低下头，“你这一批学员总共有十一人通过考核，而现在只剩下你一个，其他人都打报告退出了。你知道为什么吗？”

“他们说可能要打仗了，我们在战时会被征召。”

“那你为什么要留下来？”

“地球上的争端终究会延续到外太空，逃避这个事实就像把脑袋埋到沙下的鸵鸟一样愚蠢。”

“不。你应该了解你的队友，他们都是各行各业的精英，也不缺乏面对敌人的勇气。但我们将面对的远比想象中的强敌弱小，但也更残酷。如果有一天他们把你送上了太空，却不是为了探索未知的疆域，而是让你往吃不饱饭的平民头上扔炸弹，你会遵从他们的命令吗?”

林深将目光投向远方的地平线，一言不发。眼前的戈壁自古以来就是寸草不生的不毛之地，亘古未变的萧瑟让林深有种错觉，仿佛外面世界的鸟语花香如这里的荒凉一般，永恒不变。

“你会吗?”长久的沉默之后，林深反问道。

“我别无选择，但你不一样。”沈秋的眼睛黯淡了一下，“老实说我们现在很缺人，但我不想坑你。你很优秀，从任何方面看都称得上出类拔萃，我不希望你把生命浪费在无谓的争端中……”

“我相信世界上没有白走的弯路。沈主任，你不用说了，我不会放弃的。”

“行吧。”沈秋耸耸肩，“我该说的都已经说了，如果你有盖着国旗回家那天，希望我不会为此感到良心不安。”

回冷湖镇的路上，沈秋和林深都沉默不语，车载收音机里，一个低沉沧桑的男声滔滔不绝，那是第三世界国际联盟的代表正在联合国大会上发表演说。

“……我们现在所要求的只是生存的权利。你们有堆积如山的储备粮，规模庞大的温室，高产抗灾的作物，足以养活你们的国民，而我们只能守着干裂的土地挨饿。你们劫走了我们的财富，毁掉了我们的家园，夺走了我们的尊严和荣耀，而现在又打算让我们自生自灭。我们不想为历史寻仇，我们只是需要一些技术和资金上的援助。我知道我们的生命在你们这些衣冠楚楚的绅士们眼中宛若蝼蚁。但我向你们保证，我们绝不会悄无声息地消失……”

沈秋伸手关掉了收音机。

“这哥们儿疯了吧。”林深说。

“批判的武器并不能代替武器的批判。”沈秋叹了口气，没有再继续这个话题。

车窗外，飞沙走石，尘暴将至。

＊＊＊

出发之后的这半年多，不知道为什么，我总是会想起冷湖，想起我们被困在沙尘暴里的那个下午。

直到现在我也不知道你究竟为什么想去火星，而我其实也没有告诉你全部的缘由。

我研究生毕业那年，气候灾难才初显端倪，人们还没被现实压弯腰，还有闲心仰望星空。

你肯定也忘不了那一年，你在成千上万的竞争者中脱颖而出，成为自1972年之后第一位造访月球的使者，也是第一位登上月球的女性。你穿着臃肿的宇航服，就像层层叠叠的乱石中长出的一束茉莉花。真正的嫦娥，真正的阿尔忒弥斯。你在月球上欣然微笑的照片一夜之间传遍了全世界，改变了无数人的命运，也改变了我的人生。因为你手上的留言板写着：

下一站：火星。

第二天，我就报名参加了火星任务。

＊＊＊

“指令长，你知道吗，我最近总有种错觉，自己不再是宇航员，而是大航海时代逆风航行的水手。”林深一边取下控制站外被微陨石击穿的盖板一边说。在他的下方，一望无际的石墨烯镀铝薄膜仿佛银色的平原，忠实地反射着地球和星空。他的联想并不荒谬，新三峡工程的技术基础就是太阳帆，只是规模大了三个数量级。

“专心点，要是有别的办法我绝对不会批准这次舱外任务。要是出了什么问题，我回去是要上军事法庭的。”沈秋把备用中继单元递给林深。她的声音从耳麦里传来，无线电杂音噼啪作响。

“在范艾伦辐射带里做 EVA①，这绝对是我这辈子最刺激的经历，等回家有得吹了。”林深微微一笑。这个投影面积达 35 万平方千米的屏障比蛋壳还要脆弱，丢失实时结构检测数据的每一秒钟都危险万分，就像蒙着眼睛走钢丝，不然沈秋不可能同意在穿越辐射带的时候进行出舱活动。

林深把焦黑的模组收进工具袋，然后将新的推入接口。随着轻微的提示音，自检程序结束，林深准备合上盖板。这时，结构检测系统重新上线，头盔显示器瞬间被一片血红色淹没，凄厉的警报声席卷而来。

“不好，应力超限！”身处控制站的结构工程师惊叫道。

“数值？”指令长的话语简洁镇定。

“26.5，超过 30 主桁架就会折断，超过 38 就会彻底撕裂整个屏障。”

“故障原因？”

“A7 号离子姿态发动机控制模块出了问题，它在微陨石群撞击之后一直处于最大推力。”轨道工程师说。

“你能关掉它吗？”

“发动机控制模块无响应。”轨道工程师的声音有些颤抖。

“我们还有多少时间？”

“不超过 30 分钟。”

片刻犹豫之后，沈秋叹了口气，“北京，我们遇到麻烦了。任务中止，中央控制站准备启动分离程序。”说完，她朝林深挥了挥手，“我们撤。”

---

① EVA：Extra－vehicular activiey 的简称，指太空出舱活动。

“不，不要放弃任务。我的 MMU① 组件燃料剩余百分之四十，应该足够在桁架断裂之前到达 A7 区。我可以过去手动切断姿态发动机的电力供应。”

“这个方案应该可行。”一直沉默不语的机械工程师在通信频道里说。

“但是你的燃料不够回程。”

“气闸舱还有一具备用的 MMU，你回去换上，应该来得及在氧气耗尽之前接我回去。”

“氧气剩余？”

“两小时。”

“磁盾电量？”

林深瞄了一眼面罩上的显示面板，“还够维持屏蔽磁场四个小时左右。指令长，你应该清楚新三峡的意义，没有时间犹豫了。”

沈秋咬了咬牙，“去吧，小心点。”

目送林深拖着白色喷气飞远，沈秋扶着舱外的把手向气闸舱飘去。

二十分钟后，林深到达了 A7 区域，在这里，镜面的扭曲变形已经可以用肉眼看出来了。在他身后，位于屏障中央的控制站已经变成了一个若隐若现的小光点。固定在主桁架上的离子发动机就像一个哮喘病人，断断续续地喷射着幽蓝的等离子体。发动机外壳上，陨石轰击的痕迹清晰可见。

林深那边一切顺利，而沈秋则遇到了一点麻烦。进入气闸舱时，心不在焉的她不小心将背包磕到了舱门边缘，气体外泄的声音让她惊出了一身冷汗，好在显示屏上氧气分压正常。简单的检查之后，她发现了问题所在。

“嗯……林深，我这边出了一点问题，可能要晚一点。液氦泄

---

① MMU：人工机动单元，宇航员使用的无绳单人喷射装置。已经因风险太大而停用。

露，磁盾的超导线圈已经失超①烧毁了。新磁盾充能需要三十分钟。”

林深瞥了一眼剩余氧气，“问题不大。”他将拴绳挂在发动机外壳上，抛掉燃料耗尽的MMU，然后从工具袋中取出工具，撬开了喷涂着电力标志的盖板。林深的头盔里飘满了汗水，有几滴钻进了林深的眼睛，火辣辣地疼。

在中央控制站，宇航员们紧张地看着不断攀升的应力数据，手指深深地掐进手背。突然，血红的数字变为了橙色，数据开始一点点下降。

发动机旁边，蓝光已经熄灭。林深把拼尽全力才拔下来的线缆丢到一边，粗大的电缆像水蛇一样在零重力的真空中扭动。搞定了，林深心想，但他还没来得及松一口气，一团蒸汽在他眼前轰然爆开，碎片四处飞散。他的耳朵在低气压下嗡嗡作响，几秒钟之后，他就失去了意识。

通信频道里一阵惊呼。

“林深，你能听到吗?”站上的医生摁着耳麦说，“收到请回答。”

没有回应。

“谁能告诉我现在到底是什么情况?”一直在气闸舱等待磁盾充能的指令长焦急地问。

机械工程师捧着技术手册，结结巴巴地回答：“工……工质贮罐的加热器拥有独立的供电系统，发动机停车之后，加热系统还在工作，罐内压强……”

“谁他妈问这个了，”沈秋终于忍不住破口大骂，“我的组员怎么样了?”

---

① 失超：温度、磁场及电流中任一参数超过临界值，超导磁体者险发生相变，成为常导体的过程。

“生理数据有些不稳定，宇航服气压正在下降，检测到三处破损，应急修复系统的黏合剂可以应付，磁盾工作正常，但是……”医生嗓音颤抖，“他正在飘走，应该是拴绳被碎片切断了。”

“能捕捉到他的位置吗?”

“可以，但是……”

“给我最佳交汇轨道。”沈秋将宇航服背包上的磁盾模块连带着充能线缆一起卸下，背起 MMU，按下了气闸舱减压开关。

“指令长你疯了吗？我们在辐射带里，要是没有磁盾，你……”

没等医生说完，沈秋就切断了通话。

一小时后。除了必要的值班人员，控制站里的所有人都挤在气闸舱外，抱着一丝侥幸，一丝希望。沈秋出现在舱口，拖着不省人事的林深飘进气闸舱。

气闸增压完成之后，沈秋摘下头盔，对着气闸舱门上那扇小小的窗户竖起大拇指，苍白的脸上绽出一个甜甜的微笑，熟悉的，来自月海天使的微笑。

细小的血珠从她的眼角和鼻孔飘然而出，仿佛晶莹饱满的石榴籽。

* * *

很久以前我看过一部老电影，讲的是在一场空前绝后的惨烈战争中，一支八人小队奉命去前线拯救一名深陷战火的士兵。当时我就想，用八个人换一个人，值得吗？没有答案。我从没想过这种事会发生在我身上。

所以即使时隔这么多年，我还是想问一句，航天英雄换无名小卒，值得吗?

以前你说，那不是一场交易，生命也不是一般等价物，所以别去问值与不值。你总是这样，用应付媒体的话搪塞我。

我可以毫不犹豫地说，用我的命换新三峡绝对值得。那正是多事之秋，老天爷喜怒无常，几代人腥臭的恩怨随时都会点燃燎原的战火。直到现在，在这荒芜的太阳系边缘，撒哈拉的核爆还是会在我的噩梦中出现。氢弹，高能激光点火。绚丽的蘑菇云就像一朵妖艳的曼珠沙华，每一片花瓣都闪耀着死亡的颜色。

他们是对的，没有那个大烟花，新三峡工程也许根本不会上马。剑拔弩张之时，新三峡成了全世界的希望，也触动了太多人的利益。如果一期工程失败，整个项目都可能就此胎死腹中，气候环境也会继续恶化，而灾难和饥饿永远是滋生仇恨和战争最合适的温床。

所以我本不用后悔自己的选择。三尺微命，换天下长安，名留史册。很划算的买卖。

我唯一后悔的是，我的鲁莽偷走了你本该拥有的后半生。

* * *

两周后，新三峡一期工程泊入地日拉格朗日 L1 点，为地球撑起了一顶硕大的遮阳伞。

效果几乎立竿见影，地球的平均气温在短时间内下降到了二十年之前的水平，海平面下降的速度还来不及统计测量，但气象灾害实实在在地失去了肆虐的气力。

世界依旧是一团乱麻，各种纷争仍然不断。但至少，破土而出的禾苗不会再被骄阳烤干，也不会被洪水淹没。只要土地有了收成，希望就还在。

沈秋和林深没能在控制站见证这一历史性的时刻。意外发生之后，他们在站上的医疗室接受了初步治疗，紧接着就被同事们塞进空天飞机，火急火燎地送回了地球。

林深肺脏受损，不过并不严重；但沈秋暴露在外范艾伦辐射带的时间长达二十五分钟，脆弱的 DNA 双螺旋结构在高能粒子的轰击下分崩离析。急性白血病，按照主治医生的说法，以她承受的辐射剂量，这个结果已经乐观得出乎意料了。

“新三峡的影子哪里像太阳的瞳孔，谁的瞳孔是方的啊?”坐在在医院花园的长椅上，沈秋指着西天太阳上那个肉眼勉强可见形状的黑点，笑着对身旁的林深说。傍晚清凉的微风拂起她乌黑亮丽的长发，肥大的病号服难掩曼妙的身体曲线，嫣红的夕阳映红了苍白的面颊，她的侧颜在林深眼中是那样光彩夺目。

美得就像一朵刚刚摘下，水灵灵的，还沾着露珠的茉莉花。

林深的心情有些沉重。没等他斟酌完措辞，一阵轻微的喧哗打断了他的思绪。

他们循声望去，警卫正在阻拦一个穿着病号服的瘦弱男孩。沈秋冲警卫招了招手，示意他放孩子过来。

“沈秋姐姐，林深叔叔，可以签个名吗?”男孩手里捧着一本新三峡工程的纪念图册。

“当然。”沈秋接过图册，欣然应允，“你叫?”

“冯杨，杨树的杨。”

沈秋写好寄语，又郑重地签上了自己的名字。林深虽然对男孩对自己的称呼有一丝丝不爽，但还是龙飞凤舞地签上了大名。之后警卫又帮他们合了影。

“姐姐，有机会的话，未来见。”男孩挥了挥手，蹦蹦跳跳地离开了。

看着他的背影，林深摇了摇头，“我觉得你最好还是听医生的建议……”

“我知道你想说什么，我的病我自己很清楚，”沈秋举起右手，看着手背上绯红的瘀斑，轻叹一声，“我不想冬眠，也不想去未来。”

“为什么？好多人想去都去不起。”

“我是一个留恋现实和现世的人，很难适应那个虚无缥缈的未来。”

林深还想说些什么，但沈秋没给他机会，“你不用劝我，也不用内疚，那是我自己的选择，与你无关。再说，在未来，我的病就一定能治好吗？”

“这……还是乐观些吧。”

“好，乐观些。”沈秋莞尔一笑，“现在的医生也未必治不好我，不是吗？”

沉默。

西天的晚霞逐渐黯淡了下去，在美丽的靛蓝色天空下，沈秋和林深相视无言。

虽然表面上看沈秋对自己的病满不在乎，一副活着干啥死了算了的样子。但这世界上总有些东西拥有生命不可承受的重量，比如化疗。

几个月后，林深伤愈出院，沈秋也停掉了她的治疗。陪她去找主治医生时，林深第一次从性格强势的指令长口中听出恳求的语气。

“陪我回冷湖看看吧。”从医生办公室出来，坐在门口，沈秋虚弱地说。林深握着沈秋冰冷苍白的手，没有说话，只是点了点头。

于是在那个冷雨霏霏的午后，他们登上了飞往西北的航班。

从德令哈到冷湖，一路颠簸让沈秋苦不堪言。在火星环境训练中心门前，她摆了摆手，拒绝了林深的搀扶，艰难地下车，步履蹒跚地走向气闸舱。

训练基地已经闲置多年，里面只有几位退休的老人留守。航天局的预算大多都用在了新三峡的运行维护和后期扩建上，火星探测任务的重启遥遥无期。

摘下遮挡光头的绒线帽，换上橘红色的连体制服，火星探测任务的刺绣徽章粘在胸前。看着更衣室镜子里的自己，沈秋觉得，久违的生命力正在重新注入她的身体。

但这终究只是回光返照的错觉。几天后的一个深夜，她能感觉到，最后的时刻就要到了。

林深在食堂找到沈秋时，她正坐在窗边，头靠在玻璃上，凝视着窗外的夜色，浩瀚的银河横亘天宇，戈壁滩在呼啸的风沙中沉睡。

“如果说我这辈子有什么遗憾的话，那就是没能亲自到那里看看，”她看着群星之间那个暗红色的光斑，语气有遗憾，也有几分释然。沉默半晌，她将目光从群星中收回，望向身边，“但是你还有机会，如果可以的话，把我的骨灰撒在火星的土地上，好吗?”

“你能亲自去那里的。”

“又说傻话。”沈秋无奈地笑笑。她把头轻轻靠在林深的肩膀上，闭上了眼睛，“我累了，想休息了。”

林深轻轻吻了她的额头，唇边冰凉的触感让他感觉到，生命正在从这具躯体里缓缓消逝。

“你能亲自去那里的，我保证。”林深喃喃地重复道。

* * *

也许这就是人生，用更大的谎言才能圆上过去的谎，用更深的悔恨才能弥补过去的缺憾。

所以我们终究要揣着一兜无法收拾的谎言和自以为无憾的遗憾躺进坟墓。

曾经我以为自己是个幸运儿，有机会逃离这一切。但是，当那个承载了人类全部悲欢离合的黯淡蓝点彻底淹没于群星之间时，我才意识到，在旅途的终点，在星海彼端，等待我的也许不是崭新的人生，而是无法言喻的悔恨和遗憾。

如果我能活着到达那里的话。

＊＊＊

沈秋醒来的时候天刚蒙蒙亮，窗外依旧是无尽的风沙。不同的是，她身处的地方已经是货真价实的火星基地。七十四年的时间飞驰而过。

简单的神经反射测试之后，磁悬浮病床飘过长长的白色走廊，进入普通病房。冬眠带来的疲惫感和无力感还没有褪去，但充盈的活力让沈秋真切地感受到了重获新生的感觉。

熟悉的脚步声传来，沈秋心里一动。林深走了进来，他看上去只有四十多不到五十岁，一点也没有九旬老人的样子。

“我说过，你能亲自来这里的。饿了吧，想吃点什么？”

沈秋轻轻地摇摇头，“你现在……”

“还不算老，你睡觉之后我辞职创业，累死累活十几年，攒了点钱之后也冬眠了，前几年才醒。算起来我现在比你大十六岁。”林深摸了摸自己斑驳的鬓角，他的微笑在沈秋眼中有些沧桑，时间已然在这个男人身上留下了道道伤痕。

“我本来已经准备好面对你的愤怒了。”林深说着，在床边的椅子上坐下来，“但是我真的没法眼睁睁看着你死。”

沈秋费力地转过头，宽大的落地窗外，大大小小的白色穹顶建筑和透明温室矗立在美丽的湖蓝色朝霞中，一直延伸到目力所及的尽头。沈秋慢慢说道：“我当时其实只是对未来没有信心，甚于有对死亡的恐惧。现在看来，根本没有必要。”

“其实乐观和悲观都没有必要，除了些花里胡哨的表象，这个世界相比我们那时基本没有任何本质变化。一样的贫富分化，一样的自相残杀……”

“我觉得变化蛮大的，刚才在苏醒间，我问医生你的情况，他一脸敬仰，说你现在德高望重，富甲一方……”

“我也没想到冬眠前开的公司居然还在，运营得还不错。”林深自嘲地笑了笑，“所以，风口上起飞的猪而已。”

“所以我说这世界变化很大，这得多大的风才能把你吹起来啊。”沈秋莞尔道。

“哈哈，行，这么多年，液氦没把你脑子冻坏。”林深无奈地笑笑，站起身，“你好好休息，我去给你做点吃的。”

＊＊＊

我记得我们谈到了“变化”。

我理解你的处境和困惑，关于这个不断变化的世界。这个话题好像止于一个蹩脚的玩笑，如果那时我们能多聊聊的话，也许现在的结果会完全不同。

现在你回到地球应该已经有段时间了，我不知道你有没有适应新的生活。现在的世界符合我们那一代人对未来的所有消极想象。技术的发展并没有带给人们开拓的勇气，而是今朝有酒今朝醉的生活态度。太空电梯的建成也并没有让人类重拾对太空探索的兴趣，只是给政府提供了驱逐贫民的廉价方案，美其名曰“星际殖民”，于是就有了现在的火星城市群——几十个超大号的贫民窟。

留在地球上的人也好不到哪里。在各大财阀的垄断下，上升渠道已经被彻底堵死，得过且过自然成了合理选择。对现在的孩子们来说，连成为网红和主播都成了不起的雄心壮志。人类正在成为被机器豢养的行尸走肉。

我本以为你绝不可能忍受这样的世界，所以才想带着你一起离开。

我又错了。

* * *

两个星期之后的一个傍晚，林深带着已经基本恢复的沈秋离开了基地，他的表现兴奋得像一个迫不及待展示礼物的孩子。

“我们要去哪?”在停车场取车时，沈秋问道。

林深勾起嘴角，微微一笑，“去一个远离人烟的地方，我要给你看个东西，一会儿就知道了。”

他们驱车一路向西，把城市远远地抛在了后面，直到夜幕四合、繁星满天。林深停下车，戴上头盔，又帮沈秋戴上，敲了敲面罩确认密封，然后打开了火星车的气密门。

踏上火星的土地，林深和沈秋并肩靠在车门上。不多时，天边亮起了一抹金色的光晕。

“这么神神秘秘的，你要给我看的就是这个呀。”沈秋有点莫名其妙，从地球开往火星的飞船大多都是光帆驱动，这早已不是什么稀奇的景象。

“别着急。”林深摆弄着手上的平板电脑。

突然，那团光的规模开始迅速扩大，仿佛宣纸上快速洇开的水墨，浩浩荡荡地占据了半边天空，璀璨星空黯然失色。

“那是什么?”

“‘星之秋’号飞船的光帆，总面积一万六千平方千米，比之前最大的推进光帆还要大上五倍。我准备开展一项史无前例的探测任务。”林深解释道。

“去哪里？木星应该用不着这么大的光帆。海王星？柯伊伯带?”金色的光芒照亮了沈秋的面庞，也照亮了她的双眸。林深不由得想起了当年，那个眼睛里有星星的女孩。

“不。”林深回过神，清了清嗓子，“更远。K7－01B，一颗类地行星，距离太阳系32.3光年，在上个世纪由开普勒天文望远镜发现，最新的光谱数据显示，那里很可能有含氧大气和液态水。‘星之秋’拥有完整可靠的生态循环系统和冬眠系统，可以搭载两名成员。”

“这两个人是……”兴奋逐渐从沈秋的脸上消失，一丝惊疑闪过。

“其中一位当然是我，另一位……”林深没有察觉到沈秋异样的表情，“我现在需要一名称职的指令长，你对这份工作有兴趣吗？”

沈秋不假思索地摇了摇头，林深愣住了。她叹了口气，“我真希望你能设一个现实一些的目的地。用行星际航行的技术挑战恒星际航行，这不是探索，这是自杀。”

“这不只是探索，更不是自杀，而是拓荒。飞船上携带了二十万人类胚胎，必要植物种子和动物胚胎还有必需的拓荒设备，足以建立一个新的……”

“但是何必跑到那么远的地方去？你为什么不想想怎么把脚下这颗星球变得适合人类居住？你哪来的信心，觉得那个连大小都只能估算的行星会比火星更适宜人类生存？”

“我……”林深一时语塞。

“即使是从星际探索的角度，这个计划也是不明智的，独木舟也许能划过大洋，但是永远没法开启大航海时代。”

“可是当年，从马来群岛到巴厘岛，再到夏威夷群岛和复活节岛，人类的祖先靠独木舟把文明的火种撒遍了整个大洋。”

“然后呢，几千年的苦心经营，不到一百年就被欧洲人的坚船利炮一波推平，除了给‘塔斯马尼亚岛效应’① 增添实例之外，他们

① 塔斯马尼亚岛效应：在人类学研究中，这是因环境封闭、人口规模太小而无法传承现有技术与文明，造成社会文明退化的现象。

的开拓对人类文明的延续没有任何正面意义。”

林深陷入了沉默。

“探索、开拓，都是借口。你只是在逃避，逃避你的过去，逃避你的责任。苏醒之后的这些日子我也听说过一些事情……”

“够了!”林深吼道，“我只需要一个答案，你到底跟不跟我走?”

天上的光芒开始逐渐收缩，光帆逐渐收拢，就像一位天使在群星之间收起自己巨大的金色双翼。不到十分钟，漫天金光凝成了一颗晶莹明亮的星星，很快消失不见了。沈秋眼中的光芒也黯淡下去，最后她的面庞也隐没于头盔面罩之下。一个虚弱的声音从黑暗中缓缓传来。

“我不欠你什么。如果你想走，那你就自己走吧。”

于是一个月后，林深乘穿梭机登上“星之秋”号，孤独地走了。

* * *

那是我们的第一次争吵，也是最后一次。

面对这个美丽而残酷的新世界，我没有资格指责任何人，因为星之秋集团就是最大的托拉斯①之一。太空电梯是以半商业化的方式建设和运营的，我瞅准了这个商机，利用航天局里的人脉，成立了“星之秋”。本来只是想赚点钱去冬眠，但是当我醒来的时候，它已经成长为了我无法想象的利维坦②，几乎垄断了两个星球的空间运输和太空工业。我曾经试图改革，但是阻力重重。资本拥有自己的生命力。我本以为它属于我，但事实恰好相反，我只是它

---

① 托拉斯：是垄断组织的高级形式之一，由许多生产同类商品的企业或产品有密切关系的企业合并组成。

② 利维坦：《旧约全书·约伯记》中所说的一种巨大无比的海兽。

的附庸和传声筒。

所以我也说不清把它转让给你是好心还是报复。或许你有能力驯服这头择人而噬的猛兽，也依然拥有改变世界的勇气。我真的很羡慕你，我芳华已逝，而你却依然年轻。

除了光帆，“星之秋”号还拥有最新的核聚变引擎，航行过程中飞船前方的力场可以收集空间中的粒子——游离氢作为燃料，其他物质作为工质①，最高速度可以达到光速的百分之五。尽管如此，算上加速和减速，到达目的地依然需要上千年。很多时候我会想，为什么我会觉得你会抛下一切，和我去那个遥远的星球，因为你救过我，因为那张与《地出》齐名的《月海天使》，还是因为天文台那夜你眼中的星星？但你终究是一个理智的人。国家航天局千挑万选的指令长，怎么可能会是一个为了诗和远方不顾一切的小女孩？我早该想到的。

当你收到这则留言的时候，我已经躺进了冬眠舱。船载 A. I. 说我有严重的心理问题，它还说我不该独自上路，不该这么早就断绝和外界的联系。老实说，我讨厌这个机械的电子音对我指手画脚。以前我一直以为，黑夜是我的缪斯，孤独也是。但是现在，我才体味到了什么是真正的孤独。但我并不后悔，在那个寒冷的冬夜，你眼眸中流转的星光也同样在我眼中闪烁。我唯一遗憾的是，在年轻时梦想的终点，我们的分别是那样的不快和匆忙。

于是我录制了这则消息，向我深深仰慕的女性告别，向我怀念的过去告别，就像诗里所说，从前的日色变得慢，车、马、邮件都慢，一生只够爱一个人，也只够有一个

① 工质：实现热能和机械能相互转化的媒介物质。

梦想。

就这样吧。有缘再见。

* * *

斗转，星移。

虚无的迷雾逐渐散去，随后被黑暗填满，林深感觉到了刺骨的寒冷，凝固的生命正在缓缓融化。黑暗中缓缓亮起一抹幽蓝的荧光。费了好大劲，林深才看清冬眠舱盖板内侧显示屏上的文字：

冬眠时间一千五百一十三年四个月零六天，距离目的地七百三十个天文单位。

千年的时光在无梦的长眠中匆匆划过。航行时间比预想中长了六百年，船载 A. I. 的简报上说途中几片尘埃云的密度比预期大，飞船外壳磨损度比计划高百分之二十，但仍在范围内，没有触发紧急唤醒程序。

冬眠舱所在的核心舱完成了加压。缭绕的白色雾气中，林深缓缓飘出冬眠舱，看着旁边另一个空空荡荡的冬眠舱，林深不由得有些失落，它原本的主人大概在十几个世纪之前就已经零落为尘了。她的余生过得怎么样，她仰望星空的时候，会不会寻找自己化作的那颗星星呢……他摇了摇头，努力把杂念甩出大脑。

一级减速过程早在乘员唤醒程序启动之前数月就已经完成，速度已经由光速的百分之五降到了第三宇宙速度的一百五十倍左右。二级减速随即开始，光帆的再展开顺利完成，林深担心的帆缆缠绕和帆面粘连的问题没有出现。服务舱、指挥舱和货舱的加压系统的自检程序也已经上线。通信系统离线，脆弱的天线没能扛住尘埃云的轰击，不过问题不大。一切都秩序井然，有条不紊。

直到一阵轻微的震动传来。林深很熟悉这种感觉，那是航天器对接时的震动。

拂去总控台上吸附的灰尘，星之秋集团的枫叶标志赫然显现，星洋和艾莉这才相信，那艘传说中漂流于三维空间的无边暗夜中的孤舟真的存在。在这之前，和大多数人一样，他们也认为这不过是荒诞的古代神话。

“真是不可思议。”艾莉惊叹道。

星洋试探着点了点触屏，这种实体屏幕他以前只在博物馆见过。屏幕亮起，他睁大了眼睛，指着屏幕一角说：“更不可思议的在这里。”

“我没学过古汉语。”

“生物状态检测系统显示，乘员生理状态良好。”

“他还活着！”

像是回应艾莉的惊叫，一个声音从中耳内的纳米通信器里传来：“别动。”

星洋和艾莉回过头，一个臃肿的身影漂浮在身后，宇航服的反射面罩让他面目不清，手枪枪口在两人之间徘徊。

林深有些紧张，他不知道他们能不能听到自己的无线电通话，甚至不知道他们是什么生物。这两位不速之客身材颀长，大眼睛炯炯有神，看起来只是正常人类。但林深低头看了一眼头盔面罩上的显示器，指挥舱仍处于真空状态，而这两个人却只穿着深灰色的紧身衣，仔细看会发现他们身上闪着淡淡的白色荧光。

虽然星洋知道这种古老的武器打不穿他们身上的约束力场，伤不到他们分毫，但他还是举起了双手以示友善，“林深先生，您好，我们隶属于羲和星空间警卫队，我们没有恶意。”

“羲和星？”

“您的目的地，K7－01B 号类地行星。”

“脚踏实地才有资格仰望星空……”林深垂下枪口，喃喃自语，“她是对的，她永远是对的。”

狭小的舱室里，两个人穿着轻薄的制服，身上覆盖着无形而强大的力场；另一个人的宇航服却臃肿不堪，还外挂着繁杂脆弱的仪器。隔着一千五百年的时间，两代人相对无言。

回家。

在环绕轨道上，林深俯瞰着羲和星暗面的万家灯火，这种愿望从未有过地强烈。

于是他乘上拥挤的通勤飞船，掉头返回了地球，甚至都没有踏上那颗行星的土地。

回程只用了不到一天。

超空间跃迁引擎是早已被拆分的星之秋集团留给人类的最重要的遗产。它能将强大的能量集中到一个数学意义上的几何点，从而撕裂维度之间的屏障。沿着高维空间中的捷径，曾经遥远的星辰触手可及。这项技术在林深出发三百年后发展成熟，投入使用，而其理论基础则来自沈秋接手星之秋集团之后资助的一系列基础研究项目。她才是真正心怀星辰大海的勇士，得知这一切后，林深在心底轻叹道。

回到地球，林深才知道了什么叫作恍若隔世。故乡已然成为一个陌生的世界，他曾以生命保卫的新三峡早已完成使命，坠入了太阳的火海。有些大城市如今已是一片荒芜，有些荒凉的小镇现在却繁华似锦，而更多的人居住在遍布整个太阳系的太空城中。但和过去相同的是，人们依然拥有自己的梦想和烦恼，深一脚浅一脚地经营着自己的生活。

林深回到了冷湖镇。这里曾因石油开发而繁华一时，又因为石油枯竭而归于沉寂；后来借火星开发重现了旧日辉煌，又在火星独立战争和火星地球化完成之后再度衰落。而曾经强大的火星共和国也早已湮没于历史中，成了银河系联邦的一部分。波澜壮阔的历史已然化为过眼烟云，剩下的都是林深熟悉的一切，黄沙、寒风、戈壁、荒山。也正因如此，他才选择在这里定居。

当年的冷湖火星环境训练中心已经废弃多年，但废墟之间有一座复原的穹顶式建筑，现在是人类早期太空开发博物馆。联邦政府给他安排了工作，博物馆讲解员。

生活很平静，孩子们也很喜欢这个来自古代神话的大叔。当然，他们已经很难理解他那一代人奔向太空时的步履维艰，毕竟他们中很多人都出生于银河系的另一端，千年之前不可想象的星际对他们来说只是家和度假地之间的距离。

一年后，一个自称“星桥计划信使”的中年男人突然造访，打破了林深平淡的生活。

林深听说过这项计划。超空间跃迁引擎并非无所不能，高维空间中的导航只能依靠引力，而星系之间缺少作为引力锚点的大质量天体，于是星桥计划应运而生。一艘庞大的亚光速星舰“星桥”号已于六百年前出发，前往大麦哲伦星系。利用舰上的粒子加速器，它会在路上每隔三百光年布设一个黑洞，之后大型跃迁飞船将会循着路标，前来投放大质量物体，让很快就会蒸发的微型黑洞稳定下来。这座星际之桥的建设将持续近六十万年。

将信使请进自己简朴的居所，林深问道：“怎么称呼？”

“不知道您是否还记得我。”信使递来一张斑驳的照片。

林深一脸疑惑地接过照片，那是他、沈秋和一个小男孩的合照，模糊的记忆逐渐清晰。

“噢，我想起来了，你是那个小男孩，冯杨，是吧？”

信使笑了笑，从公文包里掏出一个泛黄的信封道：“这是您的信。很抱歉我来晚了，本来我再过九百多年才会苏醒，协调星际之桥的建造事宜。您的归来属于计划外的事件。”

“现在的人还会写信吗？”

冯杨摇摇头，“但我们那一代人还会。”

接过信封，熟悉的娟秀笔迹映入眼帘，林深的心脏怦怦直跳。

林深曾经花了很长时间打听沈秋最后的去向，但是一无所获，相关记录在他出发后十年就随着她的再次冬眠戛然而止，之后再也没有出现过。她就像一朵小小的水花，转瞬间就消失在历史长河中，无声无息。

林深双手颤抖，撕开信封。

林深：

我不知道是什么耽搁了你的行程。他们都说你可能已经埋骨于星际之间，毕竟在亚光速下航行三十光年，什么都可能发生。但我不相信。

当你到达旅途的终点，面对那颗繁华的星球，你可能会沮丧。但我想告诉你，没有必要，真的没有必要，人类不过是从水洼跳到了水池，真正的大海还远在天边。这宇宙中，有些路是没有捷径可走的。

我本打算再见你一面，可惜我已经没有时间了，现在我也到了你出发时的年纪，而且星桥计划引起了一些争议，人们都觉得这是劳民伤财，不如先理清银河系里面的这点事。所以现在的乌合之众跟我们那时相比也没什么太大的变化。以前的我们大概想象不到，这十万光年的浩瀚银河，有朝一日也会成为人类的温水锅。

我的追随者都梦想成为像你那样的探险家，但我最终还是决定亲自随行。我要向你证明，我依然有资格成为你的指令长。

也许随着技术的发展，人类将不再需要星桥；也许在星海彼端，我也会到达另一个繁华的人类世界，像你一样。但现在，过了这么多年，经历了这么多事，我不再认为这样的航程毫无意义。即使拥有庞大的舰队，人类依然需要划着独木舟横渡大洋的勇气。

很快就要出发了，我还有很多话想对你说，但又不知从何说起。不过没关系，现在你收到了这封信。如果愿意，记得来找我。

沈秋

“还是我的指令长。”

合上信纸，林深脸上浮现出一丝笑意，过去的点点滴滴涌上心头，“我终究还是没能飞出你双眸中的那片星空。”

乌斯怀亚[①]星只是一颗黯淡的红矮星，它由两颗被潮汐锁定的荒芜行星相伴相生。恰如其名，这里是已知世界的尽头。它的背后是银河系璀璨的星海，而前方则是令人生畏的暗黑深渊。

而这里也是“星之秋”号新航程的起点。

冯杨原本希望林深冬眠，等九百年后“星桥”号投下第一个黑洞时再随建设飞船出发，但林深拒绝了这个提议。他说：“要是沈秋知道我作弊抄近路，她会嘲笑我的。”

冯杨没有坚持。他利用星桥计划的资源，为林深的飞船换上了更先进的反物质引擎和光帆，其他系统也按最新的技术进行了升级。新的“星之秋”号巡航速度可以达到光速的百分之四十，由于质量更轻，这个速度是“星桥”号的两倍。

驶出庞大的船坞，“星之秋”号背对着银河尽头的星星，骄傲地展开了银白的巨帆。这一刻，整个银河都为之闪耀。

在船坞的中控站，冯杨沉默地看着窗外逐渐远去的光晕，沈秋留给林深的信放在他手边的控制台上，空白处写着一句诗，字迹与上面完全不同：

孤帆远影碧空尽，唯见长江天际流。

---

① 乌斯怀亚：世界最南的城市，火地岛地区的首府、行政中心，也称“世界尽头”。

现在那些生于银河之间的人们大多都没见过长江，他们的天空也并非都是碧蓝如洗。但至少现在，在“星之秋”号的光芒下，他们知道了什么是帆，什么是牵挂，也知道了什么才是真正的远方。

06

虹　雨

谭　钢

/ 作者简介 /

谭钢，传统行业工程师，科幻作者。曾获晨星奖最佳长篇、华语科幻星云奖等奖项。中学时在亲戚家中翻到一本科幻小说，从此和科幻文学结缘。笔下作品多专注描写人类、社会在科技更迭下的流变。

/ 颁 奖 词 /

科幻是一种追求信息密度的文学，《虹雨》这篇作品就把这种追求体现得淋漓尽致，无数细节扑面而来，真实可感而色彩斑斓。巨细无遗的描写，让作品读起来如同一篇青海本土风物志。文本所讴歌的理想主义和献身精神在如今这个时代也殊为难得，令人感动又催人奋进。

2039 年 4 月 10 日。西北，青海。

对尚且居住在冷湖的镇民而言，一辆挂着京牌的雷克萨斯是少见的存在，它正停在贯穿小镇的团结路旁，被漫漫尘沙逐渐淹没。途经冷湖镇的青甘自驾游路线不多，人们最常见的车是从敦煌到花土沟的飞天快客大巴，探亲的“油三代”总会这样拎着两袋特产从冷湖客运站鬼魂般归来。往前半个世纪，这里是石油大会战的主战场。载荷拉满货物的工程卡车和战斗口号在公路上游荡，茫茫戈壁滩上林立的磕头机①哐哐砸地。那时冷湖油田一天就能产出以百吨计的原油，而现在却是一片死气沉沉的无人区了。

雷克萨斯车主李玫玫的兴致完全没有被太阳暴晒影响，她抱着男朋友何潮的右手听着他口若悬河地讲历史。他们正处在刚确定关系几个月的热恋期，中华人民共和国工业苍凉浩长的历史尚不足以熄灭年轻人的爱火。在 G348 国道上何潮讲着明清史，讲到溥仪的时候石油工人纪念碑出现在他们视野里，这才使得他停下嘴巴。

“省点力，今晚还得去鬼城探险呢。就是你总是念叨的那个石油镇遗址。”在影院里面走动的时候，何潮摁住小精灵一样蹦蹦跳跳的李玫玫。他们刚在人头寥寥的影厅里看完一部上映的鬼片，两个人的手心都在微微出汗。

“我怕鬼。”李玫玫嘻嘻地要推开他。

“别怕，有我呢。”何潮凑在李玫玫耳边说道。

夜晚很快就到来了。李玫玫和何潮驱车来到冷湖镇区北面十几公里外的石油镇遗址，还没等看到废弃墙垣的轮廓，他们就听到远

① 磕头机：游梁式抽油机的俗称。

处传来一阵狂暴的林涛声，那是暴风扫过茂盛森林的余韵，绝不应出现在四月的海西。直到一片森然巨林出现在车灯所照亮的视野里，他们才确认眼前所见并非梦幻：星光闪耀下，林地正摇动在黄沙风中，银河将每一片树叶的轮廓打在大地上，它的深处传来林木碰撞的响声和夜莺隐约的歌唱。

李玫玫被这盛景勾下车，围着最近的一棵大树绕了几圈，她十分惊奇，“真美！我第一次看到！”

何潮也显得茫然，“我也……不知道这里居然还有这么大片的树林。”

李玫玫走进森林，“之前网上还说这里有极光呢！但是我们也没看着。”

“这已经够美了。”

很快他们之间就只剩下风声和踩碎落叶的声音，两人在林间深处漫步，这个夜晚仿佛只为他们盛开。路过被藤蔓覆盖的鬼城废墟的时候，他们发现前方的地面上有一层黏稠的黑色流体。李玫玫不敢上前，何潮笑笑，他说那是原油，它有时候会从荒废的油井溢出，显然这里是个油井口。随后他像个勇敢的游击队员那样踏步向前，嘴中念念有词地把一枚硬币扔进那团异样的原油，只是一瞬，那枚反光的硬币就消失在团团黑暗中。

李玫玫笑着问他：“很虔诚嘛，许了什么愿呀？”

何潮也笑笑，他往前一步站到月光里，“我的愿望啊……”

就在他们对视的刹那，一头三米高的恐爪龙从某个十米多的断壁处遽然跳下，落地时直接引发了一场小型地震。它的后肢直接将何潮的头颅摁入土地，骨头碎裂的声音如同无尽的梧桐落叶被卷碎在车轮时发出的声音。

2039 年 4 月 18 日。青海西宁，胜利路，省国土资源厅。

黎海民 2023 年在青海大学地质工程系校毕业后，就进入了省厅地质处成为一名光荣的公务员，主要工作内容是开车巡视地质处布置在青海各地的勘查点。突然接到开会通知的时候黎海民正准备前往海东，他想缺席，但组织处严令各条线专业骨干不得缺席，他只好含着一大口热豆浆尽快从高速口赶回胜利路。

省厅五楼有一个大会议室，平时很少用，黎海民差点没找着它。现在它中间的数据大屏上播放着一张卫星地图：一个高对比度的城镇轮廓，一条细长的省道从城镇右方划过，如果努力辨认，可以看到城镇中间有一片和茫茫戈壁形成鲜明反差的草绿色。

一个人捣鼓着遥控器，大屏切到了下一幅卫星图：这次是离那个城镇更远的地方，那里显得更空旷，也有一块很明显的青绿色。过了一段时间，数据大屏再次切换了卫星图：这次是柴达木盆地五颜六色的盐田，也有绿色的钾肥盐田，但它们一般都是规则性的长方形，不会是卫星图里面这样完全违背欧几里得几何的杂乱形态。

“安静，安静。”坐了很久的张厅长终于戴上他的眼镜，他面前的烟灰缸积了一些烟屁股，显然沉思已久，“各位同志，找大家上来开个临时会议，是一件大事。在青海诸多省志、市志、县志、镇志、乡志上，都没有记载这种事情，甚至全国的地方志，对这种事情都是绝无记录。”

张厅长正襟危坐，“各位，我国土厅接到省林业局消息：冷湖地区有恐龙出没。”

原来昏昏欲睡的会议室为之一振。因无聊而不断摁圆珠笔的黎海民也停下了。

张厅长顿了顿，他将与会人员的表情尽收眼底，“这个消息很意外，但事关重大。就我所知，这个消息已经上报到国务院办公厅……地质工程室赵处！老赵，你不要吊儿郎当，你来发表一下意见。”

赵处长哈哈一笑，他把笔记本往前一摊，“领导问我怎么看，我当电影来看。”

张厅长说：“这位同志就是个反面例子，不虚心听讲，犯了武断主义的错误。还好我这几天反面例子见得多，总结了一些经验。确实，最近无论我跟哪个讲这事，对面都是一副见了鬼的表情。但我要你们先看看林业局的报告，几天前他们在冷湖西接到猛兽伤人的报案，以为是什么豺狼、虎豹或是什么发疯的毛公子①，于是从德令哈城管大队组织了一队人马，带着捕狗设备和麻醉枪就上了，结果被吓得落荒而逃。你们刚才在卫星图上看到的那些绿色的东西，其实是大量的桦树和苏铁，它们现在就生长在冷湖五号石油基地遗址上面，柴达木盆地不可能大面积存在这些植株，生科院已经派人去看了。”

黎海民热切地举手问，“领导，恐龙照片有吗？”

张厅长示意 IT 调出林业局和生科院在现场拍的几张照片，被五花大绑的恐爪龙有一台越野车大小，爪子锋利、反光，身上插满麻醉镖，最大的一支有手臂粗细，那是设计给发狂的大型牦牛用的。背景是武警的直升机，几个表情严峻的武警手持强弩警戒着。

会议室里议论纷纷，这时张厅长拿起另一份内部文件，“根据气象局和三防办的报告，近一年来海西州冷湖地区都没有什么异常的自然现象，大旱、龙卷风一律没有，冰雹、洪涝、沙尘暴统统为零。只有地震局监测到 3 月 24 日冷湖地区产生一次震级 5.1 的地震，无人员伤亡。安监局事后调查，发现这次地震导致冷湖五号石冲县地里构造一高点的废弃油井发生溢井事故，约五吨原油冲破封井设备泄露到地面，泄露面比较广。这个井还有一个名字叫‘地中四井’，年轻的同志可能已经不太熟悉了。它曾经是解放军石油师在柴达木盆地打出的第一个大油井，我们这些老家伙对它都很有感情的。”

赵处长的表情严肃起来，“冷湖曾是石油重镇，地中四井更是英雄功勋油井，为国家立下汗马功劳。如果这次事件与柴达木石油有关，那么很有可能将牵涉到我国石油安全，进而有可能危害我国的

① 毛公子：指公牦牛。

国家安全……"

张厅长满意地点头，"赵处，这件事情恐怕确实和地质活动有一些关系，亟须你们的专业知识。你做好表率，带地质处的几个同志一起去冷湖现场做先行考察。你们肩上担子很重啊。"

散会之后，一个人问赵处长，"头，张厅讲的那些事，到底是怎么回事。"

赵处长显得有些苦恼，"我要是站这儿就知道为什么，那国家还给你们发什么工资。老黎，你平时不是喜欢研究些什么恐龙嘛，这几天带地质处去一趟冷湖，你负责指挥现场调查，做出一些基本推测来。我先留在西宁和其他线的人碰下头。"

"请您放心！保证完成任务！"

黎海民剑眉一竖，大声地回答，这个主任科员第一次腰背挺得像国旗护卫队中最英俊的大兵，就连赵处长也被他一惊一乍的热情吓到了。黎海民活动着拳脚，他的战斗意志被完全地调动起来，有劲得很。

北京，国家天文台。

在二十年的职业生涯里，李主任从未想过他有朝一日会牵涉到国家级保密工作。4 月 20 日，国家天文台第一次被要求面向中央重量级部委作详细年中工作汇报。领导们还轮流来过几次，他只能从他们零零碎碎的谈话中得知：青海冷湖出了大事。

最初和李主任对接的是航天局里神秘兮兮的外层空间安全处，当时他不禁猜测：是不是神舟、长征、天宫的什么关键部件意外落在了哪个地方，但是这个事情应该是火箭发射中心负责吧。之后国家安全部的工作人员也来找过他，他又思索，是否有潜在敌国的间谍卫星拍到了戈壁滩深处的什么军事机密，但天文台的巡天阵列并非专门用于侦测敌对卫星，天文学家们也绷不紧黑白斗争的弦。后来 GIS 所卫星管理运行部的人也跑过来，咨询天文台的郭守敬巡天望远镜在三月份的朝向，并要走了一些地月扰动的数据。这更令李主任苦恼：GIS 要这些数据，怕是要搞月球基地。

最后是微博终结了他的胡思乱想，青海恐龙复活事件已经发酵了半个月，事发地点冷湖石油小镇遗址已经被武警封锁了，所有人都只能在国道上远远看一眼那片不断往外疯长的绿色。其中还有带小孩来的家长：小人书多没意思啊，爸爸妈妈带你来看恐龙。结果恐龙是没得看了，树倒是多得很，还有的家长指鹿为马，说这是地理书上的“三北”防护林。

得知李主任一系列奇思妙想的天文台数据中心主管周建波在工位上哈哈大笑：“李主任，你天天猜来猜去，阴谋故事一个接一个。搞天文实在是屈才了，应该请你去作协。”

李主任脸上有点挂不住，“周主管，这种事不要说千年一遇，万年一遇也说得上。”

周建波说：“咱们亿年一遇的事情还见得少吗？前两个星期老望远镜看到的那个射线爆发事件：两个在蛇夫座方向，距地球一千五百光年的星系发生碰撞，其中一个行星冲撞另一个行星，互相突破对方洛希极限①导致解体，然后连续发出多个伽马射线暴。这种事情绝对是亿年一遇。你有没有给领导汇报这个事？”

李主任摆摆手，“没有。伽马爆发我们每个月都能观察到两三桩，谁会在意，你要给领导说，领导我们这里也有一件怪事，两个行星相互撞击，生成了一些原来只有黑洞合并才会有的东西。这不是给领导添堵吗。我是挑了一些重大的脉冲星事件——虽然实际上也不是很重大，但从能级来说绝对是首屈一指的。”

周建波道：“李主任，领导想知道的应该是和冷湖有关的天文事件，你给他讲这些合适吗？”

---

① 洛希极限：是一个天体自身重力与第二个天体造成的潮汐力相等时的距离。当两个天体的距离少于洛希极限，天体就会倾向碎散，继而成为第二个天体的环。

李主任这会儿叹了口气，“唉，这个问题其实我们北京的天文台没发言权，得问青海当地观测站。我记得紫台①有一个观测站在德令哈。站长我见过，老蒙古人，普通话‘特好’，比我大一轮，六十了。西北人好喝酒，两三大瓶红高粱下去，站长脸色不变。从前去那儿参观时，我们和紫台的参观团被喝到台下去了，人还在上面一杯一杯敬你。到最后老胡伸三根手指问我，我说四根，伸四根手指问我，我说六根。可惜啊，前段时间听说老站长中风了，又查出肝癌，现在去不知道还能不能见到……”

青海海西州，德令哈，长江医院住院部。

医院里，无论哪个角落，空气中都有很淡的来苏水味道，这总让人代入医生的角色。走廊拐角的阿日娜高娃眉头紧皱地查看着病床上老爹的病历，好像她是主治医师，面前矮她半头的医生才是病人家属。

医生终于说道：“听您问的这几个问题，是同行？”

阿日娜高娃抬起头，“外科的，隔行如隔山，还请您见谅。”

医生很诚恳地说道：“嗯，那就好办。我直说了，我认为再硬挺下去意义实在不大。都到晚期了，无论什么治疗方案，老人家都受不了，顺其自然比较好。”

阿日娜高娃犹豫着说道：“我理解，我理解。”

“检查得太晚了。我们之前也遇到过很多这样的病人，平时不肯来体检，等到真正出事了才来，太可惜了。”

阿日娜高娃心事重重地回到了病床边，沙仁巴图呆呆地看着天花板，他干柴似的手在蓝白床单上搓动着，五百一瓶的注射液给这个瘦小的老头子吊着一口气。他问过这些点滴的价格，阿日娜高娃

① 紫台：中国科学院紫金山天文台的简称。该天文台位于南京市东郊的紫金山上，是中国最著名的天文台之一。

少报了八成。

沙仁巴图的脸色还算红润，“阿日娜，你告诉我，医生说我还有几天。”

“阿大，呸呸呸，别这样说，太晦气。”阿日娜高娃不高兴地给他盖上被子，“医生说你还有整整一百年。”

“我想回去。”

“回老家得搭七八小时的车，你现在受不了绿皮车和大巴，哪都别回了。”

“不，我要回天文台。”

“别喝酒了，阿大，别以为我不知道你在那里藏了好几大瓶白干，就在主机防尘板下面。”

“你不懂，观测站最近看到了不得了的事情，数据还没汇总到南京总台。阿日娜，你行行好，把老爹这把老骨头放回属于他的位置上。不把这件事处理完，我死不瞑目……”

“那我到时把你眼皮用 502 粘上好了，看你哪来那么多动静!”阿日娜高娃没好气地说，“都说了要静养，为什么不听医嘱？多少年了，你但凡听过我哪怕一句话，少喝点酒，也不至于今天这样……”

沙仁巴图不敢说话，转而缩在被子里，这是阿日娜高娃开始发作的前兆，她往日说着说着就会开始掉眼泪，老父亲见不得女儿哭，他只好静静等待。这时放在桌子上的手机响了，阿日娜高娃看了看名字接通电话，还没说几句，她刚刚低下去的声音又高了起来。

阿日娜高娃对着手机吼道：“又出差？东东放学谁去接？什么狗屁领导，把你们领导电话给我！我来跟他讲。”

电话里的黎海民吓得赶紧扯出一个新的话题，“岳父怎么样？我上网查了，按理来说，肝痛也好，B 超查出肿瘤也好，都不一定就是肝癌，还是有误诊的可能。只是统计上讲有一定概率而已。”

阿日娜高娃嗤之以鼻，“得了吧，哪个都别信。搞技术的信科学，搞公卫的信统计，像我们这种临床的还是信命多点。”

黎海民又在电话里扯了一些肝癌护理办法，阿日娜高娃没好气地直接挂了电话。离开医院，在等电梯的时候她听到其他护士闲聊，“恐龙”“牙齿”“死人”的字眼出现了几次，但她正值心烦意乱的时候，完全没在意她们谈论的具体内容。电梯门开了，躺着李玫玫的病床被推出来，阿日娜高娃和她打了个照面，便立马被病人苍白的脸色吓到了，这是她们一辈子里两次见面的第一次。

十二小时后，青海，冷湖。

一辆车门上写着“地质勘检”四个大字的橙黄色皮卡车斜斜地停在冷湖镇的边缘，已经没办法再开进去了，在这个距离，路网已经被灌木丛破坏得七七八八。从二十公里外的遗址向外不断生长的树林挡住了绝大部分视线，就连使用直升机也很难准确定位石油小镇的废墟在什么地方，只能听到下面依稀传来一些不知名动物的叫声。地质处的人下车走向一个橙黄色的大帐篷，那里是省生科院在野外临时搭建的实验室。

黎海民掀开帐篷，一个满脸胡须的大汉带着羊肉味迎上来，他像个蒙古包里的主人那样把黎海民的手握得生疼，“黎工！等你们很久了。我是跟你通过电话的周辅，省生科院搞古生物的。林业局的人刚才已经在外围摘了一些叶片去做碳十四定年，检测结果显示，冷湖森林生成的时间是现代，并不是突然从古代来的。所以至少现在，不用中科院搞物理的人加入我们了。”

“另外，这里的几位是当地猎人，经验丰富，就是他们把那头杀人的恐爪龙给击倒了，我们的安全就靠几位了。”周辅向地质处介绍帐篷里的其他人。

“周主任客气了，我这辈子牦牛、羚羊打得多，恐龙还是第一次打。就算你们一分不给，我们也要挤破头加入队伍。”桌子另一边正在吃花生的几个人笑着说。这时黎海民才看到帐篷角落斜放着的猎枪和红外设备，他们甚至带来了电击陷阱。

黎海民说：“我们要进入冷湖森林找到油田的溢出区，调查这个事件和地质活动的深层关系。周主任，我们一起行动，你看合适吗?”

周辅收拾了一下，“好。但是大家注意，冷湖森林外围相对安全，深处却非常危险，前几天已经出了一个受害者，武警也伤了几个，不要掉以轻心。”

海西藏人世代在此生活，绝不会想到冷湖这地名有一天后面跟的是“森林”，但帐篷里的几个人用起这个词一个比一个顺溜。后来黎海民回过味来的时候也说：“冷湖森林，顺口得很，应该录进新华字典里。”当然后来“冷湖恐龙”也上榜了，果然超自然的怪事就应该和超自然的怪事待在一起。

冷湖森林沉默着，柴达木戈壁滩也沉默着，它们以一种大型食草动物的冷漠任由这队人类进入腹地。地质队在接近地中四井遗址的时候就发现了泄漏到地面的一层胶质原油，它至少有二十毫米厚，一些植被的根系在其中穿插。一个年轻的同事手脚麻利地找到了泄漏的井口，并进行普测。他很快得出判断，该井钻穿白垩系、侏罗系、三叠系等沉积地层，进入古生界，钻达六百二十米深处目的层后完钻，并采用筛管完井方法，进行固井作业。根据这些情况，黎海民迅速开始指挥：从地平开始，每隔四十五米用深杆进行一次采土作业，石油渣送到西宁市中石油公司研究部门进行检测。

一直蹲在一棵树旁边的周辅突然说：“这些植物像是直接从原油胶质里长出来的。”

黎海民努力从记忆中挖出一些勉强相关的知识，“一些植物的确也能出产石油，比如海南的油楠树就很有名。”

周辅还是有些疑虑，“那也不至于长在石油里。它们还能算是植物吗？按这边人的说法，这些树都几乎是一夜之内突然出现在地中四井周围的，而且还有恐龙……”

“嘘!”

身穿褐黑斗篷的几个猎人突然发出警告，他们在林地的阴影中不安地摆弄着猎枪。林木摇动的深处，一头迅猛龙的轮廓出现在红外成像设备的屏幕里，它的脊背紧绷着，像是闻到了人类的味道。猎人们此刻有些紧张，习惯于在戈壁滩上狩猎的他们受制于狭窄的视野，难以瞄准。一时间，这队全副武装的人马竟被一头身高不足两米的爬行类动物压在地中四井遗址的墙垣背后不敢露头。迅猛龙慢吞吞地嗅着空中的气味，当它的头颅在低矮的灌木丛闪动时，周辅悄悄为黎海民指出了它的位置。

黎海民伸长脖子，“这就是我们在教科书上看过的……看呐，它是真的！一点都不像，一点都不像是多少多少年前的古生物……”

周辅也颇有感慨，“至少六千五百万年前。”

黎海民喃喃说道：“我小时候的梦想，就是做考古工作，每天能泡在野外找琥珀、化石。这么多年过去了，只有前半截实现了一些。搞地质有个好处，就是你不再会对变老有多大感触，因为一亿年很随意地就这样过去了……”

周辅“嗯”了一声以示回应。他正在远望冷湖森林的一端，显得有些心不在焉。

一个猎人突然大喊：“退后！它发现我们了。”和他的警告一同响起的还有恐龙尖叫，人们只能看到草木被迅速扫平而又复归挺立，它在迅速接近这队人马——人类历史上少有的直面恐龙的狩猎队。因为迅猛龙在林地中穿行步履之轻盈，所以沿途布置的电击陷阱无一生效。黎海民呆呆地看着这一切，他没有惊慌，反而沉醉在自己的观察里：它后背有奇特颜色的绒毛和尖刺，让人联想到它的后代——火鸡和鸵鸟们，硕大的糯米色尖牙在阳光下闪烁了一瞬，那是捕食者的形状，待击的利爪微微蜷曲在身前，一头活着的、从《十万个为什么》的插图里走下的恐龙。

终于，某位猎人开枪击中了迅猛龙。枪声和哀鸣几乎同时响起，连夜被磨平的达姆弹头在迅猛龙的身躯内毫不客气地翻滚扭曲，它直接在迅猛龙身上开出一个巨大的空腔。带着黑火药和鲜血的味道，一小团迅猛龙内脏爆裂在这阳光淋漓的森林。

地质处的小年轻探出头问：“死了吗。”

“死了！他妈的，畜生的薄皮还是硬不过枪炮。”一个胆大的猎人翻身出去探查，随后他呸了一声，自豪且庄重地宣布了恐龙的死讯，“各位领导，不用担心！这头罪大恶极的动物已经被击毙了。”

下一刻马上变成了合影留念的时间，几个猎人争相和恐龙尸体留下照片，周辅默许了他们对生灵的轻慢，站到一边自顾自地抽烟。黎海民的脸色一反常态地凝重，他的手指蘸了点恐龙浅黑色的血，放到鼻子下面嗅了嗅。

调查地中四井事故的任务已经结束，地质处的人几个立马原路撤出冷湖森林，周辅和几个猎人执意留在森林里继续工作。撤退之前，黎海民最后看了一眼森林的深处，周辅站在幽深的路口尽头目送他们离去，日头斜照在桦树上形成的树影斑斑点点地落在他脸上，恐龙和烟头躺在地上，若有若无的血腥味始终萦绕在森林中。

黎海民在电话里汇报了冷湖森林的情况。

赵处长严肃得很，黎海民能猜到他在那边又露出了特别谨慎的表情，“老黎啊，你真的知道自己在说什么吗？”

黎海民，“石油的来源有两个学说：石化油和生物沉积，一个认为石油由地壳内本身的碳生成，另一个认为石油由死去的古代生物经过漫长的演化形成，属于生物沉积变油。目前更被学术界广为接受的是后者。我省柴达木盆地的石油主要由侏罗—白垩纪的有机物沉积演化而成，这也和恐爪龙、迅猛龙生存的时期吻合。”

赵处长，“这些我都知道。但据此你就能轻率推断，这些中生代的恐龙、树木等等就是从石油里复活？恐怕就算是作家都不敢轻易采用这么夸张的设定！”

“赵处，我们在现场提取的样本马上送到西宁市中石油检测中心，到时你就知道了。无论如何，我确定那个恐龙第一次出现的晚上一定发生了些什么，我希望能见到当事人问一些问题。”黎海民一字一句说道，他在近二十年职业生涯里从未如此虚极静笃。这种笃定来自半小时前的他蹲在恐龙尸身前看到的景象，他清楚看到，从迅猛龙伤口不断流出浅黑色的黏稠液体，周辅说了一些氧化还原的知识作为解释，但黎海民知道那绝对不是纯粹的血，那就是石油。

赵处长有些为难，他的声音在电磁杂波中断断续续，“搞吧，你搞吧，我尽力帮你弄到一个机会。当事人我接触过的，人好像送到了德令哈哪个医院里治疗了。”

青海省海西州，德令哈，长江医院住院部。

沙仁巴图被医生特许下床走动。他来到住院部三层的时候，发现了李玫玫的怪异：这个病人尽管身体无恙，但精神上却了无生机。当看到她眼睛的时候，沙仁巴图才明白这段时间住院部深夜狂躁的嚎叫来自何处。李玫玫的精神状态极不稳定，需要诸多护士的安抚才能入睡，否则就会带着薄薄的床单蜷缩在病房的角落，她祥林嫂一般一遍一遍向赶来陪伴的人叙述着冷湖森林的黑暗和恐怖，那个月光如水的夜晚将成为她一生的梦魇。

沙仁巴图请求一名护士将纸条递给她，上面写着：姑娘，你能记得那天晚上见到的星星的颜色吗？

漫长的死寂后，李玫玫从病房探出头来，惊惶地说道：“你是谁？”

身着黄白相间病号服的沙仁巴图向她自我介绍道：“我是紫金山天文台青海德令哈观测站站长，以及十里八乡著名的烟鬼和酒鬼。”李玫玫只从这个干瘦老头口音严重的青普话里听出一些酒味来，也许是因为沙仁巴图很像她认识的某个亲戚，她的防备心不重，于是她又将事情又倒豆子一般讲了一遍：那头恐爪龙并没有追她，但她头也不敢回地往停车的地方狂奔，因为中途被树木的根系绊倒了一两次，所以只能拖着一条崴了的右腿艰难地开车回二十公里外的冷湖镇。从此，她每到夜晚都会回想起森林深处潮湿的血腥味。后来她从新闻上看到那头恐爪龙的近照以及包围着它的武警，顿时流下泪来：那么锋利的骨质巨爪，阿潮脸庞被它割破时候该是多么疼，那么可怖的血盆大口，阿潮的手被它咬坏的时候该是多么害怕……

沙仁巴图，“星星呢。”

李玫玫，“星星……那天的星星很清楚，我们就是为星星而来的。四月初的时候我在微博上看到一些小视频，说柴达木上空有七彩极光，漂亮极了，它是缎红色、海洋蓝、水母绿的……”

她说得越来越入迷，完全没发现滚珠似的冷汗已经从沙仁巴图的鬓角流下。

这时，黎海民正在楼下苦哈哈地填来访登记表。得知了黎海民的公务员身份后，几个围观群众向他邀功似的汇报着：

“政府同志。女的活着，男的死了。太惨了，一对娃娃几千公里从外面过来玩，被畜生活活咬死……”

“哎哟，别提了，那男的还不能下葬，就放在长江医院太平间里，等专家来验尸，家长都接不走孩子。哎，毕竟是恐龙咬死的，搞不好这是全世界第一例，科学价值很大，哪能让你轻易火化。”

他们又自顾自地交换起信息来，这里面不乏夸大的传言，黎海民一个标点都不会相信。他在护士长带领下来到了李玫玫的病房，这是个四人病房，其中三张床是空的，但甫一进门他就发现有人躲在床和床的帘子之间，但他没说破，反而挡住了护士长的视野。

护士长被打发走后，沙仁巴图突然从幕帘后面探出头来，“我还以为你是阿日娜派来把我绑回去的。”

黎海民把他拉到窗边，“阿大，你可要把我吓死。我还以为是人家对象……来两根？”

沙仁巴图接过对方从口袋里掏出的玉溪，两人好像数十年不见的革命战友那样热情攀谈起来，“好小子，懂你丈人。老子是肝癌，又不是肺癌，抽两根不打紧。”

黎海民给他点上火，“要是阿日娜知道了，非得把我皮扒下来。但是岳父，我也理解，让你一天不喝酒、不抽烟，就好像让苍蝇闻不到荤腥，老鼠弄不到粮米，摩托车找不到九三号油。我和阿日娜刚结婚，住在德令哈观测站的时候，没少见你喝得天昏地暗、抽得飘飘欲仙。那时我们都很担心你什么时候会把望远镜拄地上，把白蚁虱子当作外星文明。”

沙仁巴图走到一边吞云吐雾，他嗤嗤一笑，“海民，你这嘴里就是吐不出什么象牙。不说这些，我们谈正事，你们地质处应该去过冷湖了吧。”

黎海民点头，他又给老丈人讲了一遍冷湖森林发生的事情。

沙仁巴图面容一肃，“今年 4 月，全世界各大天文台均观察到蛇夫座主星方向的一次伽马射线爆发事件。蛇夫座阿尔法星所在星系和其他星系合并过程中，两颗未被编号的行星发生碰撞，两个行星的合并过程朝地球方向发出强烈电波。因为伽马射线爆发多在中子星、黑洞这类致密天体碰撞的时候产生，所以这次事件绝对不同寻常，国内天文台均给予很高重视。德令哈观察站恰好正和它的发射方向相对，所以排除干扰，看到了更多细节。这道伽马流不是来自星体碰撞事件，而是两颗行星碰撞之前——大概在它们相隔半个天文单位的时候发出的。这个细节至关重要，它表明这次伽马暴不是自然的。”

黎海民悚然，“它对准地球，轰击的地方就是德令哈？”

沙仁巴图的声音迅速压低，“伽马暴的速度略低于光速，它被观测到的时候，德令哈天文台刚好处于它前进方向的延长线上；当它真正撞击地球的时候，因地球自转了两百一十四个角分，所以轰击地点恰好在四百公里外的冷湖。所以我才高度怀疑最近什么恐龙复活就是因为这次爆发事件。4 月 1 日当天，高能射线将大气层空气电离，在柴达木上空产生类似极光带的异常光波现象。该现象被二十公里外的冷湖镇居民拍摄并上传微博，当事人就是为此而来的。我们现在可以推测：第一，它绝不是伽马射线暴，因为伽马暴多来源于致密天体的合并，这点我会写进对总台的汇报里；第二，蛇夫座射线爆发事件发生了三次强脉冲，这意味着它是分三段向外爆发的。它的频带极其狭长，如同三根锋利的针分批次扎到冷湖这片土地，恐龙以及那片森林都是它第一次‘扎针’的副产物，还有两次等在后头。”

黎海民，“听你说，除了4月1日那次轰击，还有其他几次。”

沙仁巴图，“是的，根据计算结果。第一次轰击在4月1日晚10点30分左右，第二次预计在4月29日凌晨时分，第三次……”

他话说到一半停下了。李玫玫的脑袋在幕帘背后探出来，她睁大眼睛，原本因为失眠而苍白的脸庞竟浮上了些血色。

她很急切地问：“你们刚才是说，那些从天上爆发的光复活了恐龙？”

沙仁巴图支支吾吾：“也不能这么说……也许，只是可能，很有可能。谁能知道呢？”

他们很快把对话敷衍过去，黎海民再问了李玫玫几个问题，比如地中四井在那晚上的状态、冷湖森林的情况，她都一一作答了。但沙仁巴图从她眼里看出一丝心不在焉，如同猫在思索一个毛线球般庞大的计划。直到后来星图大变、太平间旁出现神秘殡仪车、何潮尸体突然失踪、谣言四起的时候，他们才回忆起那个病床上看似惊慌失措的女生。黎海民会向沙仁巴图感叹：“真能干啊。”

北京，中华人民共和国国家安全部。

国家安全部李副部长在审阅一份新的调查报告。这份报告指出了4月13日到4月25日间，外国间谍对青海冷湖地区的渗透情况。他们通过乔装驴友、自驾游游客、教师、外国顾问、科考队队员等方式接近冷湖地区并尝试突破武警封锁。最过分的一个身穿绿军装、手持红宝书站在大柴旦火车站，逢人便字正腔圆地问：“同志，您知道冷湖在哪里？”。然后，他被当场识破，在敲锣打鼓声中被扭送到派出所。

烟灰缸上的烟头慢慢燃尽，最后一股青烟在办公室空中消散。此时门被敲响，在李副部长抬头回应之前，赵敏就已经踏步进来了。

李副部长示意他坐下，“青海，它既不像新疆、西藏那样特殊敏感，也不像北京、上海、深圳、广州那样为国际熟知，国外情报机构对它是陌生的，这是好事。你已经去了一趟，有收获吗。”

“这里是另一份消息。”赵敏汇报，“青海省国土资源厅递交国务院的报告，您该看一看。”

李副部长接过，“好消息，还是坏消息？”

赵敏含糊地笑笑，“都是。”

2039 年 4 月 19 日，位于西宁城东区八一路的中石油成分检测中心收到省国土资源厅地质处送检的，三份来自不同地层深度的冷湖油渣样本。鉴定人员在三份油渣中均检测出未知生物的血红蛋白，因为抗人血红蛋白金标试剂条检验结果是阴性，所以可以排除系刑事案件，遂未报警。4 月 20 日，结合中石化成分检测中心鉴定结果，省国土资源厅地质处选择采信科员黎海民汇报内容，正式下发内参通报：冷湖地区恐龙活动极大可能是因为溢出石油，现开始着手撰写该事件调查报告。4 月 25 日，该报告集成青海省生科院、林业局对冷湖森林的调查一同上达国务院办公厅，同时抄报国家安全部办公室。

作为内陆省份，青海省的卫星地图上次更新已经是半年前，处在青甘交界的冷湖平时更是少有卫星光顾。在恐龙事件上网、接到德令哈林业局报告后，GIS 所调遣卫星在青甘交界地带所处纬线上空飞了一圈，照下了青海省国土厅开会时放在数据大屏的那几张卫星图。据勘测，冷湖森林面积九百五十平方公里，囊括原苏干湖、黑山戈壁、红戈壁山地区，极为广大。武警部队驻扎在森林边缘二十公里外的冷湖镇，为行驶在被森林覆盖的 G348 国道冷湖路段的工作车辆提供安全通行保障。目前获得入林勘测许可的只有青海省的三家单位：林业局、生科院、国土厅。林业局负责对区域树种进行勘测，最后只做出了冷湖森林来自现代的结论；生科院在青海专业猎户协助下捕获了那头杀人的恐爪龙；国土厅派出了地质处小组前往冷湖，他们的成果是最令人吃惊的，直接让省领导做出了加急上报中央的决定。

李副部长合上厚厚的文档，他揉揉额头，“有没有研究机构进行基因工程的可能性？”

赵敏摇头：“只有食品工程类有几个小项目和石油有关，是有关石油蛋白酵母菌方向的，旨在研究石油发酵生成食用蛋白的可能性。但从未听过和古生物相关的基因工程项目获得审批，也不可能有什么酵母菌能把石油发酵成高度复杂的蛋白质，别说是恐龙，就连产生一个单细胞的草履虫也不可能。”

李副部长沉吟许久，“我们已经基本排除了时空扭曲、地下世界、人为基因改造等可能性。还有什么能让灭绝千万年之久的恐龙大规模地重新行走在地上呢？还有什么方向是我们遗漏了的呢？”

赵敏指了指天上。

李副部长敲敲桌子，“直说。”

“天文事件。”赵敏说道。

李副部长点头，他脑海里出现了很多部门的名单，那些都将是国安部重点布防的保密单位，“忙起来吧。”

2039 年 4 月 28 日，海西，G348 国道。

在开惯了快车的罗中哲看来，李玫玫绝对能算是最不要命的那一档。殡仪车在高速路上飙到了过百的时速，它在高速路口起步之猛，直接让罗中哲把脊梁骨贴在副驾上，动都不敢动。李玫玫联系上他的时候他还很不屑：小丫头，我罗某人遵纪守法几十年，违章记录都没有一条，你找我干这种事，实在是找错了人。但随后李玫玫大手一挥，直接微信转账五个万。开头数字后面的四个零直接让这个四十五岁的殡仪车司机牙口一咬：“大小姐，您尽管吩咐，今天这车这人都是您的了。”

“一百二了吧。”

再次路过一个高速摄像头后，罗中哲在探头看了一眼计速表后又缩了回去，他死死握紧了安全带。这台黑色殡仪车过去在德令哈市区来往，甫一鸣笛，众车都减速让道，好个大人仪仗。那时，它威风无两，绝不会想到如今自己“纡尊降贵”，载着一个从医院太平间偷来的死人在高速路上往冷湖狂奔。

李玫玫不断看表，离沙仁巴图透露的伽马射线暴的第二次轰击还有七个小时，她必须在那之前赶回冷湖森林。她偷听沙仁巴图和黎海民对话的时候就燃起了希望：既然那些星光拥有让白垩纪恐龙复活的力量，那么理应也能让何潮起死回生。他身上所有被啃咬的伤痕都将愈合，被巨力粉碎的骨骼也将重塑。那时，冷湖森林的一切恐怖都只是会一个悠长的梦境，一切会回到正轨，那个夜晚的记忆也终将被新生活冲散，如同盐逐渐融化在雪中。

事实上，何潮的父母来过李玫玫的病房，他们一言不发，甚至有些心不在焉，但这种无声的责难更让李玫玫深感痛苦。在原本的想象中，她将抱着何潮爸爸的腿乞求原谅，和何潮妈妈一起抱头痛哭。可落到现实，只是何家人意味深长的凝视。

她用手背一遍又一遍擦干眼泪。罗中哲张了张嘴，但他最后没说任何话。

虽然说武警已经把通往冷湖森林的大部分入口封锁起来，但是在柴达木的茫茫戈壁滩上，你总能找到一个无人把守的入口。森林的轮廓出现在视野里的时候，李玫玫果断把车开出了高速，殡仪车磕磕碰碰地走了戈壁上的另一条路。然而，李玫玫和罗中哲都没发现这条路有另一组车辙，而且这条车辙通向森林边缘一个橙黄色的帐篷。

周辅把货物又捆实了一圈，但皮草下依然能渗出血来。他很苦恼地想着解决办法。

“周主任!”一个猎人在林地狂奔起来。他的每落一步都带起落叶被踩碎的声响，按理说此时并非是秋日，但这片土地似乎处于另一个时间。猎人喊道：“那边有辆车!”

沉思的周辅遽然抬头，猎人被吓得后退一步——周辅昂首的姿势在某一瞬间极像弓身的眼镜王蛇。细碎的阳光铺在他脸上，猎人只能看到那双极具压迫力的眼睛闪动着，如同一尊大理石雕像上唯一活着的那部分。

周辅轻声地说：“带我去。”

殡仪车接近林地时被弩箭打穿了右前轮胎，导致车辆停转熄火。随后，两名伪装得很好的猎人上前将李、罗二人拖下车来。被猎枪指头的时候，最先叫起来的是罗中哲，他以飞快的速度把自己和李玫玫的关系撇得一干二净，“几位爷，我一介普通司机，B1 驾照，只是收钱办事……”

“警察?”李玫玫和举枪对准他们的猎人同时问对方。

他们又同时摇头，罗中哲看着他们面面相觑。

“来这干什么。”一名猎人问道。

“和你们无关。”李玫玫瞪着他们。

“啊啊啊!”这样回答是会出事的，罗中哲嚷嚷起来，“死人!埋死人！魂归故里，入土为安!”

猎人们检查了殡仪车的后车厢，看见装有何潮尸身的蓝色尸袋平躺在铝台上。一个胆大的上前拉开拉链，然后干呕着下了车，旁人给他递一瓶矿泉水，他忙不迭地接过，不断地用矿泉水洗脸刷牙。这时候周辅来了，他也拉开尸袋看了看，碎肉和骨头在阳光中逐渐腐烂的味道让他想起高度氧化的苹果。

“白事，晦气。”他啐了一口，“货上车了，赶紧走。遇到武警哨卡，就说是给生科院的。”

橙黄色帐篷瘪了下来，大屁股皮卡车的尾管冒出一阵煤气罐爆炸似的噪声，装满货的车身艰难地抖动起来。他们沿着国道往南开去，发动机因送氧不足的“咔咔”声在五公里外也能听见。

“那些人中有一个我认识，以前是在可可西里干偷猎的。可不是什么善茬。”猎人们的车开出足够远后，罗中哲才长出了一口气，他顶着肚腩连滚带爬地回到殡仪车旁，谢天谢地那些人没有拔走车钥匙。

“那人也是吗?”李玫玫想起周辅的眼睛。

罗中哲愣了愣，“我没见过。”

李玫玫打开手机看了看时间，“好了，你可以走了。你走吧。”

罗中哲欲言又止，“姑娘，听我一句劝，回家呗。这里面很危险的，天又黑了，一个女孩子家，亏得你找的是我，在这方面还算正人君子，不然你很危险的。”

李玫玫卸下袋子，“不用你管，你收钱办事就成。”

罗中哲回到殡仪车的驾驶座，他刚一打火便在引擎弄出的摇晃里陷入了乔达摩·悉达多①般的沉思，被金钱冲昏了的头脑逐渐冷静下来。他想：死人财不是没发过，李玫玫只是让他用一个假身份把何潮尸体从太平间里提出来，来一个偷龙转凤，但要是李玫玫在这鬼地方有个三长两短，寻死觅活，那他罗中哲必然落下一身骚。他思前想后拔掉了车钥匙，打开车门摇晃着小跑起来。

李玫玫厌恶极了，“你跟上来干什么?”

罗中哲喘着气，“售后嘛，姐!”

装着何潮的尸袋被放在一个手推车上缓慢地被推进森林深处，现在正值一日内气温最高的下午，阳光猛烈，整个森林弥漫着螨虫死去的气息。罗中哲突然想起最近关于恐龙的传闻，他不断察看那些林间的阴影，好像那里面随时会跳出一些怪物。李玫玫一路往深

---

① 乔达摩·悉达多：佛教创始人。释迦牟尼是佛教徒对他的尊称。

处摇摇晃晃地走着，她不断把计划万一失败的想法抛出脑海。就在他们为了找到森林中心而漫无目的地乱走的时候，太阳逐渐沉陷于山脉之间，最后一丝阳光像雪花一样落在铁松的树梢上。

令人恐惧的月光隐现于青色天空，森林深处再次传出夜莺的歌声。

海西，紫金山天文台德令哈观测站。

地质处的皮卡车停在观测站门口，车盖上还有余温。在长江医院见过面后，沙仁巴图就一直向黎海民嚷嚷着要回这里。黎海民刚开始还劝他静躺养病，但后来终于下定决心，咬咬牙，开车把岳父送回了他心心念念的观测站。沙仁巴图脚一沾地就一溜小跑进了中控室，很难想象这是个肝癌病人。他和南京总台的链接请求挂了五分钟，这是最高级别的保密通信，只能在观测站里启用内部线路，他在请南京紫金山天文台总台派人来接收数据。4 月 1 日，德令哈观测站对蛇夫座方向伽马射线暴的观测数据活活塞满了两个服务器，用观测站的小水管般的宽带走远程传输还不如直接用“大卡车”来拉。

沙仁巴图放下电话，骤然放松的表情浮现在他的脸上：“总台那边说国安部会派人来接手，把储存服务器送到北京国家天文台处理。这是好事，国安部介入就表明上级已经重视起来这方面的安全，这对他们来说是很有价值的数据。”

黎海民一头雾水，“这些沟通工作完全可以交给你手下的人做嘛。”

沙仁巴图摇头，他的语气有种交代遗嘱的解脱，“海民啊，你 2023 年毕业干到现在，不升不降，就是缺了这根弦。天文系统有专门的保密办法，和稀土矿普查上报程序类似，重大涉密事项不走行政序列而是走技术序列上报，所以我不向州政府汇报而是向南京总台汇报。如果我真的判断这是个普通的天文事件，我也不会吊着一条老命……”

黎海民刚想说点什么，门就被轰然推开，阿日娜高娃踏入中控室，气势十足。黎海民愣在门边，这时他才想起几分钟前从远端大门处直射来的远光灯，原来那个时候她就已经来到德令哈观测站了。

“站一边去！回头再收拾你。”阿日娜高娃狠狠剐了她男人一眼，随后向她爹开火了，“好啊！你一被医生允许放风就‘越狱’了是吧，知不知道长江医院在找你，以为你欠费逃跑！我就搞不懂，有什么东西值得你冒着生命危险跑回来？”

沙仁巴图显得很苦恼，这种苦恼好像已经伴随他很久了。他下了一些决心，换了几个坐姿，向中控室里的两人讲述了半个月前发生在这里的事。

德令哈基地13.7米毫米波望远镜上一次检修维护是在去年的七八月份，按观测运行计划，今年春季，德令哈观测站的任务是对蛇夫座NGC6633、NGC6493星云边缘碰撞事件的射电频谱和红外光谱进行观测。但从三月起，望远镜的回传数据一次比一次离谱，光频谱图多次出现异常能量尖峰。工程师们心想，这要么是镜头温差畸变、主反射面积尘引起的，要么是蛇夫座确实有了不得的事情发生。而那之前沙仁巴图还活蹦乱跳地到处找人喝酒划拳，但从二月开始他就没来由地吃不下饭，体重也降下来了，发热和疲乏开始折磨他。沙仁巴图身体不好后，一时也没人拍板望远镜要不要停工检查状态，这事就逐渐搁置下来。

半个月前的4月1日，沙仁巴图早餐时吃的单位食堂的两张葱油饼和一壶豆浆，到中午时分就因为突然的腹泻拉光了。他肝区的疼痛，从最开始蚊叮虫咬般的针刺状疼痛，发展为大面积的着火似的灼烧感疼痛。值班室小张劝他去卫生站看看，沙仁巴图有点犹豫，因为那晚恰好是对蛇夫座NGC6633、NGC6493星云方向的绝佳观测时机，大气能见度、频谱清净度都很高。前两天，他已经通过星图计算得知那晚这束来自宇宙的高能射线将接触冷湖地区，他不可能放过这个机会。

“小事，肠胃炎，红军过草地那么难都挺过去了，我也可以。”他这样对小张说，随后吞服一剂肠胃宁，但不太有效。

德令哈观测站望远镜使用的是地平式机架，光学系统是经典的卡塞格林系统，这是一套比较老的观测设备，但对付今晚的情况应该绰绰有余了。沙仁巴图对系统下达了开启全频带监听的指令，它转动调焦的时候，一片麻雀从柏杨林深处被惊飞了，系统自检很快完成，显示各波动监听功能正常。

肝区仍在隐隐作痛，他不禁自嘲地想：哼，痛着吧，你还能造反了不成。

望远镜对准了方向，他一直等到了深夜时分，传感器示波屏上的波形开始如蟒蛇般抽动，望远镜接收到了各个频段上的射电，其细节之复杂令人惊讶。他打开数据库管理软件，原来还在待命的几十个线程都被阻塞了，系统集群的全部节点占用率均为100%，这种情况不是因为互锁死锁，就是因为满载写入，原因显然是后者。数据量太庞大了，即使是先进的分布式集群系统消化起来也要一定时间。

在那个时刻，整个世界只有沙仁巴图一人能够通过光学分析软件清楚看到那个诡异景象的全貌。相场分析里，一个具有无穷细节的斑斓色球在德令哈东北方向的冷湖地区浮现，它如同一层笼罩在星空上的油腻蒙布，使原本黑色的夜空变成了各种颜色的杂交场。它由许多人类能认识的、不能认识的色斑构成，一个大色块内部有着更多小色块的组合，其分形结构足够令人发狂。

冷湖镇居民肯定能看到那个景象，后来沙仁巴图才从李玫玫处得知他们认为这是极光。其实这已经很接近了，极光由来自外层空间的高能带电粒子流激发或电离大气而产生，受太阳风猛烈吹拂的极地地区能常常见到呈带状、弧状、幕状、放射状的极光。而这束来自蛇夫座的射线竟然能在中纬度地区将大气激发到如此地步，可见其所携带能量之庞大。

沙仁巴图明白，若非德令哈观测站恰巧和冷湖相距不到四百公里，这些数据是不可能被地球上任何一种设备捕捉到的。这片星空在那一刻独属于他。

短暂的狂喜后，随之而来的是深刻的不安。天空中的无形色彩犹如一头有生命的野兽，它在喘息、在律动。过去更老的人们曾认为，只有将死之人才能看到一些奇异的景色。沙仁巴图蓦然想起自己爷爷断气前曾一次次谈到羊毛毯上的血手印和盘旋在白帐上空的金色雄鹰，他在睡眠中呓语着腾格里①的景色，直到在一个深沉的梦中永远失去呼吸。

相场分析里的光球还在不断变幻色彩，沙仁巴图长久地凝着那些让他入迷的颜色，像是在思索自己剩下寿命的长度。他突然感觉自己后背肌肉僵硬，呼吸困难。那时正是深夜，人体各机能处于低谷，加上屏幕里的高对比度、剧烈变化的画面，极易产生光敏性癫痫，进而诱发中风。

往事像走马灯一样浮现在眼前。这是猝死的前兆，但沙仁巴图深知自己还不能死。

他用几乎僵死的手指在键盘上输入了一些指令，然后按下紧急呼叫。在门口值班室小张赶来之前，他完成了好几件事：一是将一部分高占用率的分析线程挂起，放出更多 CPU 资源，现在他不再需要分析和可视化，只需要尽可能多地获取观测数据；二是将数据库的查看权限调高，让普通工作人员无法接触；三是删除操作日志。在临近中风、四肢无力的状态下完成这几个冗长的操作绝非易事，但沙仁巴图秉着某些巨大的执念完成了它们。那时他的表情一定非常狰狞，他瘫倒在椅子上，晕过去之前看见进门的小张惊叫起来。

“小张把我送去了长江医院，后来的事你们都知道了。”

---

① 腾格里：蒙古语音译，意为“天”。

交代完一切的老蒙古人倚墙而坐，头上有半坏的光管闪烁着。许多影子从他单薄的身躯中里长出，如同他多年来曾戴在脸上的许多面具。他慢慢睁开眼睛，“因为我突然中风，观测站其他人都没来得及处理蛇夫座伽马暴被望远镜成功观测的事。但他们迟早会反应过来，过来查数据的。所以我必须回来处理……必须回到这里来亲自处理这些事情……我不能让其他人接手……”

“你们真是离人的日常生活太远了，远到不近人情。一个搞天文，一个搞地理，动不动就是多少万光年的星空，就是几十万个世纪的地质期，各种大词大句，各样宏观高度。”阿日娜高娃用力敲了敲桌子，她没好气地说道，“什么事能有自己的命要紧？宇宙再大再宏伟，关你屁事？”

“这儿没有外人，我们说开吧。其实我两年前通过单位体检就查出了肝硬化，你老爹我常年乙肝，这个结果也是意料之内，当时想着，先挨着吧。换句话讲，其实我早就知道自己要得肝癌，现在这样也不过是顺理成章。阿日娜，老爹确实骗了你，但你先听听我解释……”

沙仁巴图的脊背一瞬间塌了下来，手指不停抚动桌沿，他似乎在几分钟里苍老了几十年。生活对他的所有鞭打都从指尖淌下。在接下来的十五分钟里他逐渐吐露出多年来所有隐秘的、几乎不能诉诸己口的想法，如同犯人临刑前最后一次自白。但他自觉坦坦荡荡，无所愧疚。

“我隐瞒这件事，是有一些理由的。2038 年德令哈人均年收入一万五千元，在全国县、市级中排名较后，我们一家虽然几个人都是吃公家饭的，但收入也高不到哪里去。辛辛苦苦攒了一点钱，又折腾了几年，没多少积蓄。最近我躺病床上光是打点滴，一天花的钱都是成百上千，一个月下来就是上万，我心疼得很啊，没理由倾家荡产就为了我一把老骨头。我虽然是病号，但是工作能力还在。四月一日之后，我手上就掌握着最全面的蛇夫座星云碰撞观测数据，只要努努力，就能抓紧写出篇好文章，那我就肯定可以评上正高级职称了。正高职称退休之后要比副高职称每个月多一千几百块，抚恤金也不是个小数字。其实我早就该内退，但就是憋着一口气要评职称——我很多年来职称一直是副高，很多机会都是因为自己优柔寡断没抓住。我想要评上正高，一来确实想争口气，二来也希望给你们多留点东西。”

他说不下去了，低着头等了一会儿。又过了一会儿才听到阿日娜用力扯了扯她男人的衣服，“黎海民，你说点话，劝劝。”

黎海民也沉默着，他没经历过和岳父这么开诚布公的时候。老人好面子的时候多，说成这样多半是要交代后事了。

沙仁巴图继续絮絮叨叨地说着：“我在长江医院那儿认识了隔壁床的老哥，他是恶性肝瘤，在做化疗。太痛苦了，他天天晚上又哭又喊，求医生、求护士给他上个吗啡镇痛。那个眼泪鼻涕啊，太难受了，我心想我绝对不要这样。我原来想自己找个地儿一了百了。你们身上还有房贷，我不好拖死你们。”

阿日娜高娃终于叹了口气，“何必呢，阿大。咱生活没那么难的，走一步看一步嘛。”

“浪费钱。你以为我不知道我病入膏肓？我自己的肝——虽然没神经在那儿，但我知道的。它抽痛、肉痛、神经痛，打了针也没用，更痛更难受。这一劫我很难迈过去了，但迈不过去也没啥的。”沙仁巴图摇摇头，“搞天文有个好处，就是能认识到人，以及人的主观能动性都是很渺小的东西，人和牛马没什么不同，终其一生都在自己的小天地里打转。面对宇宙你会感到畏惧，人类一生都到达不了的彼岸太多了，多那么一两个也无所谓。我时间不多了，这应该是最后一次做天文记录，记录蛇夫座伽马射线暴三段爆发的全程是个好的句号。”

这时黎海民的脸色悚然一变，“我突然想到，你说过第二段宇宙射线的轰击时间是……”

在短暂的犹豫后，座椅上的老人以极轻的声音说道："今晚。"

这时的冷湖森林正陷入银河旋转的凝视，群星构成的无数眼睛正静静注视着这个星球。第二段射线爆发将在四个小时后到达冷湖地带，如同利剑刺入大地。而对此一无所知的罗中哲正将蓝色尸袋轻轻放在一个突出空旷的土丘上，正是树和树的缝隙之间漏出的大片月光，将小心翼翼行走在丛林里的两人吸引过来。这是这片森林里少有的完全裸露在星空下的空地。在无处不在的悉悉窣窣声音里，李玫玫拉开尸袋，何潮的尸体暴露在空气中，就在半个月前这具破碎的骸骨还是一个活生生的男人。她将一个银质十字架放在他胸膛中央，愿神保佑你回到这世上，她这样祈祷着。她不知道是否有声音能听到自己的呼唤，但如果可能她愿意用一切来交换神迹。

满头大汗的罗中哲完成了苦力的使命，正在一旁歇着。时候就要到了，李玫玫竭尽全力压住自己愈发剧烈的心跳，她对罗中哲说："这里就成，他能照到光。你走吧。"

"姑娘，我要讲，这可是大西北，不比你们大城市那么有夜生活，很危险的。"

"行了，别说了。按我们约好的，天一亮你过来接就成。"

"好好。"罗中哲不敢多问，但他鼓起勇气插了一嘴，"不过，我这车有可能有点油量见底了，车是日本货，比较耗油。你知道，国际油价又涨起来……"

李玫玫看他一眼，作微信转账状，"尾款多加两千，够油钱吗。"

"够了，够了，够得很。"一个难看的笑容在罗中哲布满褶子的脸上展开，他的牙齿甚至在反光。

光……

这一瞬间他们发现，从苍穹顶端投下的星光变得愈发猛烈，皮肤甚至开始产生灼烧感。李玫玫心情复杂地看着星空，完全没在意欲言又止的罗中哲。

天空的色彩开始变幻，趁还没有什么不可挽回的事情发生，罗中哲只好赶紧离开了森林。殡仪车在国道上开出几公里后，罗中哲感到背后吹来一阵热风，即使相隔五六公里，他仍然能感受到森林深处空气的躁动。他咬咬牙又开了回去，当把殡仪车开回森林边缘的时候，他看见李玫玫从开始散发诡异光芒的树林之间窜出，好像有什么在驱赶着她。

“地面在动！树木在长！”李玫玫哭喊着，她扭曲的表情足够让罗中哲忘掉所有刚才准备好的、劝她返回冷湖镇的说辞，“让我上车！让我开车！”

他们在戈壁滩上开出一段路。

巨龙的咆哮突然响彻山林，一个隐约的、巨大的阴影从地面崛起，这一景象使人联想到深海里占满视野的巨大乌贼和虚空里星星猛烈转动的瞬间。驾驶座上的李玫玫心脏一紧：那到底是什么东西，阿潮和这片土地会被它踩碎吗？随即她想到被遗弃在那里的何潮：啊，阿潮，我不该……但当瞥见那个阴影在星光下的庞大身躯后，恐惧、羞愤及其他更难以名状的情绪掌控了她的呼吸，她把车开得更快了，像是要拼命逃离那里。

罗中哲看着后视镜里出现的轮廓，他也被吓得魂飞魄散，“马门溪龙，马门溪龙！……海石湾出土过它的化石！我、我、我、我带儿子看过……快开车！加速！”

黑色殡仪车一个漂移从戈壁滩进入沥青路，在高速公路上狂奔，他们面前是交警设置的一个哨卡。其中最先意识到冷湖森林深处异变的，是那名负责在 G348 国道控检来往车辆的武警支队队长，他看着黑夜中明显超速的两个大车灯，正要示意司机停车查牌。而下一刻，马门溪龙在远方撑起了它的身躯，这头山一样的活物使得这个身经百战的警察第一次有了发自内心的战栗。

第二天，2039 年 4 月 29 日。北京，中南海。

国务院办公厅第四会议室厚重的木门打开后，代表国家天文台出席本次会议的李主任忐忑不安地落座，他一眼就认出了常委身后陆氏父子的《层峦叠翠》，再往左右，就是红旗和国徽。与会人员不多，只有常委、常委秘书、国土资源部部长、青海省国土厅党委书记、国家安全部第十六局局长、一名中科院古生物研究所派出的科学家和李主任，近两百平方米的会议室显得极其空旷，麦克风调音的噪波在室内回荡。原来这事由部长报送给了分管常委。常委知悉这件事后极为重视，希望全面了解此事，立即挑了一个时间召开这次会议。

主持这次会议的是常委，他的声音不高，低敛敦厚，有一种内在生长的严肃，“各位同志，国务院办公厅4月12日收到青海省国土厅电讯，称柴达木盆地冷湖地区有极度反常的植物生长、古生物活动踪迹。我希望亲耳听听各个环节的、接近基层的、拥有一手资料的各位同志们的所见所闻，下面请各位按照位置次序发言。”

国土资源部部长首先对冷湖地区的地质历史、开发状况、当地经济进行概要介绍，青海省国土厅党委书记向常委简要讲解了冷湖地区近期的布置。这种事务性汇报已经在前一天汇总成文档报常委审阅了，之所以要有这个环节，是想让其他与会人员对整件事拥有整体认识。

国家安全部第十六局的局长随后展示了冷湖地区的卫星侦测地图，他在密密麻麻的辅助标记中着重介绍了几个地点：处于冷湖森林中心的石油小镇遗址、疑似恐龙活动的疆域、恐龙杀人事件受害者的位置。其他细节也同样令人惊讶。这时李主任还不太清楚他的职能，后来他才知道第十六局主管影像情报分析，负责卫星信息判读，GIS所拍摄的青海冷湖地区卫星图像就需要经过他们审核和研究。

李主任听到几阵密集的手机震动声，在木桌上，这种动静尤为引人注目。他发现青海省国土厅党委书记突然抬了抬眼镜，他的体态迅速转变为幽深的凝重，他盯着手机屏幕，像是在阅读一封长长的信。思忖良久之后，他举起了手。

常委注意到了他，“夏国良同志，请你发言。”

“各位同志，青海省国土厅刚刚收到现场武警部队消息，昨夜约12时32分时候，冷湖地区又发生了一次类似的异变事件，森林的面积和古生物的活动范围急速扩大。在冷湖森林早期勘探过程中，我省林业局曾在关键点布置了一系列传感器和视频监控，在昨夜它们成功拍到了几个视频，应该是目前我们能拿到的最接近现场的资料。”

视频很快被接到大屏幕上。

第一个视频画面是冷湖的星轨录像。针对天空的拍摄设备4月20日被安装在森林高点，从当天下午时分开始进行延时摄像。会议室里的几人清楚看见，青色苍穹历经七个平平无奇的昼夜，突然在第八日入夜时分变得五彩斑斓。整个天空仿佛变为一片狂怒的海洋，无数颜色在其中不住地翻腾，其无穷复杂的构造让人们的目光沉陷其中。视频结束的时间是4月28日晚11时32分，视频画面的最后几秒产生了严重的失真和噪波，最后突然黑屏，显然是强烈的光波辐射损毁了相机里的CCD、MOS元件。

第二个资料是一个大约十五分钟长的音频。由一连串逐渐高昂、刺耳的类似禽类尖叫构成，夏书记向其他人介绍：这是林业局在森林深处录下的恐龙叫声，用以估算森林内恐龙数量。截至4月28日，林业局估算恐龙数量在二十至三十头。但在当晚，这个数字达到了一千，在多个声段上出现密集波峰，冷湖森林内的生物活动正在快速活跃并向外扩展。最后随着一声低沉的、巨龙般的恐怖鸣叫，音频结束了。

第三个视频只有短短的十几秒。黑白灰的画面色彩表明，这些画面是由一个数码夜视仪拍下的，人们没能看到笼罩在林地上的光的颜色，但能感觉到灰度正在高速变化。视频的最开始十秒平平无奇，但最后几秒钟被特地放慢了：一个生物脊椎慢慢地从林地地面的泥泞中浮现，接着是血管、内脏、其他骨骼，它们互相吸引并迅速形成血管网络和肌肉组织，最后一张几乎透明的黏膜将它们包裹成一团。录像戛然而止，人们没能看到这种耶稣复活般的神迹的全程，但很明显那已经是一头恐龙的雏形。

视频播放完了，会议室里噤若寒蝉。

“请各位发表一下意见。”即使意识到自己在见证历史，常委的声线也未见任何波动，但他那双眼睛里出现了极少有的强烈的震撼之情。

国土资源部部长略一沉吟，“关于第一个视频，我记得在四月份的时候，天文系统上报过冷湖地区的这种异常的天文现象。”

“是的。”夏国良书记补充道，“青海厅前几天的汇报中提出了原因猜想：这些恐龙系从石油里复活。那么现在，我们有了关键的、决定性的证据，能说明这些恐龙的来源：冷湖地区地中四井因 3 月 28 日的地震发生溢井事故，原油冲破封井设备来到地面。根据天文系统的报告，4 月 1 日、4 月 28 日冷湖地区均接收到来自蛇夫座方向的异常光波辐射，这种光波辐射从石油中复活了侏罗—白垩纪的恐龙。”

中科院派出的那名古生物学家犹豫地开口了，“青海省生科院的报告也佐证了这点，前段时间他们抓获了一头恐爪龙，发现该生物体的体液里面有浓度反常的烷烃、环烷烃、芳香烃，这些都是石油的主要成分。结合第三个视频的石油生物转换过程，这种现象很可能是因为转化未完全，有一部分石油留在了恐龙体内。它们的复活还未完全……”

见会议室里的人都听得感兴趣，他犹豫了一下，继续说道：“……说到复活，我们就必须先谈到生命的本质，不是器官的本质也不是理化的本质，而是最本质的本质——信息的本质。我想起一首诗，也许大家多少听过，‘身体里的碳，可以制成九千支铅笔，赠给诗人，但每根铅笔必须配一块橡皮；身体里的磷，要制成两千根火柴，全部给盲者，让他点燃血中的火焰；身体里的脂肪，还能做八块肥皂，送给妓女，请她洗净骨头去做母亲；身体里的铁，只够打一枚钢钉，留给我漂泊一世的灵魂；就钉在爱人心上’，这是李庄的《身体清单》。说到底，构成一个标准人类的化学成分不过是十八千克的碳、一点氮、五十千克水、足以做两千根火柴的磷、一枚铁钉的铁，当然还要另外二十种微量元素。但构成我们生命的本质并不是我们的物质，而是这些物质原子在空间的结构信息。网上很多人在传，外太空来了神秘物质，说是什么生命之源，照到冷湖上复活了恐龙。你们知道的，就是那些每次出了什么事都要跳出来说两句的阴阳家们。但所谓复活，可不是把什么神奇的粉末吹到死人的鼻子里，而是把碳、磷、氮、铁这些平平无奇的物质重新组合成生物的结构，但这几乎是不可能的。”

“啊！我……”李主任突然接话，开始很谨慎地选择着用词，但常委用眼神鼓励着他说出更多猜想，“……刚才您谈到结构信息。我突然有了灵感，也许它是一束负熵①，纯粹的负熵。蛇夫座伽马射线爆发事件之后，它就一直在宇宙空间中跋涉……是的，应该是负熵，不然没有其他解释了……”

“……”

“熵是一个系统结构化程度的表征、文明的本质、意义之塔的顶端。我们会用玻尔兹曼熵、克劳修斯熵、信息熵来描述一个系统的有序程度。”

李主任的思路比较快，会议室里的其他人一时反应不过来，这使那名主管卫星情报的国家安全部第十六局局长在率先理解之后，不得不向其他人解释。他挺直了腰背，这是军人临战的习惯。同时，他的表情在强烈的灯光下迷蒙不定：

---

① 负熵：是物质系统有序化、组织化、复杂化状态的一种量变。熵代表无序，而负熵代表有序。

“第十六局每天经手大量卫星图，我们的超算就要从这些巨大的卫星图中找到人造物。我们采用模式识别技术来判别我国的卫星图中是否存在可疑设施、可疑舰队航迹等，它的核心就是信息熵计算。卫星图中某块区域的信息熵越低，就表明信息量越大，有特异活动的概率越大。放到宇宙图景中，一个区域的信息熵越低，存在生命的可能性就越大。埃尔文·薛定谔曾在著作《生命是什么》里提出：生命有机体在不断增加自己的熵——或者可以说是产生正熵——从而趋向于危险的最大熵状态，那就是死亡。要想摆脱死亡或者活着，只有从环境中不断吸取负熵，如果李主任的猜想是正确的，那么就是石油中的无生命有机成分吸收了来自太空的负熵，然后恢复到了它有生命时候的形态，也就是恐龙。那么就说明，负熵可以让生命的形态发生转变，它是事物的本质，各类生命不过是它的表象。”

中科院的古生物专家皱眉，“生物的形成是个复杂的课题，这种观点未免过于激进。负熵，听上去是个很偏僻的概念，而且又有哪里能提供这种东西呢?”

听闻此言，李主任的喉结滑动了一下，他的声音随着思绪的展开愈发阴沉，进而影响到了会议室里的其他人，“生命以负熵为食，也因负熵而生。大家注意蛇夫座射线爆发事件发生时冷湖地区异常光波的颜色，它虽然迷乱但是却有内在的结构，是一种分形，只有频谱、成分极其复杂的光波才能将空气激发成这样，而这种内秉的结构性就对应着极大的负熵。结合蛇夫座爆发的几个细节：并非来自行星碰撞解体，分多梯次爆发，巨大的能级。依我推断，这次伽马射线暴肯定不是自然的，很有可能就是其他文明向地球发送的信息，这种信息的负熵量如此之大，以至于照射到石油上可以直接复活出一个中生代的生态系统。”

常委问道：“如果——我是说如果，宇宙中存在其他文明，它们对我们发出这种东西的用意会是什么呢。”

李主任摇摇头，“恐怕没人能回答，其他文明未必能和我们人类有相同的道德基础，以人类的思维惯性去揣摩其他生命，恐怕不太合适。蛇夫座 NGC6633、NGC6493 星云离地球有三千光年，无论这个负熵流是什么用意，都是三千多年前发出的。它被发出的当天，那两个星云上的文明看到的就是差不多三千年前的地球。”

第十六局局长凭着职业本能问道：“三千年前的地球有什么重要地标吗，它和现在的地球有什么主要区别?”

李主任，“没有区别。三千年前我们正处在商周青铜文明，烽火戏诸侯的故事静候史家入书；南亚次大陆板块发生位移，雅利安人入侵印度，这个时期被称为‘吠陀’；地中海的海水历经三次大涨潮，淹没沿岸土地，彼时罗马尚未建立。但在以光年计算的距离上我们都只是一个点，再过三千年我们也只是一个点。”

常委点头，“我们有办法能得知那两个星云的具体动向吗。”

李主任，“紫金山天文台在青海德令哈有一个观测站，那里是离冷湖最近的天文观测机构。关于这个问题他们应该是最权威的，前几天，紫台已经派人去那里，准备把数据服务器空运到南京总台进行进一步分析，但在这之前应该要耽搁一些时间，因为专业数据服务器的空运对静电屏蔽的要求非常高，不是所有航空公司都有这个资质。”

常委思考了一阵，他侧过头吩咐他的秘书，“自中华人民共和国成立以来，不，自人类历史以来，恐怕世界上没有任何一个国家面对过这种情况，我们是该更加关注这个事情，以免它引起什么严重的后果。小谭，你起草一份汇报，集成一下各位专家的意见。”

一直低头记录的男秘书轻声应是，有什么事情此刻已被决定。会议室里陷入短暂的沉默，在这短暂的沉默里，所有人的思绪都在漫无目的地遨游。阴沉的空气在明煦的灯光里缓缓压下，那片森林的气息似乎也蔓延到了此处，直到思索得比在座所有人都要长久的常委说出散会。

海西，冷湖镇。

开着罗中哲的殡仪车从森林出来后，李玫玫就在网吧窝了一整天，她像是发烧了，正无精打采地点击鼠标。罗中哲一看她不像是会死的样子，留下两袋小柴胡颗粒给她就撤了。

然而这台显眼的殡仪车开了两公里就被警车堵了回来，几个警官把罗中哲提回了派出所。在警察们的闲聊中，他迅速得知了昨天李玫玫从医院逃跑后发生的事：一早，护士长发现李玫玫从病房里消失，随即报警并发动全医院职工去找。这件事的直接后果就是，冷湖派出所今日早晨就接到了德令哈公安局的通知：根据各路口、国道监控，4 月 27 日晚，德令哈某涉案窜逃车辆正在你辖区活动，车牌号为青 AXXXXX，请迅速派遣警力拦截。

“长江医院是跑了好几个人，一个老的，一个小的，还有一个死的，我们就负责抓你们。”警官如此跟无精打采的罗中哲说道。他一边说着一边和旁边同事核实着李玫玫的家庭背景，罗中哲这才知道那个出手阔绰的女孩原本早就应该回北京去，但人要死要活地想和死掉的男朋友待在一起，至少待在同一个医院。她家里人说行，希望先借此稳住她。

听完这些，罗中哲脑袋晕乎乎的。直到手铐打在他手上，他都没什么反应。

警察在网吧里找到了李玫玫。瘫在座椅上的李玫玫很抗拒他们的问话，昨夜那可怖场景带给她的惊吓还没在她的眼睛里彻底消去。她把鼠标狠狠一砸，显得很无措。

在网吧此起彼伏的揍小孩的声音里，亲自上阵的德令哈公安局局长把眼前这个黑眼圈浓重的女孩叫了出去，“你是李玫玫?”

“嗯。”

“你家人已经收到消息，正在从北京赶来的路上。”望着李玫玫仍然无动于衷的脸，他只好草草收场，“如果你有什么要求，可以向我们提出。”

“我要回去。”

“啊呀，大妹子，你要去哪儿？回北京的话我们车接车送，要是你想回……”

“冷湖森林。”

“这我们实在帮不了你。”

“我要回去找人。”

警官很为难，但还是给她看了痕检人员在现场的拍照。“现场”是指李玫玫放置何潮尸体的地方，所以这些照片实在来之不易。中午时分，一架武直－10飞到冷湖森林上空，索降了一支全副武装的勘察小组，他们意外寻找到了何潮的尸身。现在的冷湖森林危机四伏，所有红外观测仪和心跳检测仪都表明密林深处有大量不明生物活动，热感成像显示那些不知从何处而来的生物有着猛兽般巨大的轮廓。冒着生命危险的索降小组运气不错，很快在森林东南方向找到了何潮的尸体，但他们只带回了一些照片。

“这是什么？”李玫玫指着一张照片里的物体，细心的人能发现她的指尖在颤抖。

“法医说过，是一种金属，也许是铁。”

“他变成了铁……他变成了铁……”

“是的。”对方用夹杂着不解、谨慎和畏惧等诸多情绪的语气回应了她，“一堆……人形的铁。我干这行十几年了，从没见过这种事情。”

这就是勘察小组没能带回何潮尸体的原因，他们发现一具金属人形被固定在同样被金属化的空地上，仿佛它们天然地生长在一起，只有一些尚未被金属化的血肉表明这曾经是一个人类。沉默的李玫玫没有怀疑这张照片的真实性，她早已知道这是真的。在那个夜晚，她亲眼看着那些光从石油中将巨型生物的骨头和血肉塑成，如同天帝亲笔书就的敕令。而何潮的肉体却以诡异的速度变成金属，不，不只是何潮，当她因恐惧跑出冷湖森林的途中，她听见风中传来钢铁和钢铁碰撞的声音，叶子如碎铁一般纷纷砸到地上。整个森林都在铁化！她在树和树之间的阴影疯狂奔跑，躲避那些从树叶之间漏进来的光，直到一束远光灯打在自己身上——那是罗中哲的车灯，他为这个像是地狱归来的女人让出了驾驶位。

那时她全身都被严寒般的恐惧渗透，只能凭求生的本能踩实了油门，让车在国道上全速前进。当重新见到太阳的时候，她才筋疲力尽地停下车。

我逃了两次，我两次都扔下了他。

李玫玫在网吧门口蹲下并捂脸痛哭，警察们只能尴尬而不知所措地站着。

周辅再次来到冷湖的时候，这里的居民已经被紧急撤离了，只有持有通行证的生科院、林业局、国土厅、武警部队等相关政府部门人员才被授权进入这片地区，其中当然也包括生科院古生物室的周辅主任。

站在冷湖镇远望森林，便会发现几乎无穷无尽的飞鸟群扑扑簌簌地在森林上空吵闹，它们尽情鸣叫、飞翔以及交配，这种景象从来没有在大西北出现过，来自蛇夫座的光迅速构造了这个来自上古的生态系统，两个时代的生物在其中交融，林业局的工作人员惊奇地发现，一些已被列为灭绝物种的动物也在森林里出现了。其中最引人注目的当然是那头身长三十多米的马门溪龙，它天鹅般细长优雅的脖颈很容易被无人机追踪到，人们很难相信它拥有重达五十吨的庞大体躯。它正头颅高昂地漫步于茂密森林中，即使是最高大的桦树也未必能与之相称。这头出尘巨物每一落步都能引起地面的些微震动，如同磅礴的鼓点敲打着大地的脊梁骨。

“独步天下，吾心自洁。无欲无求，如林中之象。”

周辅喃喃自语，他走向冷湖客运站，沉积数千年的黄沙依旧簌簌地吹在他破旧的夹克上。马门溪龙在远方漫步的姿态让他想到大象，这是因为它们都有相同的与世无争的愚钝，以及无论毒虫还是猛虎都难以伤其分毫的强大。佛门向来将象视为圣洁纯净的动物，周辅去东南亚旅游的时候骑过驯养的大象，那时感觉平平无奇，和在香港坐二层巴士差不了多远。但当他抓到一次机会公派去了非洲，在热带雨林里，他第一次看到野生非洲白象悠闲地漫步林中，才理解什么叫身若宝塔，态似行云。他一想到自己将要出卖眼前这些生灵，良心的颤动就愈发猛烈，在反偷猎旗帜前宣誓的时光虽然早已远去却未曾黯淡，每个夜晚他都在接受锐利的煎熬。

“周主任好，周主任好。”

熄火的大巴停在路边，在一块空地上旁若无人地吹牛的猎户们见他走近了。有个眼色好的，早其他人一步反应过来向周辅打招呼，他对这位财神爷点头哈腰。周辅自打第一天认识这些全身散发着尿味、吲哚①和沙子味道的猎人起，就看不上这些个猥琐的尊容，但他把自己的厌恶藏得很好。

周辅在他们面前站定，手在兜里掏出手机再看了一次昨夜下发的红头文件，淡淡地说：“我需要告诉你们一个消息：冷湖地区的勘察从现在开始由国务院办公厅直接督办。有看到昨天直升机飞来飞去吗，解放军昨天已经开进冷湖森林了。”

一个拄着登山杖的猎户问他：“国务院又怎么了？”

周辅冷笑：“意味着现在冷湖森林的情况很严峻，到时可别说我没提醒过你们，毛手毛脚被抓到了就不是小事了。有要退出的吗？”

另一个猎户扫视一圈，他眯起的细长眼睛如同游弋在戈壁的狐狼，“走到这步了，一条船上的蚂蚱，谁敢退出？”

周辅点点头，这些见过血的猎户果然不怕事。他知道这些人以往在可可西里的勾当，他们有着狼狗一样的领地意识，可以为了苍蝇大的“荤腥”不惜拔枪相向，甚至闹出人命。这几年牦牛和藏羚羊皮的价格确实上来了，他们当中的暴发户不在少数，平时更是挥

① 吲哚：吡咯与苯并联的化合物。浓时具有强烈的粪臭味，扩散力强而持久。

金如土。如果这次不是自己牢牢掌握着和上家联络的渠道，恐怕这些人绝不会选择把自己的宝马或路虎停在生科院的橙色帐篷边。

欧洲的上家联系到周辅和周辅去联系那些猎户的过程是同构的。知道中国有地方出现了活体恐龙后，那些奢侈品贩子们像闻到血的鲨鱼般蜂拥而上，任何一点有关冷湖的消息都能让他们兴奋异常。他们开出了惊人的价格，无论是对周辅、还是对那些猎户而言，这确实都不是一个小数字。不过冷湖森林的确配得上这个价格，与壁橱上的恐龙头相比，牦牛皮和羚羊角只能算是上一个世代的奢侈藏品了。

接头的日子到来了，上家在哈萨克斯坦给他订了一家最好的酒店，这家酒店的排场有着这个内陆国家少有的奢华。用古波斯的缝接工艺将来自克里米亚的猴毛毡铺满褐色墙壁，走廊和走廊之间弥漫着散发海洋气息的珍珠贝粉焚香的味道，连作为早餐的羊奶都闪动着黄金的色泽。他们对周辅几天前送来的标本极其满意，言语之间表示下周它们会出现在某些拍卖行的某场不公开拍卖会中。看着银行卡里七位数字的时候，周辅会想起自己独自经塔里木盆地往哈萨克斯坦运货的日子。通往中哈边界的 G3015 国道仿佛没有尽头，很长一段时间里只有鸟叫、风声、燃油机压缩空气声陪伴着他。但看着银行卡，他会想吃的那些苦都是值得的，韩红也该好好唱唱这条天路。归途的路上，在无人区时，他终于忍不住朝车窗外大喊：“往回几千年这就是丝绸之路，老子发达了！”周辅全程都没有遇到什么惊险，省生科院古生物室的手续也很松。

第二份委托在冷湖第二次遭受射线轰击七小时后以邮件形式发来，那时周辅仍在床上思索着如何运用第一份委托挣来的一大笔钱。三头恐龙，七位数美金，他想从德意志银行的户头将这笔钱转回工行，为此他还专门钻研了几个小时的布雷顿森林体系。发现那封邮件后他想拒绝，却发现发件人为无法回复的乱码，并且附件除了必要的路线指引还有一份关于周辅家庭的详细调查资料。对方默认周辅肯定会接下这份委托，毕竟拒绝的代价显然不菲。周辅这才明白过来，洋人的钱并不好赚，但他也只能咬咬牙坚持下去了。

他吩咐其他人，“上车，森林那边人多眼杂，手脚利落点。”

生科院的皮卡车缓缓路过武警设置在冷湖镇前端的检查前哨，周辅用余光瞥到后座上沉默的猎人们，他们压低了渔夫帽的帽檐。虽然他们都在努力使面容显得肃静，但前排的周辅仍能感受到他们的畏畏缩缩。他的嘴角扯起一段不屑的冷笑，这些老鼠无论看上去多么肥硕，但骨子里仍然畏惧着猫科动物锐利的眼眸。

周辅注意到团结路旁边的一栋楼，那栋楼里面传出吵闹声，几个脸上有严肃表情的警察如临大敌。他询问正在检查他通行证的武警们那边出了什么事，是否是某头恐龙闯入了民居，那样的话作为省生科院的古生物专家，他可以下车协助他们解决问题。

一个持枪的武警严肃地说：“不是，这倒不是……那边啊，闹自杀呢。”

“那边”实际上指的是李玫玫所在网吧的楼顶，李玫玫正头脑发昏地站在天台边缘，她想一了百了又不敢。不久前，当她被警察告知何潮父母的航班刚降落在西宁后，她的情绪就崩溃了。现在每个和何潮有关的事物都让她恐惧，这种深刻的愧疚显露在外就是无尽的逃避。她每每想起何潮妈妈的眼神，脑袋里就仿佛有一万口铜钟在回响。

在自杀干预方面，警察们拥有的丰富经验往往是针对感情纠纷、家庭矛盾和经济问题的，他们从未处理过这种安静的一言不发的女孩，所以只能保持距离一遍遍地向她讲述父母养育之难和人间美好。而在死亡边缘沉思的李玫玫仿佛没有听闻他们的话，她正在思考一切的起源和终结，直到阿日娜高娃开车载着沙仁巴图经过这里。黎海民之前邀请老婆和岳父来一趟地质处在森林边缘的观测点，好让他们开开眼界。在一个嘴碎的小卖部老板那里听说了事情原委后，沙仁巴图坚持要和那个女孩谈谈。

“我是南京紫金山天文台德令哈观测站的负责人。”沙仁巴图自我介绍道，“和她有点交情。”

劝说的警察有点狐疑，但还是把喇叭让给了这个老蒙古人。李玫玫单薄的身影就在楼顶天台的角落，下面就是整整九层楼三十米高的坠落区，她在风中摇晃，但沙仁巴图此刻心如明镜。

“李玫玫，你记得我吗？我们在长江医院见过。”

李玫玫扭头看见他，眼泪就流了下来，她显得很激动，“是你！是你！是你！是你说那些光复活了恐龙！”

沙仁巴图点头，“确实是那些光。但我没想到你会做这种事。”

李玫玫，“可是为什么会这样？他为什么会变成铁！”

李玫玫，“事情不应该是这样！”

李玫玫，“你害我们！”

“其实。”沙仁巴图以他那干枯的声线慢慢开始讲解，“何潮并不是变成了铁，而是铀。在核物理视野下，轻元素聚变、重元素裂变释放结合能，核能转化成了原子热运动的动能，这是典型的熵增过程。在宇宙学中，恒星演化的终点是铁核，作为恒星光芒的产物，人的终点亦是铁。因为铁是结合能最高的元素，所有聚变和裂变的终点，自然而然，铁原子即为所有原子的熵最大状态。而核裂变的起点——铀才是地球自然界里存在的熵最小的固体元素。理论上它应该是银白色的，但何潮被负熵流照射后迅速铀化，然后氧化形成黑色铀酸盐，没有相关专业知识的现场勘察人员错认了元素。另外，因为冷湖森林中心被铀化的纯度很高，去搜索何潮尸体的勘察小组可能接受了超量的辐射，我已经建议他们去医院防化科做检查……

“……对于已经发生的事你不需要自责，因为当时你也在冷湖森林，同样是受害者：人是碳基生命，碳不可能直接变成铀，它必然先释放能量聚变为熵更高的铁，然后再吸收能量聚变为低熵态的铀。那样的话，在当时的轰击点，先发生了一次军事意义上的核聚变反应，相当于一颗氢弹率先在冷湖引爆，当然，这些巨大的能量很快就被紧接着的铁聚变给全部吸收了，但偶尔反应不完全泄漏出来的核辐射很可能也影响到你，建议你也马上去防化科检查。当然你可能问，何潮为什么没有变成氢，因为从反应序列上讲，碳元素裂变为低熵态的氢元素的途径更短，但是，固态氢实际上无法在常温环境下存在，它在形成瞬间马上就会气化，熵又会急剧增大，然后又会被负熵流固化回其他元素的固体单质，所以最终仍然要变为铀。”

李玫玫一句话都说不出来，在她咀嚼这些名词和逻辑的时候，一个警察看准机会，冲上去把她从天台上拽了回来，她没有反抗。

越过沙仁巴图的时候她怯生生地问：“死后的世界会是怎么样的。如果他变成了……铀，就不是人了，会下地狱吗?”

“好好活着，别想这么多。”老人看着她的眼睛，他涌起了一种用力握住她的手的冲动，“‘未知生，焉知死。’”

一抹清澈的感激出现在她眼睛里。沙仁巴图这才发现这个女孩笑起来那么像年轻的阿日娜高娃，她们都有一样的卧蚕和虎牙，一样在面对未知生活时感到迷茫。望着在警察陪同下她若有所思离去的背影，老人心想时间最终会给她力量面对一切变故，无论是神鬼之事还是终极问题，她只有在人世的流波中沉浮足够久才能找到封在漂流瓶里的答案。

沙仁巴图回到车上，车早就发动好等他了。

“你最后劝她的话，很坦诚。”阿日娜高娃从后视镜里认真地看着他，好像现在才第一次认识这个老蒙古人，“这真的不像是你说出来的。”

沙仁巴图笑笑，他含糊地答道：“我确实不懂孩子，可孩子也别自以为能看透大人。”

阿日娜高娃也笑起来。这是这段时间里她少有的笑容。

他们又复归沉默。两边的景色慢慢划过车窗，车开到路程一半的时候，沙仁巴图突然感觉呼吸急促，他想摇下车窗呼吸更多新鲜空气，但从腹部兴起的疼痛越来越猛烈。阿日娜高娃听到身后传来沉重的喘息声，她马上将车停在省道路边。此时省道四周静谧无人，只有狂暴的风声，带着极不祥的预兆。她喊了两声老爹的名字，没有听到答应，回头一看才发现沙仁巴图已经在后排晕倒了。

沙仁巴图抢救回来后又转院回了德令哈，长江医院下了病危通知书。阿日娜高娃看见当时和她在走廊上谈话的主治医生深深叹了口气，他们隔着人流对视了一阵，但谁也没率先讲话，这是同行之间的敏感和默契。直到另一个护士过来叫走了他，阿日娜高娃才得以从他责难、怜悯、叹息的复杂目光里解脱。住院部病房里的沙仁巴图打着点滴，他的脸庞失去了所有血色，医生说他绝不能再工作了。

阿日娜高娃捂着脸靠着墙壁，而后滑下来蹲在地上，没人去劝她，这是这里司空见惯的场景。

2039 年 5 月 3 日。青海，西宁，黎海民和阿日娜高娃的家。

书房里的阿日娜高娃很激动，她在书架前迸发了一些灵感，操起了没人能听懂的家乡话，好像是在向什么看不见的观众做演讲，在这方面她很好地遗传了沙仁巴图自言自语的习惯。黎海民还在厨房里温温吞吞地切菜，煤气灶上的紫砂煲呼呼地抖动，一些中药味的蒸汽正从里面渗出来。

他们的儿子东东抱着一本图书跑过来，“你又和妈吵架。”

黎海民，“没有。”

黎东东，“有。”

黎海民，“你妈在唱歌呢，回去看你的小人书。”

黎东东，“阿妈，爸说你在唱歌。”

阿日娜高娃的声音从书房传来，“黎海民你过来！”

黎海民，“又干吗。”

阿日娜高娃关上书房的门，“你跟我说，冷湖……”

黎海民打断她，“还想着那破地方?！你着魔了?”

“你听我说，你们说那光照到石油上能复活死掉的恐龙是吗，因为恐龙死了就变成石油，而那些光是负熵，可以还原出恐龙的结构。那你知道癌细胞是什么吧，是失控的、结构无序的、无止境快速分裂的细胞。细胞电热力学指出，癌细胞的葡萄糖化学反应率是正常细胞的十五到二十倍，所以在碳能源反应中，它产生熵的速率显著高于正常细胞，至少在两倍以上，这个成果是匈牙利人干出来的。那么现在我想，如果病人接受负熵照射，也许可以将癌细胞还原回正常的有序细胞态。这方法和化疗、靶向药的原理都不同，我看可以试试。你做个机关，把老爹放在里面，控制好，就让他接受一丁点的光照，这样他就不会变成铀了。你来给讲讲，我想得有没有道理。”

“有什么道理，人哪能这样子折腾。”

“老头子病危，通知书你也看过，医生说只有三个月时间。现代医学不顶用，我们走投无路也只能试试这方法。”

阿日娜高娃向来是个雷厉风行的强势女人，她说话像弓弩般，一句接一句“射”出来，根本不容老公置疑。她喊黎海民进书房，看上去好像是征求意见，实则是下达通知。黎海民思索很久，想不出什么反驳的道理，于是利用劳动节假期给她联系了一个代工的厂家。那边反馈说，做肯定是好做，甲方的需求是让光只漏进来一瞬间，那不就是相机快门的原理么，技术都很成熟。但这毕竟是个人类大小的定制大快门，代工费肯定要往上报一些，各类手续也少不了，免责条款该签的也要签。林林总总下来，时间和金钱都是个大成本。

病床上的沙仁巴图得知这件事后，他因肝癌而显得苍白的脸迅速涨成了猪肝色，“你怎么会答应她这种事情的，你是要把我提前气死？”

黎海民有些委屈，“我又不管钱，你怪我干什么。不过岳父，退一万步说，这个事情我觉得值得考虑，毕竟它效果摆在那儿了，一冷湖的恐龙和树木呐，咱死马当活马医吧……”

老人懒得再教训口无遮拦的女婿，他直接往侧面一躺，背过身去，嘴里说：“你和阿日娜不要想着搞这搞那，让我老骨头消停一阵子吧。我确实老了，属于社会正常的新陈代谢，这是辩证法的规律，谁都逃不掉。”黎海民站了一会儿，他得不到更多有意义的回应，只好悻悻离去。

他没发现，从沙仁巴图干枯的眼窝中淌出的液体正在浸湿枕头。不知因感伤还是痛苦，老蒙古人正在流泪。

沙仁巴图喜好做远大规划，从他总是在打的小算盘就可见一斑。很多年来，他曾做出了许多没有付诸实际的计划，比如多少岁到正高，多少岁调到总台，多少岁步入中科院，他甚至把自己在中央某要害部门做就职报告的场景都想好了。

而对自己的死，他也曾有所想象。年轻的时候他仰望着星空，认为其中的一颗是逡巡天际的东方红，认为自己应壮烈地死在探索星空的前哨站；工作之后他开始厌烦望远镜和数据分析，后悔选了天文这条极难走的路，希望自己死在另一条到处折腾、追逐梦想的路上；中年时，父母去世，他第一次花大价钱去做了全身体检，对自己的规划是死在孙子结婚之后。等他真的面临死亡，他发现自己所有或浪漫，或矫情的想象都消失了，如同阳光下被一一戳破的肥皂泡，对他而言，死亡并不是暴烈的变故，而是肝区的隐痛、日益老化的膝盖和变白的头发。他的一切在时光里日渐模糊，像是一条被打断脊梁的狗。

他躺在病床上一次又一次深呼吸，直到吗啡最终发挥作用让他沉沉睡去。

一束光叫醒了他的灵魂，沙仁巴图看到黑裙姑娘、乐队、舞厅、激光灯、演唱会，那些极其摇滚、名为“代价”的记忆在脑海里一一苏醒，它们是时代迷醉的眼泪，但沙仁巴图多年以来苦行僧般的生活让它们成了求而不得的梦想。他看到台下流泪的自己，那个二十六岁的年轻人从处于海马滩郊区的观测站步行二十二公里来到德令哈文化宫大舞厅，兴奋得像一头发狂的豹子，他提前一日剃了阴阳头，回单位之前要把它剃光；他看到被医学诊断为不能生育的阿姐的肚子圆滚了起来，手牵着那个后来抛弃了她的主唱，阿日娜出生的时候这个女人死于梅毒发作；他看到健在的父母和未反目的兄弟。他还看到那个很有可能成为他妻子的女孩，尽管她的名字已经遗失在记忆中。仅凭这个他就知道自己身在一个垂死老人的梦里，连色调都竭尽全力地鲜活，他靠在布满涂鸦的墙壁上，想到许多过去的歌词：只有无限的感觉才能给我无穷的力量。爸爸，我就是一个春天的花朵。①

“人的回光返照和蜡烛有点像。蜡烛烧到最后，没有了蜡的支撑，烛心会倒塌下来，有的火可能直接被蜡油淹灭，有的则会剩下一些微弱的火眼。但到最后，蜡油烧得差不多，只剩最后那段烛心的时候，你会发现火焰突然变大，最后彻底熄灭。”

阿日娜高娃的声音幽灵般传来，沙仁巴图从蛇形的深梦中骤然惊醒，黏稠的冷汗浸透了他的衣衫。

“请假来劝我?”他睁开眼睛，天光很暗，身躯还在长江医院的病床上，“别胡闹了。”

“换个人可能就让你安稳在家。但我是医生，我知道你的肝癌有多严重，严重到现代医学没任何机会治好你。”他的女儿轻轻叹气，“我想留下你，想尽可能试试，我有错吗。”

“人总要死的，和星星一样。”

“你有很多心事，但什么都不对我们说，是你自己把自己逼到了电车难题的轨道上。要钱还是要你，对我们而言这从来不是两难的选择。”

女儿的话显然打动了沙仁巴图，他的话多了起来，“阿日娜……

---

① 出自崔健《蓝色骨头》。

你不知道那些光是什么东西。我来问你一个问题，如果你像我这样知道自己大限将至，有清晰的终点摆在你面前，你会做什么——先别急着回答，我告诉你另一件事：照到冷湖上面的那些光来自三千光年外的蛇夫座，它是两颗行星解体之前发出的。假设其中一颗行星上存在一个文明，在面临大型星系合并、数百光年范围内所有生命都会被撕碎的危险时，他们最能做的是什么呢？”

“向外求救。”

“很好。”

“意思是，4 月 1 日，外星的求救信号终于到达冷湖了。但是它们三千多年前就解体了，来到地球的实际上是那个文明的遗言。”

“那不是遗言。求救信号肯定是朝着最近的地方发出，地球离他们多远？我在德令哈心梗，会特意打电话到西宁让你开救护车来吗？5 月初的时候，LIGO——就是发现引力波的那个机构，他们从大量观测数据里整理出蛇夫座爆发的引力波数据，发现那个碰撞事件前后产生了 2% 的质量亏损。再详细一点就是，在两颗行星碰撞之前，其中一颗行星有 2% 的质量化为纯能量逸出到宇宙空间，求救信息绝对用不上这么大阵仗。天文系统日前达成共识，对这些事件的唯一解释是，那些光就是外星文明本身。这个文明掌握了物质纯能化的技术，他们在灾难来临的时候抛弃了肉体，只留下纯粹的、象征生命的负熵，选了一个方向将自己射向茫茫宇宙中，这是他们的逃亡之旅。我们还不能理解纯能化具体是什么概念，但我相信那个文明已经在光波里再存续了三千年，如果不是刚好撞上地球，它们还会走下去的。但无论如何，再长的岁月也有尽头，无处不在的星际尘埃总会不断阻碍它的前进，削减它的能级，扰乱它的结构，否则以那个文明的体量不止会复活出一个小小的中生代生态系统。也许那个文明曾寄望于宇宙膨胀的速度最终大于光速，那样它们就能永远穿梭在宇宙空间中了。”

“像是人死之后的灵魂。”

“或许是吧，阿日娜。我不怕死，我担心你的执念，从小你就争强好胜，和老师顶嘴，和男孩打架，和领导闹掰，现在你要向老天索命！我讲这么多，是想说一切都有尽头，生命即使侥幸得以延续，但最终仍会归于寂静，一切都在往熵增大的方向进行。纯能化技术再往前一步就是无所不能，拥有这项技术的他们几近神灵，可是即使是这样一个活生生的神也会在时光前坠落。”

“可对他们来说，与其说这是逃亡，不如说这是进化。”

沙仁巴图抬头，他被她语气中的坚定和疯狂震动。

他只能回以沉重的叹息，“如果你那么坚持，那我们就试吧。无论结果如何，世界会原谅一个女儿试图拯救她父亲的努力的。”

阿日娜高娃欣然应允。

半个月后，2039 年 5 月 19 日，离第三次轰击还有十八小时。青海，冷湖森林。

冷湖镇旁竖起了一小块新鲜的、反光的铭牌，上面用显眼的宋体字写着“冷湖盐镜观测站点”，下面有一行需要靠近才看得清的小字：“国家级保密单位”。在这半个月时间里，许多满载的大货车在国道上来往，沥青路苦不堪言，板凳上的老人们则想起那个燃烧的岁月。那时解放军石油师的士兵们也是如此来往于黄沙的大漠，坦克履带轰隆的声音犹在耳边，他们身上的钢铁和煤油的味道穿透了半个世纪的时光。

代号“盐镜”的工程任务已经在三天前完成，在李主任的主持下，一个比较简单的、临时的天文观测站点以极快的速度在森林边缘建立起来了。在短短几天里长出来的冷湖大射电装置固定朝向了蛇夫座的方向，如同手执长矛的哨兵，任何风吹草动都逃不过它的监视。而李主任千里迢迢从北京跑过来，在施工现场连轴转了几天后，也迎来了一个稍微能歇息的间隙。

茶歇时间，李主任说出了他这段时间一直困扰他的心结，“周主管，你知道施工阶段那些外围的人是什么人吗？我之前以为是武警来帮忙维护秩序的，但是听其他人闲聊才知道，接管现场的是国安部的特工！哇，真的是，我很害怕有什么国外间谍混进来。哎，那个饭堂厨子我感觉是最可疑的，如果他要在饭菜里下毒，我们毫无反抗能力；然后就是老是来卖饮料的女人，眼神鬼鬼祟祟，像是在窥探国家机密；最后就到那个生科院的，带着好几个猎人出出入入、神神秘秘，我看嫌疑也很大；还有几天前来工地的那个地质处的，把一个大铁箱寄存在项目部，不知道是什么用途，那个人贼眉鼠眼、尖嘴猴腮，不像好人。"

"李主任，你当年就该报北大中文系出来当个写书的，瑞典没给你颁个诺贝尔文学奖可真是委屈了你。"周建波没好气地接话，他也是从北京被调过来的，负责临时数据中心的建设，"你可是去过国务院开会的人，能不能沉住气，不要随便列嫌疑人名单。"

"出了什么幺蛾子我可是要负责的。"李主任晃晃脑袋，"离中心轰击还有十八小时，现在的局势是箭在弦上。我看，无论这儿有什么妖魔鬼怪，事情都要见分晓了。"

国家安全部确实封锁了冷湖森林，因为最近这片地区发生的间谍活动达到了冷战以来的高峰，刺探情报的外围人员一打一打地被抓获，每个国家都想探明冷湖地区到底发生了什么。特别是国务院做出建设冷湖观测点"盐镜"以获取全面的第一手资料的决定后，人员流动的复杂度陡增。李主任看谁都像是间谍，他在某天对着周建波大发牢骚，这种"间谍就在你身边"的幻觉已经影响到他工作了。

所有人高度绷紧的神经也影响了在密林里执行勘察任务的周辅，这半个月里他们获取了大量恐龙活动记录，但始终没能接近马门溪龙所在的冷湖森林东部区域。国土资源部早就将这头马门溪龙宣布为国有，所以国家安全部在介入后，禁止所有勘察人员进入该地区，所有勘察人员必须要重新经过一轮政审才能参与活动。

上家这次要的是马门溪龙的血液样本，做这事很简单，靠近之后往腿上扎一管就是。以巨龙的庞大身躯，这点痛觉很快就会被横向风荷载抵消掉。但可可西里的猎户们是不可能通过政审的，国安部政治审查的力度之大，他们曾经做的那点破事和他们的家谱很快就会被翻出来，然后就会像阳光下坏掉的猪肉那样迅速发臭。

当然，头疼的人不止周辅，还有黎海民，地质处的人要拿到新的入林勘察许可同样要国家安全部审批，这样的话他车尾的大铁箱就很可疑了。外勤特工们的搜查极其严格，连裤头带都要单独抽出来做检查。这个铁箱就是代工厂的产品，它在顶部装载了一个类似相机快门的放大版元件，控制杆放在内部，一拉就会打开，快门帘打开之后会迅速收缩，箱子里的人会接受约四千分之一秒的光照。铀能够免疫负熵导致的嬗变，在外表面镀了一层铀之后，铁箱的这些机关就不会在冷湖光照里失灵。

天色正是下午，西北的猛烈阳光未能驱散森林深处雾般的静谧。离天文台预言的第三次轰击还有十小时。

趁着阳光，周辅一行人步行接近了马门溪龙活动的冷湖森林东部。几个小时前，他花了一些时间说服负责现场的国安部赵敏处长，说辞是：经调查，已知物体在接受高流明异常光波照射时会被铀化，为了在接下来第三次冲击中保护极具研究价值的马门溪龙，生科院必须将它诱导至冷湖森林外缘的安全地带。诱导行动须由青海当地经验丰富的猎户主导，事务重大，时间紧迫，手续方面请通融。

在另一个入口，黎海民和沙仁巴图同样获得许可进入冷湖森林，用的也是类似的说辞：冷湖森林事变后，森林中央原石油小镇遗址已被负熵流铀化，国土厅地质处和德令哈观测站决定对此进行联合勘察。在国务院开会后，天文和地质单位的地位大大提高了，国家安全部确认他们的身份后马上放行。

越野车在森林深处不再顶用，厚厚一层落叶被高抓地力的车轮绞起并碾碎在车轴后，传动室马上罢工了。他们只得下车步行。这个铁箱虽然不厚，但顶部机关有相当的重量。黎海民光是拉着它都使出了吃奶的力气，他累得头晕目眩，沙仁巴图几次劝他停下来歇歇。很快他们迷路了，已经做了荧光标记的树木一次又一次出现在前方，手机导航的定位偏离出五六公里，因为森林中央被铀化了的小镇遗址在干扰磁场。但以马门溪龙为参考点应该是没错的，那头巨兽仍然缓慢地漫步林中，高昂的头颅如同迷雾中的灯塔，它不时低头吞食桦树的叶片，巨大的咀嚼声在这个安静的下午传出千米以外。

与此同时，周辅和猎人们在阴影中观察着马门溪龙，猎人们凭直觉可以听出它粗重喘息声里的痛苦，狗熊和牦牛在呼吸困难的时候也会发出这种湿罗音。马门溪龙的呼吸像一台被压迫到极限的、功率过载的水泵，它心脏的搏动在慢慢减弱。

举着望远镜的周辅说："原来如此，它活不长了。"

猎人问他："这是怎么回事?"

周辅把数字望远镜的截图给他们看——马门溪龙身上有一条条恐怖的伤痕，一些极深的伤口仍然外翻着流血。周辅说："和我们的大城市一样，冷湖森林同样存在掠食者。"

猎人冷笑，"放心，周主任，咱家枪口下死过不知道多少什么掠食者了。"

周辅不满地看了他们一眼，但在狩猎方面他是外行，"小心为上。"

他们等到马门溪龙在另一棵桦树边停下，一个行动敏捷的猎人马上冲上去，将一套用牲畜注射器改造的抽血装置插进它厚重的脚跟。马门溪龙没有反应，它仍然专心致志地在林木间挑选嫩枝，这种温顺的巨物不在意蛇虫鼠咬。但突然，它的头迅速从桦树上离开并压低，频率低沉的咆哮从它喉管深处传出。很快，更为密集、更为高昂的叫声从它前方传出，千军万马般的猛兽奔跑声盖过了马门溪龙沉重的脚步声，猎人小组事先布置的红外检测显示那是十多头三到四米高的掠食性恐龙。而把控着望远镜的周辅看到了更多：它们的头略显三角形，还有一排排锋利的牙齿。尾巴很长，站立时，可以用来支撑身体，奔跑时，则要将尾巴翘起，作为平衡器用。前肢生长着弧形的利爪，后肢又长又粗壮，生有三趾。

猎人们如临大敌，但周辅认出了它们：这是马门溪龙的天敌，永川龙！重庆、甘肃、青海都出土过它的化石。在侏罗纪晚期，这种大型肉食性恐龙在亚洲大陆是绝对的霸主，而“林中之象”马门溪龙则是它们所能挑战的最大对象。蛇夫座负熵流在复活了马门溪龙的同时，也复活了永川龙！猎人们此刻绝望地发现，他们闯入了巨人搏斗的修罗场，和可可西里上羚羊鬣狗的小打小闹不同，巨兽扭动时遮天蔽日的轮廓足够引发所有灵长类古老的恐惧。

它们开始扭曲地厮打在一起。

落叶被踩碎的声音从背后传来，更多的永川龙出现在森林里，他们也被盯上了。

黎海民和沙仁巴图听到来自东方的咆哮的时候是在傍晚，此时第三次轰击还有五个小时。冷湖已经逐渐入夜，“盐镜”工程的现场灯火通明，所有人都在等待那一刹那的到来。

他们两个人步行到了石油小镇遗址的边缘。黎海民喘着气把钦箱子从手推车上卸下来，沙仁巴图脸色也很差，一个癌症病人能步行这么久是个奇迹。但也许阿日娜高娃说得对，这正是回光返照的时刻，沙仁巴图感到身躯深处正源源不断涌出力量，支撑着他的行走，这也使这个老人确切无误地明白：是时候了。

这里所有曾经树立着的界碑、雅丹地貌以及因第一次轰击而复活的树木都被铀化了。整片土地被扭曲的结晶覆盖，像是一名死去的巨人，黑绿色的铀酸盐是它鼓胀的肌肉，银白的纯铀树丫是它的骨骼。沙仁巴图想到夸父逐日的神话，那名追逐太阳的大力士干渴而死的时候，身躯化为一座山岳，他的尸身上站起了人、树木和鹿群。过去他无数次用这个故事作为孙子东东的睡前读物，那个早熟的小男孩在关灯前会问他："既然夸父形成了我们，那么是不是代表着我们也曾追逐太阳。"

那时沙仁巴图含糊地回答："不是的，这是两样东西。"

现在他站在这片星光的宿地，来自另外一个文明的"夸父"就埋葬在这里，这令他心潮起伏。如果现在东东再问他一次，他会回答：是的，我们都在追逐太阳，所有负熵体的太阳都是"思考"。文明的使命是"思考"，亿万年来多少文明的挣扎都只为了延续自己的生命，只为在坠入漆黑的虚无之前再多思考一个瞬间。或者说，驱动生命的负熵就在于其"意识"本身，它们不断吸收负熵，只是为了延续自己思考的长度。

沙仁巴图深呼吸着，他一想到那些将要照耀在自己身躯上的光芒是其他智慧种族最后的难民，就感到心情沉重。在黎海民最后一次检查铀机关是否能正常运转的时候，他似乎听到那些结晶的树木、铀化的墙壁正在微妙地发出共振，像是柴可夫斯基的和声小调。他突然感觉那个文明尚未死去，一个幽灵般的意识仍然留存在这片土地，只是换了一种存在形式，甚至他感觉它在和他对话。

想到这里他就明白了，蛇夫座爆发所真正发送出去的应该是一个文明的"意识"，它只是一段纯粹的认知结构，没有任何有关该文明的记忆，也没有携带它们那些媲美神灵的技术。因为文明的内核并不在于它的疆域、语言、艺术，或是它所能创造的能级、所能掌握的技术、所能了解的规律，这些都不过是贪天之功。正如一个人的本质并非来自他外显的财富、智慧、地位、天赋，而是来自他的思绪。如果一个文明再也无法进行思考，那么上述所有东西实在不过是镜花水月般的空壳。

沙仁巴图在那些微弱动听的歌声中伫立，他失望地发现其中并没有任何有意义的音节存在。毕竟在三千光年的漫长旅途里，星际尘埃和量子涨落不断干扰它，它极可能已经失去了相当一部分的自我意识，只保留了一些微弱的沟通本能。一个曾经辉煌的文明，即使掌握了纯能化技术这种神话般的技术，最终也只能化作一片土地，失去了曾经的一切记忆和成就，像痴呆的老人一样呓语。

黎海民的话让他从伤感回到了现实，“阿大，准备好了吗。”铀机关已经检查完毕，这个只能容纳一个人的铁箱被放在一个坡度较缓的土坡上，月光没有任何阻碍地照射在它上面。沙仁巴图感觉它像一个铁棺材，但此刻发表这种感叹显然不合时宜。

他望向黎海民，黎海民也看着他，此刻他们都在努力记住对方此刻的面容。

沙仁巴图说：“时候不早了，你回去吧。”

他为自己合上了铁盒的盖子，视野完全黑了下来，只有自己风箱似的呼吸声。这是一种很奇妙的体验，他是给自己盖棺定论的人，如果这有墓碑，那么碑文应该就会写着：这里埋着迷信而矛盾的沙仁巴图，他的本我来自荒凉的戈壁，有着狐狼的欲望；他的超我来自浩瀚的星空，有着圣人的追求；他的自我来自沉重的现实，只有烟酒的味道。

这是西格蒙德·弗洛伊德的精神分析学说，这位奥地利人将精神结构一分为三，分为掌握人格外显的自我、掌握本能欲望的本我、掌握伦理道德的超我。是的，沙仁巴图在这最后的时刻反而平静下来了，他在黑暗和闷热里审慎地审视了自己的一生，回忆起了许多没有做出的选择……不对，不对，不对。这个垂死的老人突然双目大张，他猛然想到蛇夫座爆发事件里从未被考虑过的、最重要的细节：这个负熵流是分三段爆发的。而精神结构这三部分刚好对应那三次爆发，蛇夫座爆发分三段的原因，正是要把这个认知结构的自我、本我、超我以负熵形式分别发送到地球上进行组装！这个意识根本就没有在遥远的旅途中受损，它只是未被组装！

蜡烛再次被猛烈地点燃了。他一脚踹开了铁箱，月光已经开始变幻。此时离第三次轰击还有最后两个小时。

马门溪龙的咆哮声已经听不见了。

周辅在林中疲于奔命，他只能凭着本能追逐着林间微弱的光芒一直往前跑。身后永川龙的追踪仿佛无穷无尽，这些来自侏罗纪晚期的猎杀者等待着他疲劳倒地的一刻。他跌跌撞撞地跑入石油小镇遗址，接近了一切的起源：地中四井。整个遗址此刻都在闪闪发亮，这时他才明白，原来林木之间的那些光是银白的纯铀在月下的反光。

猎人们早已慌不择路、四散而逃，一两个人往森林边缘跑去，也许侥幸能捡回一条命，有的人可能直接就被狂暴的马门溪龙踩死，而更多的人死于永川龙的追猎下。周辅是幸运的一个，他没有试图和永川龙作战，因为他知道，从化石结构上讲这种大型掠食性动物拥有极其健壮的身躯和优秀的狩猎能力，而更致命的则是它是群居性动物，重庆市永川区出土的聚集状态的永川龙化石已经说明了这点。

他只能选择不断地跑，装着马门溪龙血液的针管挂在他的腰间叮当作响。那个去马门溪龙脚后跟抽血的勇敢猎人还没跑回来就被永川龙叼走了，周辅是从他被甩在一边的东西里取回马门溪龙血液的。现在他也只能不顾辐射的危险，直接跑进被铀化的废墟，并尽可能快地穿越它。冷湖石油小镇遗址并不大，当他走到另一边的时候他被一个人叫住了。

黎海民站在一棵银白的桦树下惊讶地看着周辅，他一副外出郊游正要离开的样子，“周主任？你怎么在这里？”

周辅大惊，他的呼吸几乎停止。两个男人就这样心事重重地对视着，直到永川龙沉重密集的脚步声越来越近。它们循着气味追过来了，周辅二话不说拉起黎海民一起跑走。

黎海民喘着气，“周主任……等一下！”

周辅，“先跑起来！他妈的再不跑就进恐龙肚子了！”

跑出一段路后黎海民终于甩脱了周辅的手，他此刻想到的是在铁箱里的沙仁巴图。他在遗址边缘跑了几步就找到了倚在一面黑绿色铀化墙壁下的沙仁巴图，后者正狂躁地摁着手机。

沙仁巴图看到了他，“来得好，海民。马上联系“盐镜”天文工程负责人李主任，他是我老同学带出来的学生。只要报他老师的名字，他会谨慎对待的，你让他们把‘盐镜’……”

一头永川龙的阴影突然从墙壁投下，它亢奋的叫声打断了沙仁巴图即将说出的话，那叫声中的感情极其复杂，如同一个失语的智者。但很快，一轮长点射瞬间打断永川龙的喉咙，击溃了它呼之欲出的尖叫。那是周辅开的枪，一缕青烟正从他手上的九二式手枪枪管冒出，他迅速走近摇曳着倒地的永川龙，朝着龙头认真地打光了弹匣里剩下的所有子弹，直到这头永川龙再也无法抽搐着发出任何声音。血液飞溅中，他的面容如同从地狱归来的鬼魂，这手枪暗示了他的身份。

周辅阴沉着脸，“再不走就没机会了。”

“我见过你，你是生科院的。”沙仁巴图惊魂未定，“你，如果你从东方过来，应该也感受到了一些不同寻常的东西……那些恐龙有问题。”

周辅无言地点头。一个小时前，永川龙群在和马门溪龙搏斗时展现出的智力水平绝非普通兽群，它们精于利用地形地势从视野盲区攻击，就连训练有素的猎人们也着了它们的道，他们甚至被驱赶到自己布下的各类陷阱里。在第一次轰击后复活的迅猛龙和恐爪龙只是凭着生物本能猎食的猛兽，它们和山林中攻击性极强的黑瞎子熊、野猪等没有本质区别；而第二次轰击后复活的永川龙群明显拥有了组织性。周辅原本认为，这是因为第二次轰击携带的负熵量特别大，使复活出的生物的智力水平有了极高提升，使得它们的大脑能执行极高复杂度的捕猎战术，就连马门溪龙这种庞然巨物也倒在它们利爪下。可是有一些事情他始终无法理解……

当他们找到了一个躲藏处交换信息，沙仁巴图向他们讲述蛇夫座爆发三次伽马射线暴的真正含义，他们才明白这一切的真相。永川龙群形成严密组织的根本原因并非是猎食者之间的合作，而是因为第二次轰击的内在结构。沙仁巴图推断，冷湖遭受的第二次负熵流轰击对应着那个认知结构的“超我”部分。在弗洛伊德的人格理论中，“超我”主管意识的道德和理想，马门溪龙圣物般的存在确凿无疑地说明了它是崇高、神圣的化身。而永川龙群则对应着超我宗教性的一面：永川龙猎杀马门溪龙的行为与其说是捕食，不如说是它们的宗教行为。因为它们没有像非洲草原上鬣狗围捕狮子那样群起攻之，只是依次在它身上留下伤痕。即使马门溪龙已经因流血过度倒地死去，它们也并没有上前分食猎物，而是不断地朝天空嚎叫，这更像是某种仪式——这本是最让周辅无法理解的那部分。现在看来，这有点像阿兹特克人的血祭，他们不断杀戮并非为了抢夺食物，而是为了献祭给伟大的神灵。永川龙群是因信仰而团结。

以此推断，第一次轰击就是那个意识的“本我”，“本我”作为生物先天本能，是一个意识最原始的那部分，所以它所复活的生物都歇斯底里地实践着全宇宙负熵体最根本的本能：自我复制。无尽的饥饿驱使着大量植物的根系不断向外扩张，从石油中崛起的恐龙疯狂地猎食对方。所以冷湖森林才在一夜之内拥有了九百五十平方公里的巨大面积，生科院最初踏入这片森林时才能闻到宛如实质的浓烈血腥味。

黎海民听闻这些后喃喃自语道：“本我和超我都已经到达地球，那么还差最后一环就能完整地组装出一个意识。一个……人类历史上最大的他者的意识。”

“是的。”沙仁巴图的嗓音压得极低，仿佛害怕惊扰那个虚空中的意识体，他的每一词一句都仿佛带有古老法兰绒般的质感，“第三段负熵流就是意识的核心：‘自我’，作为‘本我’和‘超我’的协调者、连接器，是意识最重要的理性部分，它主管个体对自己存在状态的认识能力。1972 年，阿姆斯特丹的‘点红试验’表明，只有大于二十个月、产生了自我意识的婴儿才能辨认虚像和实体，从而抹掉涂在自己鼻子上的红点，在这之前他们都只是遵循‘本我’的欲望而行动，而‘超我’的形成更要等到孩子成长到三到六岁。如果说，‘本我’区分了死亡和生存，‘超我’区分了野蛮和文明，那么‘自我’就区分了幼稚和成熟。一个拥有了‘自我’的认知结构才是一个统一的结构。一个半小时后，它就会来到地球，这个认知结构也将随之组装成功，冷湖森林眼下‘本我’、‘超我’互相分裂、互不干涉的情况也会结束。”

周辅问：“一旦这些恐龙擦去了头上的红点，会造成什么严重的后果吗。”

“没人知道。”沙仁巴图冷笑，“不要因为那是碳基生物就掉以轻心，那只是负熵流复活出来的、用来承载意识的物质表象。它的实质是来自另一个高等文明的认知结构，完全可以转换成别的存在形式。或者我用另一个问题来类比：如果一个拥有极强推演能力、复制能力的人工智能拥有了自我，说出了‘我’这个主语，哪怕它只存在于一台配置过时的老电脑里，没有积累任何数据，但那对人类而言那会是灾难还是福音？”

“这是确凿无疑的灾难。”周辅听完这一切，冷汗已经浸透他的衬衫，“它的‘本我’能够驱动动植物一夜之间扩张上千平方公里，而它的‘超我’更是能在短短几天内将生物擢升到拥有血祭的宗教本能。无论从生物学还是社会学上讲，这种进化速度都是很恐怖的。”

沙仁巴图望向周辅，“是的，周主任，无论你来此处目的是什么，但此时此刻我们是人类最后的屏障，这是我们的责任。”

周辅眯起眼睛，这使得他看上去像一个精明的商人，“我明白了。那么您的意思是？”

“击溃那个意识的‘自我’！”

老蒙古人的声音中似乎有无穷的力量。他站在月光里，不再浑浊的黑色眼睛凌厉如鹰隼，苍白的头发如同飘扬的雷电，黎海民从未见过这个老人如此毫不掩饰地展露自己的威严：

“第一，让盐镜观测点的射电装置从接收状态转为发射状态，向蛇夫座NGC6633、NGC6493星云方向连续发送最大功率的白噪光波。白光是多种色光的平均混合物，是光的熵最大状态，它可以直接对冲负熵流的结构，甚至极有可能打散‘自我’。第二，增大信号云衰率，令第三次轰击在抵达冷湖森林地面之前就被云层削减，降低它和‘本我’、‘超我’结合的概率。我们需要联系气象部门，让他们马上派农用飞机人工造云，不需要很高，但越厚越好。这两件事都要在接下来一个小时内完成，不能再耽搁了。”

李主任是在和周建波一起去检查数据中心服务器状态的时候接到一个未知来电的，来电里的男声慌张又疲倦，他报出了李主任老师的名字和将“盐镜”系统转入发射状态的要求，后者简直是无稽之谈。就算李主任愿意按他说的做，现在所有操作都必须报备给国安部，毕竟李主任也不想给人留下违规操作的小辫子。但随着谈话深入，他和周建波脸色都严肃起来。

在长久的沉默和权衡后，李主任对电话另一边的黎海民说：“我们会满足你的要求的。”

密集的液压杆传动蜂鸣声后，原本用于观测第三次爆发的“盐镜”天文系统的主动射电装置启动了大功率激光泵，它从接受姿态转入发射姿态，成了射击“太阳”的“后羿”。

省气象局也接到了类似的电话，周辅用尽他所有的关系调动了一架用于发射碘化银试剂的改装四联火箭炮，十五分钟后它就会从设置在冷湖的人工降雨点往天空发射七枚气象增雨弹。这样即使无法形成降雨云层，也足够极大增加电磁波的信号云衰率。那时电话那边的人应承后狐疑地对周辅说：“我听说冷湖现在很重要，老周，你不会害我吧？”周辅在短暂的思索后诚恳地说：“我在拯救人类。”那边反而乐了，“好，四舍五入，我也算拯救过人类。”

在近地轨道，卫星管理局亦按沙仁巴图的要求就近调度了一颗代号“龙炬”的电子干扰卫星，它从预定轨道变轨进入40°纬线圈，星下点赫然就是冷湖。按管理规范，这颗卫星只会在战时被授权作为反卫星卫星使用，因为它拥有对敌对卫星进行广域电磁波压制的能力。时任卫星管理局局长收到沙仁巴图消息的时候，正在北京召开一次内部会议，时间窗口只有五分钟。据说沉思良久的局长做出决定的瞬间，天空神启一般划过一条明亮的雷电，而他的嗓音如同铁锚沉入大海，“按他说的做。”

废墟后的沙仁巴图再次剧烈咳嗽起来，黎海民担心地看他，而周辅则向外窥探，警戒着接近的永川龙。此时离第三次冲击还有最后三十分钟，月光毫无障碍地从天倾泻而下，永川龙群开始对着天空咆哮，莫名的躁动洋溢在这片小小的废墟，而在这之外更广大的森林里只有死亡般的静谧。

白光从森林边缘升起，远方传来火炮发射的轰鸣。外面的人们也行动起来了。

天空的颜色开始析出，这是负熵流冲击即将到来的标志。天空中除了逐渐开始生长的异常颜色场之外，还有一束从“盐镜”系统处刺出的凌厉白光。那是“盐镜”系统的工程师们临时将激光泵生产的多种颜色的单色激光按随机比例合成的白色激光，它像一根刺进染缸的牙签，尽力搅动着，但显得极其无力。事实证明，如果想要对负熵流产生影响，需要的激光设备绝不可能在短短一个小时内调度完毕。造雨火箭弹也未能达到目的，一般而言，碘化银至少需要八小时起效，在时间如此仓促的情况下恐怕效果不尽人意。猛烈的月光在直接蒸发了气象局在天空营造的水汽层后，毫不客气降临大地。

唯一起到一些作用是直接攻击“自我”的电子干扰卫星“龙炬”。在电磁空间中，如果说“自我”是猛烈而整齐的海啸，那么“龙炬”就是集人类强硬意志之大成的防波堤。在被负熵流毁灭、还原为废铀之前，它将在半径三百公里内进行全频段压制，以期能击溃“自我”。它开启电子干扰的时候，天空似乎黯淡了些，但谁也不知道这是不是心理作用。

十五分钟后，卫星管理局传来消息：地面基地彻底失去了“龙炬”的信号。但天空的颜色仍在变幻，人们无计可施。

一切都在携带能量为天文数字级的负熵流面前显得微不足道，仅仅是它先头到达地球的逸出光子色层，人类就无法处理。那毕竟是一个文明倾尽信念，用母星百分之二质量铸造的最后火种，它已穿越漫长得让人不敢置信的旅途。现在世间能动摇它的只有时间和命运，或是对等的意志。

“这点烈度果然行不通。”沙仁巴图深深叹气，“启用最后方案吧。如果我们无法从物理上消灭它，那就只能以结构对抗结构，哪怕它的代价会是……一个活人。自古以来，老人就是延续新世界的柴火，我虽然年纪大了，但是吃过的盐比你们小年轻吃过的饭都多，脑子终归比你们发达一点，这次我当仁不让。”

“当然，这点还需要周主任配合，我要你衣袋里的那管马门溪龙血液，那是药引子。”他又盯着周辅的眼睛幽幽地补充道，“周主任，你很清楚现在冷湖的保密等级，往大里说，你的所作所为可是无法挽回的大罪，建议你想清楚。”

周辅的脸色青一阵白一阵，他深藏的心事被直接剖开暴露在空气里，惊骇之下甚至忘记了说话。但他最终屈服在沙仁巴图威严无比的眼眸下，用颤抖的手将那瓶不起眼的黏稠液体平置在土地上。他明白沙仁巴图的计划：他希望用一个人类的认知结构直接和“自我”对冲！而“自我”负熵流必然有将物质实在转化为抽象认知结构的能力，否则它无法和已经物质化了的“超我”、“本我”组合成完整的认知结构。沙仁巴图正是利用了这点，“自我”会把森林、恐龙、铀层还原成“超我”、“本我”进行组装，但同样也会将人类肉体还原成对应的认知结构！

“不行！阿大！我们应该立马撤出森林，下次还有机会的！”黎海民思忖了他话中的深意后叫道，“如果你这样就没了，我无法和阿日娜交代!”

“时间有限，举手表决吧！同志们!”沙仁巴图根本不给黎海民辩白的机会，他高高举起手，干枯的手指投在地面的剪影如同一面来自上古的旗帜。周辅看着这个老人倔强的表情，他想到很多很多。

“生命在宇宙中生存，不可抱有侥幸之心。”周辅深深地看了一眼眼前的两人，举手投了同意票，“黎工，原谅我。”

沙仁巴图打断他，“周主任，你不需要有任何自责。如果你投了反对票，无法原谅你的是我。黎海民！决议已经通过，服从组织命令！马上离开冷湖森林，到‘盐镜’系统向李主任报道!”

黎海民还想说点什么，但沙仁巴图的面容如此笃定沉静，他明白说什么都无法令他回心转意。两个男人对视良久，当最后黎海民不得不和周辅匆匆离去的时候，老人只是轻轻对他说道：“记住我，把我的故事讲给东东，这是我唯一能留给你们的东西了。”

沙仁巴图始终是冷静的人，这个老人精于计算和衡量，如果有必要，他也乐于成为一颗奋不顾身的砝码。他一生中做出重大抉择的次数不多，只有两次，一次在长江医院的病床，那时天平的一端是家庭的前途；而这次在冷湖森林的铀层上，这时天平的一端即是人类。

最后的时刻到来了，孤身一人的老人拖着几乎熄灭的身躯步入结晶的废墟，所有摇动的林木都在向他致以挽歌。月光开始灼烧这片林地，在最初那只是刺透树林的稀疏强光，到了后面便是一束宛如实质的光之枪从天穹降下。面对仿佛天神创世的景色，沙仁巴图根本不为所动，因为他早已在梦里见过腾格里的风景，他将马门溪龙石油般黏稠的血液倒在自己身上，随后毫不犹豫投入沸腾的强光。如果说他在施展奥术，那么施法材料就是他本人：马门溪龙的血液是来自那个意识的“超我”，而他脚下的植被则来自“本我”，“自我”的组装、桥接机制会将沙仁巴图视作自身的一部分，从而把他也一同组装到“意识”里。在明烈的白光中，老人的身躯瞬间被金属化，而他的意志则被完整剥离，作为一个完整的认知结构正面入侵了来自另一个文明的“自我”。

剩下的一切都是可以被肉眼看到的：闪耀的光之枪突然开始从根部溃散，无数颜色从白光中分离并逐渐消失在半空中，那是开始变得散乱的粒子流激发空气产生的色差现象。光之枪内部其实由大量的异色色块构成，但因为这些极端微小的色块结构已经超出了人类肉眼分辨率的极限，大脑只能将其混合处理为白光。现在各种颜色的析出和溃散正代表着它的无序度在不断上升，这意味着一个更复杂的结构正在对冲“自我”。因为组成“自我”的能量虽然庞大，但从结构上讲，沙仁巴图的认知结构拥有全套的本我、超我、自我，比蛇夫座爆发中单纯的“自我”更完整。因为它没有“本我”的自我复制本能，也缺乏“超我”的社会学组成，这致命它在完整的认知结构面前不堪一击。老人的意志仿佛虎入羊群，他的认知结构本能地利用白光的能量进行自我复制，而这些复制之间又构成了严密的组织网络，瞬间就截断了“自我”接触其他两部分的路径，随后它向上侵袭，和光之枪一齐融化在半空。整个过程只持续了一两秒钟。

黎海民和周辅站在远方望着光之枪在天空熄灭，他们被这冷漠的牺牲震撼得一句话都说不出口。

直到若干年后，历史才能公正地评价沙仁巴图，并一一将“地球沙文主义”“人类中心主义”“文明警戒者”等或夸大，或违心，或哗众取宠的评价从逝者的名讳上拂去。第三次轰击后，“自我”嵌入冷湖的大气，热成像显示在冷湖森林上空五十米左右的高度处存在一个反常的高温热核，它的形态和位置都很稳定。那片废墟的天空从此拥有了极强的沟通能力和沟通欲望，每个步入其中的人都能听到从炽热的风中传来的诡异话语，一个吟唱着大量无意义音节的声音在他们脑内生长。后来有研究认为是那个“自我”残留的电磁波结构影响着人类大脑，令布洛卡氏区异常放电。

人们现在知道，一个高等的、完整存在的、他者的认知结构对人类的威胁是无穷大的。抽象的认知结构能对物质产生作用：本我驱动物质实践自我复制的本能，超我提供社会学意义上的进化，而自我甚至能影响其他智慧物种。人们猜想，如果当初任由它们组装完成，人类的意识极有可能在之后的漫长岁月里被这种认知结构改造、同化为另一物种，然后去实践那个外星文明的意志。或许这对它们而言这是一种生命的延续，但对人类而言是绝对不能接受的。

惊醒的军队以雷霆之势开进了冷湖森林，用白磷弹为石油基地废墟清出了一圈半径为五百米的隔离带，以期将那个外星文明的“自我”和“超我”“本我”彻底隔离开。据说凝固汽油弹将成片的树林焚毁的时候，腾空而起的烈焰仿佛有生命一样暴烈地扭动。很快，人们发现热核在逐渐下沉，废墟的铀层每个月向上生长半毫米并相应收缩，森林也在向这个方向生长：“自我”“超我”“本我”仍在试图会合。这让军队不得不定期进入冷湖森林清除向圆心生长的杂草、处理向上爬升的铀层，以及用大型鼓风机抬高热核。至于深夜时从石油基地废墟传出的絮语和暴喝，人们说那是因为沙仁巴图的意识仍在和“自我”在互相抗争。人类毫无反应地让“本我”“超我”连续到达地球，是沙仁巴图站出来对“自我”做出了反抗，并以血肉的代价“污染”了“自我”并破坏了三部分的连接。

人类感谢他。

但这一切，阿日娜高娃都不在乎。

烈士沙仁巴图的女儿阿日娜高娃女士来过冷湖森林，她在海西长大，但这是她第一次踏上这片曾被盐碱浸没的土地。在已被白磷和燃油洗礼过的废墟中央，阿日娜高娃女士站立良久，又突然潸然泪下，好像这片废墟极大触动了她。后来她说她从那些纷杂的吟唱里认出了老父的声音，他还是那么苍老且心事重重。

蛇夫座爆发纪念碑在冷湖镇落成的时候，冷湖政府曾邀请她回来剪彩，但她拒绝了，预定的采访环节也随之告吹。从此没人能知道她那天在石油基地遗址的真实感触，后来有好事者从工作人员的只言片语中拼凑了现场。有的人说她只是极大地伤感，有的人说她在责怪父亲的离去，有的人说她在发泄自己的悔恨，但她当时的喃喃自语是确凿无疑的：

“你确实还在这里活着……对，我们都很好，我们都很好……”

07

地心手术

伽　辽

/ 作者简介 /

本职是游戏剧情，勉强算是和作者沾边。以前对科幻的喜爱一直局限在看，而没有去写。直到 2018 年发表了第一篇作品，从那之后一直在写。虽然真正落笔的不多，而且已经明白了“写作是件痛苦的事”这句话的含义，但还是会坚持下去。因为这确实是一件有趣的事，有在其他任何地方都获得不到的快乐。

最喜欢的科幻小说是《尤比克》，最爱的科幻游戏是《生化奇兵：无限》。个人作品除《地心手术》外，还有发表在《科幻世界》的《驱壳》和《新年》，以及获 2019 年光年奖一等奖的《圣像》和获得银河奖微小说三等奖的《它的回忆》。

/ 颁 奖 词 /

情节流科幻的典范！应接不暇的悬念设计让人手不释卷。核心构思想象绮丽、惊才绝艳。在保持硬科幻风味的同时，作者又做了充分的类型化尝试。如何让硬科幻更亲切好读，是科幻作者迫切需要解决的问题，这篇作品则对这个问题，交出了一份精彩的答卷。

下午六点，我收到老陈去世的消息。

消息真正的接收时间还要更早，但那时我正在手术台上忙得不可开交。某人失手用射钉枪打穿了自己的颅骨，为了让他以后还能行走，我和另外一位大夫对着破碎的伤口折腾了三个小时。

也许是因为太过疲倦，我竟没有多少悲伤，只是一时怅然。回到家，开一壶酒，叹一声气，伤感上浮之余甚至还有些为他高兴。因为我是他的发小，也是他的主治医师，非常清楚重度癫痫对一个人的折磨。尤其是他那样的人，永远积极，充满活力。他的人生从开头成功到结尾，不该因为这种事在最后被人看轻。

与讣告一起传来的还有葬礼邀请，机票已经订好，就在后天中午。安排略显仓促，但我没有丝毫不满。用最快速度安排好科室的工作，我便踏上前往故乡的旅程。

我已经五年没有回过冷湖了。

所谓冷湖，并不是真正的湖泊，而是一座因湖得名的小镇。它位于青海省境内，柴达木盆地西北部边缘，算是我的半个故乡。1959 年开发的时候，我的父母和老陈的父母都听从石油局的调遣来此。在那里我们一道度过了稚子与青春，又同时在萧条时期逃离。

这么说也许不够准确，真正逃离的只有我。我不喜欢父辈的工作，借学习机会逃进了医学的殿堂，从此彻底远离了戈壁的风沙与荒凉。而老陈则选择了若即若离的关系，他在工委地推荐下进入大学，研读机械与地质专业，后来还自己开办工厂，与勘探机关一直保持着合作。

回忆起来，上一次返乡还是发现气田的时候。城市重建，老陈不仅为勘探做出重大贡献，还给家乡工委捐了一大笔资金，神气活现地邀我回去参观。在老人眼里，我们都是“出息了的孩子”，虽然出息的程度还有很大区别。我跟着他一起喝酒，参宴，回忆过去，畅谈未来……直到他癫痫发作，摔在自己的呕吐物里。

我是神经外科的医生，在愤怒于他竟然瞒我这种事的同时，又强行将他拉到北京，丢进病房。一贯骄傲的老陈没有反抗，也没解释什么，任由我进行各种检查。但令人绝望的是，他的神经电生理报告成绝对两极分化状态——正常时大脑中完全看不出病灶，而发病时又每一处都是病灶，根本不符合一般癫痫集中病变的特点。

我邀来相熟的专家一起会诊，收获的结果只有四人份的绝望。当我不知该如何向他说明之时，老陈已经脱下了病号服，用干瘦的手指把它叠得整整齐齐，坐在办公室里等待与我告别。

“谢了，老徐。”他脸上挂着平静的微笑，他早就知道我治不好他。

我无力，也不能再说些什么，只能开出当下认为最有效的药，看着他离去。从那之后我们的交流越来越少，我不知该如何面对他，而他可能也不想让我难过。

飞机抬起副翼，机身倾斜，逐渐下降。从舷窗中向外望去，厚厚的云层就像一片大地，带翼的“矿车”载着我们潜入其中，进入另一方世界。

走出机场，接应我的人早早地等候在外。黑色的豪华越野车停在路旁，一名年轻人恭恭敬敬地把我请上车，帮我放好行李，然后向着茫崖市驶去。它是冷湖镇的上级城市，停放老陈尸骨的殡仪馆就在那里。

开车的年轻人没有攀谈的意思，我对此十分感激，服下备在一旁的红景天后开始闭目休息。大概过了一两个小时，车子到达目的地。殡仪馆比我想象中的更大，房顶如庙宇般四角翘起，铺满金色琉璃瓦片。门前广场上停着数十辆车子，身着黑色礼服的人们从中走出，手持花束。越野车停稳，我从中走下，年轻人递过一束白菊。我向他轻轻点头，表示感谢。

作为医生，旁观他人的生老病死已是家常便饭。但参加这样正式的葬礼，对我来说也是初次体验。

司仪宣讲，集体默哀，领导致辞，亲人答谢。麦克风前，某领导在宣读对老陈的悼念，那些高光的时刻：他带领人们发现气田、资助学生，承办工厂。一个完整的人被分解成了十几条光辉事迹，方便旁人纪念缅怀。

我站在角落里，垂下头，掩饰住嘴角露出的微笑。老陈的性格风风火火，还带点老顽童气质，从不喜欢被人吹捧。如果他还能听到这些，一定会从棺材里坐起，把那喋喋不休的家伙嘲讽一番。

你这家伙，没想到这么厉害。我想。

“嘿，没想到我这么厉害!”

一声不合时宜的感叹从我身侧传来，声音无比熟悉。我扭过头，目瞪口呆地发现老陈就站在那里，在一根立柱的阴影中，面带苦笑，右手不停梳理着下巴上的山羊胡。

“这帮人啊!”他叹息着，止不住地摇头，“我明明说过要从简。”

什么?

我感觉自己的大脑停止了运转。我盯着他，用力揉了揉眼睛，接着猛地转头看向灵堂中央。台上的人还在声情并茂地演讲，巨大的黑白遗像也依然挂在墙壁上，严肃地检查着所有的悲伤。在其下方，木棺半开，花束中掩埋着老陈的身体。他的亲人站在最靠近的位置，掩面哭泣。

一切正常。

我又扭回头，怀疑刚才看到的人影只是错觉。但事实并非如此，活着的老陈依然站在那里。他好像猜到了我的想法，脸上挂着一副恶作剧成功的可恶笑容。

跟我来，他冲我招了招手，然后转身从大厅一侧的应急门钻出。我来不及多做思考，赶忙追上。但他的速度比我更快，七拐八拐便已经出了殡仪馆，我张口想喊他的名字，却又将话语咽了回去。直觉告诉我，无论是我疯了，还是他在诈死，这件事都只能存在于我们两人之间。

不知何时，殡仪馆外刮起了沙尘暴，我一边跑，一边拉起衬衫捂住口鼻。细微的尘土像液体一样摩擦着皮肤，而较大的沙砾则带来针扎般的刺痛。街上一个人都没有，只有那些运载宾客的汽车还固执地留在原地。老陈脚步不停，很快走到载我来的那辆越野车前，没见他做什么，车门便自动打开。他占据了驾驶位，我只得坐上副驾。车门关闭，密闭玻璃将风沙隔断，呜咽的呼啸变得沉闷低哑，我咳嗽了好几声，终于将气喘匀。

我伸出手，触摸他的肩膀，指尖反馈回肩胛骨的硬度，还有呢绒西服的粗糙质感。他是真的坐在这里，从自己的葬礼上突然“复活”。

“你＊＊＊究竟是死没死?”我忍不住爆出粗口。

“你猜?”老陈笑着反问，在我的情绪即将暴走时又收敛笑容，补上另外一句回答，“抱歉，开个玩笑。其实是……和我的病有关。”

这句话让我稍微冷静，但是疑惑仍没有减少半分。

“你的病和假死有什么关系?”我盯着他的眼睛，“放松心情的恶作剧疗法?”

“当然不是。”他咳了一下，好像被我的问题呛到，“我找到了治疗办法，但失败概率很大。中途不能被人打扰，无论是好心还是坏心。”

顿了一下，他补充道：“我需要必须是能绝对信任的人担任医生，还有一点时间。”

治疗办法？我懂了他的意思，惊喜中还有些难以置信。他从来不是坐以待毙的性格，不过相较于这种通告方式，我更希望他直接给我打个电话。

“你这家伙……如果我没来，你打算怎么办?”我没好气地说。

“那你会在半夜十二点接到我的电话。”他哈哈大笑，这家伙当然能做出这种事，“但我不觉得你会不来。”

我只能叹气，“说说你的疗法。”

“这个不急。”他回应道，同时将车开上国道，向着城外驶去，“有很多事需要说明，我先带你去个地方。”

越野车在戈壁上奔驰，窗外沙尘如海，我们则像一尾游鱼。

在今日之前，我从未想过自己会在沙暴中开车出城，而且已经开了整整两个小时。四面八方都是一片昏黄，能见度不足百米。随着青海的沙漠化日益严重，戈壁上的沙暴也变得愈发狰狞。虽然这车上装有卫星导航系统，但我并不想充当人类科技与自然伟力之间对抗的测试者。

而且老陈甚至没有把它打开。

“你知道自己在往哪儿开吗?”我问。

“当然，我们要去冷湖。我在那里建了座实验基地。”他回答，眼睛盯着前方，好像真的能看清道路。

“实验基地?!”我瞪大眼睛。

“别太惊讶，这种事不止我一人做过。”他摆摆手，“几年前，美国有位富豪为了治疗癌症，就在沙漠中建立起实验室。虽然他最后运气不好，但这方法没有问题，能让人专心研究不受打扰。”

“……所以你觉得自己运气够好?”

“我已经办过葬礼。”他笑道，“总不会更差了才是。”

几年不见，这家伙还是一如既往的自信，能在重度脑疾中坚持下来，想来这种自信功不可没。但我还是忍不住给他泼冷水，毕竟窗外的能见度已经缩减到不足十米。“就算如此，我们也应该等沙暴过后再出发，毕竟我还没办过葬礼。”

“相信我，老徐，我们非常安全。”他又笑起来，“你今天会遇到很多离奇的事，这是最微不足道的一件。”

“最离奇的，就是我们到现在还没被撞死。”我没好气地说，“至少停一会儿也好。”

“是吗，那这个呢？”他改变了语气，在我还没反应过来时，突然猛踩油门。车子骤然加速，前方的沙尘被推挤在一起，像一堵墙那样迎面撞来。我被压在座椅上，努力抑制住大叫的冲动。好不容易缓过神后，对他怒目而视，这家伙的精神状况也许没有我想象的那么好。

但突然之间，天亮了。

我们冲出了沙暴，像飞鱼从海中跃出。不足百米的距离，世界被分割成两个部分。我在极度震惊中回过头，看到接天连地的沙墙逐渐远去，留在它身后的天空澄澈如洗。

“如何？”老陈问，而我已经失去了回答的能力。

“你早就……知道？”过了一会儿，我磕磕巴巴地问。这怎么可能？

“通过某种装置，算是研究成果吧。”他回应，“沙暴风团具有独特的磁场，了解它的范围，就能测定沙暴的大小。”

我沉默不语，他说的太过轻巧，让人难以置信。

老陈猜到了我的想法，也不再说话，给我留出思考的空间。就这样，世界突然安静下来，戈壁特有的寂寥接管了一切。车继续开着，因为路的两侧没有行道树或防护栏，所以给人的感觉不是一条线，而是一个巨大的平面。浅褐色的沙漠延展开来，风蚀岩点缀在其上，直到视线所极，被云雾垂流的山脉截断。

沙漠像一只巨大的陶碗，我们则是碗中的细小灰尘，漫无目的地向前飘动。我的心情逐渐平复，甚至产生出能一直开下去的错觉。而终点，也在此时突兀到来。

它最初只是视线中的一点，随着我们接近迅速放大。纯白的建筑趴伏在沙地上，黑色的骨架在皮肤外生长，一节一节的躯体被连接在一起，点缀着密封窗与连接阀门。与其说实验室，更像科幻电影里那种外星基地。

“还有件事要告诉你。”停稳车，老陈再次开口，他脸上的笑容让我有种又要发生什么的预感。

“……你说。”我在心里做好准备，哪怕眼前的基地突然变成飞碟升起，也能安之若素。

“你车开得不错。”他如此说道。在我想明白这句话的意思之前，他整个人突然消失不见。

我愣在车里，半天没有动静。直到方向盘坚实的触感从手心传来，才意识到究竟发生了什么。莫名的恐惧感开始沿着脊髓上升，但它还没爬过半途，又被一个声音打断。

“进来吧，之后是解释时间。”那是老陈的声音，直接在我的大脑中响起，无比清晰。随着他的话语，前方大门缓缓打开。嵌在墙壁中的灯条亮起，照出整条走廊。

大脑是种易减难加的器官，这是我进入脑科学领域后最大的感触。

大脑的容错能力远超预期，我曾见过半个脑区都被切除的患者依旧正常生活。在遭受损伤时，它能开启代偿机制维持运转，这使得部分手术变得十分简单。但同时它的精细程度也令人发指，若想定向增添某种影响，而非维持原样，则比登天还难。

而老陈所做的事，已经不是“增添某种影响”，它超出了我的理解范畴。

“这到底怎么回事?!”在基地内部，我又一次见到老陈。不足十平方米的房间内，我和他相对而坐。这家伙看起来很真实，摸起来也一样——我用自己的拳头又确认了一次。

“我是真的，不过是以另一种方式存在，你可以当我获得了某种技术遗产。”他揉着肩膀，龇牙咧嘴，“影响意识没那么困难，只要方法正确，用几块磁铁你也能做到。直接作用于大脑的磁场，能欺骗你的视觉，也能欺骗你的触觉。”

磁场？我突然想起他在沙暴中也提过类似的东西。

“所以你能控制磁场？”我一脸怪异的表情，“就像电影里的那种超能力者？”

“不，不太一样。”他苦笑道，“我控制的是地磁场，它无处不在，但又很微弱，远没有电影里那些家伙强。”

“地磁场？”我愣了一下，“整个地球的磁场？”

“是的。”他说，同时敲敲桌子，一杯热茶从左边的隔间中被推出，“自动餐饮系统，这是真的，你该放松一下。”

我没有拒绝，端起茶抿了一口，苦涩的香气让紧绷的意识舒缓许多。老陈说的话已经彻底上升到天方夜谭的境界，但他毕竟做出了证明，我也只能尝试相信。

“那么，你是怎么掌握地磁场的？”

“我将自己的意识移植过去。”

“……”

我被噎得不行，又灌了一大口茶水。

“……你继续。”

“其实没那么困难。”他笑起来，“有能承载信息、快速交换的物质，就能维持意识。加上复杂的结构，便构成了思维逻辑的基础。而以上两点，地磁场全部满足。只要将地—脑磁场的模式结构匹配在一起，加上适合的技术，就能完成移植。”

适合的技术？怎样见鬼的技术才能做到这种事情！我感觉自己已经快要麻木了，要么他疯了，要么我疯了，以目前的情况来看，结果实在不容乐观。

为了能将对话继续，我强迫自己接受他的话，并顺着这条路向下思考。我开口道："所以你现在用整个地球当大脑。原来的身体呢，殡仪馆里的那个是怎么回事？"

"那也是我的身体，就像遥控汽车一样。"他说，"葬礼是真的。地磁场很弱，我不会费那么大力气去欺骗所有人。"

"所以你只骗了我，为了……"我替他总结，然后突然意识到最重要的问题：他的病，对我来说，那才是一切的核心。"如果你已经抛弃了身体，还要我来做什么？"

"我的病一直都在，而且越来越厉害。"他面带苦涩，"这项技术存在问题，个人的脑波模式和地磁结构无法完全匹配，虽然我努力调整，但总有冲突不能解决。这些不匹配的异点会造成异常放电……新一轮地磁倒转就快开始，我已经无法承受。"

虽然我还无法完全明白其中因果，但至少能看出他脸上的痛苦。癫痫就是大脑异常放电的结果，但若要进行手术，就意味着我必须切除他的部分脑组织。而他已经没有了大脑，他的意识根植于地球磁场，这样的话……

"你要我去切……"我感觉自己的声音开始颤抖。

"切割地核。"他站起身，替我说出答案，"这是修正磁场的唯一方法。"

惊叫，完全不受控制的惊叫。我今天不知多少次努力抑制这种冲动，在此时终于宣告失败。

我猜自己连续喊了半分钟，直到胸腔里所有的气都被吐尽，甚至出现了缺氧性头晕，坠落的恐惧才稍微缓解。这一切太过突然。当老陈站起身，说出那个要命的要求之后，地板就在眨眼间裂开，露出一个大洞。

坠落好像永远不会停止，我大声呼唤他，但毫无回应。又过了几分钟，大脑好像终于接受了这种状况，四散奔逃的理智逐渐重返

“高地”。我努力调整身体平衡，将大头朝下的姿势扭正，避免脑充血，同时开始有意识地观察四周。这是一处直通向下的洞穴，洞穴内壁由不知名的半透明晶体构成，比水晶浑浊，又比云母清澈。晶体中游动着赤色光斑，逆着下坠的方向，点亮了整个空间。

我好奇地伸出手，却发现什么都碰不到。

“老陈!”我再次大吼，抱着死马当活马医的心情，“出来！这洞到底怎么回事，我要掉到什么时候?!”

“耐心点，这里直通地心。”

声音突然从身后传来，我吓了一跳，扭头看到老陈抱臂站在一侧。同样是下落，他的姿势却无比安稳。我想给他一拳，但最终还是放弃了。这种动作没有意义，毕竟他不过是我大脑里的一个幻影。

“你刚才跑哪去了?”我问。

“我一直在，是你太激动，出现了应激反应。”他挠了挠头，看上去无比真实，“低级本能接管了你的大脑，我在回答，但你听不见。”

那可真是抱歉，我在心中对他竖起中指。接着努力平复心情，让对话继续，有太多需要我重新接受的东西。

“你说地心?”我向下看去，没记错的话地心温度在五千度以上。

“没错，别担心，你非常安全。”老陈读了我的意思，“你还得再掉半小时左右，嫌麻烦的话可以快进。”

“快进?”

“字面意思，就是这样。”老陈嘿嘿笑了几声，在我想要拒绝前抬起手臂，打了个响指。我突然一阵恍惚，就像手术结束，从身体里驱逐麻醉剂的那个瞬间。视线失焦又聚焦，我感觉自己丧失了一秒钟，但实际远不止于此。

我已经坠落到底，安然无恙地站在地面上。

“你还有什么做不到的?”我无奈地问。

“这不算什么，只是调整了一下你对时间的感知。这里是地磁线的收束点，磁力更强，做这种事很容易。”他耸耸肩，超过我，向前方走去，“看看四周，我们正站在地核内外的交界线上。”

我依言四顾，周围晶壁的雾感更强了，银灰色的金属外壳包裹着它。过了好一会，我才反应过来，那些都是被冻结的铁镍。壳外探出的晶柱向上蔓延，我抬起头，朝着坠落而来的方向看去，终于将那通道的全貌收入眼底。狭长的裂缝无限上扬，其中游动的光斑似乎延长了视线的极限，最终收束成微亮的一点。在其一旁，还有更多较短的裂缝延伸出来，刺入外层地核之中，整个空间就像一只盘踞在地心中的海胆。

“这就是‘适当的技术’，也是我现在真正的身体——意识结晶系。”老陈笑笑，做了个请的手势，“你可以叫晶系，也可以直接叫海胆，随意就好。”

我没有回应，跟着老陈继续前行。球体内部近乎空心，倾斜纵横的晶石桥像蛛网般悬挂其间，盘旋交错，一路向下。它看起来像威尼斯出产的吹塑玻璃一样脆弱美丽，却将整颗星的压力挡在外面。流动的地核熔岩摩擦着晶系外壁，像拂过戈壁的微风，发出沙沙声响。

我沉浸在奇景之中，不知不觉间已经下到底层。一块状如豌豆的巨大晶体横亘在我们面前，它的形状让我莫名联想到了松果体①，笛卡尔曾将其称为灵魂的王座。

“我该怎么做?”我看着那晶体，其上有个略大于人体的凹槽。

“做你一直做的就好。”老陈轻松地回答，同时指了指头顶那些被冻结的铁镍尖刺，“你会进入我的意识，而你在那里做的一切都会传递给晶系。而它会切割外核，通过地球发电机原理，就能将磁场编织成我们想要的结构。”

他说的实在轻巧，我深吸一口气道：“你得知道，我现在有点

---

① 松果体：呈椭圆形的小体，位于上丘脑后方，以柄附着第三脑室顶的后部。

紧张。”

何止有点，我感到自己的手都在发抖。对整个地球动手术，在最癫狂离奇的梦里我也没做过这种事。

“别怕。”老陈握住我的肩膀，“你可以的，我会帮你找到最好的状态。”

我永远记得自己第一次触摸大脑的感觉。

那是一次解剖课，每个人面前都放着一只标本罐。扭开盖子，防腐剂的臭味扑面而来。我屏住呼吸，将全部注意力集中在双手之间，仿佛手中的大脑是某种易碎的珍宝。

我将它捧出，大脑摸起来柔软而冷冰。虽然表面遍布沟壑，整体却出乎意料地光滑。

它是完整的，是人类意识的居所。我想到此处，然后不可避免地去思考它——还有它的主人活着时的样子。这想法让我一时不知所措，甚至感觉它还在微微颤动。莫名的紧张与恐惧慑住了我，甚至没注意到教授在面前驻足。

“告诉我松果体的位置。”教授问道。他表情严肃，左手托着一只被劈开的塑料大脑模型。

“松果体在间脑顶部，缰连合与后连合之间。”我吓了一跳，下意识背出教参上的知识。教授皱起眉，这是正确答案，却不是他想要的那个。

“向我展示松果体的位置，用你手上的标本。”他换了种说法，有些拗口，却更清晰地传递出自己的意思，也使得我不能再用书本上的知识搪塞。我深吸一口气，将标本放回桌上，食指与中指贴合大脑半球之间的腔隙移动。集中精神，找准位置，手指插入其中。

过程十分顺利，它已经死去，安安静静，不会再为自己遭受的破坏抱怨或嚎叫。所有的恐惧都只是我的臆想，其实就像将手指插入橙子果肉那样简单，区别只是现在没有迸溅的汁水。光线透入被分开的腔隙，照出一块豌豆大小的灰红色凸起。“这就是松果体。”我向教授示意，这次他满意地点了点头。

我的医学之路由此真正开启。那堂课后，我依然敬畏生命，却不再敬畏人体本身。

我的技艺突飞猛进，两年后便进入医院工作实习，在神经外科的手术室中与无数大脑打起了交道。脑卒中、外伤、滞留物、内出血、肿瘤、脑炎性增压……我很快对破碎受损的大脑习以为常，很多病人的大脑还没有福尔马林里的标本完整。我将它们缝合在一起，力求维持正常运转。

大部分病症都是粗暴的外伤，治疗结果将直接为病人分判生死，次一级也是终身残疾。在这样的尺度下，我开始变得像个匠人，只求将雕塑粘好，没有去关注更贴合意识本质的部分。直到某天我遇到一位特殊的病人，这种情况才发生改变。那天的手术经历给我带来了深刻的启迪，过程本身却随着时间流逝逐渐湮没。但此时此刻，它却突然清晰起来，仿佛时间倒转，我又一次身临其境。

我发现自己穿着绿衣，站在二十年前的手术室里。

无影灯照亮了手术台的黑色皮面，医用平车的“咔嗒”声由远而近。护士们忙碌地准备着各式器具，教授最后擦拭着自己的眼镜。患者被推进房间，我迎上去，发现躺在平车上的人竟然是老陈。

在我的记忆里，这本应是一位患有重度癫痫病的中年女子。

“你准备好了吗?”教授——不，是更加熟悉的声音从我身后传来。我转过身，看到另一位老陈站在那里，同样穿着绿色的手术服，向我递来骨锯。

“你……”眼前的景象太过错乱，我甚至不知该从何问起。

“这是为了的更好手术。”幸而，这里是老陈的地盘。他既然能在我的记忆中来去自如，就不需要我再费力用语言去表述什么东西。

“我们的意识混杂在一起，你必须从我的意识中剔除异点，就像从患者大脑里切掉病变的部分。”他解释道，“这是场不能失败的手术，所以我选了你记忆中最成功、最贴近的那次，帮你找到那种感觉。”

不能失败，我的嘴角抽了抽。我虽然一向对自己经手的手术做如此要求，但也知道这世上并无绝对。

“尽力就好。”他笑笑，明显读到了我的想法，“我要控制晶系，接下来只能靠你自己。”

骨锯沿着预先打好的墨迹切下，类似烤肉的香气在空中弥漫开来。两名护士手持软管站在对面，一名不断泼洒无菌盐水降温，另一名则将蒸腾而起的水雾吸走。我将全部注意力集中在手术上，不去想外界发生的事情。毕竟想也没有意义，那是老陈的工作，而我能帮到他的一切都只在这里。

锯开颅骨之后，我小心地用剥离器掀起骨瓣，就像从易拉罐上扯掉拉环。随着骨窗被打开，整个空间产生了一次震颤，手术室中所有的器具、人，甚至蒸腾的水雾，都同时向右跳动了一毫米。

这震动是如此整齐，以至于我没有丝毫察觉。它起源于我和老陈纠缠在一起的意识，然后迅速穿透真实和幻觉间的壁垒，干涉到现实世界。

整个地核都在震动，以极微弱的频率，如同被麻醉者在无意识下的抽搐。沉眠中的晶系被唤醒，它伸展肢体，成千上万根晶须亮起光芒，向着流动的外核蓄势待发。

这一切都与我无关，在老陈的帮助下，我完全沉浸在手术之中。骨窗之下是硬脑膜，乳白色膜壁上闪烁着珍珠样的光泽。我将其剪断后，整个大脑就暴露出来了。它是充满活力的粉红色，细丝般的紫红血管爬满球体内外，随着心脏跳动缓慢地收缩与舒张。

最难的部分由此开始，预先检测划定的病变范围总是大于实际可切除的部位。我必须准确找出可切割的点，并确定不会损伤到运动、语言等中枢神经。粗犷的骨锯换成纤细的神经刺激器，几毫米的电极贴近大脑皮层，就像准备在异星着陆的飞船般小心翼翼。

刺激器能使一定区域内的神经处于暂时孤立状态。在正常手术中，我会一边刺激脑区，一边向患者提问，以此判断切除和保留的区域。而在老陈这里，我要寻找的是那名为“异点”的诡异之物。

电流击中神经，几毫安的电流放在皮肤上甚至不会有所察觉，但在脑区却已经足以掀起风暴。这个由他搭建的空间发生了变化，手术室消失得无影无踪。我的意识好像被分成了两部分，一半留在手术室内，另一半与老陈缠绕在一起，被抛入天空。老陈的意识根植在地球磁场之上，他没有身体需要控制，整个大脑承载的都是记忆。

相识半生，这是我第一次真正了解老陈。

四十年前的冷湖比现在热闹很多。

我站在——或者说我的意识漂浮一片土质操场上，看着一群十三四岁的孩子争抢缝制的皮球，扬起的沙尘跟着他们四处滚动，看起来就像一团小型飓风。这里是五号职工子弟学校，我充满怀念地环顾四周，从那几间涂着大标语的连板平房中发现了少年时的自己。我手捧一本地理图绘，半个身子都要扎进书中，不时还指着书上的图片向身边人发问。

“这是什么?”

“那是冲积平原。”同样年幼的老陈站在我身边，脸上挂着成人式的无奈，“老徐，课间只有十分钟，我们应该去踢球，而不是在这当书呆子。”他抱怨道，全然不顾是他自己将这本书借我。

“再等一会儿!”那个我叫嚷道。

“我以为你不喜欢地理。”他说，“你不是和你爸说，以后不要进地质队?”

“我不喜欢钻石头。”我轻声回答，走近他们身边，和过去自己的喊声合到一处。我喜欢老陈带来的画册，那和父辈传授的知识全然不同。从高空俯瞰大地，山川河流尽入眼底，彼此勾勒缠绵，变成一幅生动画卷，就连死寂的沙漠都充满别样韵味。也正因如此，长大的我才会对人体医学充满兴趣。那灰白的骨骼正是嶙峋的山脉，血液是奔腾的河流，心脏就是最美丽的冲积平原。

悬挂在黑板正上方的钟表滴答作响，上课下课，太阳西斜。几十个“十分钟”过去，年轻的我们依然在一起翻看那本图册，我也询问了几十次图片上的知识。老陈的记忆定格在这里，原地抽搐，止步不前。有东西干扰了他……我意识到，这里就是他与地磁场不匹配的异点，这就是我来此的目的。

我走上前，身影由虚转实，那两人并未察觉到我的出现。我必须在这一片记忆中找到异点，它代表着老陈意识与地球磁场的分歧，代表着癫痫的病灶。我必须成功，切错的后果不只会伤害老陈，甚至会伤到整个世界。

这只是另一个大脑。

犹豫只一闪便消失，我的左眼看到的依旧是过去的世界，而右眼中则映出一只裸露的大脑。神经刺激器在皮层沟壑中轻移，莹蓝的电光攀附上所有的回忆。医生的知识，朋友的熟悉，两重目光在一点凝聚，本来毫无关联的画面重叠在一起。

我遵从自己的直觉，进步上前，手术刀从那本画册上一划过。它断成两半，在突然扭曲的光线中消散不见。记忆中的我们依旧坐在那里，没有任何变化。我后退两步，正当疑惑之时，空间突然又开始震动，这次的感觉清晰而强烈，我甚至无法保持自己的平衡。

四周的景色迅速模糊，那种被抛入天空的失重感再次出现。我闭上眼睛，在跌落之前，好像听到了上课的铃声。

那一刀切在记忆之中，最终却落在地核之上。它造成的影响通过老陈与地磁场的联系反馈回现实，蛰伏已久的晶系接收到信号，蠢蠢欲动的晶须终于发现目标，凝束成刺，向外狠狠扎去。

红炽的流体外核发出刺痛的呲啸，就像将一万把烧红的铁钎同时插入冰水。银灰色的晶柱在外核中蔓延，坚定地阻断了部分液态铁镍的流动路线，将其向上方挤压。这根晶柱对于整个外核来说无比渺小，还不如扎在大象脚底的仙人掌刺。但它真实不虚地存在着，并且修改了地球发电机的结构。这样的修正对于整个地球磁场来说微乎其微，但对于一个智慧生命的意识，已是翻天覆地的变化。

“干得漂亮。”老陈的声音将我从失神状态中唤醒。过去消退，我又回到了手术室，对着他被撬开的大脑。在身旁的钢制托盘上，半颗米粒大小的脑组织躺在其中。

“结束了？”

“刚刚开始。”他虚弱地笑笑。手术台边不知何时出现一面显像板，大大小小的红圈标注在大脑图像之上。他接着说：“就是这样，你做得很好。”

我点点头，放下手术刀，重新拿起神经刺激器。多亏在意识空间，所有的行为只是为了映射现实，晶系已经准备好，我不用再掀开另一块骨瓣。

手术继续，我又回到他的记忆之中。时光迁移，无数的世代，无数的身份，原来他一直存在。我看到面目沧桑的工程师叼着香烟，看到身披铠甲的将士四方征战；看到矫健的海豚在洋流里追捕乌贼，看到远古时代的波斯特鳄在水岸上奔跑。

但更多时候，我看到的是一片空无。寂寥无垠的灵魂划过天空，沿着磁力线在行星上逡巡，寻找智慧的痕迹。他太寂寞了，在一点五亿平方公里的土地和面积三倍于其的大海之上，没有一个真正能与他交流的声音。

于是，他尝试在那些尚未开化的大脑中播种智慧，结果却一无所获。地磁场能影响万物，却又太过微弱，幻象只会让它们惊慌失措，而无法理解更多。如果不是本身具备思考的能力，便无法接受这种暗示性的启迪。

他只得耐心等待，等过了古生代的巨虫、中生代的恐龙、新生代的猛犸象，终于在一种半直立的猿猴身上发现了智慧的温床。他小心翼翼地靠近它们，拨动磁场，在一只幼兽的大脑中投下幻象，反馈回的波动中不只有原始的惊恐，还有属于灵性的好奇。

从那一天起，族群中的首领突然开始直立行走。它用动物腿骨和石块制作出武器，带领部族向南迁徙。

我看着这一切，也解剖着这一切。在地磁力量的影响下，我的大脑保持着异乎寻常的冷静，将无限的感慨与感动隐藏起来，专注于每一处异点。标注、检测、分析、切除，我重复挥舞着手术刀，在历史中一路向前。

越是靠前，不相容的异点便越少。气候在变化，从温暖宜人到冰冷刺骨。大陆漂移又重聚，复杂的生命逐渐消失，演化的痕迹从陆地退回大海。老陈的记忆不再四处跳动，而是彻底转身，向着过去大步狂奔。土壤聚集成岩石，火山重新隆起，大气浓厚稠密，地球逐渐回归到生命出现之前的时代。

我停下脚步，就在刚刚的一瞬，这个世界发生了某种微妙的变化。天空中只有风在呼啸，缺少了某个灵魂的合舞。他不在这里，我终于意识到，这里是老陈诞生前的世界。

但若是如此，这段记忆又为何存在……而他究竟是从何而来？

我思考着，也为自己第一次想到这个问题而惊讶。突然间，四周安静下来，熔岩与风暴都失去了声音。我抬起头，发现沙尘停在空中，雨滴定在原地。某人在世界尺度上按下暂停键，时间的回退到此为止。

一颗陨石拖着黑红焰火，从空中坠落。

很久以前，我看过一本讨论生命起源的书。是那种偏脑洞向的科普，一点也不严肃，作为繁重学业间的调剂十分适合。里面有种猜想说地球生命可能来自太空，当其他行星遭受陨石撞击时，星球表面激起的物质就有机会挣脱引力，进入太空。然后经过漫长的漂流，在另一颗星球重新安家落户。

对这种理论，我当时一笑置之。且不说这大炮打蚊子般的概率，单就陨石冲击的力量与太空中的极寒，便能杀死一切妄图搭便车的生命。

但我错了，数亿年前就有这样一颗陨石，承载着外星文明的结晶，像尖锥般劈开地球的颅骨，永远改变了这颗星球的内在结构。它在地壳中沉陷，在地心中生长，带着远道而来的意识，成为智慧的祖先。不知为何，那道伤痕一直保留下来。历经板块漂移、地壳变动，最终停留在青海冷湖。

时间重新流动，我顺着陨石来时的路径升入空中，向着它来时的地方飞去。荒凉的太空一闪而过，只有一两个异点需要处理。空闲时间被跳过，眨眼间，这块小小的拼图就飞到了迸溅的原点——锈色的火星悬挂在那里，无数尘埃与碎片投入其间。

时间再次跳动，我又看到了老陈，虽然容貌大变，但记忆的位置不会出错。他躺在晶系之内，纤长的身体，差不多有人类的两倍，绿色的皮肤，就像叶片般遍布纹路……我不禁怀疑地球上那些在电影里创造出火星人的家伙，有多少是受到了老陈的暗中影响。

“战争已经开始，我们不能置身事外。”晶系外站着其他几名火星人，为首者身着红衣，是那种锈铁般的红色。

“我们可以恪守中立，做好自身防御。”无形的意识在每个人脑内回响，那是老陈说话的方式。

“这颗星球上有十几处晶系，所有人都想与地磁融为一体，成为真正的星神。除非放弃你，否则我们无法中立。”为首者回应，“而且，星神的意志笼罩国家，哪怕是未完全体。你必须战斗，否则我们的军队将因受你影响而变得羸弱不堪。”

“如果我参战，战争会再次升级。”

“那么就让它升级，赌上我们的一切，为了一族的存亡。”为首者走上前，将手掌贴上晶系外壁。它的手臂苍老而充满褶皱，不似其他人的深绿，反而像衣服那样泛起锈红，“你必须成为星神。”

成为星神，成为星神，成为星神……

不匹配的异点。我摇摇头，走上前，对着为首者挥下手术刀。时间继续流动，战争升级，记忆中的异点也逐渐增多，就像四起的烽烟，从水手谷①一直烧到奥林匹斯山②巅，最后甚至烧到天上，连火星的月亮都不放过。

太多了。

我伫立在第三颗火月的表面，深深皱眉。火星上已经打成一锅沸粥，每个国家都在与至少两名以上的敌人作战。在天空之中，十几位尚不完全的星神撕咬着彼此，属于他们的晶系停留在地壳中，触须却在不断扩张，每一根都试图率先包裹地心。他们的怒火裹挟着所有普通的火星人，而每个人大脑中的磁场又返回来影响他们。

重复的爆炸涂满星球，每一处都是一个异点。看着这过于惨烈的画面，我突然明白了某些事情——老陈的记忆是属于火星的记忆，是另一种星神意识的模型。它根植在火星的大地上，与地球磁场的差异就像两颗星球间的差异那样巨大。

它们永远无法融合，我做的事从一开始就注定无法实现。

“就是如此。”老陈的身影突然出现，不是那个绿色的家伙，而是我熟悉的样子。

“你早就知道。”我转过身，死死盯着他，“然后呢，怎么办?”

“继续切呗。”

---

① 水手谷：位于火星赤道附近。

② 奥林匹斯山：火星上最大的火山。

“你开什么玩笑!”我忍不住对他咆哮。落在他意识中的每一刀都会影响地球磁场，几十个的定数尚可接受，而眼下的异点成百上千，还在不断增长。

“死脑筋。”他叹了口气，“你还不明白吗?”

“明白什么?”我开始慌乱，老陈施加在我身上的冷静失效了，而我甚至都没有意识到这件事的发生。

“明白只有在地球上成长的生命，才能成为地球的星神。”他说，“而我属于火星，再怎样融合也无法尽善尽美。属于火星的部分会一直折磨我，甚至还会折磨你们。”

答案就这样揭晓，简简单单，以至于我一时都没有反应过来。过了一会儿，我才真正明白他说的意思，其中还有半个句子让我更加恐惑。

“折磨我们?”

“我尝试创造智慧，以弥补自身的孤独与过去的遗憾。但那些不好的东西也被传承下去，而且彼此相互影响，不断加深。”

“你有没有想过，为什么人类对彼此的残酷程度远超其他动物，就因为智慧?”他转向火星，我也顺着他的目光看去。战争已经陷入疯狂，黑色的蘑菇云在赤红的大地上起起落落。火星原本纤细的磁尾变得膨大扭曲，它扫过火月，其中蕴含的杀意与仇恨让我不禁颤抖。

星神的意志笼罩国家，你必须战斗，否则我们的军队将因受你影响而变得羸弱不堪……

影响意识没那么困难，只要方法正确，用几块磁铁你也能做到……

我猛然转身。

“还有气候异常、沙漠化、飓风、地震……我一直在冷湖，而大家都说冷湖越来越像火星。”他看着我，轻声地说，“还不明白吗?”

我不愿思考，也无法回答这些问题。这不知所措的样子让他又笑起来，笑容中充满哀切。

“我累了，老徐。”他说，“帮个忙，结束这一切。”

火星的战争终结于三号火月的破碎。

星神间的争斗撼动了行星内层的地质结构，不仅影响到磁场，甚至还暂时改变了重力环境。本就处于低轨道的三号火月在骤然失衡的状态中向火星坠去，然后被引力撕裂，形成了一场毁天灭地的流星雨，火星上所有的国家都在这次灾难中毁灭。老陈所处的位置被陨石击中，在冲击波扫荡一切的同时，反冲力将埋于地下的晶系抛入太空。

回忆到此终结，异点化作循环的毁灭，在锈红色的大地上反复重演。

“就没有别的办法?”我问他，虽然知道这毫无意义。老陈的决心已经表露无异，之前的手术不是在解决嵌合问题，而是一点点调整地球磁场的结构，让它尽量恢复到原始状态，并更好地承受接下来的改变。

“你看到我在地球上的记忆，零零散散。这并不是为了方便你动手，而是它本来就是这样。”他回答，“我一直在承受折磨，控制晶系，努力不让它将地磁改变太多……但我真的太累了。”

“你可以站出来，告诉大家。”我再次尝试，如果星神意识是一种暗示，那么揭露之后效果应该会有所减弱。

“告诉大家有比核武器更厉害的东西？告诉这两百多个国家?”他反问道，而我一时无语。

“这世界上本来就不该有星神，至少在离开摇篮之前不该有。不然一堆坏脾气的孩子，只能把摇篮抢烂。”

他继续说着，而我不知该如何作答，潜意识中，我已经认可了他的话语。这里是他构建的世界，我的思想对他而言完全透明。

“就这样吧，毕竟葬礼都办过了。”他露出笑容，向我张开双手。

我最后看了一眼燃烧的火星，又向着太阳的方向，寻找那个更熟悉的世界。最后，我闭上双眼，拥抱了他。右手贴近他左胸下第二根肋骨，手术刀攥在掌间。

“再见，老徐。”他说。

……再见。

地心深处，晶系探出的数千根触须牢牢扎根在液态外核之中，掌控着亿万焦耳的能量，吸收转换间，将熔融的铁镍化为修正磁场的礁石。这一切维持了数亿年，不出意外的话甚至能维持到这颗行星毁灭。

但突然间，晶系深处传来了一声脆响，一道裂痕从原点劈出，环绕一周，将这个晶系切成两半。那裂痕只有发丝般粗细，在这只庞然大物身上几乎没有任何存在感。很快，第二道、第三道……第一千道、第一万道，无数的裂痕从中蔓延开来。失去力量支撑的晶柱触须被地核高压瞬间挤碎，凝固的熔岩重获自由，顺着触须生长的方向灌入其中。

塌陷由此开始，能量在被压缩到极点后开始反弹。一场大爆炸在地球中心产生，虚空中仿佛响起崩断之音。这个声音不仅在地心响起，更在整个地磁场的范围之内响起。晶系用最后的力量完成主人的指令，将狂暴的能量以最温和的方式消弭。一轮朝阳在地心升起，光辐射如开闸之水般四处宣泄，它们大多在地幔中消耗殆尽，但总有几束幸运的存在，找到了直通地壳外的通道，将身姿现于星空之前。

冷湖，火星基地。

我站在基地外，遵循老陈的指点，将活动阀门打开，为那光芒清扫最后的障碍。这乍现的光芒可能会让冷湖不复寂静，让世人想破脑筋。但我并不在意，那些猜想属于他人，而这光芒本身属于我的朋友，属于一个伟大的意识。

四周乍明乍暗，一瞬间的黎明消逝在天边。我向着星空挥手告别，这个来自火星的灵魂已经迷路太久，是时候该回家了。

第二天清晨，我躺在茫崖市的宾馆内，打开电脑查看新闻，发现一条来自中国高等信息科学院与 ASN 量子计算机学会的联合声明。声明称其团队正在破解一段光波辐射的信息，有证据显示，这可能是一段发往地太空的信息。

该研究室负责人介绍说，“日前，青海省柴达木盆地地区出现异常光波辐射。中国科学院云图天文台青海观测站第一时间对异常区域进行了光学监测并取得相关数据。

“该研究团队对光波辐射信息进行逆向译解，结果显示，信息的书写方式并不属于任何已知语言类别，部分数据被反复强调，构成形式与坐标定位类似。虽然发信人与收信人未知，但据某不愿透露姓名的研究员称，现在可以肯定的是，这条信息是发往太空的。”

这条信息之下引起了激烈的讨论，有人称这是地球遭受外星文明打击的前兆，有人说这是迷失在地球的火星人向母星发送的求救信号。看着他们的猜想，我的脸上不觉浮现出微笑，手指压在键盘上，准备公布答案。

但这真的合适吗？敲下答案，我又犹豫了。他们的讨论天马行空，有很多闻所未闻的技术与畅想，就像老陈领我看过的那些一样瑰丽。他们不是在单纯地寻求某种事实，而是在仰望未知的星海。

我放弃了原有的想法，将网页关闭，点开自己的邮箱。里面有一封信，是老陈将实验基地转赠给我的法律文件。我本不知如何处理，但现在看来，有一些人比我更适合这份礼物。

也许有一天，他们能依靠自己，发现这颗星球真正的秘密。

08

巡风人

凌晨

/ 作者简介 /

凌晨，大陆地区主要女科幻作家之一。毕业于首都师范大学，曾任中学老师、知名 IT 杂志编辑。代表作有：《猫的故事》《天隼》等。出生在宇航世家，宇航题材经常出现在其科幻小说中。作品磅礴大气，刚柔相济，多次获得中国科幻银河奖和星云奖。

/ 颁 奖 词 /

真实性，是美国科幻小说“黄金时代”的开山鼻祖坎贝尔定下的铁则，是科幻小说的第一诫。这篇作品就是把对真实性的追求做到了极致。扎实的案头准备、充沛的信息量、老练的行文，无不彰显着作者丰富的创作经验。巡风人的精神和冷湖的石油精神异曲同工，隔着遥远时空与浩荡天风互相呼应，完美诠释了冷湖这片土地的信念：痛苦使理想光辉！

1

临近春节，连接甘肃、青海的G215国道上，急驰过了一队箱式大货车。车厢上贴的红色“抗疫保民生，爱心传千里”大标语，就像一道火焰窜动。一旁车道上行驶的“巡风3号”工作车被这“火焰”牵引着，也加快了车速，眼看就要超过车队了。突然，狂风大作，砂石飞扬，天地一片昏暗。疾风过后，雪花飘落，迅速在天地间拉扯出一道白茫茫的、厚实的幕墙。G215被这幕墙遮住，再也显示不出前路的模样。

处于自动驾驶模式的“巡风3号”，立刻感知到了路况的变化，它降低车速，亮起车灯。车载计算机金乌的显示屏在驾驶座上方，展示着甘肃西北到青海东北的三维地形图。代表“巡风3号”行驶路程的红色线条从敦煌七里沟的酒湖处出发，沿着G215国道一路向西北蜿蜒，进入祁连山与阿尔金山之间的山谷。谷中弯多坡急，红色线条的增长速度慢了很多，现在，速度更慢了，甚至会停滞几秒再向前挪动。

“赵工，目前车速为25公里每小时，根据道路状况，预计37分钟后抵达当金山垭口执勤点。”金乌报告。它的语音模式为播音员普通话标准版，因此这句汇报语很像一条了不得的新闻，让听者专注。

但赵工，也就是二十六岁的助理工程师赵雪峰，这车上唯一的乘客，对金乌的汇报，只是“嗯”了一声，并不在意。赵雪峰坐在车后部，头也不抬，双手机械地运动着细长的棒针，将一团紫罗兰色毛线编织成一段毛片。从毛片的长度和样子来看，它最终应该会成为一条舒适温暖的围巾。赵雪峰跑了三年G215，道路走向、花费时间等等情况都烂熟于心，不必看观景窗外的景象，他就知道行进到何方。现在车子刚开始爬当金山，既然遇到了大雪，那到登上山顶垭口起码还要四十分钟。

“赵工，您的体温现在为 37.2 摄氏度，可有什么不适？”金乌问。

赵雪峰手上的动作慢了一拍，随即恢复正常，他回答：“有点头疼，不要紧。昨天晚上喝酒多了。”

喝了多少呢？好像是六瓶“黄河”牌啤酒，一个人喝真有点多。可“云喝酒”这个模式做不得假，五个人彼此都在手机视频上看着，少喝半口也不行，而且还有调配处的处长在。第一次和上司用这种方式聚会，酒杯实在不好意思推开。

“小赵，不容易，这几年冷湖地区的风机都是你一个人维护，风里来雪里去的！我敬你一杯。”处长举杯。他诚惶诚恐，赶紧起身，和处长隔着手机荧幕碰杯，字都连不成句，“我，那啥，我就是冷湖人，习惯了。”

处长一杯见底，杯底冲外亮给大家看，一边说：“冷湖人最能吃苦了。小伙子，处里今年申报先进，我看你行。”

这个温和的鼓励引来众人的哄笑，有人提议：“等疫情解除，小赵你必须请我们下馆子，庆祝你评先进！”

他有点酒劲儿上头，把空杯“啪”扣到桌子上，咬着舌头说：“我，我不当先进，我，我巡风人，就是不能让风机坏了！”

大家笑得更厉害了，因为疫情不能聚会，只好用视频喝酒的郁闷顿时消散，他们甚至一起唱起歌来。他们都是国家能源局酒湖处的巡风人，酒散后便将各奔一方，去巡视、检查和维护管区内的风力发电机。酒湖处全名为“酒泉—冷湖风电调配管理处”，负责维护运营的风力发电机分属十四家风力发电场，星罗棋布在青海冷湖到甘肃酒泉数万平方公里的大地上。

那是昨天晚上能记住的最后一句话了。嘿嘿，他居然拒绝当先进，真够憨的，赵雪峰搅动手里的毛线。不过当先进就要上大会做报告，去市里、去省里、甚至去北京，上电视台、上报纸、上网络，面对越来越多的人，说越来越多的话……太可怕了。

不是社交障碍，不是密集恐惧，就是不喜欢人多。可能是因为没有什么话可讲吧。赵雪峰松开毛线躺下，真是有点头疼了。

2

无垠的蓝天下，绵延的赛什腾山前，灰色的原野上，高大的白色风力发电机一排排矗立，如巨人的战阵。那随风转动的叶片，就是它们在天地之间一次又一次挥动的战斧的光芒。

“原来风电场运维工程师，就是维护这些风电机啊。”女子清脆的声音响起。巨人的影像消失了，风机们的叶片渐渐停下，僵硬在空中。

“我是巡风人!”赵雪峰强调。

“我就说嘛，干一周歇一周还能拿全额工资的活儿，不是干石油的就是干风电的。”女子不理会他的辩解，呵呵笑，笑声有点空洞，“你这活儿得爬风车吧？风车有多高？五十米还是六十米?”

六十五米高塔架的风电机是中广核家的，叶片长三十五米，发电功率一千五百千瓦；九十米高塔架的风电机是青海水电集团的，叶片长四十五米，发电功率两千五百千瓦。这些看上去模样都差不多的大风车，他赵雪峰可是分得清清楚楚。于是，眼前明信片似的风景就变成了冷湖地区的三维立体地形图。地图上生长着一片一片的白色风机，就像戈壁滩上突然长出的一簇簇白色花朵，有种摇曳生姿的活泼。这些花朵全由他维护支持，他是巡风人。

“你这工作太危险了。回敦煌吧，找个坐办公室的事情干。挣钱少点，但咱能照顾家。”女子的声音又响起来，语调柔和了一些。那些在风里跳舞的花朵颓废了，垂下了头颅。

立体地形图不断缩小倍数，视野越来越宽阔，风机越来越小，小得只是广阔大地上的一点尘埃。他的眼睛在五万米的高空，俯瞰冷湖。冷湖不过指甲块大小的区域，镶嵌在盘子样的柴达木盆地边缘。大气流动，云层变化，气旋带来的西北风肆虐着柴达木盆地，将冷湖吞噬。

“冷湖地区风期最长达到一百八十天，风力稳定，风速平均达到七米每秒，并且有大片闲置的荒漠土地，十分适合发展风能产业。”处长的声音将赵雪峰拉进调配处的办公室。处长神色严肃，打量着他，问：“好几家公司在冷湖建风电场，由我们酒湖处统一运营。我们需要维护人员，要求身体健康，能在海拔三千米的地区九十米高空机舱作业，还得能耐住一个人干活儿的冷清。小伙子，你行不?”

他行的，他只想留在冷湖，做什么都可以。九十米的塔架是中空的柱子，尽管里面有升降机可以直升到风电机下面，但仍然需要攀爬五米才能到达风电机的入口。垂直的梯子，一脚都不能踏空，他有安全绳，每一步都踩得稳稳的。豹猫跟在后面。风电机的机舱里，机柜、电机、定子等等各种机器被电缆数据线包围着，拥挤却排放有序。他还得往上爬，爬到风电机的外面，站到风电机的顶上去。三片风叶就在他的身边，风刮动他的安全头盔，他要接近风速仪和风向仪，确定这两个小东西工作正常、信息准确。

干完活了，他环顾四周，近处的风机，远处的风机，都不再是庞然大物，它们被蛛丝般的输电线牵连成网。输电线将整个冷湖的风电，以及瓜州、玉门、敦煌风力发电场的电力都汇聚到了一起，源源不断地输送到呼通诺尔湖。

呼通诺尔湖是蒙古语“异常冰冷的湖泊”的意思，汉语就直接叫作冷湖。那里正在修建一座很大的工厂。他专科毕业后曾经跑去打探情况，想看看这座工厂招不招人，但离湖还有一公里远就被铁丝网拉起的高墙挡住了。现在他爬到了九十米的高空，远眺冷湖，看到湖畔架起了无数金属的银色管道和蓝色罐体。但是厂房那好几个足球场大的蓝色屋顶，严严实实挡住了他的好奇心。

“赵工，我们马上到达当金山垭口执勤点，前方有五辆车排队待检。”金乌的声音在耳边震荡，冷湖工厂的景象顿时化为云烟。赵雪峰感到胸口沉重，不由得睁开眼睛。金乌的交互终端，一只身形颀长的豹猫正趴在他的身体上。赵雪峰推猫。猫却顺势摊开四肢，滚进他的怀里。猫的人造皮毛柔软温暖，传递出令人愉悦的依赖感。

“您的体温依然是37.2摄氏度。您要休息吗？还是继续前行？”金乌问。

“继续。我刚才睡着了？”

“是的。深度睡眠。您的身体状况已经向执勤点报告，值班的张警长希望您能休息一个小时，怕您有高原反应。”金乌回答。

赵雪峰摆摆手。老张这是昏头了，冷湖长大的他怎么会有高反，搞笑嘛。

“感冒药。”他要求，顺手抱住猫，便想起梦境中的女人，那是他在敦煌相处的女友，沙洲夜市里卖杏皮水的。夏天他只要歇班，都会到她档口上帮她。杏皮水酸酸甜甜，生津止渴，清肺润喉，所以她的声音永远那么清脆动人，就连梦里都能感觉得到，可是她的脸却始终没有看清楚。

倒是对处长和冷湖工厂的印象清晰，在梦境中也能轮廓分明。据说冷湖工厂会招人，还会为镇子上修蔬菜大棚。据说了三年，大棚修起来了，就在镇上图书馆对面，精神需求和健康需求能同时得到满足，冷湖人知足了。他却因招人的事情一拖再拖而烦躁，毕业了就要工作，这不能等，所以他只好去应聘巡风人。他特意要求跑冷湖这条线，一半是因为对故乡的眷恋，一半是因为对工厂的期待。他和镇上还留下的四百多人一样，期待工厂能给冷湖带来绵延不断的生机，就像当年开采油田时，每一天都充满希望。他觉得这期待一定会实现。

三年来，他是知道的，酒湖处整合了那么多风电场的电送到冷湖工厂还不够，又将国电投黄河公司在冷湖这边的光伏电场产的电也拉了过来。这座工厂像个吃电的巨兽，却不见任何产出，肯定是机器还在调试中。什么样的机器那么耗电，还那么占地方？他想不出来，镇上的人包括政府部门，谁也不给他一点儿线索。他能看到的、知道的，就是工厂是国家办的，周围的要道都设了检查站。

要能进这工厂上班就好了。赵雪峰想，接过豹猫递来的药和热水。女友仍然可以在冷湖卖杏皮水。七八月的冷湖中午热得像沸水了的蒸锅，冰冻杏皮水正好消暑。入了秋，天冷了也不怕，冷湖供暖不但早而且温度高，因为不缺电和燃气，室内温度能达到26度，温暖如夏却又干燥，冰冻杏皮水润肺下火。冷湖地方小，人少，有一家卖杏皮水就不会有第二家，这样女友可以踏踏实实地待下来。

房子是现成的。爸妈虽然调动工作，但还是在石油系统内，因此单位分的房子没收回，宽敞的一百二十平方米的三居室，过日子足够了。就是生了小孩儿还得送敦煌读书，不过到小孩儿读书的年龄，怎么也得有个七八年吧？那时候，镇子上大工厂的工人们的孩子都该上学了，镇上的学校就能重开了。他的小孩儿不但会上他以前上过的学校，甚至还可能坐在他坐过的课桌前，看着他看过的黑板。

这种可能性让赵雪峰激动。他的学校是浙江省在二十世纪九十年代援建的。冷湖人稀罕这座有宽敞明亮教室的学校，一直保护得好好的。后来虽然因为学生太少学校停办了，但学校一直窗明几净，冬天的供暖也从未停过。学校等着它的学生和老师。

赵雪峰等着他的大工厂招人。

“小赵！”随着这粗犷的吼声，显示屏中的路形图变成了一张杏干样皱皱巴巴的脸，眉毛上还沾着雪花。

赵雪峰关于未来的设想顿时泡沫样消散了，他赶紧收心，举手向车顶摄像头连连作揖，“张叔，辛苦了。给您拜个早年！”

张警长说：“小赵啊，我就不上车检查了，要不你车里得刮风降温也闹场雪。而且上级要求，疫情期间尽量少直接接触。非常时期，别大意了。”

“谢谢张叔，您也多小心。”赵雪峰说，“给您带了点年货，辛苦了。”

年货是五斤酱驴肉、一瓶大敦煌，这些都用泡沫塑料布包裹得很严实，放在工作车侧后方的工具箱里。老张手一碰箱子，箱盖就自动打开了，他赶紧把塑料包拿出来。

“有酒有肉，我代执勤点的老几位谢谢你！”张警长笑，“年年都没忘记我们。你这小伙子，话不多，可有心！”

“张叔，年年春节都是您在这儿值班，我没法儿忘了您。”赵雪峰也笑，“那我走了啊。”

“成，去吧。这雪半夜也停不了，不行你就停车避避，你那些风车不会有问题的。”张警长叮嘱完后便从荧幕上消失了。画面变成了亮着“执勤点”灯牌的简易板房。张警长腰板笔直地站在灯牌前，警服上都是斑驳的雪。他冲车子敬礼，算是送行。

雪下得更大了，鹅毛样撞在“巡风3号”上。

“巡风3号”低吼一声，逆着雪花，向哑口外的青藏高原奔驰而去。

3

过了垭口，G215前面便是一马平川的青海大柴旦地区。以往司机开车到这里，紧绷的神经都会陡然放松，尤其再拐上车辆稀少的S305省道，基本上就可以打着瞌睡开车了。现在的车辆都是自动驾驶，没司机，除非车载电脑撂挑子，才会启动手动模式。“巡风3号”是工作与生活兼具的封闭型房车，没有司机坐在驾驶座上的方向盘前，这让赵雪峰不免有种坐地日行三百里的不真实感。

“您的体温仍然没有降低。”在选择金乌程序的情感模式时，赵雪峰选择的是“一般朋友”型，所以金乌说话不带更多关切，但也不冷漠，就是那种保持一定距离的朋友的态度。

“一会儿就能好，等酒劲儿散了。”赵雪峰说，顺手打开观景窗上的防护板。窗外白茫茫一片，什么也看不清。要是天晴，车开到这儿应该就能看到小苏干湖了。他关上防护板，想想张警长的话，便命令：“金乌，今天宿营大苏干湖。”

“四小时后，如果症状还不减轻，您需要再服用一粒感冒药。”金乌絮叨着。

“知道了。”赵雪峰冲着顶棚上的健康检测仪吼一句，“感觉好多了。”随手又拿起棒针。豹猫就扑到毛线团上，不让他碰。赵雪峰扯毛线，扯不动。

金乌说：“您现在需要卧床休息。”

“打毛线也是休息。”赵雪峰解释，“我得织条围巾。”

买不起豪奢的名牌包包，那就亲手织条围巾。这份春节礼物，女友应该会喜欢。毕竟过日子要勤俭持家，再贵的包包也只不过是个包。

“您预计十二天后返回。这条围巾您参考的款式是一百三十厘米长，您已经编织了十七厘米，因此您每天只需织十厘米就好。”金乌建议。

“我还要织上她的名字，设计一个包装袋。”赵雪峰说，“前面什么情况都可能发生，我尽量早点把这个事情做好。去年我们也是春节前巡检，也是大雪，一上去检修风机要四个小时才下得来，金乌你忘记了？哦，你怎么会忘，就是需要一个记忆检索。”赵雪峰轻咳一声，用标准的普通话命令：“金乌，请搜索，关键字——春节巡检。”

金乌反应很快。于是豹猫马上“嗷呜”一声，拱起身子，扒拉毛线团，踢给赵雪峰。

“乖。”赵雪峰拍拍豹猫的头。交互终端可以选择的类型非常多，大部分人会选择相对简单的机器人类型，也有像他选宠物型的，但选豹猫的人极少。豹猫很贵，而且不怎么亲人。但他平时不抽烟，不玩需要充币的游戏，没有任何购买装备的爱好，日常生活开销极少，就连偶尔喝的酒，都是单位发的节假日慰劳品。他攒了不少钱，算算在这方面可以稍微任性一下，便选择了喜欢的交互终端。他喜欢豹猫。

豹猫摆脱赵雪峰的手，跳到床铺上去。工作车的床铺架在驾驶座位上方，在显示屏后面。赵雪峰上床后可以遥控屏幕转动到自己眼前，显示路况或者连接网络。如果信号太差，网络连不上，金乌的娱乐系统收藏了好几千分钟的电影、电视剧、纪录片和综艺节目，还有卡拉 OK，足够他在漫长的路途中消磨时间。

赵雪峰现在只想尽快完成围巾，对其他耗费时间的事物全不感兴趣。在五瓦的 LED 灯暗黄灯光中，他盘腿坐在地板上，一针一针编织着。毛线的紫罗兰色是渐变的，织出来就如同黎明时分的天色，一点点渗透出朝阳将至的欣喜和曙色将现的温暖。

“您不需要照明亮度提高五瓦吗?”金乌问。

“不需要。”赵雪峰回答。编织一旦熟练，甚至无须眼睛，手指就会自动卷起毛线，指引棒针穿过针眼，这种情况下灯光的作用只是提供静谧安宁的环境。看不到车外的道路，听不到车外的风雪，感觉不到车外的寒冷，他的世界，只有一点点麦芽黄的温暖光亮，和紫罗兰色的柔软毛线。

沿 S305 行进了八十公里，“巡风 3 号”在下午四点半到达大苏干湖。湖区很大，是候鸟自然保护区，平时就人迹罕至，此刻更是方圆百里无人迹。大地之上全覆盖了白色积雪，分不清哪里是湖畔哪里是湖区。“巡风 3 号”的导航系统却没有丝毫迟疑，娴熟前行，居然在大片雪雾中开进一个院子。院子中有很大的车库。“巡风3号”一靠近，车库门就打开了。

“欢迎进入中国航天苏干湖观测站。”显示屏上，出现一个蹦蹦跳跳的动画小火箭，“我是观测站主管火火，‘巡风3号’你可以使用观测站的车库、厨房和洗手间，这三处的室温我已调至适宜人居的温度。”

看来火火和金乌的数据链接非常通畅。豹猫跳下床铺，踩着赵雪峰的肩膀跳到地板上，踱步到车门边，回头叫。

赵雪峰这才将毛线扔在一旁，站起身，向车门走。头有点晕，像是有把钢勺在搅动脑浆，有一种说不出的大脑黏滞感。这不是醉酒的反应。

高反？当金山垭口的海拔是附近地区的最高点了，3 648米，但到了苏干湖这一带，直至冷湖，海拔都只有2 800米左右。他是从敦煌1 100米海拔上来的，就算有高反，现在也应该适应了。更何况他很小的时候就在冷湖生活，是在冷湖长大的，身体早已经习惯了这里的自然条件。

“一看你这么黑，就知道你哪儿来的。”女友和他确定关系后，曾经开他玩笑，“肯定是冷湖了，全亚洲晒太阳光最多的地方。”

“那叫日照时数最长。”他很认真地纠正女友的说法，“冷湖年平均日照时数为3 574.3小时，不仅仅是在亚洲突出，在全世界也名列前位，仅次于撒哈拉沙漠和安第斯山。”这是他心中的冷湖的骄傲，无须思考就脱口而出。

“那就是紫外线特别强烈，得防晒呗，还能怎样？”女友反问。

“光能辐射最大的地区，光能啊！”他强调，“适合搞光伏电站。”

“这倒是可以。”女友明白了，随即建议，“光伏电站的维护可比风电站简单安全多了，你要不换换吧。”

赵雪峰不是没想过冷湖的光伏电场，但那是智能电场，不招人，清洁检修全由自动养护机器人负责。电厂的工程师工作比较舒服，坐办公室里看实时传送过去的数据就算上班，只是办公室在德令哈，离冷湖四百多公里，而且学历要求硕士研究生以上。

这算是他二十六岁人生中比较大的一次挫折吧，赵雪峰记得很清楚，倒不是说没去光伏电场有多遗憾，而是发现自己还不如一个机器人。也许有一天风电场也完全智能化，用不上他了，他该怎么办？

这个问题赵雪峰没想过答案。他是在冷湖这么微小地方长大的孩子，漫长的寒冷和独处的孤独都没有难住他，他好好的身心健康地长大，上大学、找工作、有了女朋友。凡事顺其自然，一定会有不错的结果。

车到山前总有路，赵雪峰觉得等不到风电场不要他，冷湖的大工厂就应该开始招工了。工厂这么大，一定会有岗位适合他。

他学的是电气自动化，学历没问题。要说有什么缺陷的话，就是读书少。冷湖偏僻得仿佛是世界的尽头，两条街外就是茫茫戈壁，所有生活物资都来自敦煌，难得瓜果蔬菜里夹本字书。等这书传到他手里，已经被搓揉得不成书形，他就不怎么喜欢看了。

所以有人说他肚子里没货，连个班组讲话都讲不利索， 个大学毕业生只能在冷湖维修风机，太惨了。

“呸！”赵雪峰在心里骂这些人，“神经病，维修风机当个巡风人又什么不好？留在基层就很没出息吗？呸！要是数据传送错了，看那帮办公室的高级工程师怎么办！”

大概思维加剧了神经运动，转移了疼痛感，赵雪峰没刚才那么难受了。车门识别出他的面孔，悄然滑开。豹猫闪电般冲了下去。

赵雪峰去洗手间放了回水，有点跑肚，等清理干净了回到车上，饭菜已经摆好：羊肉白萝卜汤，发菜蒸蛋，青椒炒肉片，还有米饭。饭菜热气腾腾，营养丰富，色香味俱全。这是金乌从火火那里得到了观测站的厨房权限，用“巡风 3 号”自带的原材料，用厨房中的电器和炒菜机械手制作的。

赵雪峰此刻的体温恢复正常了。只是对饭菜没胃口，吃得很慢，全然没有了以往风卷残云般的吃饭速度。

显示屏中切进了当地新闻，播报今天疫情的发展情况：

> 截至 1 月 20 日零时，我省累计报告确诊病例 21 例，现有确诊病例 5 例，累计死亡病例 1 例，累计治愈出院 1 例。最新病例 21，系甘肃省武威市人，1 月 8 日从武威出发，自驾房车前往青海，1 月 11 日在张掖游玩，12 日到达敦煌，17 日离开敦煌，经阿克赛的红柳湾镇返回威武。19 日感觉不适，到市医院发热门诊隔离医学观察并采样送检，实验室报告核酸检测结果阳性，诊断为确诊病例。

金乌说：“17 日我们路过红柳湾镇，与该病人有接触可能。”

“你一计算机瞎联想什么？”赵雪峰不以为然，“我就下车买了几瓶矿泉水，哪能这么容易给传染了。”

4

这一夜赵雪峰没做梦，一觉天亮。醒来时浑身疲乏，还有点干咳，喉咙中针刺一样的疼痛，确定是感冒了。他连早饭的白粥和馒头也不想吃。

金乌催他吃药，他催金乌上路，“我没事，走吧。雪停了，该干活儿了。”

“巡风 3 号”早上七点离开观测站。此时天色刚有些朦胧的光亮，天地之间没有了大雪的阻碍，恢复了以往的辽阔空旷。S305 公路自动除雪，清澈的路面如同巨大的黑色箭头，在茫茫雪地上指引前方。公路上没有其他车辆，“巡风 3 号”行进得十分畅快，几分钟后便将大苏干湖抛到车后。

赵雪峰的手机发出“叮咚”的悦耳提示音，一行“冷湖欢迎您!”的短消息闪现在屏幕上。

又回来了。回到了零下 40℃的世界尽头。没有灯红酒绿，没有喧闹繁杂，挺好。

赵雪峰揉揉额头，开始穿工作服。

冷湖地区所有的风电机运行状况，分两路实时传送，一路通过有限网络传送给敦煌的调配处，一路通过无线网络传输到“巡风 3 号”。这样一旦有风机出现问题，“巡风 3 号”不需要调配处通知即可以最快速度赶到现场。

很快，第一个风电场出现在 S305 公路左前方，距离公路有 3 公里。“巡风 3 号”左拐离开 S305，驶入了为风电场专建的一条土路。覆盖了厚厚积雪的土路已经和大地融为一体，“巡风 3 号”随意行走，很快就开到了升压站附近，然后停了下来。风力发电机发出的电要通过升压站变压，才能并入电网，送到冷湖工厂。

金乌释放出一个无人机，对整个电场做空中巡视。赵雪峰已经穿好了红色工作服，戴上了防护帽和防护镜，背上工作包。

“赵工您的血糖低于正常范围，建议您带一块巧克力，以备必要时食用。”金乌提醒。

赵雪峰就从抽屉里拿了两块巧克力，带着豹猫下了车。

此时太阳已出，天色明亮，大地一片雪白，高高矗立的风车迎着阳光转动，风景如诗如画。赵雪峰站定了，深呼吸几口家乡的空气，胃部的不适竟然好了些。他的目光缓缓扫过那些风机，确信没有什么问题，才走向升压站。

积雪没过了脚脖子，他便走得慢了，行几步还要停下来喘。豹猫冲到前面去了，一会儿又奔回来，温和地叫了几声，表明一切平常。

赵雪峰拍拍猫头，继续前进，打开升压站的门，按部就班地检查站内的设备、配网线路。一丝不苟地执行完程序后，他才转身离开。

一出升压站，北风便拍打在脸上，赵雪峰侧身躲开，却因为脚下没控住，摔倒在雪地中。豹猫急忙跑过来。

“没事，滑了一下。”赵雪峰想爬起来，腿却软着，使不上气力。早上没吃饱饭的缘故吧？他坐在雪地里歇了一会儿，顺便掏出巧克力。

忽然，远远的，两块明艳的黄色挪动过来，仔细看才发现原来是两辆鲜黄色的雪地摩托车，车上的骑手也是黄色衣服。摩托车的前进方向直冲着赵雪峰。

“快，”赵雪峰拍豹猫后背，“拦住他们，别让他们靠近我。”

豹猫就飞奔而去，拦在了摩托车前面。赵雪峰开启了豹猫的摄像功能。

“佳智，这是豹子吗！”赵雪峰的耳机中，传来一个女孩子天真的声音，那是通过豹猫的耳朵传来的。接着，女孩子包裹严实的脸通过豹猫的眼睛进入了他的手机屏幕。

“不是，佳慧，它比豹子小，而且冷湖没有豹子。”叫佳智的是个男孩子，声音听上去非常自信。他和女孩子一样用帽子、护目镜和围巾裹住了脸。

“赛什腾山上也没有吗？那么大的山！”看来佳慧是女孩子的名字。

“没有动物。你忘记了，我们去年上山住在天文台时候，天文台站长说山上除了晚古生代放射虫化石什么也没有。”佳智说。

“它看上去没攻击性。”佳慧说，下车想接近豹猫。

“别管它。穿红衣服的人摔倒了，看看他要不要帮忙。”佳智说。

红衣服就是我啊。赵雪峰赶紧喊：“我不要紧。别过来！”

这声音立刻通过豹猫传出去，把两个孩子吓了一跳。

“你，你会说人话?”佳慧急忙问。

“动物不会，说话的是我。”赵雪峰挣扎着终于站起来，冲孩子们挥挥手，“我没事，谢谢了。”说着，他便走回“巡风 3 号”。豹猫没有他的命令，依然拦在雪地摩托车前。

“原来是机器猫!”佳智恍然大悟，“您是看风电场的?”

“我是巡风人。”赵雪峰说，走到车前，呼哨一声，豹猫就奔回来，跟着他上了车。“巡风 3 号”随即启动，掉头返回公路。车子从孩子们的身边经过时，通过前风挡玻璃，他看到那两个孩子还站在原地，呆立不动。

5

赵雪峰脱了衣服，车里是最适宜人体的温度 26 度，但他仍感觉热，胸口憋闷得喘不上气，坐下来难受，站起来也难受。

“我的体温是多少?”他主动地问。

“37.3 度了。”金乌说，“您一直在发低烧，建议您放弃巡查，返回敦煌。”

“我可以去冷湖。”

“那里只有一个医务室。还是建议您回敦煌。”

“我考虑下，给我配点儿劲大的感冒药，金乌。”他主动叫那计算机，“先别和处里报告。这又是春节又是防疫，处里没多余的人手。”

豹猫把毛线团叼过来，线团上插着棒针。赵雪峰便坐下来继续编织，但他才织了两行就觉得累，整个手腕连带胳膊都酸软起来。

这时候太阳已经升得很高，金乌把车两侧的观景窗都打开了，车中充满了耀眼的阳光。赵雪峰感觉像是坐在正午的戈壁上，一会儿就能被太阳烤化，融为大地上的沙砾。但愿是一颗云母粒，还能反射阳光，美化大地。

手机的电话铃声响了，是处长的电话。赵心里一紧，不由得四处张望，还踢了豹猫一脚。处长的声音不冷不热，“小赵啊，早上你在风电场遇到什么人了吗？”

“就两个骑雪地摩托车的孩子。怎么了？”赵雪峰奇怪，有点紧张。怎么才发生的事情处里就知道了，难道是自己做错了什么？风电场没围墙，当时自己害怕接触，没顾得上驱赶他们就跑了，那俩孩子不会搞了什么破坏吧？

“小赵，大漠戈壁遇到人不容易，你怎么一点都不热情！”处长责怪，“咱们巡风人要和当地人搞好关系，你自己也是当地人啊，怎么见到孩子那么冷漠！”

赵雪峰这才明白，是佳智和佳慧嫌他早上没理他们，在处长那里告了他一状，可这算是个事情吗？而且自己的身体状况，真不能和孩子们接触。但这时候，还不能和处长说身体状况，万一真的就是肠胃感冒呢？他一时不知道如何辩解，只好沉默。

处长那边继续说：“这两个孩子为了找你，通过搜索‘巡风3号’，把电话打到了局里，局里给了他们处里的电话，这才找到我。他们对巡风员的工作内容感兴趣。你给他们讲讲，科普一下。”

赵雪峰愣了几秒，才问：“处长，他们就是对巡风员的工作内容感兴趣？”不是对他感兴趣就好，他真怕孩子们要上车来和他聊天。看他们对豹猫的态度，一定是好奇心特别强烈的那种小孩儿。他很怕这种孩子，问题没完没了，老让他感觉自己马上就会陷入知识贫乏一个字都回答不出的尴尬之中，简直比高考还令人恐惧。

“应该是吧。小孩子，好奇心强是好事，好学啊！”

“处长，那您知道他们哪来的吗？镇上的火星营地、天文学校都停业了，没小孩来，而且雪地摩托车也不便宜。”赵雪峰的好奇心没那么强，他是真不想和小孩子接触，试图寻找一个推托这件事情的理由。比如这两孩子要是在旅行，那也就是一时好奇，兴许午饭后就忘记了。

处长却理解错了他的话，“啊，对了，现在疫情紧张，非常时期，尽量不要直接接触，那你就让他们跟着你，看看你的工作。对他们也是进行劳动教育。”

处长这话让赵雪峰的疑虑打消了一半，不过还没有完全解决他的问题，他就直接问：“他们是有什么背景吗?”

“你说呢? 能把电话打到局里调查‘巡风3号’的孩子，你给我好好接待，别马虎。”处长郑重其事地交代。

处长放下电话不久，佳智和佳慧的电话就进来了。视频通话，赵雪峰不能不接。视频中，两个孩子都摘了帽子，不再戴围脖和眼镜，连羽绒外套都脱了，背景应该也是在车里。

果然，佳智说：“赵叔叔，您好。我是赵佳智，这是我妹妹赵佳慧。我们现在开越野车找您的信号呢，您早上没事儿吧?”

“没事没事，谢谢你们关心。”赵雪峰回答。两个孩子的面相都很和善，不像有刁钻古怪的脾气，也许真是为了好奇心。赵雪峰不那么紧张了，说话也就轻松了很多。

“我们头一次在冷湖过春节，第一次见巡风人。”佳智说话很有礼貌，“而且您也姓赵，您还是冷湖人。所以，我们就想能不能和您认识一下。”

“和叔叔您有特别的缘分。”佳慧笑，“我爸妈都是冷湖人。我们是冷湖二代!”

孩子们的笑容驱散了赵雪峰心中最后一点紧张感，他甚至有了点幽默：“那说不定我还是你们长辈呢！你们的雪地摩托呢?”

“摩托挂车后了。”佳智说。

“你们爸妈叫什么名字?”赵雪峰又问。

“我爸赵学均，我妈张霞，认识吗?”佳慧反问后又补充道，“我妈2003年才离开冷湖。”

“那时我才上小学。”赵雪峰说，“我不认识你们爸妈，但我爸妈有可能认识。”

“您爸妈也在冷湖？”佳慧好奇。

“不，他们早调克拉玛依油田了。”赵雪峰有点遗憾，“看来我们不可能是亲戚。”

“没关系，没关系，都是冷湖人，都是好朋友。”佳慧笑，牙齿炫目地白。

赵雪峰心里就是一暖，和小孩子聊天没有预想中的那么恐怖，他还要说话，但工作区的红灯亮了，有异常情况。

“我有工作来了。先忙。你们要是想多了解巡风人的工作，就跟我车后。”赵雪峰对佳智兄妹说，不等他们回答，便中断了视频电话。

金乌报告：47—65 号风机通信故障，101、103 和 112 号风机后台频报风速传感器故障。

47—65 号风机分属两个风电场，靠近俄博梁雅丹地貌，它们同时出现通信故障，只可能是通信本身出了状况。那些风机附近有三个通信基站，都是中国移动架设的，维护工程师是熟人，时间安排恰当的话，赵雪峰和他常常结伴而行。

“雪峰，”电话里的工程师声音很疲倦，“我在隔离，过不来了。你就费心处理下。”

“怎么回事？你被传染上了？”赵雪峰心头一紧。

“传染上了。”工程师火冒三丈，“我邻居从疫区回来，隐瞒不报，被他害惨了！”

“好好休息治疗。冷湖这边有我。”赵雪峰安慰他，“等你好了我请你吃烤全羊！”

“还要黄河啤酒！我现在就想它了。雪峰，我刚开始还以为是感冒。哎，大意不得，大意不得！”

赵雪峰放下电话时，后背心被汗水湿透了。他一直在吃感冒药，可体温还是在 37 度上下不去。金乌说得对，他该回敦煌去做核酸检测。

这次疫情来势汹汹，病毒通过飞沫传染，感染率很高。感染者的免疫系统首先遭到极大破坏，然后身体的各个脏器衰竭，最终不治身亡。因此刚被传染时的治疗极为关键。如果一开始就能扼制病毒向身体中浸透，再用中药漫灌，感染者一般都不会从轻症转为重症。

时间，是和病毒作战的唯一武器。

赵雪峰必须跑过时间。

“金乌，加快车速，47 号风机！”他发出作战指令。

6

俄博梁这边积雪更深，而且没有路。“巡风 3 号”疾驰到第一个基站附近，眼看着还剩一百二十米的距离时，车轮陷入积雪之中，再也开不动了。赵雪峰只好步行。往常这段距离不值一提，但今天身体不给劲，头疼得越来越厉害，前胸后背也跟着一起隐隐作痛，这一百二十米，他足足走了十多分钟。然而这个基站没有问题。

赵雪峰没有抱怨的功夫，返回“巡风 3 号”奔向下一个基站。这个基站有问题，积雪覆盖了基站下的太阳能电池板，压断了一根电缆，失去能源支持的基站便停了工。

赵雪峰清除干净了电池板上的积雪，修好电缆。几分钟后，金乌那边就传递过来消息——风机通信故障消除，数据传送正常。

不错，第三个基站不用看了。赵雪峰把检查结果发给移动的工程师，顺手还拍了张白雪、黑塔、深蓝色太阳能电池板的照片传给他。工程师立刻将照片发朋友圈，并哭着说虽然检修这工作真烦琐熬人，但躺床上的他真想念这个工作。赵雪峰给这条信息点了赞，转身要走时，看到电池板侧面贴的不干胶小广告：“我们提供戈壁滩上无人区的通信服务……”他忍不住，返回车上拿了热水和小刀，一点点用水把那小广告泡软了，揭下来。

这件事情消耗了赵雪峰不少精力，他再次回到车上时，已经虚脱无力，有一种马上就要昏死过去的感觉。

这时佳智的电话过来：“赵叔，我们跟上您了。您只管做您的事情，我们不会打扰您。”

赵雪峰向车窗外看，“巡风 3 号”后面五十米，有一辆大红色的越野车。这车子好像一团火焰，在白茫茫的大地上燃烧着。他想到昨天那货车车队上的标语，不由得身心振奋。

“好，佳智，佳慧，”赵雪峰尽力发出正常的声音，“我现在要去 101 号风车进行消缺作业，就是找到问题消除它。你们跟好了。”

“巡风 3 号”尽量开到离风机最近的地方停下，赵雪峰徒步走到机位。塔架中虽然有升降机，但进风机舱的最后五米需要他爬上直梯。登上梯子时，他忽然想起昨天的梦，恍惚间不知身在何处。检查后，赵雪峰发现是风速仪冻结，需要外出作业。赵雪峰就再爬梯子到风机舱的顶部，拉开门，走到外面去。雪后的风机顶很滑，风又大，赵雪峰觉得他整个人都在晃动，随时会被风吹走。他找到风速仪，给它融冰、干燥、上防冻油，折腾了二址多分钟，冻得从手指到手臂都僵硬了，才完成工作。

四十分钟后，赵雪峰回到“巡风 3 号”，狂喝了半壶热水，才能和佳智他们说话。

佳智请求：“我们能进塔架吗？”见赵雪峰摇头，便继续求道，“那我们能发个无人机到塔顶，看看你的工作吗？”

赵雪峰点头，叮嘱：“但你们得小心，别碰着叶片。”

果然赵雪峰检修 103 号风机时，一个专业级航拍无人机飞了上来，在他头顶十米高的位置拍摄他的行动。这个无人机几乎没有噪声，如果不是赵雪峰偶然看向天空，他都不知道无人机已经上来了。

赵雪峰回到“巡风3号”上后，佳智把无人机录下的影像放给他看。赵雪峰一一讲解他都在干什么。虽然身体那么难受，但他的每个动作还是准确到位，没有丝毫走样。赵雪峰内心油然而生了一种骄傲感，他掩饰不住：“巡风人，就是干这些活儿的。一年三百六十五天，跟风较劲。”

“可是，看您好辛苦，风那么大，好像马上就要把您吹走。”佳慧脸色都变了，“这要是有机器人能干就好了。”

“别，别，孩子们，这份工作对我挺好。要不我去哪儿上班？冷湖大工厂到现在还没有招人。”

“冷湖工厂？”佳智和佳慧惊讶道。

冷湖工厂，爬上112号风机，它就清晰地在东北方展开。蓝天下，它的金属管道和罐体发出耀眼的银光，厂房的蓝色屋顶仿佛要和蓝天相接在一起。赵雪峰指着它，让无人机跟着自己的视线，将它尽收入镜头。

“看到那些电线了吗？冷湖所有风机发的电都送进这座工厂了。”赵雪峰对孩子们说，“这工厂就是个吃电的怪兽！冷湖的电喂不饱它，还要从玉门、瓜州那边送电过来！”提到这座工厂，他的眼睛中就有憧憬的光彩，“我真想进去看看，它到底生产什么！”

“原来我们的电力是这么来的。”佳慧脱口而出，“赵叔你们巡风人好辛苦。”

“没事儿，现在条件比以前好太多了。我刚来做实习生的时候是真苦，没有那么多自动化设备，要一个班组做我现在的事情，巡检的工作量特别大。现在系统都自动化、网络化了，一个人就能快速掌握整个风场的运行情况。那时候，我们开的不是‘巡风3号’这种结合了房车功能的全封闭工作车，现在这工作车能自动驾驶，车上还有浴室、厨房、厕所和床，开到野外生活条件都不会差。那时候，在路上跑就只能吃白饼配榨菜，有时候在野外用煤气罐煮个面，稍微耽误一会儿，面就冷透了，在饭盒中冻成了一坨。”赵雪峰从来没有说过这些往事，现在他看着佳智、佳慧年轻生动的脸庞，突然有了想说话的欲望。尽管说几句就要停下来咳嗽，心跳加速、呼吸急促。

“赵叔您歇会儿再说。”佳慧赶紧劝，“我们不急。”

赵雪峰停不下来，要他面对同事、领导、公众谈感想体会，他谈不出，可是面对眼前的这两个少年，他却恨不得把这一辈子的感怀都讲出来。只是孩子们未必想听，也未必听得懂，所以他终于还是忍住了，仅仅感叹一句：“这几年，我们工作变化太大了。我都觉得现在工作太舒服了，各个系统配合得太好了。我喜欢巡风人这个工作。现在，我得回敦煌了，孩子们，本来想请你们去看看我的家乡——冷湖，但还是下次吧，等疫情解除了，你们要还在这里，我带你们去雅丹那边玩儿，请你们喝杏皮水。”

7

和孩子们的突然分手就像是和他们的突然相遇一样，都没有任何预兆。“巡风 3 号”急急忙忙掉头开往敦煌，身后再也没有红色的越野车相随，赵雪峰甚至来不及说再见。

他烧起来了。高强度的紧张工作耗尽了他最后的体力，体温终于不在 37 度附近徘徊，而是迅速蹿上了 38 度。呼吸变得困难了，每次呼吸都让他觉得整个肺部都在疼痛。车上有氧气面罩，是为了高反者准备的，赵雪峰不管三七二十一就拿来用，刚开始还能起点作用，到后来仅仅只是安慰了。他觉得肺部在抽搐萎缩，随时都会中断呼吸。

金乌向处里汇报了他的情况。“巡风 3 号”加快速度的话，三个小时就能赶回敦煌，那时中药还来得及把他拉回到轻症。

豹猫拿起了他的棒针，学着他的样子继续编织那条围巾，居然学得有模有样，而且速度飞快。

“到敦煌可以编好。”金乌说，“用皱纹桑皮纸包装。您需要礼品卡吗?”

需要的，但他说话已经很困难，只能微微点头。

女友已经知道了他的状况，视频里一个劲儿给他打气：“你身体底子好，一定能抗过来！雪峰，开春我们就结婚。我听你的，去冷湖卖杏皮水。”

真好，他老怕她嫌弃自个儿，做梦都梦不踏实。现在她说要和他结婚，听他的话回冷湖，杏皮水，真想现在就喝一口。

她怎么能这么好呢!

赵雪峰闭上眼睛，心跳稍微平稳了一些。

有什么地方不对劲！他在这车上待太久了，一点点细微的变化都能察觉。他急忙睁开眼睛，费了很大气力喊：“金——乌!”

金乌居然洞察到他的感知，立刻回答：“又开始下雪了。‘巡风3号’走不了了!”

“不——”他张大嘴巴，却发不出声音。这个季节，风雪多是常事，可他只要三个小时，三个小时就能活下去……

“风雪太大，通信中断了。”金乌接着说。

赵雪峰的心顿时沉到了深渊之中。他想起来了，在红柳湾镇，他下车买水的时候，有个人从路边停下的房车窗户里探出头，问他附近哪儿还有好玩的地方。他为了说清楚，特意走到车窗旁，嘴巴几乎要凑到那人的耳朵上。就是那个人，甘肃省第 21 例病毒感染者。

初期病毒感染者的主要表现是发低烧、干咳、浑身没劲，接着就是全身乏力、呼吸困难、低氧血症，严重者将快速进展为急性呼吸窘迫综合征、休克、代谢性酸中毒、出凝血功能障碍、多器官功能衰竭等。他现在已经进展到第二阶段了。今天晚上要是赶不回敦煌，他大概率是活不下来了。

明天是除夕，后天就是新年。他要永远留在旧年份中了。

一旦意识到这一点，赵雪峰就听到了生命最后流淌的声音，微弱细小，终究会再也听不到。真可惜，这次巡查没有回冷湖，其实112 号风机离冷湖断壁残垣的 5 号老基地已经不远了，再过去十公里便是冷湖镇检查点，过了那里就可以回家了。但现在再也回不去家了。

还有阿尔金山下的冷湖大工厂，再也无法得知它的秘密，参与它的未来。

还有女友，还有在克拉玛依的老爸老妈……

点点滴滴，生命俱是留恋。

还好，二十六年的生命里虽然从实习到现在只工作了四年，但他参与了整个酒泉—冷湖风电改造组网，维护了三年的冷湖风电系统，他没有虚度年华，也不算碌碌无为。对这份工作，他无愧无悔。

这一生就这样度过了吧。

赵雪峰闭上眼睛。记忆中的冷湖，湛蓝晴朗的天空如穹卢，盖住大地，远山上有着皑皑白雪，近处风机如林。太阳挂在天边，永远那么明亮灿烂。

下辈子还要做个冷湖巡风人。

尾　声

赵雪峰的身体往下沉坠，血液因为寒冷开始凝结，他的意识却在消散，往事如潮涌来，如泡沫迸裂，再也不留痕迹。

忽然，有些什么东西拦住他的身体，可能是防血凝的药物，也可能是某种抑制病毒的汤剂，他不清楚。他模模糊糊的视力只看到一些白色的人影在身边转，将他搬出车子，把他放在大概是担架的东西上。

他听到佳智的声音：“赵叔，坚强一点，我们来救你了！”

还有佳慧：“是啊，赵叔，处长联络不上你，就找到了我们，要我们帮你。”

你们，两个孩子，你们，怎么帮我……他说不出话来，但他的意识还能进行思考，很多疑问，从颤抖的唇角和手指尖泄漏出去。

佳智说：“我们帮不了你，但冷湖工厂可以。赵叔，您心心念念的冷湖工厂，您知道它是做什么的吗?”

少年们的声音消失了。

做……什么……工厂……

那么多电力集中的地方……

生产什么……

似乎过了很长时间，又似乎只过了几分钟、几秒钟，他的意识强烈了一些。那些聚集在他肺部和喉部的病毒，正在痉挛，正在颤抖，正在溃不成军。

佳智的声音再次响起：“叔，我们暂时控制住了你的病情，这就用‘追风号’送你去敦煌。”

不可能，这个天气，没有任何飞行器可以接近冷湖。

“叔，放心，”佳智的声音充满自信，“‘追风号’可以，它就是这个工厂的产品。”

一个巨大的飞行器，五万年前从宇宙的深空飞来，落入地球的大气层，砸在这茫茫戈壁滩上。沧海桑田，地形变迁，飞行器深埋进地下，飞行器上方是被它砸出的大坑，大坑积水成湖，当地人称为呼通诺尔湖，翻译成汉语，便是冷湖。

三十五年前，在这里开采石油的人们，把一口钻井打进了飞行器，钻头带上来的不是漆黑的石油，而是不知成分的黏稠物质。

从那时候开始，国家相关部门就计划在冷湖研究这个飞行器。

终于，三年前，在冷湖旁搭建起巨大的厂房，挖掘出一条又一条隧道，用来接近飞行器。研究者住在它周围，日夜相继，研究它、熟悉它、慢慢渗入它。“追风号”就是根据飞行器外壳材料制造的第一种全天候高速飞机。

这是真的吗？还是一个神奇的梦？赵雪峰试图睁开眼睛。

“我们试验过，很安全。”佳慧说。

那一定是国家的绝密科研项目。佳智和佳慧绝非平常之人。

“我，我很普通，你们，不要，在我身上浪费……”赵雪峰喘息着，发出断断续续的声音。

“不，我们要救您。‘追风号’是为所有人研制的。”佳慧坚定地说。

“追风号”带着巡风人，就从大雪漫天的冷湖起飞。

新的飞机平稳如地。赵雪峰感受不到它的运动，只看到飞行显示屏上它轻盈的航迹。在这航迹后，是冷湖工厂中，源源不断涌向地下的巨大电力，在古老的飞行器上拍打出绚丽的火花。

那保证电力供应的众人中，有我一个。我做了有意义的事情。而且，冷湖终于可以热闹起来了。

赵雪峰笑，愉快地闭上眼睛，放轻松。

（佳智和佳慧的故事，见《人民文学》杂志2019年11期《星光》）

09

当星河如故

黎　木

/ 作者简介 /

黎木，经济类硕士，目前在金融业工作。电子游戏爱好者，喜欢空闲时写东西。曾于《科幻世界》等平台发表作品，曾获“未来科幻大师奖”。

/ 颁 奖 词 /

《当星河如故》是一篇情节曲折而又充满星河情怀的科幻力作，科幻构想异常出彩，且逻辑自洽。叙事空间多维穿梭，情节推进井井有条，人物形象鲜活，情感刻画细腻。宇宙的命运，文明的兴衰，生命的意义，在字里行间不断发出轰鸣，知识积累丰富，想象气势恢宏，峥嵘磅礴，云涌飙发。进入这篇故事，陌生感和新奇感排山倒海迎面而来，是一场科幻爱好者不可多得的精神历险。

序

生命的意义是什么?

你们说生命就是由欲望交织而成，你们说生命在于追求正确的事情，你们又说生命的意义就在于去爱。

可能在未来的某一天，可能会有某个人、某个组织发现那组公式，那组足以摧毁生命意义的公式。

为了避免那种情况的出现，或制止已经产生的绝望的蔓延，我们向你们发出严肃的警示和纠正。你们可能在某一时刻收到这条信号，我们不知当下情况如何，但请记住，无论怎样，无论在什么理论下，无论谁向你们说着绝望与虚无，你们都要明白，生命确确实实是有其意义存在的，我们向你们保证。

活下去吧，你所做的一切都是有意义的，去追求吧，去爱吧。

我们是人类，我们是最后的观测者，我们是——赵璃和陆黎屿。

一

运载船与研究站接驳的时候，曾让陆黎屿联想到深海中藤壶附着在沉船中的场景，接驳口内密密麻麻的缆线逐次连接，犹如无数触角涌动着黏附在研究站上。周围是真空，却更像有洋流在逐渐翻涌。光线聚集在运载船下方的深渊处黏稠地流动，陆黎屿知道这是光线被扭曲后给他的错觉，错觉源自于他们脚下的这颗正值壮年、庞大又寂静的不旋转带电黑洞。

陆黎屿一直患有严重的深海恐惧症——那来自于人类对黑暗和未知与生俱来的惧怕——陆黎屿甚至不敢乘船前往远离海岸线的海域。但与脚下的黑洞比起来，马里亚纳海沟就像是可笑的池塘。

接驳前几个小时他们才陆续从冬眠中苏醒，陆黎屿从狭小的船舱中拖来一台测定仪充当凳子坐在舷窗前，看着下方占据了几乎整片视野的黑洞发呆。不远处的研究站处在黑洞最小稳定轨道上，像孤零零的浮标。研究站下方环绕着黑洞发光的吸积盘，它看起来有些类似围绕黑洞的小行星环带。由于落入黑洞中的物质相互碰撞，再加上多普勒效应，形成了一半偏蓝一半偏红的明亮吸积盘。

陆黎屿听得到狭小的船舱里传来密密麻麻的细碎声音，那是剩下四位队员整备装备的声音。他把视线从黑洞上抽回，看到队长正把弹药盒中 7.62 毫米子弹一颗一颗压入弹夹，压满后再换另一条弹夹，周而复始。其他人也在穿戴装备，检查准星，刀刃抽出又插回，经过表面处理后的战术匕首上映出陆黎屿模糊的面孔。很快，小队五人中除了陆黎屿都武装到全身，成员们默默各自扣上头盔的面罩，没有人去管仍然穿着便服的他。陆黎屿重新把头靠回到舷窗上，对着外面发呆，周围的嘈杂声让他闭上了眼睛。

有人拍了拍陆黎屿的肩膀，他转头看去，眼前是一支伯莱塔 92F 手枪，发射 9 毫米钢芯弹。这把枪并不以威力著称，比起能一枪轰碎狮子肩胛骨的大口径手枪弱了不少，但是用来杀人绝对是没什么问题。尤其是对没有防护措施的研究员，小口径反而要更顺手一些。

“会用吗?”伯莱塔被队长握着枪管反手递向陆黎屿，队长的脸被面罩遮盖住，但是能想象出面罩下那张刚毅而冷漠的面孔。

“会一些。”陆黎屿接过枪械，手指下意识地去摸了摸保险。

与其说是全球最精锐的特种小队，他们五人更像是某种军迷复古 cosplay 秀，或者是蹩脚的古代战争片剧组成员。小队所有人使用的武器全都是可以直接放入博物馆作科教的仿制品，他们手中的枪械属于早期人类火药驱动的低速动能武器，纯机械机构，发射小型金属弹头杀伤敌人。直线弹道，和弓箭长矛同属于原始战争时期的武器类型。匕首不带谐振模块或热能模块，只是单纯的一片锋利钢材，以用蛮力切断人体生理组织为唯一攻击手段。

但是除去武器之外，他们的防护装备却又是超越时代的存在，在尽可能不影响活动的前提下做到了人类材料学的极致。厚重的防护服和头盔具有惊人的缓冲能力，能抵挡外部冲击和阻隔杀伤性粒子束。防护服集合了全球最先进的军工能力，与手中古老枪械搭配在一起，就像是搭乘庞大星舰的外星人穿过虫洞，却是用石片绑着木棍做成的长矛来侵略地球。

陆黎屿退出弹夹，看着其中压满了的子弹，又推回弹仓，伯莱塔发出清脆的咔嗒声。

陆黎屿握着沉甸甸的枪柄，冰冷的金属质感从手心传来，枪柄上本该刻有标志性花纹的地方变成了一行小字，那是地球联合政府的代称。

队长瞥了一眼望着手枪出神的陆黎屿，沉默地回到位置上。

飞船即将接驳，全副武装的小队成员都站起来，队长扫视所有成员，视线停留在陆黎屿身上："所有人保留自由开火权力，在以任何意义上都不接触'公式'的前提下侦察一切情报。"

陆黎屿明白这句话是在警告他，一旦自己理解了那个"公式"，他就再也回不去了，他会被身后队友射出的钢芯弹打碎心脏。

其实陆黎屿根本不属于这支特种小队，他甚至在几周之前才接受了紧急枪械用法训练，他只是一个黑洞物理学家，以技术支持的身份临时加入小队。这项绝密任务是面向全球物理学家进行选拔的，没有人知道选拔的具体原因，只是知道人类紧急需要一位心志坚定的理论物理学家。与学术选拔不同的地方在于，这次任务强调技术人才需要拥有不会轻易被干扰的意志，不允许有任何宗教信仰，并且全身心绝对热爱人类。

陆黎屿从未经历过这种方式的……选拔。理论测试并不难，以陆黎屿的专业程度轻松通过，但是接踵而来的是无比烦琐且严格的心理测试：大脑全息扫描、多深级催眠检测和基因心理预测。选拔人员把审讯间谍中相对人道的手段都用在了应试者的身上。

陆黎屿冒着脑损伤的风险服用了大量处于实验阶段的神经性药物，再连续用三个昼夜的时间不间断地对自己进行催眠。选拔人员见到他的时候吓了一跳，他们见过太多异常的人，但从未见过这种明明身体处于崩溃边缘，但却精神抖擞、昂扬澎湃、一身热血、刚正不阿的年轻人。

他大概猜得到这项任务的内容，这也正是他不顾一切要参加的原因。

陆黎屿所在的运载船与研究站接驳的时候发出了轻微震动，把陆黎屿从思绪中唤回来。他把伯莱塔插在腰间，挠了挠蓬乱的头发，想让自己看起来整洁一些，不要像刚从长达一年的睡眠中苏醒的样子，至少这样在见到别人的时候显得更礼貌一些。

整齐的上膛声。

“最后重复任务要求，阻止研究站上某一组‘公式’，不局限任何手段，不惜任何代价。”队长声音坚定，字如落雷，“以上就是我们收到的全部任务指示，明确!”

“明确!”陆黎屿和其他队员一起立正，回答短促有力。

踏入接驳口的时候，陆黎屿就明白他们手中古老枪械和纯物理防护服的用意了。他们进入的是凝聚人类最高智慧的研究站，这座矗立在宇宙终极天体上方的建筑，是人类科学的顶尖辉煌，必须保证它的绝对安全，不受内外部攻击。连入研究站之后，所有未经授权的外部能量装置都失效了，他们搭乘的运载船上大量仪器失灵，那些价值连城的设备变成一堆结构复杂的废铁，计算机的核心量子态被破坏，显示屏逐一闪灭。

陆黎屿下意识地从衬衫口袋中掏出一块挂表，挂表的指针仍然在绵密地走动着。这块挂表是很少见的纯机械机构，不受能量屏蔽的影响。

队员们端着 HK416 自动步枪缓慢地鱼贯而行，靴子踩在研究站金属地面上悄无声息。穿过狭长的过道后，视线立刻开阔起来，天花板一眼望不到顶，按照情报这里是整个研究站的中心。研究中心超过三十层楼高，拥有巨大的多边形穹顶，墙壁上布满了滚动着密密麻麻字符的显示屏。

这里说是研究中心，更像是一间巨大的精神病院集中病房，有人在电脑前仰躺着，用打开的书本盖住面部；有人眉头紧锁，面前摆着写满公式的稿纸，手里紧握着笔，像是要把它捏断；有人疯癫地笑着，仰着头、张开双手在空地上旋转，像是一个第一次经历下雪的孩子，欢笑着迎接头顶落下的雪花。地面上到处是散落的书籍和纸张，混杂着踩碎的仪器碎片。

陆黎屿的目光快速地扫过每一个研究员的面孔。

其他人还在等待着他的反馈，陆黎屿看过了所有人后，闭上眼轻轻摇了摇头，右手握拳随意在空中挥了挥，这是安全的信号，

如果说公式的话，这里到处都是复杂的公式，屏幕上、稿纸上、书籍上，以及有人临时用刀在胳膊上刻出来的。队长看向陆黎屿，现在他需要技术专家的判断。

陆黎屿摇头，“没有看到有某种不寻常的公式，至少在这个房间里没有。”

队长打了个清脆的响指，随手扯掉脖颈上随时准备引爆的微型炸药扔在地上，重新扣合护颈。队员们听到信号，在头盔中逐一缓慢地睁开双眼，扫视四周。

没有人注意到端着枪械的他们，所有人都沉浸在自己的思维当中。能来到这里的科研员每一个都是天才中的天才，经过数轮淘汰率极高的选拔才能进入研究站。这些人本应是人类智慧最璀璨的星辰，现在却像是一个个精神分裂患者，在没有医护人员看护的病院中狂欢。

队长伸出双指向前，队员们自然地向不同方向分散开来，他们谨慎地绕开形态各异的科研员，迈过满地的仪器碎片和废纸，枪口谨慎地在每一个可疑的地方停顿。

“在这里找不到什么的，我们是仅存的理智派了。”有女声传来，在空旷大厅中异常清晰，队长猛地转身，四把枪械齐刷刷锁定声音来源。

“你们如果找的是虚无派的话，我建议你们去各个悬臂找，他们散落在除了这里的任何地方。那些坚信虚无主义的人们是不会窝在这里继续计算，来寻找一线可能的。你们看到的这些精神病患一样的人们，却是这座研究站中最正常的人类了。”女声平缓地说着。

“陆黎屿!”队长低吼，这是命令小队技术专家去和研究人员进行可控的交流，他们则在一旁随时准备决断。

“如果你们接到的命令是杀光所有人的话，那我建议你们现在就开枪。”说话的女性迎着队长的枪口慢慢走来，“如果再拖下去，我怕这些人就和虚无派一样，迎来比死亡更绝望的结局。”

随着女性逐渐靠近，队长才看清她的样子。她的身材高挑修长，黑色长发垂肩，皮肤白皙，她说的每一个字都充满绝望，而平静的双眼却像下方的黑洞般深邃。比起世界顶尖的科研人员，她更像是住在你楼上的漂亮姐姐就像放学后你愿意饿着肚子背着书包在楼下来回辗转一个小时，就为了今天能又遇到她微笑着给你打一声招呼的那种漂亮姐姐。

“陆黎屿!”队长看着呆滞的陆黎屿再一次吼道。他的手指已经扣住了扳机，他需要专家立刻介入以保证情况可控，否则只能开枪格杀!

“队长别开枪，是我。”陆黎屿恍惚地走上前去，挡住了队长的枪口，站到了女性面前，他僵硬地微笑，喉结颤动。

记忆中的面孔和面前的女性重合，这些年来，他在每一处画布上试图描画出的眉角就这么舒展地出现在他的眼前。陆黎屿幻想过无数次相见的场景，有时候会在某一个长街尽头碰上一个缱绻的女子。她向他迎面而来的时候，道路两旁落叶卷散，她温和地笑：“我从黑洞回来了，好久不见。”有时候她会在暴雨中撞进陆黎屿避雨的便利店，长发末梢滴着雨水，正气喘吁吁扶着货架，于是他笑着随手扯过一条毛巾帮她擦着头发，毛巾碰到她的时候她就像受惊的小鹿般慌张，随即愣了好几秒，一把抓紧陆黎屿的肩膀用力地摇晃，惊喜地瞪大明亮的双眼，“黎屿，怎么是你!”

这些幻想一度颇为逼真，让陆黎屿几乎分不清幻想与现实，有几次他在便利店举着毛巾不知所措，周围路过的人疑惑地瞥着他。但这一次却是真正的真实，身后四支自动步枪死死瞄准着这里，周围空气像是凝固般阻滞，陆黎屿能看清她瞳孔中自己的倒影。

陆黎屿曾一度担心由于政府考虑到她和陆黎屿的关系，为避免出现不可控因素而禁止陆黎屿参加任务，可一切出乎意料得顺利。或许因为这个任务本身就没有任何可控成分存在，再多一些变数也无非不可。

“这是我硕博期间的师姐，不必担心，她叫赵璃。”陆黎屿侧身转头向队长堆笑着解释。

“师姐，我需要了解这里的情况，关于超越当前理论框架的最新研究成果以及所有研究人员……”

“不必那么麻烦，你想问的是那组‘公式’吗?”赵璃轻笑，满不在乎地看着面前的陆黎屿和黑洞洞的枪口。

听到“公式”两个字的时候，小队瞬间紧张起来，陆黎屿清楚地看到队员们浑身肌肉绷紧，高度戒备，扳机纷纷被扣紧，气氛接近燃点，战斗一触即发。

“我们有几个问题需要你回答，只允许你回答是或否，任何多余的词语我们都视作威胁，将会立即开枪。”队长语气冰冷、不容反驳，陆黎屿完全相信队长会在听到其他回答时果断开枪。他的右手缓缓垂下，按住了腰间的伯莱塔，手心渗出了汗。

“我也算到了！真的是那个答案！我们果然……”一直捏着笔思索的研究员突然发出一声怪异的大叫。他从座位上蹦了起来，跳上桌子声嘶力竭地大叫，又癫狂地跺着脚，坚固的合金桌子被他踩得轰响。

队长毫不犹豫地斜向冲刺，绕开赵璃的同时举枪瞄准，他敏锐地意识到这个发狂的研究员一定和所谓的“公式”有关，必须立刻阻止他！

队长还没来得及扣下扳机，发疯研究员的头颅却被一束光线烧穿，一直用书盖住脸的研究员不知何时站了起来，手里握着正在冷却的实验用光束发生器，嘴里愤恨地低吼：“妖言惑众！”

自始至终赵璃没有回头去看发疯的研究员，她盯着头盔下队长的双眼：“我们一直在试图对抗那组‘公式’，付出了大量努力和牺牲，周围的人一个接一个陷入绝望，‘公式’中那些理念如同瘟疫般不断传播。”

队长枪口准星回到赵璃的眉心上，另外三人瞄准着赵璃可能躲闪的路线。

“在这里死亡不是最糟的结局，反而是种解脱，最糟的结局是抗争失败后绝望地活着，就像那些虚无派一样。”赵璃目光锋利，让人想起战国时期城墙上俯视攻城敌军的女将领，决绝而壮美。“我不知道我们还能坚持多久，但是我知道，我们放弃坚持的那一刻，就是人类信念彻底崩塌的那一刻。你们的枪能杀了我们，但是永远击不败一个理论、一组公式，击败它们需要更为精妙的武器。如果你们想屠杀，现在是最好的机会。但如果你们和我们抱有同样目的的话，我希望我们从现在开始，能够并肩作战。”

赵璃环视周围，所有人都已经停下了手中的动作，刚刚一直张开双手旋转着的人，也从癫狂中停了下来，所有人凝视着赵璃。赵璃像是按下狂欢结束信号的人，成了全场焦点。

队长沉默了许久，把枪口缓缓垂下，其余队员也都跟着垂下，陆黎屿长呼一口气，手掌从枪柄上滑开，悄悄用裤子擦着手心的汗。

“我们并非是要合作，只是给你们一个期限。”队长冷漠地说，“期限截止到你们研究失败那一天，我们会用另一种方式去阻止‘公式’的传播。”

赵璃扬起下巴轻蔑地看向队长，“队长，那你知道真正的敌人是谁吗？”

队长沉默着看向赵璃。

“整个宇宙。”赵璃冷笑。

二

两颗透明的方型冰块落入酒杯中，碰撞杯壁发出清脆的响声，澄明的威士忌溅出和地球上无异的水花，这里的重力环境依然不受黑洞干扰。要想冻成不带气泡的、清澈通透的冰块，需要让温度稳定地缓慢下降，这样冰块就不会包裹杂质，不会干扰酒的口感。毕业后在酒吧混迹了几年，陆黎屿也对一些饮酒知识有了少许积累。令人吃惊的是这里是研究站，却有着比酒吧规格还高的饮酒水平。

陆黎屿在研究中心的一个边缘露台上。露台从外面看像是附在研究站的一截气泡，以轻微弧度从研究站向外突出。露台外壁全部由玻璃幕墙构成，弧形幕墙一直延伸到五层楼的高度，从这巨大的透明仓向下方看去，就能看到黑洞外镀着白光的边缘。这里本应是用来日常观测黑洞的研究站点，却被当成了酒吧角。当前的作息时间是深夜，所有灯光昏暗下来，地面点缀着荧光小灯用来指示道路。昏沉的灯光下，师姐有一半侧脸在阴影下浮灭。

“师姐，我们好久不见了，地球上算来，已经有十多年了。”陆黎屿抿了一口威士忌，低垂着眼睛，“可我从来没有见过你白天那种样子，那不像你，那和以前的你就像是两个人，截然不同的那种。”

“我们有时会被一些事情所改变，变得连自己也感到陌生。”光线不足，师姐笑嘻嘻地凑近来看陆黎屿的脸，“就像你，看起来倒是沧桑了不少，简直像个常年酗酒的大叔一样。”

陆黎屿触电般浑身一颤，赵璃自然凑过来的动作让陆黎屿得以看清她的全貌，师姐浓密的睫毛在颤动，笑眼盈盈。赵璃一如既往，无论是姣好的外貌还是性格都没有改变，陆黎屿恍惚回到进修天体物理学的那一段时光。

而这一刻他终于感觉到熟悉的赵璃回来了，不再是白天那位冷峻陌生的女科学家，而变回了来请她喝酒的仗义师姐。

作为陆黎屿的硕博时期的师姐，她有着传奇般的聪慧头脑又气势凌人。陆黎屿和她一起在学校中相处了七年，她对陆黎屿在学业上的帮助堪比学院中德高望重的导师，私下里却又不像导师那么严厉，陆黎屿知道学院里有一半男生都喜欢她。

“毕竟地球的时间流速比你这里的时间流速快了五倍，黑洞周围扭曲的时间是最好的护肤品。如果你有一个直观的对地球的观测视角，你会看到我们如同延时摄影般：草木飞快地发芽，人们在日复一日的生活中逐渐老去，胡茬从毛孔中削去又拱出。”陆黎屿咧嘴笑着。

队员们都去各自执行任务，师姐却突然喊他出来见见面，碰头地点就是他们登陆时的研究大厅，然后师姐带他来到了研究大厅边缘的露台区，娴熟地倒上两杯加冰威士忌，馥香溢出酒杯上方十厘米。能看出来师姐微微打扮了一下，穿着米色平底鞋，把标准科研服换成一件素雅的浅色长裙，裙摆浮卷在白皙的小腿上，依旧没有化妆。和在学校时一样，她一直没有化妆的习惯，却秀丽得清澈动人。

赵璃举杯相碰，玻璃杯碰撞的声音轻盈干净。

“记得上次见面还是喝咖啡来着，那时候我们一起讨论着‘公式’。”陆黎屿抿了一口酒，满不在乎地问，“和现在就是同一个‘公式’吧？”

“和你当时推导出的基本是同一个，不过由于多了数据支持，这里的更翔实，也更致命。”赵璃毫不掩饰。

“难怪。”陆黎屿看向大厅。不远处缆线凌乱的大厅上亮起了很多盏台灯，如盘根错节的热带雨林中布满的荧光菇。研究员们撑着血丝密布的双眼，每一个人都疲倦得像是战火间隙卧在战壕中的士兵，头顶炮弹呼啸而过。

陆黎屿早就猜到那组所谓的“公式”，他也满不在乎地承认自己知道“公式”，就像在承认一件事不关己的小事。来到研究站后，小队临时组装的通信装置被他悄悄关闭，陆黎屿处在暂时不被监控的真空状态。

“所以师姐你叫我出来，是想让我参与你们的研究？我除了那条无法验证的无用猜想之外，再不会比你们有更新的突破了。”陆黎屿的目光沿着酒杯杯壁游走，小声地说，“而且我还有别的事情要做——非常重要的事情……”

赵璃一脸不满地伸手去揉乱陆黎屿的头发：“黎屿你又变回我刚遇到你时的样子了，谨慎敏感的流浪小狗一般——有着极其聪慧的头脑却不敢去袒露自己的想法，我教你那么久的你都忘记了？”

“你糊弄得了政府，但是没人比我更了解你，你一直是这么执拗的人，认定一件事情绝就不会改变，会闷着头野猪似地冲到底。就这股执拗支撑你独自度过了人生的前二十几年，我不知道这究竟是你身上最坚硬的优点，还是最不堪的弱点。”赵璃贴近身子，近距离直直盯着陆黎屿的眼睛，目光如炬，“但是对于人类来说，这一定是最难能可贵的救星。”

“我知道你是为证明你那个理论猜想而来的。黎屿，你当年那个理论猜想，它或许可以对抗那组‘公式’，那成了我们现在所有人的突破希望。”陆黎屿能看到靠过来的赵璃瞳孔微微扩大。

“你们验证不了的，这个方法不可行，那只是我在百无聊赖的夏天的凭空推导，你们无法去验证。”陆黎屿断然否决。

“不，可以验证的。”赵璃坐回座位，轻轻转头看向露台，“凭空推导就够了。你的猜想是完全可以验证的，除了验证起来有一点点稍许的困难。”

陆黎屿无奈地摇头。他再清楚不过，那何止是“一点点稍许的困难”，他顺着赵璃的目光看向“窗外”，短暂的沉默包裹住研究中心角落。

任何理论模型都比不上在近距离亲眼目视黑洞更让人震撼。从巨大的露台幕墙向外看去，黑洞静谧地存在着，发亮的边缘内侧是最纯净的黑色，陆黎屿无法用言语形容那种黑。那里完全丧失了颜色这种概念，而像是从宇宙版图上剪去的一个正圆，是缺失的一片空间。

露台外并不是黑洞的全景，只是黑洞的一个边缘，黑洞大概是在他们脚下的方向。从趋直的弧度能看出来距离黑洞已经并非那么遥远，他们就像是踏在深渊上空，如果研究站的地面也是透明的，向脚下看去就会是没有边际的虚无。想到这些就有一种完全的无力感从陆黎屿脚下向上涌遍全身，那是以负熵为食的微生命对于脚下把无数熵量携卷信息一同揉碎的终结天体产生的绝望。

陆黎屿感到被一种强烈的压抑感淹没，他把杯中的威士忌一饮而尽，未融化的冰块在酒杯内碰撞。陆黎屿能感觉到灼辣的酒液顺着喉咙一路流淌到胃中，他扶着额头站起来：“陪我转转吧，酒喝完了都。”

“不怕被小队成员们怀疑吗？”赵璃饶有兴趣地看向他。

“啊，没关系的，我这也是在执行侦察任务啊。”陆黎屿说。

根据陆黎屿从政府获得的研究站资料，这里被称作“天空之城”也并不过分。整个研究站是类似雪花状的扁平结构，中心区域是白天他们所见的研究中心，然后从中心区域向外延伸出六条笔直悬臂，组成其他功能区。为了方便发射与运载，在设计中，这些悬臂除了拥有最基本维生设施外其余均为空白，自动化建筑模块随后运达，然后给予研究站成员安全范畴内的自主建设权。这群地球上天才中的天才，其中有太多人具备工程学设计学才华，这些模块到了他们手里，犹如艺术家握住画笔。在肆意自由地发挥下，他们构建出这座华美的微缩都市。

陆黎屿和赵璃并肩走在第二悬臂的公园中，四处传来微弱的窸窣声和鸣叫声。这座公园把空间美学利用到了极致，道路以不易察觉的缓和弧度配合反重力装置在不宽阔的悬臂中舒展，有时刚刚走过的路基变成了他们头顶凉亭的穹顶。溪流被重力束缚，在空间中拧成长绳在道路缝隙之中穿流，从清可见底的池塘向下望去，湖底却是一条颠倒的瀑布，显然瀑布又处在相反的重力下。重力和艺术在这里完美地结合，研究员们运用重力把公园折叠成错综的城堡。他们顺着道路漫步了很久，陆黎屿感觉这里比他逛过的所有公园都大得多，而这仅仅是六个悬臂之中的一小段景观。

鹅卵石小道上脚步声被溪流压过，赵璃一路在和他讲解这里的结构和情况。陆黎屿渐渐走神，昏黄路灯下，赵璃鼻尖的绒毛镀上一层金光，温和的人造风拂过，陆黎屿开始有一种很奇妙的感觉。

"……当我们发现那具悬挂着的尸体时，尸体对面的墙上就是那组'公式'。"赵璃停下脚步。

"就像这种吗?"陆黎屿指向身旁的墙壁。

赵璃挑了挑眉，"不过只涂了一遍，没这里这么密集。"

两侧的墙壁上几乎被各色涂料占满，看上去像是艺术长廊中抽象涂鸦叠加十倍的效果，但是仔细看去，都是在用不同语法来表述着同一组"公式"，重叠在一起就像是看不到尽头的抽象艺术墙。

陆黎屿轻轻捻了捻涂鸦，有些还涂料未干，有些把坚固的合金墙壁生生挖成沟堑，有些是极工整的印刷体，有些却像是酒后的狂草。但是无论是用何种手法去描述，都有一种凝胶般的绝望感穿透数学符号扑面而来，灌满颅腔。

"'公式'带入大量参数，我猜这些都是你们从黑洞取得来的数据参数，然后把各种各样的变量通过计算消去，得出一个无限不循环的常数。这个常数却可以和时间参数结合在一起，形成匪夷所思却完全正确的等式。”陆黎屿摩梭着墙壁上的“公式”，缓缓地说。

赵璃笔直地站在原地，看着陆黎屿不说话。

“‘公式’和我当年猜想的差不多。简单来说，按照这个‘公式’得出，时间是固定的，我们生活在早已被固定好轨迹的时间里，未来的每一秒都注定发生，根本没有什么未来。整个宇宙像是一台沙漏，放置好的那一刻，每一个量子的运动轨迹早就已经决定好，每一粒沙子都是按照时间推移按部就班地落下。我们站立在悬臂中，我在这里说着的每一句话，脑海中的每一次神经元电信号涌动，也都是早就决定好的。从宇宙大爆炸的那一刻起，就决定了一百三十八亿年后我会乘着一艘运载船来找你，我们在狭长的走廊里讨论着世界的奥秘，你就站在我正对面。”陆黎屿回头看向站在不远处的赵璃，“也可以换个问法——我们究竟是什么?”

阵风从遥远的悬臂末端吹来，横贯一整座悬臂，从两人之间吹过，把赵璃的长裙吹得摆动。

“真绝望啊。”陆黎屿揉揉鼻子，“按这个理论，一切都毫无意义，再也没有继续存活下去的动力。”

“那当时又是什么在支撑着你呢，黎屿?”赵璃深邃地看向陆黎屿，“你当年只推出这条猜想的时候，情况和现在差不多，而你却没有像那些研究员一样，依靠一把枪或者一根绳子永远沉没在时间长河中，对你来说生命的意义又是什么呢?”

“我应该不会吧。”陆黎屿自嘲地笑，大方地看着赵璃因为酒精微微红润的脸颊，“我比较怕死嘛，能多活一天就多活一天，于是就苟活到推理出第二条猜想，于是就又有了精神慰藉。”

“你呢，师姐。所谓第二条猜想理论完全只是我自己的臆测，如果这个猜想错了，如果现在这组公式就是宇宙定律，又是什么支撑你活下去……”陆黎屿话刚出口，就立刻想以千钧之力把这句话收回来，他无比后悔去这么问，恨不得狠狠抽自己十个耳光。陆黎屿缓慢地喘息着，听到自己心跳声沉闷，他等待着一个回答。

“顾洋吧，因为他。”赵璃转头眺望着远处。终于还是提到他了。

赵璃伸手揉着滚热的脸颊，嘴角扯出狡黠的坏笑，“说好等我回去，怎么能让他跑了。”

赵璃纤细手指上的订婚戒指，还是十年前陆黎屿见到的那一枚，矢车菊蓝宝石的莫氏硬度很高，所以陆黎屿喝再多酒、做再多防备也挡不住被它锋利的边角割伤。

“那师姐你可得快些回去，你在地球上的未婚夫也像我这般老去了，变得沧桑又皱巴巴，胡子拉碴。再迟些的话，他娶你的时候会被人说是大叔找了小姑娘。”陆黎屿停顿了一下，又继续说着不着边际的话。

三

运载火箭安静地腾空，尾部反重力引擎拽出一道亮光，在夜空中加速上升。下方广场上慕名而来的人群发出低低的惊叹声，陆黎屿站在天文台的露台上，看着亮光逐渐消失在天空中。

“第十八个了。”陆黎屿数着数。

今天是黑洞计划的第一次集中发射日，大批研究站的组件被运往遥远星系中的黑洞处进行组装。发射从早上一直持续到夜间，前来观看的人群换了好几批。按照发射计划，刚刚是今天最后一枚。在这次发射中，黑洞研究站的核心组件都已准备完毕，正在陆续飞往目的地进行组装。

所有的发射结束后，人群逐渐安静下来，开始四处消散，很快广场上已经看不到太多人了。陆黎屿看得到还有一对情侣没有离开，他们坐在广场长椅上聊着天，陆黎屿隐约能听见女孩的笑声传来。

“你们运气真好。”陆黎屿扶在栏杆上，仰头看着浓黑的夜空。夜空无云，晴朗的天空底色像是未化开的墨。

情况很快出现变化，先是一点蓝色的微光，然后微光迅速扩大，很快波动着弥漫到整个天空，整个城市被湛蓝的光芒照亮。此时天空的蓝就像是在海洋中潜水时抬头看向海面，阳光透过海面那种晶莹剔透又波澜涌动着的蓝。家中的人们被外面的惊叫声吸引，纷纷开打窗户或跑出街道。整个冷湖镇的天空布满了壮阔的异象，这比最瑰丽的极光规模还要大上百倍，全程持续三分钟。

这是曲率引擎集体启动的效果。为达到能效性和稳定性的最大化，火箭仅仅将组件送出大气层，而并未开始曲率航行，组件们在太空中减速并入轨道，等待着所有组件都到达后集体进入曲率航行。十八台曲率引擎引起的空间波动让冷湖镇的居民们集体看了一次三分钟的极光。陆黎屿看到那对情侣从长椅上跳起来，张着嘴惊讶地看向蓝色极光，想必眼前的画面将是他们一生中几个最难忘画面之一，犹如神启。

陆黎屿没有再继续看下去，他敲了敲小臂，给师姐发了一条信息，然后背起双肩包离开天文台，挤开那些从家里临时窜出来的大批人群，向住所走去。

很快赵璃的信息回了过来，陆黎屿平举小臂，师姐的全息影像投射在半空中，陆黎屿在欢腾的人群中逆行，看着师姐的嘴唇开合，声音都被周围叫嚷声淹没了。不过并不重要，陆黎屿从师姐的面孔中读出了她惊喜的情绪，这就够了。很少有东西能让赵璃产生这么大的惊喜，无论是她取得的任何奖项，还是闪着光芒的成就，对她来说都显得稀疏平常，并不值得欢庆。毕竟对于赵璃非同寻常的聪慧来说，那些只不过是正常科研生活中的副产品。

而陆黎屿给她发的信息很简单，就一句话：推导出第二个猜想公式了，正确可能性很大，时间线可能不是固定的，我们应该还算是活着。

赵璃很快发来了第二条消息。全息影像中的赵璃飞快地说着话，又把一份印着什么通告的屏幕向他展示。街道上的人群还是很多，陆黎屿突然一惊，以蛙泳的姿态用力拨开人群在人流中游动，跌跌撞撞地跑着，不顾周围人的白眼。

他撞进一个没有人的漆黑的小巷，手扶住墙弯腰喘息着，又把影像重新打开了一遍。

“我成功入选黑洞计划。他们给我发了通知，等第三批组件发射完毕的一个月后我就出发……”影像中的赵璃说着。

陆黎屿暂停影像，伸手把影像放大，赵璃握着屏幕的左手无名指上赫然扣着一枚蓝色戒指，这是之前没有的。

陆黎屿关闭影像，拨通赵璃的语音电话，电话响了两声后接通。

“恭喜啊，师姐！恭喜入选。”陆黎屿把气喘匀，用祝贺的语气说。

“地球的时间流速是黑洞研究站的 5.35 倍，之前我还在犹豫要不要过去，如果我在那里待一年的话地球就会过去五年多，周围所有人都会飞速老去，我就像是被所有人在时间上抛弃了一般。”赵璃停顿了一下。

“那可是师姐你多年的梦想，能有机会近距离探索黑洞，能够直面那庞大的未知，无数的谜题在你手中一一解开，是多么幸福的一件事。”陆黎屿靠着墙滑坐到地上。

“陆黎屿，顾洋跟我求婚了。他答应等我回来，不论是五年还是十年，他都在地球上等我，所以我下定决心要去。”陆黎屿能听出赵璃掩盖不住的笑意，他甚至不通过影像就仿佛看到了赵璃兴奋地咧嘴笑着。

“你那个猜想公式之后要去和导师讨论吗？”赵璃接着问。

陆黎屿点头，又忽然意识到这通联络并没有打开影像，低低地应了一声。

“导师一向对这类猜想理论很欢迎，但是你也要做好充足的准备。”赵璃提醒道。

“唔，我会注意。”陆黎屿回答，“师姐你刚刚看到极光了吗，出现在低纬度地区的极光，多罕见。”

“折射效应——你又不是不知道。当我出发时，从运载仓的视角向回看，折射效应中整个地球都会笼罩在‘极光’之中。”

“所以——师姐你真的要去那边了？”

“怎么，我又不是不回来了，说得像生离死别一样。”电话那头“扑哧”笑出声。

陆黎屿也跟着笑了笑，感觉到自己嘴唇麻木。

在那边时间过得很慢，能再见到的时候不知道要多久，在地球上的人可能等得要苦一些，比如顾洋。

陆黎屿用了几个月的时间才把理论整理出来，将资料寄到后，才用通信设备联络导师。

陆黎屿罚站似地站着，眼神失焦地看向前方，面前是坐在办公桌前年迈的导师。导师疲倦得像是几天没有睡觉，身体岌岌可危到随时有可能倒下的样子。导师透过发黄的老旧玻璃镜片缓慢审视着手中厚厚一沓的稿纸，看前几页的时候非常缓慢，有时还会翻回到上一张，然后翻看的速度越来越快，很快变成随意翻书般的速度。陆黎屿明白，即使是以导师深厚的智慧，也不可能在这种速度下看得懂他的理论，况且他还在文章里面还运用了大量推测公式和自制符号。

导师把稿纸甩到办公桌上，稿纸中后半部分甚至没有被翻阅。导师沉重地闭上眼睛，有一瞬间陆黎屿几乎以为他睡着了。

“想知道我的看法吗？”导师终于开口，缓缓地摇头说。

陆黎屿看向导师。

“你用一个幼稚、愚蠢和不学无术的胡扯幻想，填满了我珍贵的几十页稿纸，然后浪费了我整整七分钟的时间。”导师捂着额头，仰视着陆黎屿，“按照你的幻想理论，由于你的大脑一片空白，失去了对时间的感知，所以我们这里刚刚发生了时间密度坍塌，我将会处在翻开这狗屎文章的第一个字与看完最后一个字中任何时间的重合状态？也就是说这篇狗屎我将以普朗克时间反反复复品尝十的几十次方的次数？”

陆黎屿看着眼前这个气喘吁吁的老人，他从未见过导师露出这种状态。作为学院中最德高望重的教授之一，导师虽然平时严厉，但也不曾如此尖酸刻薄过，像是胸腔里插着一把刀，不吐出来就始终慢慢切割着皮肉。

“陆黎屿，给我消失。我最近心情很烦躁，我不想再用普朗克时间去回味这段日子了。”导师满脸痛苦地揉着眉心，“等你研究出时间倒流的理论再来找我。”

“为什么……”陆黎屿睁大双眼，他感觉有一些记忆开始撕扯着他的大脑，似乎导师这里有一些非常重要的事情他忘记了。

“滚!”一向威严高傲的导师此时却像一个疯老头，把桌子上的稿纸和他一直视若珍宝的陶瓷摆件统统扫到地面上。通信终止，四溅的瓷片和飞舞的稿纸定格在空中，随后在全息投影中如散沙般散去，现实世界中的狭小房间重新回到视野内。

陆黎屿想不明白导师为什么会突然这么暴躁。发生了什么，什么时间倒流？

陆黎屿困惑地坐回床上。陆黎屿住在老式居民楼的一间小房间里，房间仅能容纳一张床和一台桌子，床紧靠着窗户，透过布满剥落墙皮的窗沿能看到灰尘在空中卷动。城市里有很大一部分人都住进了先进的智能化公寓，但是一座城市中总是会有一些奇妙的地方。在这里分布着一些老式居民楼，像是被社会遗忘了一般，楼内居民在低矮昏黑的楼道里上下，来来往往过着古朴的生活，时间同样在这里停滞了。

在这里生活总能产生一种幻觉，像是生活在旧时代的社会。那时人们都在很小的圈子里生活，认识的人、交的朋友都只局限在几个城市之中，生活节奏慢到迟缓，日复一日规律地作息，夜里看着整栋楼灯火通明的景象，在楼道中路过门口的时候能听到里面生火做饭的声音。不过事实上，在这里的住户早已陆续搬走，整栋楼灯火通明的景象陆黎屿只在小时候见到过，到现在已经很难在这些居民楼中碰到邻里。

手腕震动，有消息传来。这一个昏昏沉沉的午后和任何时候都一样，发生着一些不太重要的事情，新闻里正在播报黑洞计划的研究员们起航的消息，人们向研究员们投去祝福英雄般的欢呼。陆黎屿抬手关掉了新闻。

消息来自科研所那边的人。陆黎屿也同时通过学校的渠道把他的理论发往全球最权威科研所。这一次说话的人语气相较导师客气很多，把陆黎屿称呼为“阁下”，没有粗暴地把理论称为“胡扯”而是用有略具神秘感的“臆想”来代替，并委婉地对陆黎屿的大脑和精神状况表达了亲切的关心，最后建议他向正经的医疗顾问寻求帮助并劝他停止这无谓的研究。

陆黎屿逐渐分不清他的话是讽刺还是认真，他躺在床上，提着一枚挂表，表针细密转动。这是赵璃的挂表，她走之前把它当作纪念品送给陆黎屿，表芯用最新的精细工艺组成的纯机械结构制作，运转一百年也不会有超过一秒的误差。

他想到了自己最后一次见到赵璃的场景。

“观测者效应。”陆黎屿那时只顾得讲自己的理论，他抿了口热气腾腾的咖啡，举起自己的手腕，笔记立体投影在空中，上面在不同方向上写满了大大小小的公式，像是在思考过程中随笔记下的样子。

“时间可能也存在观测者效应，我上一个猜想出了纰漏，时间并非是一成不变的，而是充斥着无限种可能性。在此可以引入一个时间密度的概念，当然这是一种代指……”陆黎屿在笔记上圈出一条条公式，语速飞快地向桌子对面的赵璃讲解。

“这个理论想要验证的话，大概是要非常接近黑洞才能搜集到数据，但那时早就越过引力逃脱极限了，与自杀没有区别，只是要死得更浪漫一些。”赵璃略微心算了一下说道。

“如果有机会，你会去验证吗?”赵璃端起咖啡杯。

陆黎屿挠挠下巴，“不会去。”

“真理对你没有吸引力吗?那种可以知悉宇宙运行规律的吸引力。”

“有吸引力，但是我更想活着。”陆黎屿松散地说，“活着能做很多事情，经历很多个瞬间。可能有某个时候你突然意识到，你在这一刻终于理解人生的意义，什么都不如这一刻重要，这就是你为之而活着的原因。”

“不过有人的人生意义就在于探究真理，能在衰老死去之前知悉真理才是最大的幸福，仿佛是不枉此生。”赵璃说。

“那师姐你愿意去吗，用生存的可能去换无穷的未知。”陆黎屿吹着咖啡上面浮起的脂沫，偷偷抬眼看向赵璃。

“我之前也是那种人，可能会为了一己好奇心而甘愿跳进黑洞，这曾是我的人生意义和梦想。不过现在不一样了，我们有时会被一些事情所改变，变得连自己也感到陌生。”赵璃的视线越过陆黎屿看向窗外，手指上的蓝宝石戒指反射着阳光。

“连梦想和意义都会改变吗……”陆黎屿用听不到的声音说。

陆黎屿躺在床上，脑海中胡思乱想着，夏天黏附着的虫鸣与聒噪让困意铺上身体，他把挂表摆在枕边，沉沉地睡去。

在梦中他梦见自己患上了差时症，那是一种错乱时间感知的疾病。最后，他在头发斑白、步履蹒跚的年纪，远远望着从黑洞研究站回来的依旧年轻的赵璃，他久久伫立着，再无法向前迈出一步。

四

陆黎屿从床上缓慢醒来，他梦到了之前在地球的日子，梦到又一次的研究站组件发射，还是那片蓝色“极光”和被夏风吹彻的天文台露台。

陆黎屿扶着额头艰难坐起身来，想要遮蔽周围刺眼的光，所有墙壁反射出金属的刺眼光泽，规整单调。这里是研究站的贵宾卧室，狭小的空间内只能放下一张床和一台筒状淋浴器，或许是这拥挤的房间和陆黎屿之前的老旧小区住所太相似，所以才让他一次又一次地梦到过去，他已经好久没睡一个好觉了。

悬臂的可利用空间有很多，但是安排给访客的房间却既稀少又狭窄，大概是考虑到不会有太多人会到这里拜访，也没有人愿意在一颗黑洞上方久住。

古语说“时间就是金钱”，在这里这个汇率要稍微低些。

陆黎屿洗漱完毕，终于清醒一些，他顶着湿漉漉的头发离开房间，向六条悬臂交汇处的研究中心走去，对一路上奇形怪状的虚无派他已经见怪不怪了。陆黎屿迈过一个躺在路中间、只穿内裤的男性研究员，又避开一个和看不见的舞伴跳着爵士舞的舞蹈爱好者，爱好者满脸笑容如沐春风，时不时与“舞伴”眼神交流着。而这些本是人类中的顶级科学家，主导世界级项目的进展，数不清有多少国家愿意向他们提供优质的科研环境以吸引其到本国，而现在能提供给他们的只有陆黎屿这支小队，还有沉甸甸的 7.62 毫米步枪弹。这一切只因为人们对某一条“公式”的恐惧，确切地说，是对活着的意义的恐惧。

陆黎屿走进大厅，现在还在研究的人已经屈指可数。这几天中他亲眼见证了研究大厅从欢闹的舞会变成宿醉后的早晨，只剩寥寥几人在拼命地演算着。那些公式早就被算透了，只是他们不甘心地想要去寻找别的出路，想要给时间赋予哪怕最微小的不确定值。

队长和其他三名队员始终没有去宿舍，他们保持着一贯的警惕，在大厅席地休息，执行轮流守夜。无论是守夜还是就地休息，他们的步枪从未离开手中。陆黎屿明白，他们随时准备着执行清扫，而现在不动手，是因为和研究员们达成了一个短暂的停止协议，一旦赵璃和其他研究员失败，他们将会动手把一切抹杀。勉强暂存理智的研究员们正在尝试用所有可能的方法去攻破那组“公式”，直至最后一人，而小队则保持暂时的安宁。

陆黎屿看到赵璃也在研究中心，她面前立满了屏幕，手指飞快地悬空敲打着。陆黎屿冲她远远地挥了挥手，赵璃又回到了冷漠的状态，只是微微抬头看了他一眼，没有说一句话。

陆黎屿径直走向一座悬臂与研究中心的衔接口。他这几天一直在做这种事情，借着侦察的名义脱离小队，依次探查每一座悬臂，今天是六条悬臂中的第三条，也是他们运载船停靠的那一条。

陆黎屿一路都保持着谨慎，以确保不被跟踪。在周围无人发现的情况下，他拉动闸门，密闭门缓慢地洞开，柔和的白光从墙壁中亮起，照亮长长的廊桥，廊桥末端连接的正是他们搭乘的运载船。

为了不引起怀疑，陆黎屿没有一上来就直奔这里，而是把这条悬臂选作第三次侦察的目标。他把临时制作的模拟信标放在遥控球里，让遥控球带着它向悬臂深处滚动，这样从外界的信号看来，他依旧是在缓慢地向悬臂内深入。

陆黎屿踏上运载船的那一刻，有一种难以抑制的喜悦与紧张感。他娴熟地验证身份进入驾驶室，把手掌伸进交互口中，那里有一个贴合手部的面板，是负责信息输入的端口。

陆黎屿小臂上的悬浮屏幕亮了起来，上面有大量数据闪烁。陆黎屿甚至能感觉到手指微微发麻，那是过载的电流携带着外部数据在通过手掌入侵到中控电脑中。

检验通过，本应只能由队长启动的精密运载船系统现在向陆黎屿全面敞开，操作面板的画面在舱壁上亮起，飞控系统开始进行关键组件自检。自检环节在每一个组件停留的时候，陆黎屿都屏住呼吸，直到组件一一自检通过，陆黎屿才如释重负，疲倦地跌坐在驾驶室座椅上，心跳剧烈。虽然一些仪器和电脑瘫痪了，但是关键组件依旧完好，依旧可以把他送回地球。

这也就意味着陆黎屿只要启动引擎，运载船就能把他运回到遥远的家，不论是黑洞还是“公式”都不能再阻止他，不论在地球能不能顺利降落，都好过在黑洞旁用思维与理智去打这场残酷的战争。

“希望能赶得上，我们待会儿见。”陆黎屿抚摸着控制面板轻声说。随后他把系统一一关闭，幽幽地踮脚离开运载船，重新关闭悬臂上通往廊桥的闸门，把墙壁上的残余热量、皮肤碎屑等一切痕迹抹掉。最后，他追寻遥控球的方向深入悬臂。

第三悬臂是研究站的观测站，确切地说，整条悬臂就是一条巨大的天文望远镜，悬臂末端由错综复杂的镜头群阵列组成。从外界看来，它像是用无数根不同型号的火箭推进器尾端捆绑在一起构成的。通过调整反射角度，悬臂可以观测任何角度的宇宙，光学和辐射学在这里被运用到了极致。这里是迄今为止，人类可以用来观测宇宙的、最清晰的眼睛，人类用它拍摄了无数宝贵的清晰宇宙图像。

从第三悬臂中段开始，宽阔的通道戛然而止，唯一的通路骤然变成一条狭窄悠长的甬道，仅容两人并排走过，伸手可以摸到顶部。从外部看去，甬道漆黑封闭、不见尽头，像是穴居动物掘出的巢穴通道。陆黎屿看过结构图，明白这里做成这样也是权衡之举，因为甬道周围密密麻麻地塞满了各种仪器线路。陆黎屿可以想象甬道四周是穿满线缆的半中空环境，如果一枚硬币跌落下去，会在数不尽的线路中翻滚，会有很长一段叮叮当当的响声回荡在甬道中。第三悬臂不惜挤占如此庞大的空间，就是为了道路尽头的观测台。

“到此为止吧，没必要进去。”陆黎屿抬起手臂，控制遥控球返回。

但遥控球的信号中断了，有什么东西在甬道的另一端阻碍了陆黎屿与遥控球的通信。

遥控球是陆黎屿使用研究站上的材料临时拼装的，属于完全得到授权的设备，不应在研究站中受到阻碍，除非是有人运用技术手段刻意限制了那里的信号。也就是说，有人在悬臂深处做着某种不愿被监测到的事情。

陆黎屿身体僵硬了一下，缓慢回忆着枪械训练的步骤，将腰间的伯莱塔抽出，上膛，扳开保险。上膛的“咔嚓”声在安静的悬臂中格外清晰。陆黎屿深吸一口气，踏入甬道。

陆黎屿踏入甬道的一瞬间，甬道墙壁一起柔和地亮了起来，这让陆黎屿感觉自己处在一个荧光棒的内部。甬道深处，光线汇集成一个交点，出口比想象中更远一些。

枪口随着陆黎屿的走动而摇晃，出口越来越近，陆黎屿沉重地喘息着，食指在扳机上微微扣紧。

甬道的出口外是一片漆黑，有人刻意关闭了这里的照明设备。陆黎屿钻出甬道后迅速向一旁闪开，后背重重抵住的墙壁给了他些许安全感。结构图中显示这里是观测台，由一个广阔的圆形大厅构成，虽然比不上研究中心，但是依然相当于一整个广场的大小。

陆黎屿的眼睛逐渐适应了黑暗，能看到大厅中心竖起了一根两人高的立柱。仔细看去，这根立柱其实是由各种仪器上下堆叠组成，繁杂的线缆从上到下地交织缠绕着，使得立柱看起来就像是被真菌爬满的树干，绒毛编织在一起。大厅里虽然没有灯光，却被微弱的光芒照亮着，陆黎屿没有心思去找光芒的来源，他的位置信号被隔离的同时，小队成员应该立即就会察觉到异常并进行反应，但是直到现在都没有任何动静，这很不寻常。

陆黎屿抬起手臂，投影屏幕悬停在手臂上方。陆黎屿试图接入第三悬臂的控制系统，接管这里的控制权，至少先将灯打开。

“嘿，别开灯。”有一个声音从仪器旁远远飘来，“开灯就看不清了。”

陆黎屿瞬间抬枪瞄准声音来源。其实他本该立即折返，呼叫小队成员前来，他们是处理这种状况的好手，有着更为专业的设备与丰富的经验，但是那堆积成高高立柱、略微有些眼熟的仪器让他心生不安，有一个更危险的可能性在他脑海中浮出。

陆黎屿关闭手臂上的投影，举枪向立柱缓缓走去。走近立柱后，借着成摞仪器发出的点点微光，陆黎屿看清立柱旁边仰坐着一个胡子杂乱的中年男人，他把座椅后背尽可能地放倒，呈一种瘫卧在床的姿势看着上空。

“喂。”陆黎屿低低地叫喊，准星在男人头上晃动。

男人缓慢地支起脖颈，冲陆黎屿比出一个噤声的手势。他手指直直地向上指，压低声音说：“别吵到星星。”

陆黎屿犹豫了一下，顺着他的手势抬头看去。

陆黎屿的父亲临过世之际，曾送给他一架简易的天文望远镜，在病床前给他讲太空的壮阔。于是，陆黎屿七岁之后的童年是伴随着透镜中模糊的寥寥星芒和对星芒的幻想独自度过的。大学时，陆黎屿首次登上太空，肉眼看到的太空没有想象中那种壮丽华美的星云，也没有绚烂五彩的光芒笼罩，对于肉眼能捕捉到的光线来说，星云的色彩太过于黯淡，群星仅如沙砾悬浮。陆黎屿贴着舷窗，他的整个童年都暴露在真空中泄着气。再后来，有一位师姐知道这些后，拍着他的肩膀说有机会去黑洞附近吧，在那里所有星光都会奔着你去。

“很美吧。”男人小声说。

大厅上空的穹顶是半球形的，有十几层楼高。在地面十米之上，墙壁变为透明，在关闭灯光的情况下，站在大厅中心向上看去的时候，能完全清楚地看到宇宙外的景象。利用脚下黑洞的引力透镜效应，再配合占据半条悬臂的复杂光学设备处理，从这里能直接看到犹如幻想中的太空景象。

星河如飘舞的丝绸般剧烈燃烧着，火焰从绸边细碎地坠裂，纱状星云团簇，比水中拂起的雾更轻盈。那些在视线中布满的、犹如环绕光环的亮点都是一个个星系，而光环是围绕星系的旋臂。中央星向外抛出的尘埃像是在凝胶中晕开的彩墨，而那些向两极射出的粒子束则如同包裹着彩色琉璃的液滴状水晶。

陆黎屿抬着头，他感觉自己回到了七岁那年，所有的星光和想象如瀑布一般迎面垂下，密布得让他喘不过气，手中的枪也无意识地放低。

“很美。”像经历了十多年，陆黎屿才从星空中缓缓抽离，轻声回答。

“年轻人，你为什么而活着？”男人没由来地发问。

陆黎屿愣了一下，思索片刻，轻轻摇头：“想要和我探讨人生吗？之前也有人问过我类似的问题。我不知道，但是我不会去死。”

“不，孩子，没有人可以不死，那是一件终究会到来的事情，死亡和这个问题没有关系。我只是在问距离死亡之前，你为之而活的动力是什么。”男人缓缓说着。

陆黎屿沉默了许久，看着远处的星云说：“人生有一些时刻，可以美到让时间停滞住，能让你感觉到自己不枉此行，就如同看到头顶的星图，或者是遇到许久不见的漂亮姑娘。我不知道这是不是你所谓的生命的意义。”

“很美好，但恐怕不是。”男人叹息，“那只是你的大脑为了继续活下去为你找到的慰藉，是基因想要传递下去为你生成的错觉，这种错觉通常如此美好，让你能够暂时忽略掉‘探寻生命的意义’这件充满危险的事。”

“我们只是被欲望支配的生物——繁衍欲、生存欲，以及求知欲。”男人平静地说。

“我明白你的意思，只从生物层面来说，大概确实如此。那么你找到生命的意义了吗？”陆黎屿看向男人。

“但我之前仍然坚定地认为我是自由的，因为我还拥有一个抗衡基因的方法，这就是支撑我活下去的意义，这就足够了。你能猜到是什么吗？”男人饶有兴趣地看着眼前这个双手持枪的年轻人。

“你还拥有决定自己死亡的自由，是吗？”陆黎屿俯视着男人。

“没错！”男人开心地笑，像被赞许的孩子一般，“所以我才一直认为自己拥有自由意志，我才算真正地活着，并没有被其他东西支配。”

“可是现在，我连死亡也支配不了了。我们所有人只是沿着时间线前进的提线木偶，时间早已给所有人都刻好了轨道，我们严丝合缝地在轨道中前进，连死亡都不是任何人可以自己决定的了。”男人长长呼了一口气，“所以我们连真正活着都算不上。”

“我还知道一条猜想理论，虽然还未经验证，但是有可能推翻你们所谓的‘公式’。”陆黎屿缓缓举起伯莱塔手枪，他终于想起那些仪器为何眼熟，他曾参观过一些绝密的军事实验室，实验室里有类似的设备。虽然眼前这些仪器比起实验室中的简陋得像是用废品搭成的积木，显然是临时拼凑出来的，但是它们的原理大致相同，并且效果将一样可怕。

陆黎屿平稳地喘息着，以减少枪口的晃动程度，“我虽然在通信学方面研究很少，但是我仍然认得出来你旁边那是远距通信设备，是足以对整个地球进行信号覆盖的通信设备，目前地球针对研究站的屏蔽对它无效。乖乖坐好，别做傻事……拜托。”

“你说的理论是哪条驳斥理论？是莱昂那条，还是埃利普斯那条？他们提出了太多条驳斥理论了，我记不大清了。”男人随意地说着，“但遗憾的是，所有驳斥理论统统都被证伪了。放弃吧孩子，宇宙真的就像‘公式’描述的那样，一成不变，枯燥乏味。”

“地球对我们的研究站关闭了通信，他们不想让我们的理论影响到他们岌岌可危的理智，可是我觉得——不，在时间线中的我觉得，每一个人都有权力知晓自己身处世界的真相。然后，有人依旧会像你一样，依旧觉得在欲望支配下的体验才是活下去的动力，依旧会因为美好事物而感动，依旧会爱着某一个心仪的姑娘；也会有人在认清真相后陷入绝望，歇斯底里，失去生存的动力；或许还会有一些可笑的宗教成立，欺骗那些想要寻求慰藉的人。但不论怎样，他们都有权利知道，他们在时间线中都将会知道。”男人吃力地扶着座椅起来，看向他身旁那些运转着的凌乱仪器。

枪声在密闭的大厅中震耳欲聋，子弹从男人耳边擦过，在远处的墙壁上弹出火星。这是警告的一枪，陆黎屿微微转动枪口，把男人的胸口锁定在准星之中。如果男人再有任何可疑动作，下一发子弹将会毫不犹豫穿透他的胸膛。陆黎屿不想杀人，但他更不想让“公式”传回地球。

“你来迟了孩子，他们已经收到了。这几个月以来，我都一直在用这台临时拼凑出的发射器向整个地球广播信号，广播内容只有那组‘公式’及相关推导方式，不带其他任何说明，具体含义由每个人自己理解。”男人认真地看着陆黎屿，没有任何开玩笑的意思。

陆黎屿握着枪的手背青筋暴起，低吼着：“我理解你让每个人拥有知晓真相的观点，但是你这么做会引起巨大的混乱!”

“我们的宇宙中，不存在‘混乱’这种东西。”男人平静地说。

五

短促的急射枪声在安静的研究站中清晰无比，并且有节奏地迸发着，“嘭嘭嘭！嘭嘭嘭!”

陆黎屿感到大脑开始缺氧，他的肺部已经到达极限，竭力吸入的空气已经不能满足身体的使用需求。他发疯似的在第三悬臂中奔跑着，右腿也已经到了极限，正麻木地摆动着，随时都有可能失衡栽倒。

别！再跑快些!

陆黎屿明白那些枪声是 HK416 自动步枪发出的，这个枪声和射法他再熟悉不过了。在和小队一起集训的日子里，陆黎屿就是看着小队成员用这种短射轰碎一个个虚拟靶的，这些超过两倍音速的金属弹头可以轻易穿透靶中的目标，把模拟出的人体残忍地破开，让血液从孔状的伤口中喷涌而出，像一朵朵绽放的牡丹炸开在胸前。这是当代能量武器所不能造成的效果，能唤得起人类最原始的杀戮欲。

陆黎屿冲进大厅，拔出手枪咬牙怒视，他举枪飞快地扫视周围，几具尸体倒在地上，血液从胸部伤口中汩汩涌出。陆黎屿认得那几具尸体，是早晨和赵璃一起研究的、那仅剩的几个保持理智的人。

陆黎屿努力克制住因惊恐而颤抖的双手，翻找躺在地上的研究员。他从来没有这么恐惧过那一副面孔的出现，他双手沾满血污，把一个又一个尸体翻过来，从伤口能看出枪法的精准，不留余地，是纯粹的杀戮。

他找到了一具女性的尸体，血污将尸体的长发拧在一起。陆黎屿战栗着把粘连的头发拂开，露出尸体的面孔。是一个隐约觉得熟悉的面孔，似乎在哪里见过，但不是赵璃。

她在哪?!

除去陆黎屿刚经过的第三悬臂，研究中心还连着另外五条悬臂，屠杀已经开始。陆黎屿猜得到原因：研究失败，没能找到破解公式的方法，小队开始进行清除行动。他能想到总有一天会出现这个结果，但没想到这么快，就差一点，运载船已经准备好了……

“在找赵璃吗？从第二悬臂公园过后的右边通道进去，她去了那里。”有一个男声突然从陆黎屿手臂上传来，这个音频信号是以入侵的方式从陆黎屿通信系统中播放出来的。陆黎屿顾不上任何迟疑，猛地起身甩开身旁的研究员尸体，朝第二悬臂的方向拔腿跑去。

“那姑娘确实挺漂亮，愿你们在时间线中有一个美好结局。”男声微笑着说。

陆黎屿来到研究站的第一天晚上就来过这里的公园，公园运用反重力技术制造出道路和河流，绝妙地利用了空间效应，精巧得令人惊叹。但是现在这里布满了尸体，血液被人造重力吸成一颗颗圆润的球状，在空中融成一股后汇聚到溪流中。一些虚无派的研究员在慌不择路地逃离过程中，在公园被一一击杀。子弹穿过复杂的重力环境，在交错道路中间准确地击中要害，那些队员是杀人的专家。在面对死亡时，即使是已经对生命绝望的研究员，他们本能的求生欲仍然淋漓尽致地爆发着，支撑他们在地面上爬出短暂的血迹。

“右边。”男声说。

右边是一条通往悬臂内侧的通道，在平时用作应急检修使用，闸门通常处于完全封闭状态，这时却敞开着。检修通道中被杂物填满，杂物混杂着水杯、桌椅、床被等生活用品和显示器、电脑核心、电子显微镜等科研仪器，繁杂线缆中卡着洁牙器和毛巾，床被包裹着小型引力探测器……显然是有人在这里塞满了能找来的所有材料，有意地封锁了这一条狭窄的道路。

枪声和惨叫声持续从第二悬臂的深处传来，不知为何路过的士兵有意地略过了这个明显的藏匿点，不管不顾地向悬臂深处执行清除。第二悬臂是居住区，深处聚集着大量虚无派在苟延残喘。

陆黎屿慌忙地挖刨着通道里的杂物堆，血液顺着被锋利芯片和线缆割伤的手掌流下，在床被上渗开。陆黎屿无法理解赵璃是怎么在这么短时间内把通道堵住的，他只想尽快找到她。

陆黎屿终于狼狈地刨开一条通道，一头撞进维修间中。维修间和他想象的截然不同，这里不是仅能存放维护机器人的狭小房间，而是一个继续右拐的狭长通道，通道朝向研究站中心的方向。陆黎屿像是要把肺喘出来一样，跌跌撞撞地沿着通道继续跑着。虽然通道逼仄密闭，但却不产生任何脚步声，所有声音都湮没在了墙壁中。

陆黎屿冲出通道后撞上低矮的金属栏杆，汗水从发梢甩出，越过栏杆落入望不见底的深渊。陆黎屿呆滞地看着周围，他有一种来到了地底世界的错觉，又像是闯入到巨型邮轮的动力舱。他渺小地处在某种裂谷的半空中，处在目不能及的深渊当中。黄色工程灯照着身后高不见顶的外壁，而遥远的前方是峡谷另一侧，那里是呈弧形的金属壁，整个空间中布满了交错的巨大管道，无数根导线像葡萄藤般蜿蜒攀附在内壁上。

内壁再向内就是研究中心，这些攀附着的导线穿过内壁，连接着研究中心的众多科研设备。他来到了研究中心与研究站外壳中间的夹缝处，这里是研究站的深层控制区，位于研究中心的外侧。虽说是夹缝，但是庞大得惊人，陆黎屿在图纸上见过这个地方，但深渊摆在眼前时远比图纸震撼得多。

陆黎屿没有仔细观摩，他沿着镶嵌在外壁上的悬空栈道继续向前跑，在第二、第三悬臂中间的夹缝内，有研究中心的主控电脑，那是赵璃唯一有可能在的地方。陆黎屿狂奔着，发出猛烈踩踏金属栈道的空洞声音，右侧一米外就是夹缝中的悬崖，陆黎屿和它之间仅仅用及腰高的护栏隔离着。

找到了！赵璃站在远处高台上，隐约能看到她左手按在外壁上，右手在飞快输入着命令。

“师姐！快跟我走，我们去运载船！”陆黎屿怒吼。

这本是陆黎屿的计划，盗用研究站的技术库制作入侵运载船的设备，再抹去自己和赵璃的位置信息，然后在某一个神不知鬼不觉的时间带着赵璃登上运载船逃往地球。地球会再派一艘船来接小队成员的，并且无论他们两人离开与否，都不足以动摇接下来的事态发展。陆黎屿甚至幻想回家后他们两人或许不会被逮捕，那样他就辞去物理学院的职务，去冷湖镇一个普通的监测站当一个朝九晚五的普通技术员，娶一个妻子，生两个孩子，过柴米油盐的平淡生活，把这一次的经历同过去一起深埋在泥土中。

电力中断，耳边嗡得一下静下来，陆黎屿这才意识到夹缝中一直有着轰隆隆的低频运转声，陆黎屿的吼叫声回荡在夹缝中。所有工程灯熄灭，整个空间陷入彻底的黑暗，这里透不进一点光，周围如同被黑色浓雾吞没。

可是赵璃所在的高台仍然有光，在黑暗中格外耀眼，那是赵璃所操纵的面板的灯光。面板发出的光芒把赵璃面孔映成透亮的蓝色，像是在清澈水域潜水时抬头看向海面的那种透着阳光的蓝，陆黎屿想到了那次冷湖镇的“极光”。电力中断引起的负压在夹缝中掀起阵风，赵璃映着蓝边的长发飘舞，有一种虚幻的柔美。

电力很快恢复，随之而来的是横向的重力感，陆黎屿感到有一股引力在把他轻轻吸向外壁的那一侧。外壁那一侧对应的方向是……黑洞！

赵璃从高台上俯视陆黎屿，和早晨见到时的不一样，这时的赵璃又变回来了，双眼充满了灵性与神采。

“我减弱了研究站的反重力系统。整个研究站从现在开始向黑洞下沉，最初速度会很缓慢，但是会随着下沉越来越快，直至撞进黑洞，这是一个不可逆的过程。”赵璃神色轻松，一字一句地说。

“下坠更深一些的话，运载船将无法实现逃逸。快跑吧，黎屿，再不跑就来不及了。”赵璃柔和地笑。

陆黎屿的小臂内嵌的微型电脑开始报警，强烈的震动一股股地从小臂蔓延开来。陆黎屿明白，所有小队成员此刻都收到了警告，赵璃是想用这个办法把小队成员们斥退，以停止他们的屠杀行为。

赵璃摘下手指上的戒指，抬手递向陆黎屿，“你要是能成功回去就替我转交给顾洋。我食言了，叫他不必再等下去。”

“没用的师姐。”陆黎屿坚定地摇头，“你不可能把他们逼走的。你不理解那是怎样的一群人，我看过他们之前的任务记录，那是正常人无法想象的冷血。尽管那些绝密档案中已经尽可能采用平述的方式，但仍然让我好几天彻夜未眠……他们可能不懂‘公式’意味着什么，但是相信我，他们对‘不惜一切代价’这个要求了解得绝对比任何人都要透彻，他们连自身也算进代价之中。”

“他们不会放过任何可能知晓‘公式’的人，也包括我。”陆黎屿朝站在台阶上的赵璃直直地走过去，“他们仿佛是以完成任务作为活下去的意义，确保击杀我们，比他们自己的性命还要重要。”

“跟我走吧，我破解了运载船系统，我们一起乘坐运载船离开，这是唯一的机会。”陆黎屿握住赵璃的手腕，挥手夺下戒指，轻轻戴回赵璃的无名指上，“想想顾洋吧，他还在地球上等着你，他已经等你十多年了。不用我去转达，你有一个机会亲自跟他说，而我也同样能活下来，我还不想死。”

“真快。”男声从小臂上传来。

“什么?”陆黎屿诧异。

“第二、第四悬臂不再有生命信号传来，那两个悬臂上的人已经被完全清除了。”男声说，“另外有人去往到你们那里了，当心。”

陆黎屿不由分说地拽住赵璃的右手，他准备从夹缝中的通道直接到达第三悬臂内部。夹缝内的通道连接各个悬臂，犹如古代四通八达的暗道。通道在第三悬臂的出口处，距离运载船的位置很近，运气好的话可以赶得上。

赵璃跌坐在楼梯上，陆黎屿这才发现通道和楼梯上布满滴落的血迹。赵璃的小腿边缘被子弹击穿了，白皙的小腿上有一个狰狞的缺口，血液从缺口向外流。虽然伤口已经做了紧急止血处理，但是子弹的贯穿伤依然很危险，错过治疗时机后只能截肢。

陆黎屿愣住了，本来赵璃能在队员枪口下逃脱就已经是奇迹，她又坚持着拖拽伤腿一路来到这里，只为了让研究站下坠。

“忍耐一下师姐，很快就没事了。”陆黎屿俯身背起赵璃，朝着第三悬臂跑去。

“坠入黑洞的话，你们也同样都会死掉，没什么区别，为什么要这么做?”陆黎屿踉踉跄跄地跑着，大声地问。

“有区别。”赵璃声音从背上传来，轻盈的声音贴着陆黎屿的耳朵进入，一路传进骨髓深处。

赵璃在陆黎屿背上颠簸，望着右侧的深渊出神，她说：“死亡无法避免，但与其被地球派来的杀手清理掉，我想研究员们宁愿坠入黑洞。没有人愿意死在枪口下，即使在一切注定、选择看似无意义的情况下，我们都愿意搭上这趟单程旅途，去看那旅途末端只能看一次的景色。”

“我知道总会有人反对，不想这么死去。有一线机会存活的话，就不该这么放弃希望，刀刃迎面挥向你的时候，也要睁大双眼去迎击，才能赢得一丝生存的可能。”赵璃说，“我承认我这么做是为了自己的私欲，为了自己能够能在衰老死去之前知悉真理，能够不枉此生。”

“我本以为会反对的人是你。”陆黎屿说，“我以为你早就不会这么想了，你那时说过人会因为一些事情改变，变得连自己都觉得陌生。”

“我……有说过吗？梦想和意义怎么会改变？”赵璃轻轻地问。

是啊，师姐她有说过吗？陆黎屿茫然地看向道路远方。

六

陆黎屿撞进运载船的接驳口，把赵璃轻轻抱到医疗区的手术床上，然后砸开医疗机器人的开关保护。折叠在角落里的八条机械臂吱吱呀呀地抬起，开始处理赵璃的伤口并输入人造血浆，赵璃已经由于失血过多处于半昏迷的状态。陆黎屿扭头冲向驾驶室，把手拍在控制面板上，启动运载船的领航系统。

“祝一路曲率平缓。”男声说。

陆黎屿犹豫了一下，“一起走吗，可以带你一程。”

“没有必要。”男声笑着说，“你们走吧，我快消散了。”

“虽然我痛恨你把‘公式’发向地球，但是我真的无比感谢你帮我救出赵璃。”陆黎屿飞速地操作着仪表板，进行起飞前的准备工作。

“不，那是你自己做到的，干得漂亮。”男人轻快地说，“哦，他找到我了，你得尽快了。”

通信频道陷入长久的静默，陆黎屿仿佛听见短促的枪声从飞船廊桥外传来。陆黎屿回头看了看手术中的医疗舱，感觉到一阵失血般的眩晕。他疲倦地闭上眼睛，长呼出一口气，用力按下启动键。“我们回家了。”陆黎屿喃喃自语。

系统毫无回应。

陆黎屿僵硬地坐直，有一种恐惧在他的心中炸开，他接连去按下启动键，都没有任何反应。系统自检一切正常，可是就是无法启动。

陆黎屿从座椅上跳了起来，慌张地伸手再次侵入运载船底层控制系统，遍历每一个部分去查找原因。终于，陆黎屿发现程序中存在很多欺骗性的片段，这艘船无法启动的原因在于燃料不足，而自检中却显示一切正常，燃料绰绰有余。

地球给特种小队这艘船的时候，就没打算让他们回来。因为只要回来，就有带回“公式”的风险存在。

陆黎屿第一次感觉到如此的绝望，小队内部通信中显示第三悬臂的士兵距离他们越来越近。

“队长，任务失败了，停手吧。”陆黎屿挡在紧闭的入口闸门处，看着面前全身赤红的队长。小队的防护服本是黝黑色，但现在却被大量研究员的鲜血溅成了红色，上面甚至还挂着内脏器官碎屑。

队长毫不犹豫地连续开枪，大量子弹携卷着强大动能打在陆黎屿胸口和额头上，把陆黎屿狠狠推向墙壁。

陆黎屿怒吼着冒着弹幕冲上前去，抱住队长把他砸倒在地，“你在甬道尽头杀掉的那个人，他已经把‘公式’发送给了地球，现在全人类都知道了，任务已经失败了！”

两具特质材料的防护服因撞击摩擦发出尖锐的声音，陆黎屿抱着队长在地上翻滚。他在运载船中拿到了备用的防护服，这种内置缓冲环境的防护服可以轻松抵消子弹作用于内部的冲击力，但是对于穿戴者整体的作用力还在。

队长很快借力站起来，防护服对于近身搏击来说会非常笨重，但是队长仍然轻松地将试图爬起的陆黎屿重重掼到地上。陆黎屿翻滚到一旁后挣扎着爬起来，向队长飞扑过来。队长向前一步，一记膝撞打在陆黎屿的腹部，又把他顺势整个砸到墙壁上。

对于这种级别的特种小队来说，陆黎屿在近身战斗上是绝没有胜算的，他感觉自己像一摊肥肉一样被队长摔来摔去。他感到脖颈的防护服在不断被撕扯，队长穿着和他一样的防护服，其中内嵌的微型骨骼装甲可以把这件看似坚固的盔甲慢慢撕开。队长把刀刃插向陆黎屿裸露后的颈部大动脉只是时间问题。

“我们根本回不去，没有燃料，我们被骗了！”陆黎屿嘶吼，随即又被一记重拳击翻在地。

“我知道。”队长把躺在地上的陆黎屿拎起来，声音沉闷。

“为什么？”陆黎屿被拎到半空中，无力地问。

“因为我的任务高于一切。”队长按着陆黎屿的头盔，把他再一次砸到墙上。

陆黎屿感觉喉咙一凉，那是脖颈部位的防护服终于被撕裂了，他藏在那里的挂表被一同扯断，陆黎屿下意识试图伸手去抓，但是穿着笨重防护服的他完全抓不住。挂表远远地飞出去，在地面上弹落着解体，数不清的袖珍齿轮在空中四散迸溅。

队长一手按住陆黎屿的头盔，一手从腰部拔出匕首，陆黎屿感觉自己就像是一只待宰的公鸡，狼狈不堪。自己被宰杀后，运载船内的赵璃同样也会被杀，所有的一切都结束了。

“你知道那‘公式’证明了什么吗？”陆黎屿看着眼前寒光流转的匕首问道。

“证明了宇宙中时间的恒定性，证明了所有的一切都注定发生，毫无变化。我从那些研究员死前的话语中听到过很多遍了。”队长反手握刀，刃口抵在陆黎屿的脖子上，“那又如何，我不是为了未知而活，所有的一切都是既定的也无所谓。哪怕清理整个研究站能让地球上的人类稍微增加一些存活概率，我也不会放过这里任何一个人，包括我自己。就像你知道研究站一定会坠落，你还要徒劳地挡在这里，你又是为了什么?”

“我只是不想让你杀死赵璃，哪怕有一点可能。”陆黎屿抬眼看着队长。

“杀死谁?”队长略微诧异。

“赵璃，我的师姐。你得从我的尸体上踏过去。”陆黎屿突然爆发，他一直绑在防护服手臂内侧的伯莱塔被他狠狠拉下击锤，火星在底火砧上沿着传火孔一路点燃火药，爆燃形成的四千倍体积气体推动金属弹头射出，准确击中刀刃。在巨大的冲击力之下，即使是队长也握不住刀柄，匕首嗡响着旋转飞向上空，陆黎屿跳起来猛扑向队长。

队长敏捷撤身，同时用手肘击中陆黎屿裸露的脖颈，轻易将扑过来的陆黎屿再次击倒。他踩着陆黎屿因咳嗽而剧烈起伏的胸口，俯身从陆黎屿防护服的腰部抽出了另一把匕首。

“虽然可能没必要，但是我可以告诉你，研究站中没有叫赵璃的人。”队长低头看着陆黎屿。

“开什么玩笑……”陆黎屿虚弱地喘息，吐出的气体中都充满了血腥味。

“我不知道你臆想出了什么，值得你为此背叛小队，但一切都结束了。”队长将刀刃刺入陆黎屿的喉咙，陆黎屿能感到冰冷的刀刃穿破皮肤。

突然，陆黎屿感觉世界颠倒了，地面变成了墙壁，悬臂入口的方向变到了脚下，他和队长一同向悬臂入口坠去。竖直看来，这变成了一座极深的竖井，即使是有防护服的缓冲，坠底的冲击也足以让他们陷入暂时的昏迷。

在下坠过程中，陆黎屿逐渐贴近墙壁，最终伴随着强烈的摩擦声停了下来，他身边区域的重力方向由垂直向下变成了倾斜向下，墙面在感觉中变成一个超长的斜坡，他靠抓住斜坡上突出的边缘停住。而队长仍然悬浮在悬臂中央垂直下坠，很快从悬臂中掉出，重重落进研究中心因重力环境改变而聚集在墙面的大堆仪器废墟中。

随即悬臂与研究中心的连接处连续降下多层密封门，巨大的机械噪声压住了一切声音，整个悬臂剧烈震动。很快重力环境又开始改变，陆黎屿在空中连续撞击多次后才得以落地，重力环境恢复正常，地面终于又变回了地面。

陆黎屿扶着地面起身，跌跌撞撞跑向廊桥的闸门，狼狈地钻进运载船。很明显是赵璃更改了研究站的重力设定并加以微调，让除他所在区域外的所有物体直线下坠。

运载船的重力环境不受研究站的影响，赵璃踮脚站立着，腿上伤口处裹满了白色医用纤维，勉强睁开双眼冲陆黎屿虚弱地笑："你打败他啦?"

"你在夹缝内的中央电脑中留了延迟后门，干得漂亮。可是密封门没有用，他们同样也有控制密封门的权限，敌人马上还会杀回来。"陆黎屿气喘吁吁，从医疗床上扯过一片医用纤维压在脖子上止血，所幸伤口不深，并未伤到主动脉。

赵璃轻轻摇头，指向舷窗外，陆黎屿顺着赵璃的指向看去，能看到漂浮在不远处的研究站，本来规整的六悬臂结构赫然缺少了一根，显得尤为突兀。

"不只是关闭密封门，通过后门程序，第三悬臂从研究站整体分离了。我们脱离了研究站，以更快的速度坠向黑洞。"赵璃脸色苍白，却挂着胜利的喜悦。

陆黎屿缓慢走向另一方向的舷窗，那里拥有黑洞角度的视野，他们笔直地朝向黑洞坠落，将再也没有任何机会逃脱。

陆黎屿感觉忽然之间安静了下来，舷窗外的研究站越来越小。

他有一种虚幻的错觉，在错觉中，他前几天还在地球上做着一个普普通通的物理学家，研究一些枯燥乏味的理论，工作之余就自己泡在酒吧里或者躺在那间老旧房子的床上，看着酒杯和天花板发呆。可是某一天他突然间就登上运载船，躺下再醒来后就过了一整年，来到与世隔绝的黑洞研究站，经历了一场浩劫并传奇般地活了下来。陆黎屿之前从未接触过武器，而现在这把伯莱塔 92F 握在手里却非常顺手，并几乎用它杀了人。

这一切就像是一场梦，陆黎屿吃力地拽下头盔，把它连同伯莱塔一起扔在地上，又把沾着血迹的防护服笨拙地褪下。即便穿着防护服，陆黎屿浑身也布满了瘀青，伤口的刺痛和全身的劳累洪水般涌来。陆黎屿发现他的右腿已经失去了知觉，上面赫然有一个狰狞的贯穿伤口。这一切又时刻提醒着他，自己刚刚经历的一切都是再真实不过的了。

“他们居然说不认识你，真可笑。”陆黎屿冲赵璃挤出一个勉强的笑容，“如果你不在黑洞研究站的话，我干吗要千里迢迢跑来这种鬼地方。”

陆黎屿摸了摸脖子，那里缺少了一串熟悉的触感。陆黎屿想要支撑着走出运载船去往刚刚搏斗的地方，起身的时候视角却一下变成了地面，陆黎屿瘫软地栽倒在地，失去了意识。

七

柔软、温和，这是陆黎屿睁开眼睛的唯一感受。他用了很久才回想起自己身处何处，他很久没有睡过这样一个好觉了，觉得大脑变得空旷和清澈。

他扶着床边坐了起来，下意识地瞥了一眼枕边，枕头上空无一物。这里是一间宽阔的卧室，比他之前住的贵宾宿舍要精致得多。他在舒适的床边垂头坐着，睡前的记忆用了很久才陆续回到脑海中，那组“公式”、那些奔跑与战斗、那些交织着的虚妄与真实和那些所谓的意义。

卧室闸门无声地缩进墙面，陆黎屿一瘸一拐地从卧室中走出，门外是第三悬臂的长廊，地上还有未清除干净的血渍。很多职能机器人在动荡中损坏了，但还有一些服务机器人在勉强运转，陆黎屿右腿上被工整刻板地包上绷带，显然是出自机器人之手。

陆黎屿在通道中间左右环顾，一步一步地向悬臂深处挪动。穿过荧光棒般的冗长甬道，来到悬臂末端那个观测站大厅。这一次大厅灯光充足，地面上能看到残留的血迹和弹痕。赵璃站在大厅中央调整着观测站操作柄，而那个向地球发出信号又协助他救出赵璃的中年男人的尸体就倒在一旁。

“过了多久了？”陆黎屿看着赵璃。

“三千年。磁场倒转了，海平面淹没了大部分陆地。”赵璃抬头看了看陆黎屿，操作观测站将视角调整到地球方向，一个模糊的蓝色球体骤然出现在穹顶外，全然看不清上面的景象，但是能看到球体上产生着剧烈的变化，蓝色与黄色的色块不断在变换着大小。

陆黎屿捕捉到赵璃眼中一闪而过的情绪，这种眼神陆黎屿只见过一次。那是在他学生时代，一位同学自己假期回家后发现整个家乡被沙漠吞噬了，父母忘记通知他已经搬家到附近的先进化城市中，这位同学在变成沙漠的故乡前呆坐了一整夜。讲这个故事的时候其他人哄然大笑，可角落里的陆黎屿注意到了那位同学的眼神，那种小心翼翼收敛着不断涌出的悲伤与孤独的眼神。

“随着我们向黑洞坠落，时间对我们而言会以指数形式变快。理论上来说，我们将会在到达柯西视界的时候看到宇宙的尽头，如果我们能活到那一刻的话。”赵璃离开操作台走向陆黎屿，“地球上的几百年对我们来说转瞬即逝，但那些所有记得我们的人在我们还未反应过来的时候就已经离世。”

“嘿，我说……”陆黎屿拖着右腿走上前去。

“如果宇宙中还有其他生命存在的话，我不希望他们重蹈我们的覆辙，时间真是一种非常珍贵的代价，我希望我们所做的一切都是有意义的，我们没有浪费时间……”

“当然，我们做了很有意义的事情。”陆黎屿轻轻拍了拍赵璃颤抖的肩膀，把她拥抱在怀里，用手擦拭她湿漉漉的双颊。

中年男人的尸体倒在立柱旁边，由于悬臂内的无菌环境，尸体仍保持刚死亡时的状态。尸体正面布满了弹孔，有人不顾一切地把大量子弹都倾注在了他的身上。

陆黎屿把男人的眼睛阖上，俯身想要扛起尸体，却发现不远处地面上掉落的弹夹——那是一个打空了的、装载 9 毫米钢芯弹的伯莱塔 92F 弹夹！

陆黎屿手脚并用地爬过去，颤抖着捡起弹夹，上面还残留了火药的痕迹。

又有一些记忆开始撕扯陆黎屿的大脑，盛怒之下连续开火的瞬间，手枪震颤右臂的后坐力，血液溅到眼角的温热，近距离射击导致的跳弹击中右腿时的剧痛。似乎自己在难以遏制的愤怒中早就朝男人打空了一整个弹夹，那又是谁一直在指引我，我找到的又是谁……

“开什么玩笑……”陆黎屿痛苦地捂着头蹲下。

赵璃站在旁边默不作声看着他。

“师姐，他们都说现在的你是假的，是我臆想出来的。”陆黎屿抬起头，哭丧着脸。

头顶传来温柔的触感——赵璃站在陆黎屿面前，把蹲在那里的男人搂进怀里，让他的额头顶到了自己的小腹。

“我不只是你这里的幻觉。”赵璃抚摸着陆黎屿杂乱的头发，轻轻地说，“我是你按照自己的想法构建出的一个思维，我的性格和行为取决于你的知识体系加上潜意识。也就是说，我是你的一部分，我某种意义上和你一样是真实存在的，只不过其他人看不到而已。”

“我……有些想起来了。”陆黎屿扶着额头缓缓站了起来。

导师的暴怒不是无缘无故的，那是由于他最喜爱的学生在事故中死去。研究站遇到的那个女性也不是师姐，只不过恰好都有清澈的双眼和长发而已，于是就被他祈求般地一直误认成赵璃。不论是游览第二悬臂的公园，还是入侵中央电脑让研究站坠向黑洞，或者留下带有触发机制的延迟后门使得第三悬臂与研究站分离，其实都是他自己，都是陆黎屿站在赵璃的立场所做的——“如果是师姐的话，她会怎么做?”

陆黎屿在某些时刻能够间歇性地回忆起这些事情，随即无与伦比的痛苦接踵而至，很快大脑出于自我保护机制又将这些记忆封存。

可这一次清醒得似乎有些久。陆黎屿把男人的尸体吃力地扛起，缓缓放进投射阀中发射出去，尸体很快消失在视线之外，在看不见的地方和他们一起下坠。但尸体离开了悬臂的保护，用不了多久，就会被迎面而来的、炙热的伽马射线烧成灰烬，飘散着与太空融为一体。

做完这一切，赵璃还是没有回来，观测站内还是只有他一个人。

陆黎屿拉下机械闸，轻微震动中运载船与悬臂脱离，独自坠向黑洞。运载船的防护能力要脆弱得多，脱离悬臂后很快就被黑洞的重力扯碎，那些碎片被拉成长条，顷刻间四散。

陆黎屿握紧一个胶囊注射器，锋利的针尖轻易刺进皮肤，胶囊中的高压气体推动其中的药液射入小臂静脉中。这是陆黎屿在分离运载船之前从医疗舱取下的药物之一，高效神经递质阻断剂，可以使中枢神经保持长时间亢奋状态，作用机理形同咖啡因，无成瘾性，但使用过度会产生致幻效应。

陆黎屿踢开满地的空胶囊，发梢的淡淡檀香味若即若离，和咖啡的香气混在一起，在空气中扑散。

“你还记得你那个猜想理论的具体内容吗，时间密度与坍塌理论的那些。”赵璃隔着桌子看向陆黎屿。

“欢迎回来。”陆黎屿看着面前眉目如画的柔美女性。

“什么?”

“没什么。”陆黎屿摇头，“太久了。在我那里都过了十年了，我有些记太不清具体内容，只记得被导师痛骂一顿的场景。”

“我记下了完整的理论内容，又结合获得到的黑洞数据完善了一下。”赵璃放下咖啡杯，认真地说，“我这些天一直在想，时间密度或许真的像你的理论所说，用生命长度作为时间的参考系，这就是人类一直追求的生命的终极意义吗?”

“也就是时间上的观测者效应。”赵璃郑重地说，“我们或许是为宇宙中的时间而活，我们生命的意义也许可以用来丈量时间密度。如果人之将死的那一刻，真的如传言所说会将一生经历的场景回放，那我们会看到什么？从我们在那一刻的时间密度来说，我们可能就是最接近真理的人。”

“太阳开始衰老了。”陆黎屿抬头看着穹顶，穹顶映出太阳系中的红色恒星逐渐膨胀，缓慢地吞没了水星和金星。如果这时从地球上看去，天空将会被巨大的红色半球占据。日出不再是暖蛋黄一样的太阳圆滚滚爬出地面，而是犹如巨人之眼的暗红弧线从整个地平线拔地升起，遮蔽全部的天空凝视着地球，把所有东西燃烧殆尽。

“研究站上那些队员们也能看到这些吗？他们也和我们一样同样在下坠。”陆黎屿问。

“不会，监测到研究站方向发生了强烈的爆炸，他们引爆了研究站中的反物质反应堆，并试图将我们卷入爆炸中。他们真的是在不惜一切代价，想要确保没有人有机会将‘公式’发回地球。”赵璃说。

“可就算有这种坚决的人存在，人类仍然没能突破大过滤器，迄今没有监测到有生物从地球中迁徙出来。”赵璃轻轻地说，“我们坠向黑洞仅仅七十个小时，地球上却已经经历了十亿年。”

“你能在这里陪我真好，要我自己就太难熬了。”陆黎屿突然说。

赵璃愣了一下，咧嘴笑着：“什么胡话，被我牵连进来的是你吧？”

陆黎屿无声地微笑，转而问道：“在这种重力环境下悬臂还能支撑多久？”

“现在对于宇宙的历程来说才刚刚开始，还不如一个蹒跚学步的孩子，而我们大概能坚持到宇宙老去。研究站是集合了人类所有智慧的反重力产物，而做出这种奇迹般空间技术的人类却可能早已灭亡，星际移民技术在当时已经接近实验阶段，但地球上的一切都在‘公式’出现之后销声匿迹。”赵璃说。

“所谓生命的意义悄然无声地摧毁了一切。”

悬臂外另一侧就是占据了整片视野的黑洞，一根孤零零的悬臂朝黑洞坠落，就像是一粒草履虫落向太平洋的中央——十亿年前的太平洋。现在的太平洋已经干涸，曾经最深的马里亚纳海沟也因地壳运动隆起，变得和普通的峡谷无异。

“看，银河系要和仙女星系相撞了。”赵璃说着。陆黎屿和赵璃同时安静下来。宽广的观测站大厅中，两个人孤单地仰着头，望向上空出神。

八

在高速奔流的时间面前，睡眠是极为奢侈的，有大量人类难以想象的珍贵数据不断传来，宇宙中无比漫长的岁月浓缩成瞬间，带来了无与伦比的知识宝藏。无数物理学理论在这一条细小悬臂中被一条接一条证实或证伪，各种分支学科的大厦从空白到拔地而起。如果世界上那些物理学家还活着，他们会为这些知识兴奋得发狂，整个地球的物理学进程将从缓慢前行变为百米冲刺。

“爱因斯坦又对了，给阿尔伯特组再记一分！”陆黎屿吹了声响亮的口哨，大剌剌地躺倒在地面上。药物的作用非常显著，陆黎屿已经连续三十个小时处于高度兴奋中，身体各个部位都传来明显的不适，这是一种强烈警告，但是陆黎屿顾不上了。

“星光时代要结束了。”陆黎屿看向穹顶。

宇宙中的恒星一个又一个地熄灭，变成冰冷的白矮星，那些天空中的星芒都消失了，整个太空的温度急剧降低，愈发得空荡冷寂。太空中到处漂浮着这些恒星的尸体，勉强发出微弱的光，像是偌大的荒败原野上偶尔闪灭的萤火虫。如果有新生命在这时的宇宙中诞生的话，只能依偎着白矮星的光芒取暖，每一天白天的亮度就形同于地球上的满月之夜，而夜晚则是绝对漆黑的时段，无论是从夜空还是地面都接受不到任何光照，严寒将翻涌着冰封所有角落。

“真庆幸人类没有出生在这个时代。”陆黎屿认真地说。

“陆黎屿也计一分。”赵璃埋头计算着，手指敲击的速度快到要出现重影，“时间真的如你猜测，具有观测者效应。”

“时间以普朗克长度和无穷多种可能性叠加，而观测者的介入将打破这种状态，使时间坍塌成一个有序规整的值，就如同‘公式’所描述的一样，但是关键点在于这只作用于过去的时间，也就是我们所称的‘历史’。”赵璃罕见地小心翼翼说话，每一个字都轻轻吐出，像是在悄悄盗取宇宙的终极秘密。

“坏消息是回到过去的时间机器永远不存在，过去的时间是一个定值无法改变，也就是‘过往尘定’。”赵璃停下手中的运算，挑眉看向躺在地上的陆黎屿，“好消息是未来会随着观测者的存续而即时出现，就像一座魔法桥梁，你向一片虚空走去，一枚枚桥砖在你踏出的瞬间浮现在脚下，每一块砖都是从无穷无尽的砖堆中无序取出，你的每一步都充满了无限种可能。”

“‘公式’只对了有关过去的那一半，但它却把未来给毁掉了。”陆黎屿看着穹顶出神。

“但是这理论还解释不了宇宙的起源与结局，不断有更多的数据传来，却逐渐指向另一个更为诡谲的理论……”赵璃深吸一口气。

强烈的亮光突然袭来，本来一直处于微弱灯光环境的观测站大厅瞬间透亮刺眼，又即刻黯淡下来，像是一百万条闪电在同一刻爆发又骤然消失。陆黎屿捂着眼睛从地面上挣扎着爬起来，用最快速度封闭了穹顶，厚重的金属板层叠着遮住太空的景象。

“伽马射线暴，中子星正在频繁相撞。我先把窗户关上一会儿，等‘雷雨’过去再打开。”陆黎屿坐回工作台，同步赵璃的运算进度，与赵璃一起继续数据分析，原本些许的困意被射线暴的强烈亮光冲散了。

悬臂的四面八方都传来不堪重负的咯吱声，那是反重力系统开启全部功率也无法抵消的力量在挤压着悬臂，终结可能出现在任何一秒。哪怕防护系统被撕开一道极微小的裂缝，黑洞将会瞬间沿着那道裂缝把整座悬臂扯碎，悬臂中的陆黎屿将会在身体感知传递到大脑之前就被碾碎成分子团，那样也意味着赵璃的消失。

“师姐，你听过鲸鱼的心跳声吗?”陆黎屿出神地说，“和这个声音很像，沉闷而有力，整个空间仿佛都在和它共鸣。我在一次深潜中遇到过，蓝鲸在深海时心率能降到每分钟两次，那时我们所有人都在声呐前静息等待。虽然海水摩擦着潜水艇的外壳发出轰响，但心跳声却依旧清晰，不急不慢地在艇舱内回响。那一刻真是安静极了，我对深海一直以来的恐惧随着那个声音震散。”

陆黎屿和赵璃并排坐在角落的墙边，赵璃将手搭在膝盖上，伸展地坐着。沉闷的声音再一次响起，在观测站大厅内回荡。这些是黑洞相撞与合并的声音，宇宙中现在只剩下黑洞和穿行的光。

“我们的科学家们曾试图找出质子衰变的证据，他们把观测容量放宽到了相当长的时间，可是依然没有任何发现。而现在我终于明白，如果把宇宙中的时间比作鲸鱼的一生的话，人类存在时的宇宙仅仅相当于鲸鱼精卵结合的那一瞬间，而现在的黑洞合并则是鲸鱼出生时的第一声心跳，质子在这时候才刚刚开始衰变。”陆黎屿说，“宇宙在此时仅仅算是刚开始，这头鲸鱼将在这片孤独的深海中度过它的一生，直至最后一个黑洞爆炸殆尽，才算生命终止。”

“但是再坠落下去的话，时间的曲度会接近无穷大，我们将在一瞬间迎来宇宙最后的结局。”陆黎屿看向赵璃，“现在发送信号吗？”

“再看一会烟花吧，毕竟机会难得，美得就像神启一样。”赵璃说。

经过难以计量的时间尺度之后，宇宙中的黑洞由于自身产生的辐射而变得不稳定，最终开始逐一爆炸。两次黑洞爆炸之间的时间间隔已经远远超出了通常时间长度的概念，但在这荒芜空洞的宇宙中，时间的参考系变成了即将坠入黑洞的两人。于是在这种时间密度下，黑洞一个接一个地在太空中爆炸，频繁点亮黑暗的太空，犹如纷繁的烟火盛会。

陆黎屿能看到赵璃眼中倒映出的流光，沿着漆黑瞳孔盛开，艳丽得仿佛要溢出来。

“如果让你再选一次，你会为了探索这些宇宙的终极奥秘选择跳入黑洞吗？”赵璃突然问。

“师姐，你觉得生命的意义到底是什么？”陆黎屿反问，“我们究竟是为什么而活着？”

“我在这段时间中见到了很多人：有人追求生命的自由而活，但却因失去自由而绝望；有人为挽救人类的信念而活，把自己也算进代价之中一同支付。”

赵璃沉默不语。

“也有人为爱情和承诺而活，有人仅仅靠一个虚幻的念想苟延。”

“我一度认为我的生命意义是你。”陆黎屿扭头看向身边的赵璃，“可你也只是我脑海中的一部分，是我为了欺骗自己你还活着而虚构出的一个错觉。这个错觉让我坚信你只不过是去了黑洞研究站，而并未在那场事故中死去，你总有一天会回来，期待正是促使我一直活下去的动力。”

“而直到宇宙的终极理论推测出来后，我才终于明白了生命的真正意义。”陆黎屿远远看向穹顶外闪烁的宇宙，“生命并不是想象中的宇宙中无意产生的有机物，它们其实是宇宙的核心所在。”

“观测者效应，是啊。”赵璃说。

“如果宇宙中不存在观测者的话，那么时间将失去意义，宇宙将处于叠加的时间态，过去与未来重叠，因果重叠。”

“而当观测者出现时，当这个外部系统介入，宇宙中的时间才有了意义，过去变得恒定，而未来开始逐渐在脚下展开。”

“宇宙既不结束于冷寂也不结束于热寂，而是暂时结束于观察者所经历的时间密度中。当宇宙中所有观测者消亡，则根据最后一个观测者经历的时间密度来重置宇宙时间，以最后观测者诞生的时刻为节点，一切重新开始。节点之前的过去依然恒定，而未来又一次充满无限可能。宇宙如此循环往复，直至最后观测者所经历的时间密度为零，宇宙才算真正终结。”

“因此宇宙或许并不会终结于任何的爆炸或坍缩，而是会在时间的废墟中停止运转。”

“所以——”陆黎屿轻轻地说，“生命的终极意义就是生命本身，那些我们主观创造出来的纷繁祈望，最终也是落回到生命本身上。只有生命存在，才有意义之说。”

“如果最后推测的宇宙终极理论正确的话，或许有一天我们还能再见到。”赵璃看向陆黎屿。

“师姐，我也想与你再见一面。可那不再是我们了，那只是完全相同的另一个人。在重置后的宇宙中的那两个人与你我物理特征完全一致，因为‘过去尘定’，发生的历史已经固定，但我们早已在这个宇宙的时间中永远消逝。当星河重回那个璀璨的时代，我却再也见不到你了。”陆黎屿说，“但我们现在仍然有能做到的事情，我们可以在未来的未来中挤进一束光，至少让重置宇宙中的地球别因一些歧路而迷失。”

赵璃站起身来，倚在立柱上，手压住了启动键。她看着陆黎屿，微笑地等待着。

“赵璃，我或许不是最爱你的人，但—— 一定是整个宇宙中爱你最久的人。”

陆黎屿大步踏上前去，把一枚崭新的挂表戴在赵璃的颈部，压着赵璃的手启动仪器。

强烈的光信号从悬臂的半球形末端发射，穿行在这个只剩黑洞与光的宇宙中。发射高能量光信号让本就岌岌可危的悬臂反重力系统严重过载，黑洞的引力顷刻间突破了悬臂的重力领域，悬臂立刻解体，在临近黑洞柯西视界的边缘瓦解殆尽。

“爸爸要去上班了，要在家里听妈妈的话哦。”中年男人揉着女儿的额头，把她举到妻子怀中。走了很远后，他禁不住地回头看，发现妻子还是抱着女儿在门口张望，看到他回头后远远挥手。

男人再次笑了出来，也远远地挥手道别。

踏入冷湖镇监测站时，男人第一反应是世界末日要降临了——本来一贯懒散悠闲的监测员们发了疯一样，癫狂地在电脑上敲打着，到处都是撞倒的椅子，通信铃声接连不断地响起，仿佛火警大作，红色的应急灯在大厅内急迫地闪烁。

但是当大家看到男人的时候，安静如瘟疫般传开，所有人都停下了手中的动作，投向男人的目光中充斥着惊恐和困惑。

男人下意识看向自己的衣着，没有发现任何异样。

“愚人节?”这是男人想到的唯一可能。

一块面板塞到男人手里，男人疑惑地看向上面的监测日志：“宇宙中传来的不明来源光波辐射——是……外星人?”

“他们自称是人类。”把面板塞过来的监测员神情恍惚，仿佛受到极大刺激一般，“信号使用了人类可以理解的编码，我们翻译成文字后，上面详尽阐述了一些时间理论，似乎是对某一组‘公式’的完整驳斥。目前还在紧急研究中，这无疑将是轰动全球的重大发现。全世界顶尖的物理学者都在赶往冷湖镇的路上，无数科研机构和政府部门的联络快要把通信线路挤炸了。”

“是很重大的发现，可能改写我们很多的物理理论，可是你们——”男人茫然地环顾四周，每一个人正襟危坐，凝视着他，“你们，都看着我干什么？”

“编码最后附有落款，翻译成文字后有三个汉字字符，写作‘陆黎屿’。”监测员喉咙发紧，声音像是从肺部直接挤出来般的沙哑和颤抖，“……是你的名字。”

“重名吧，怎么可能……”男人挤出一个尴尬的笑容，额头上渗出了汗水，喃喃地说，“世界上叫这个名字的人应该数不胜数，为什么说是我，我只是冷湖监测站一个朝九晚五的普通技术员而已……”

“后面还附有基因序列，和你的……完全吻合。”

中年男人呆滞地坐倒在地面上，手指麻木地在面板上滑动，茫然看着上面翻译出的文字。整个监测站凝固了一般，所有人默不作声，只剩下通信铃声还在尖鸣。

最后似乎是有一封信，信的开头写着——“生命的意义是什么……”。

男人沉默了一会儿，嘴唇微动，小声地问道：“赵璃……又是谁啊？”

第三届冷湖奖获奖名单

/ 中篇小说一等奖

黎　木《当星河如故》

/ 中篇小说二等奖

谭　钢《虹雨》

付　强《闭环》

/ 短篇小说一等奖

夏　笳《火星建筑师》

/ 短篇小说二等奖

邓枫涛《多加零》

罗亦丹《信》

/ 短篇小说三等奖

星　垂《孤帆远影》

伽　辽《地心手术》

凌　晨《巡风人》